我自乡野来

刘诚龙 著

北京联合出版公司
Beijing United Publishing Co.,Ltd.

图书在版编目（CIP）数据

我自乡野来 / 刘诚龙著 . -- 北京：北京联合出版公司 , 2024.11. -- ISBN 978-7-5596-8008-2

Ⅰ . I267

中国国家版本馆 CIP 数据核字第 202402T4C1 号

我自乡野来

作　　者：刘诚龙
出 品 人：赵红仕
策　　划：朱文平
产品经理：陈　娟
责任编辑：龚　将
版式设计：张　敏
责任编审：赵　娜

北京联合出版公司出版
（北京市西城区德外大街 83 号楼 9 层 100088）
北京华景时代文化传媒有限公司发行
北京文昌阁彩色印刷有限责任公司印刷　　新华书店经销
字数 240 千字　　880 毫米 ×1230 毫米　　1/32　　13.75 印张
2024 年 11 月第 1 版　　2024 年 11 月第 1 次印刷
ISBN 978-7-5596-8008-2
定价：68.00 元

版权所有，侵权必究
未经书面许可，不得以任何方式转载、复制、翻印本书部分或全部内容。
本书若有质量问题，请与本公司图书销售中心联系调换。电话：（010）83626929

歌颂家乡是作家天职

我回到家乡,去寻上学路。这些年来,我不太外出,多半是常回家看看,我在草丛、树林、水塘、稻田、麦土、牛栏、猪圈、老屋、村道、自家院落与周围村庄,寻找我的痕迹,扒开褐褐的木门与蓬蓬的草木,我与几十年前的我,猝然相遇,我们彼此打量,暗自端详,也不说话,各自转身走,他走向过去,我走向未来。很多旧影,可以重逢,而我的上学路,中间那段找不到了,我走到背对山的半山腰,看不到那口山塘,看不到那座山丘,一条青石小路,小路两边风吹稻浪,都隐在时光里,我都想象不出来。

是想象不到,我没想到一条叫沪昆高铁的铁路线会在我家乡向东向西无限延伸;更不曾想象,竟然在我们村里设置了一个高铁站,上学路被这条铁路拦腰折断,山川地貌已把记忆修改,我忘记了之前时光里的句子与标点。小小少年,坐在碓屋门槛上,傍晚时节,天地迷蒙,父母亲还在田间地头锄禾挖薯,我独自坐在漫山遍野的黄昏里,也曾梦想过有一条铁路穿铁炉冲而过。然而,我梦想的是绿皮火车,现在,比梦想更美,居然是高铁，居然还建起了一座邵阳北站。现实比梦想更梦幻？

我不是少小离家老大回，兜兜转转三四十年，而是一直都在鸡笼边。老家把冲出洞庭湖、志在四方出息了的，叫出得了湖，而把只在家乡附近转悠的，叫出不了鸡笼。我离老家不过百十里路，以前回家不多，除非清明节回去扫一回墓，挂一回青，打个转就走，睡一夜都近乎无，哪个娶了新妇，哪个归了道山，都不甚了了，儿童相见不相识，笑问他是谁家子。我守在鸡笼边，不知鸡笼里。回一次老家，都会让我惊讶，村庄变得让我不敢相认。不是我忘性大，是这个时代变化快。

山川形貌变化不是太大，山形依旧在，只是村容改。老院子的木板房，一二百年建筑，已没人住，我家土砖房早些年坍塌重建，重建亦不住了。很多乡亲新建的红砖房，当年无限荣耀的红砖房，也是杂草丛生，杂树生到墙壁与屋顶了。这倒不是荒芜，而是乡亲砌了新房，琉璃瓦瓷板墙；泥巴路变成水泥路，更多上山、上菜园的曲曲弯弯的乡路，已掩没在高过人头的茅草与编织成笼的灌木里；当年田田相连的稻田，多半种了蔬菜，种了玉米，种了红薯，田做了土；处在山冲里的耕地，更是长竹子了，长枞树了，长芭茅草了。

家乡这些变化，我一时无所适从，燕子比以前高了，茅草比以前深了，道路比以前宽了，鸡鸭关在棚里喂了，鹅的白毛不浮绿水、红掌只踏青草了，小孩白天不去稻田钓青蛙、月夜不到晒谷坪上玩耍了，蛮多变化，有些我不假思索，油然而生欢喜，有些不知道该不该欢喜，我无法做价值判断，或许只有情绪波段。五百年前，祖宗自江西迁来，先人筚路蓝缕开山开荒，开出了很多田与土，五百年后又还归了山，还归了竹与树。我不免有些惆怅，只是不知道该不该惆怅，山青青，水碧碧，天蓝蓝，地绿绿，生态向好，环境变优，我也蛮高兴的。

某日，我正睡得迷迷糊糊的，堂兄打电话给我，吞吞吐吐转了很多弯，我听懂意思了，意思是叫我出两三百块钱：院子里老了人，壮男子都抬柩，你抬不了了，就出些钱吧。听到这里我很是感慨：一者，自十五六岁初中毕业后，我读了师范，算是跳出了铁炉冲，户口不在这里了，但老家还是把我当这里的人，算院落里的劳动力，我没忘家乡，家乡也没忘我，可慰游子。二者，老家什么时候也市场得很了呢？院子里人家有事，我记忆中的，不是有钱的出钱，而是有力的全出力，出力不出钱。随山川一样变化的，还有乡亲观念在不断演变，人心之变，值得期许，还是让人困惑？我也做不了价值判断，山乡巨变，我能做的，是敲键盘，记录着，思考着，怀念着，希望着，把这些写入文章里，给乡村历史存一点档案，给乡亲进化制一份标本。

老天不老人易老。以前身体杠杠的，没想到一场病把我害了，好像五脏六腑都出了问题，医院缠绵一两个月，出了医院仿佛重返人间，曾抄杜甫，作打油诗一首：望外忽闻收病魔，初闻涕泪满衣裳。却看妻子愁何在，漫卷东西喜欲狂。即乘地铁搭高铁，便趁太阳向邵阳。白日放歌出恶气，青春作假啸家乡。出院不回城，直接回了老家，自考上师范、吃了"国家粮"，这次我在老家住得是最久的，也自此后，凡有三天以上假，都是直奔铁炉冲。我在老家过的是半隐半朝的生活，清早去跑步或散步，到得两山相对出一山横过来的地方，举举手，踢踢腿，扭扭腰，晃晃脑，长啸深呼吸，原来有些讨厌的茅草，也让人生发欢喜心了：所有的草、所有的树、所有的青青翠竹，都是氧气制造器，山环水绕便是氧气瓶。冬病夏治，城病乡治，以前没感觉，现在有新感悟：清风明月、绿水青山，鸟语花香、鸡鸣犬吠，是一服配好的中药，老天是真正的老中医，他配的药，药名叫大自然。

家乡在变，有些到底是不变的。我居老家，散步遇到阿嫂阿婶，她们会喊住我：要南瓜不？嫩南瓜，切丝炒，好吃；拿一把豆角去吧，刚摘的。住在冲里面的大嫂，给我送来节节草，送来马齿苋，说泡茶喝蛮好，清炒少放油盐有药效；今年百岁的伯娘，笃笃上楼，给我送来二十个鸡蛋……我老娘习惯我在家，我住三楼，不在电脑旁，便在沙发上，很少去一楼与老娘聊天，没与老娘话桑麻，老娘知道我住在楼上，我知道老娘住在楼下，老娘心头特别安稳。我去城里，老娘便睡不安宁，我姐陪老娘睡过一晚，到了凌晨三四点，老娘哭闹，声音压抑却大，我姐叫不醒她，次日问她何以哭，她说没哭。这般情形，只要我在家，就没有。老娘素来不抒情，现在见我回城就来眼泪：崽，我舍不得你。什么都变，唯有乡情亲情永恒不变。

堂客有一个发现：你到了城里，就写杂文；你回到乡下，就写散文。这是我的城乡差别。山青养眼，鸟鸣养耳，花香养脾，泉水养肝，清风养肤，明月养心，土鸡、土鸭、红薯、白菜养胃，良辰美景，般般称遂，当然不是杂文心态，自然只生散文心情。在乡野，见花不流泪，我写散文；见月我动心，我写散文；听到鸡声茅棚中，我赶紧写散文；遇到小桥流水人家，许多生活从纵深处山泉一般涌出来，我转身敲键盘写散文。不知不觉间，成了一本书规模了，我来自乡野，这书里的文章也随我来自乡野，编辑懂我，给起名曰《我自乡野来》，高山流水遇知音，就定这名吧。如果这书的内容，能引您共鸣，那是因为我们一同来自乡野；如果这书的文字，不是太老气，没有假洋气，有些烟火气，那是因为这些文字是清风吹拂来，是流水洗涤来，是从鸟鸣声中、花草丛里转载过来，是从蔬菜与庄稼地里生长出来。

我的家乡或许并不美，只是江南丘陵地带的一个小地方，跟诸位老家一样的老地方。丘陵地带或非风景地，但是宜居区。丘陵地带因其地理边缘而成文学边缘。而我喜欢丘陵地带，有山，山不雄峻，有水，水不雄浑；山重水复兼备山水之胜，柳暗花明兼备天人之优，生态、交通、庄稼、院落、动植物，都或得其所哉。中国丘陵多，从北到南，从东到西，都有丘陵地带，辽西丘陵、江淮丘陵、江南丘陵，"土山丘陵，曼衍相属"。丘陵约占中国国土总面积的十分之一，其人口怕是要占到三分之一吧。家居丘陵，我无能做丘陵文化的形象代言人，而我愿意做丘陵地带的文学歌唱者。

这本《我自乡野来》想表达的是：热爱家乡，是个人天性；歌颂家乡，是作家天职。

目录

第一辑　情在情中

003　红薯猪崽

008　草鸡蛋

012　母亲的味道

017　我家的石水缸

021　母亲的信仰

026　蕴藏在一毛钱中的幸福

032　人禽语

038　一阶一梯一声咚

042　《一剪梅》里一页情

046　犹记当年写情书

051　金竹山上雪花点点飘

057　一碗汤的距离

063　刘诚龙，你娘喊你回家挖土种辣椒
069　跳田
074　梦里依稀绿军装
079　挂青
091　叶叶是乡愁
095　走毛线的女人
101　樵童断笛
107　翻火
112　寿辰中的生命况味
116　最是那一勾头的害羞
121　长不老的崽
126　鲜艳的姜不叫鲜姜
133　曾经随处都是泰
140　桂花树下
146　喊娘去散步
151　书包往事
157　凉鞋套丝袜

第二辑　乡在乡中

165　对门垄里白鹭飞
172　喝甜酒的老黄牛
176　牛的屁股曾是我努力的方向
181　莲奶奶的菜保
186　苦槠子树下
194　山胡椒树下
201　长塘李万木在葱茏
205　恩高冲的草田
212　乡亲的力气
217　堂前燕
221　时荣那座桥
225　过言
229　新年头炷香
233　年终澡
238　除夕那早茶
241　生脚的新年
244　土砖屋
250　红砖房
258　借，叫打个斛
265　云带钟声穿树去
271　春江水暖鸭不知
276　那一串串"收垃圾"的乡音
280　死在山上的树

第三辑 味在味中

289	铁炉冲的芝麻熟了		382	魔芋豆腐
293	炸豆腐		386	线瓜汤
298	钵子饭		390	芳名是藠头
302	看得豆角如璎珞		395	锅巴滋味
307	菜豆子冬豆子		400	葱拌豆腐渣
313	霜华是一味		403	河蚌贵妃舌
317	好竹连山觉笋香		408	甜蔗甜
322	猪肉炒青椒		414	彼采葛兮
326	芋头芋头娘		418	橘香彻
331	三月泡		422	苋菜汤
335	萝卜、萝卜干			
340	清甜的星星鱼			
345	猪油腌猪肉			
350	一叶二叶三叶牛百叶			
354	春天的"粑蕾"			
359	春冬一锅烩			
364	米之饭米之菜			
369	坐等鱼儿入罐来			
373	客来酒当茶			
378	合菜			

第一辑

情在情中

油菜花烂漫时，她在丛中笑

红薯猪崽

"红薯猪崽"这称号原专属我老弟。

老弟出生，正值金秋十月，秋果满山野，红薯胀园圃。我出生，红薯都没得，二月虽春，草还没生，遗恨不如春草，更行更远没生——雪地里莫说十步，便是春风十里，也寻不出芳草来；要是草长莺飞，老爹估计会去田间地头，扯一把犁头草，或者车前草，或者是做水印粑的水印草，往我嘴里塞的，那我外号便会起为草包吧。我倒把我五月出生的小女起名草心，大家喊她草包，她娘喊她草宝。我出生，我爹翻箱倒柜，在一个洗得干净的墨水瓶里寻了一粒糖精，对，一粒。一粒如粟米小的糖精，置于搪瓷杯里摇而化之，给我当奶喝。糖精非砂糖，糖精甜度比砂糖高百倍，砂糖营养比糖精大无穷倍——糖精甜度为万，糖精营养为零。

红薯是老弟开荤食物，却并不是他的"朕产品"，是我全家主粮。早上蒸红薯，午餐是红薯米饭，一天之最后一餐——

不是最后的晚餐，次日太阳照常升起，我家照常起灶生火——蒸红薯。这里要专夸一下红薯米饭。那是我家很奢侈的满汉全席（不都是汉子，多是汉族），把红薯晒干，切成四方丁，生嚼是最好吃的，甜、脆、粉，牙齿与之触碰，还沙沙沙，奏响爵士乐。嗯，谐音"嚼食乐"。

到现在我也没弄明白，零食吃多了会生厌，主食吃一生会生根。比如南方吃米，北方吃麦，南方人天天吃米，餐餐吃米，没谁说吃厌，反之，不吃米饭，老过不得；北方人吃麦，日日吃麦，一生吃麦，也换不得。红薯也是主食。我现在是见红薯而旋走，看到饭锅里蒸红薯，看到菜锅里煮红薯，胃部冒酸气，眼里冒火气。好几次，堂客忆苦思甜，蒸煮红薯，被我圆睁双眼，鼓眼努睛：喂猪去，别喂我。

煮红薯是那么让人讨厌，烤红薯却是那么让人相欢。我心目中，煮红薯当主食，是猪食；烤红薯当零食，是灵食——我心灵中之爱物。蒹葭苍苍，白露为霜，南方少蒹葭，却是多月光，新月光寒昨夜霜，三年不一奉瑶觞。打了霜的红薯，蒸起来格外软，吃起来格外甜。不煮熟，生着吃，如水果，清清爽爽，脆脆甜甜。将打霜的红薯秋收回家，置于秋阳之下，晒，晒，晒，晒它个玉润面软，糖分都晒出来；然后蒸，蒸得软绵绵；然后切，切成玉兰片；然后烤，烤得八面黄；然后吃，那叫一个味了。

红薯要烤不要晒。晒也叫干红薯，晒干的红薯，面呈白色，嚼起来不甜，也不脆。好像是湖南腊肉，太阳晒干的腊肉，色泽不错，全无味道；柴火烤的腊肉，色泽墨黑，肉而筋板，吃起来出味。烤红薯不能柴火烤，要炭火烤；烤得红薯生气泡，气泡把红薯胀开，胀开了的红薯，无须练牙齿劲，咬下去膨松，皮肉不减坚脆，烤得好，面面都是黄的，火候莫过头，过头了变黑，那好像是吃黑煤炭，再吃不得了。

至今口味无所好，一是嚼甘蔗，一是嚼干薯。老来不是太好甜了，甘蔗嚼得少了，干红薯却越发喜欢。老娘晓得我好这一口，秋去冬来，秋收冬藏，冬闲了，无甚农事，多是崽事。老娘的崽事，便是给他崽烤红薯。铁丝织笼，笼周是铁篮圆，笼底是四方格，把切成片片的红薯，置笼里烤，笼上置干稻草，或是棉絮被；老娘怕烤焦，守在铁笼子边，时时翻检，红薯每一面均匀受火，红薯喷发的香气，飞逸铁炉冲。烤红薯特别香，是那种清香，那种甜香，那种醇香，那种土香，那种浓浓的故乡之香。

不只老娘，我姐我妹，知我别无所嗜，唯嗜烤红薯，冬日不出工，也少外出打工，好像术业有专攻，专攻烤红薯。烤了一笼，就打电话：什么时候回来，烤红薯有两麻布袋子了，快回家拿去。惹我秋思与冬想，赶一个双休日，屁颠屁颠，此行无他事，唯嗜烤红薯去，红薯干已成，胡不归？有时也不好意思，当一个红薯猪崽之吃货，也羞与人言。老娘与姐妹，见车来，便问人：去邵阳不？去邵阳给带点红薯去。

时不时我就接到乡亲电话：你老娘给你带红薯来了，某路某街，你来拿。一个冬天，上班抓一袋干红薯，上衣袋两袋，下衣袋一把，一片一片，往嘴里塞。烤红薯软则软矣，到底有些硬劲，与牙齿战，咯咯响。烤红薯好吃，却是不论甚红薯，都长膘。一个冬天下来,膘肥体壮,肚子滚滚圆圆,比年猪更年猪。出了春,去见人,人人皆惊讶:这么胖哪,几个月啦?弄得我鼓腹而不敢歌。千金难买老来瘦,一薯让我胖如猪。

去年春节,回老家过年。老弟勤快,屋前屋后,用红砖砌田埂也似,造了蛮多阡陌,小屋四周,一块块土园,一块块菜圃,这块白菜,那块萝卜,此园辣椒,彼园茄子,春去夏来,满目葱茏,爱人得紧。而我酸雅之兴大发,坐在阳光房,突然兴发,要在临路那边,挖一口水池,种荷种莲。正是初一,皮鞋换套鞋,棉衣换夹衣,操起锄头,天连五岭,银锄起落。老娘大喊:挖么子,这土要种红薯的。别说红薯。说起红薯,恨生爱,爱生恨。我这肥猪模样,明年不吃红薯了。

多少年不曾干农活,一干便是累死人的农活,把我累得半死,挖半小时,便汗水点点,气喘吁吁。老娘大喊:莫挖啊莫挖,挖出病来我不管的。跟我娘无法说清我之酸诗心态,挖一莲池,可见香远益清,亭亭净植,诗不在远方,可在故乡。这话跟我老娘说不清。我只能说:房屋四周有草,有花,有树,有菜,有风,五行缺水,百物缺许(老家把水称许),挖个水池,可转风水。老娘不作声,由我独自在那儿劳动劳改。我挖一阵,歇一阵,挖了初一,挖初二。挖得腰酸背痛,一个星期肉酸骨软。如我老娘所说,真挖出病来,回到城里全身酸,去诊所看病,感冒,发烧。不是身酸发烧,怕是我诗酸发高烧。

晨曦初上小墙边，老娘摘椒特新鲜

我挖，我挖，我挖挖挖，挖了宽五尺、深五尺的小池。把锄头放了，初三不再挖了。我跟我娘说：暑假回来再挖。我是下定决心，不怕累死，真个想挖一处爱莲池来的。恼火死了。春雨绵绵，水涨水池了吧，打电话问老弟嫂，叫她弄些荷花，放池里，暑假回去看荷。老弟嫂笑：你娘把池子早填起来了。我们是不敢填的，怕你骂。你老娘填了，我们不敢说。

老娘把池子填了起来，她又种了红薯，暑假回家，但见红薯藤爬满园子，青青翠翠，风过处，蒙络摇缀，长势茂盛得很。土里埋着一袋一袋烤红薯吧，老娘是铁定心，要把她儿子喂成一头老猪崽。

草鸡蛋

我自乡下归,左手一麻袋,右手一纸袋。麻袋里装的是萝卜、苦瓜、芋头,纸袋里装的是鸡蛋、鸭蛋、鹅蛋,惹得对面美少妇含酸带醋:又是鬼子下村啊。不是鬼子下村,是儿子回村。

儿子回村,我娘都会把两只手塞满,背上背满。肩上不好挑,一根扁担把东西挑肩上,在城里貌似是丑事;把东西背背上,小把戏背书袋一样,五六十岁可以装嫩一把,城里挺时尚的。出土豆掮土豆,出豆角提豆角,出红薯背红薯,一年四季,儿子回村,都是一个纸盒子,装满上鸡蛋。好多城里人兴叹,原来谁家有个乡下亲戚,感觉蛮羞,现在啊,若有舅爷是村汉,若有姨妹是村姑,那可是前世修福。

我娘八十多岁了,原来在城里住过几年,怎么留也留不住,她要再一次上山下乡。落叶归根还是老辈割不断的老念想,让子女无可辩驳。我娘的另一个理由是,要去土里种菜,菜园不种菜，园子就荒了，田园将芜胡不归？我娘吃过城里肉，煎过城里蛋，她皱着老眉问：城里肉为什么不甜？莴苣为什么不脆？开始我娘以为这是城里科技发达，后来才晓得其中有诈，非要卷起包袱，收拾行李，不做市民要当农民了。

我娘好几年前闪了腰，腰肌劳损，也曾进过正骨医院正过那把老骨头，挥锄挖土，真让人揪心。我姐与我妹比我孝心大，劳力活都赶回家，给我娘做了，下辣椒秧，给挖茄子、辣椒土，插红薯苗，给挖红薯、芋头园。生活场景已然倒了一头，子女在前面挖土，父母在后面下秧，几十年前的情景是反着来了。我娘弯了半时辰腰，站起来，双手捂、揉、搓，感慨万千：老了。

我娘老了，看管了很多菜，养了很多鸡。蔬菜下土了，倒也不要太理，鸡们却好像儿时的我们，放养是放养，却总让我娘牵挂。我娘去我姐家，她不会担心蔬菜在园里长不长，那不是她嘴里碎碎念要赶回家的理由，而鸡们却让我娘挂心，一天不看在眼里，便心里长了金樱子刺，屁股下面安了锈钉子阵，慌慌忙忙，拦都拦不住，要往回赶。

这个节日回老家，门是打开的，娘却不见在家。人不在家，门不上锁，乡下依然有这般人心古风景啊。鸭子嘎嘎开老腔，母鸡咯咯如旧时。却是，不能满村子满屋子乱跑乱蹦了，我娘给编了竹篱笆，把鸡鸭们都关在里面。鸡鸭好吃屎难理，鸡鸭跟细把戏一样德性，随地大小便，入得家来，脚要插花一样踩，一不小心就中了鸡屎雷。现在好了，鸡鸭与人分居，各居其屋。农村房屋，蛮多建得城里套间一样了，更喜的是，也跟城里人一样讲究软件建设，蛮讲究卫生了。

我开了大腔喊我娘，娘从对面园里应了声，我看见了，看见我娘从田埂下露出了白发苍苍的脑袋，她手里持一把镰刀，背上背一只背篮。"等下，割几把草就回来。菜柜里有南瓜子，炒熟了的，先剥去啊。"鸡们被关了起来，鸡们不能土里捉虫，田埂啄草了。我娘好像喂猪一样，打猪草改为打鸡草了。娘晓得我口嗜，平时爱嗑瓜子，隔那么几个月，启用砂锅炒一把，木罐子里装着，放菜柜深处，她晓得我会回来的。不过很多次，是失算了。我迟了些日子回家，娘在家着急：熟瓜子要起霉，怎么还不回？

我娘扯了一篮子草，还是旧姿势老情景，袖子揩额，也不管我，放下篮子，便剁草。篮子里，还有南瓜藤啊，粗壮，溜青，节节长条，也随着杂草切。堂客见之大惊：切南瓜藤干吗啊？我娘答：给鸡吃。堂客赶紧从娘手里、刀下抢藤：莫切了莫切了，我拿回家切菜吃。堂客没本事，不能与民争食；堂客有能耐，与鸡争食。

我娘坐在矮凳上，握刀切草，远不是当年运斤如风，刀起刀落，有如放电操作，现在是一刀一刀，一刀时距如放慢动作。我跟娘说，我来切吧。我娘手指不灵活，手臂倒利索，手肘顶我，力气还蛮大的：你来？你莫把手给剁了。小时我剁猪草，确实剁过一次手，鲜血淋漓。从此娘再也不让我动刀，切菜都不准：仔细你的皮肉。

田埂上，山头间，去割草，也许是小事，八岁孩子干，没事；八十岁老人干，麻烦事啊，草里面有没有蛇，这个倒不怕，老农民都有老茧；路有水，滑，路有石，坎坷，摔一跤可是要命。我多次跟我娘说了，叫她别干了。村里发小向我检举，你娘还抡锄头挖土呢。这可把我给吓着了，我娘去正骨医院，前两年去过两次，我发了脾气，训了我娘一顿。她也晓得厉害了。现在挥锄干五岭银锄起落，倒是少了。而不管你如何数落，如何规劝，我娘却是劝不住，要去割青草喂鸡。我娘自豪：没用一粒饲料，都是谷米与草料，草猪肉味道是甜的，草鸡蛋味道是醇的。我现在吃的饭与菜，都是传说中的特供？听说特供也不太特，搞特供的，心情若不顺，谁晓得会不会洒农药？我娘心里始终都顺：喂养其儿女与孙辈，她心情从来没有不顺的。

我叫我娘自己留着吃，我娘抵死不肯：你费脑，要吃点好的；草心在省城，大城更吃不到农村好菜。草心是我女，是我娘孙。我娘便把草鸡蛋分了两篮子，管崽一代特供，还要管孙一代。

城里人最大的幸福是：乡下有在养土鸡的母亲。

感叹的是，最好的东西给人，在同事间不见，在朋友间难见，或者在夫妻间也不易见了；而在母子间呢，这是最常见的情景，这景致可能还是单向的：难见儿女如此对父母，常见父母这样待儿女。

母亲的味道

胃离心最近,儿离娘最近。

江南离洛阳数千里,远吗?远。然则,娘离儿最近,胃离心最近。

后汉那阵子天空晦暗,洛阳牢里地板潮湿。陆续被关监房,黑手高悬霸王鞭,烙铁拶指加皮鞭。陆续是条硬汉子,各种刑罚受遍,血飞溅,不哭天。囹圄之中不见天日,生杀予夺,操于狱吏之手。狱吏之嚣张跋扈,西汉开国大将周勃体会至深:"吾尝将百万军,然安知狱吏之贵乎!"陆续受尽折磨与拷打,他不哭,他就不哭,他硬不哭。

陆续还是哭了,稀里哗啦地哭了。狱吏给他送来一碗饭,饭上摆放了几片肉、几根葱,陆续突然间眼泪哗啦啦,大雨落屋檐,白泪滔天,"续对食悲泣不自胜",怎么回事,怎么回事啊?"使者问故"。母亲自江南,千里迢迢来京都了,身在京都之儿郎,"母来不得相见",自然悲从中来,不可遏止,"是以悲耳"。谁谁谁，从狱外通消息入狱内？"使者大怒，以为门卒通传意气，召将案之。"

没谁通传意气，是那碗饭传递了其中消息。不对，是那碗饭上陈列的美食，那是母亲的味道，"因食饷羹，识母所自调和，故知来耳，非人告也"。如湘菜、鲁菜、粤菜大师，每制一盘佳肴，碟边注明大厨甲、乙吗？不是，不用注明谁谁谁，母亲炒就的美食，还要注名字吗？"使者问，何以知母所作乎？"那是母亲特有的、独有的、绝无仅有的味道。

陆续母亲的味道是，"母常截肉未尝不方，断葱以寸为度，是以知之"。你到过江南吗？你到过湖南吗？除夕那夜年缸肉，切方如麻将牌，葱切多长，盐加多少，油添多少，那一盘菜，左右翻，上下炒，是十五次还是十六次？都刻印着母亲的手记吧。

我母亲用猛火、文火炒制的家常菜肴，也有我母亲的味道。家常之常，最是豆腐吧。居家饮食，谁不曾制作过豆腐？"日市豆腐数个，邑人呼豆腐为小宰羊。"小时候，上餐白菜，下餐萝卜，上餐下餐，不是白菜萝卜，便是萝卜白菜。也有那么一回啊，母亲要到三五里外的小集市，买一板两板豆腐回来，素可作荤，素简直是荤，豆腐当猪羊肉，当小宰羊的。吃上一餐豆腐，算是打牙祭呢！

母亲炒制豆腐，整顿衣裳起敛容，神态竟至庄严的。老家堂屋有灶，火灶居堂屋中央。到了城，我再也看不到火灶居如此中心位置，灶已在偏房了哪（饮食指数，不占居民消费指数之第一位了嘛）。老家灶，居堂屋最中央，客厅最中心。灶之上，四四方方，端端正正，摆着炕桌，炕桌横交错竖，四面皆空，平时护灶，饭时当桌。

母亲煮萝卜白菜，甚是轻率，胡乱翻炒，水当油放，蔬菜丢锅里，左右开弓，三下五除二，加一半勺水，起锅，大功告成。买了一两板豆腐归来，状态大不同：洗手，搓掌，说不定还系围裙，锅架灶上，屈尊，蹲身，板板眼眼，或还拿小板凳坐起。三十年过去，许多形象或已忘记，而母亲蹲伏灶间，文火煎水豆腐之优雅姿态（印象中，母亲多风风火火，未曾雅致过），如在目前。

母亲身伏炕桌，头倾灶上，摊开一只巴掌，巴掌上置豆腐块，另一只手操刀，截之，"未尝不方"，都是小方块，不厚不薄，概如作业本厚薄，切一块，小心轻放于锅中；先自中央始，次第相挨，直至黑锅中，一色白。说母亲煮蔬菜，很轻率，一个印象是，母亲水当油放；说母亲煎豆腐，甚庄严，那是见到母亲油当水放。呵呵，所谓油当水放，那是我夸张之言，不足采信。我堂客煮白菜，炒羊肉，端起油壶，汪洋倾泻；我母亲纵使煎豆腐，算最耗油的吧，也是用盐勺子舀，一滴一滴，小雨落屋檐，油滴锅不穿，次第相滴，次数多又多罢了。

母亲煎豆腐，神形专注，一双筷子，紧握手中，见得豆腐边角泛黄，将其夹起，翻面，从锅中央挪至边缘，次第将周边豆腐移至锅中心。油煎豆腐的声音是童年第一妙音。母亲灶间全神贯注，我坐板凳上，勾头，头也伸进炕桌尺许，舌头嘴内转圈圈，时出唇边，车子雨刷也似的扫，将涎水扫回唇内。母亲所煎豆腐，最出味的，是两面黄。这是我堂客做不了的。我堂客也煎豆腐，只煎一面黄，另一面依然白色。我多次责问她，为什么不两面黄，堂客说：煎吃的，要不得，不合食品安全，也因此缺少营养。一块豆腐哪来食品安全？营养云云，何胜味道。营养者，形而下；味道者，形而上。只讲营养，不讲味道，美食岂出境界。毛泽东的大厨，总劝主席不吃红烧肉，主席说，厨师兼营养学家的话，可信，不可全信。

母亲煎的豆腐，两面黄，两面脆，两面都是黄点突起，有如突触，却从不焦。母亲放下诸般活计，一次煎豆腐，耗散母亲小半天功，全身心投此间，哪会焦呢？不焦，出脆，直接拈一块上来，也是上火的。待块块豆腐都两面黄而脆，母亲掺一勺水，顿时火脆转绵柔，又加葱，与陆续母亲不一样的是，我母亲加葱，葱不曾"以寸为度"，而是一锅全盖，全煮。南方之葱，好香好香的，煎豆腐加葱，不减陆续母亲那"截肉炒寸葱"之味，或还胜之。

母亲煎菜还出味的是煎冬瓜。我堂客知我喜欢大啖煎豆腐一大盆，还喜欢吃煎冬瓜一大碗，也曾学我母亲，媚我胃以近我心，到底不行。冬瓜纯蔬菜，母亲亦能做出荤味来，其法也是煎。一块冬瓜，切方，以寸为度，不斜不扁，方形麻将，不大不小，厚如麻将。其法还是，在方寸之冬瓜上，横切竖切，表面切方丁，切深缝，缝深深，深至冬瓜中心。然后，也是油当水放，放锅里，再将方寸冬瓜，置锅中煎熬，这回不两面煎啦，只煎外面，也煎得泛黄。您知道，冬瓜肉厚，油盐难进，切了缝后，油盐深入冬瓜骨髓，均匀散布。冬瓜本瓜，因此而有鸡肉鱼肉小宰羊滋味了。蔬菜出肉味，那是我母亲的拿手好戏，那是我母亲的美食功夫，那是我母亲的美食味道。

还有一道菜也是蔬菜，也出味，是坛子里的豆角，我是最爱吃的。豆角切成寸长，晒干，腌坛，坛边全是黄泥巴，周围团圈扮起来，不让透气。待秋至，待冬来，待来年春回，开坛，抓一把几把，以青辣椒红辣椒炒，味道也奇佳。呵呵，那不是我母亲的味道，是我大姐的味道。母亲也腌豆角，总是不那么精致，母亲腌制的豆角，含水分多，发潮；坛内豆角若发潮，味道便泛酸，自是孕妇之最爱，可谁天天怀孕啊。我母亲腌的豆角，不如我大姐腌的豆角来得正宗，来得味道纯正。

美食者，怕也是如著文章。食材如题材，炒法如写法。放油盐如措辞，加作料如布局，一样事物，不同排列组合，此作家来写，与彼作家来写，格局气象，或如霄壤。甚是母亲的味道，甚是大姐的味道，甚是堂客的味道，甚是烂作家、烂厨师与甚是好作家、好厨师的味道。味出舌间，香留齿间，反刍胃间，美食或文章，总以情感之归属，精神之向度，印刻心间。

我家的石水缸

我爷爷驾鹤西去，遗下了两口水缸，一口分给我伯父，一口分给我父亲，像村里所有的兄弟一样，伯父与父亲合伙砌了一栋土砖房，共用一间厅屋，两口水缸相对着安在厅屋里，伯父的那口较为小巧而精致，石色深黛，能储三担水的样子；我家的那口肚容大，石色浅青，储得四担半水。

像我们家的水缸，村子里不多，树伯家有一口，得公家有一口，整个院子里不过是五六口。我走过许多的村子，乡里的县里的，外乡外县的，石水缸不大多见。许多家的水缸是大陶坛子，因为是陶，禁不起碰，多缺口的；有的是水泥修的，那种灰白的样子看起来总不大对劲，仿佛清冷的井水倒入其中，就会烧热几度，变成了温吞吞的水。我感到储水还是石缸最好，不仅经用耐久，更因为石头多是一种冷色调，温水倒进去就觉得冷几分，就有一分冷舌凉脾清肺甜腑的感觉。我家从没有什么可以示众，那水缸却可略略炫人，它是一整块大料青石雕琢而成，那要多厚实的一块青石啊，听父亲说，爷爷为选两块石头，那石山都打缺了一角。用凿子削平，再一寸一寸地镂空，一口水缸就得花半载工夫。我家隔石山有四五里地，凿成毛坯之后，三四百斤的缸子，爷爷叫人起了肩，就驮在背上，一口气驮回家，再细细地凿，凿得平平整整，纹路斜行相齐，清晰匀称，遗憾的是上面缺了图案花纹，我想象中的这些石制品，应该刻有诸如花鸟虫鱼、诸如蛟龙出水、诸如猛虎啸林一类景致，最少也该摹刻些字吧。爷爷的字极好的，父亲保留了爷爷抄写的经书，那行楷行云流水，极见功力；可水缸上不留翰墨，再古，也只能是民间文物。

爷爷大奶奶近三十岁，父亲只在二三岁时，见过爷爷，现在父亲都七十多岁的人了。我不知道这口水缸盛过多少水。那时父亲二三岁，伯父也不过四五岁，我的小脚的奶奶要挑多少年，才能把水桶担子传给伯父与父亲呢？奶奶我从没见过，现在伯父也入土为安三四年了，这水缸年年月月盛水，岁月把人带去，把水缸留下，哺养一代一代的传人。我之前是姐姐挑水的，姐姐后来的主要任务是割茅草、扯猪草、挣工分。落到我肩上是十来岁吧，我还没有水桶高，我就挑水了。娘现在都笑我挑水的丑样子。脖子缩得像只猫头鹰，双手反剪着抓住扁担尖，一步一颤、二步一冲、三步一停的，每天大清早就去挑，要挑一个早晨，才勉强把缸盛满，供一天煮饭烧菜，泡潲洗衣。这样挑了四五年，把担子撂给妹妹，妹妹又撂给弟弟。

打我那时起，已经开始搞计划生育了。我之前，已有两个姐姐，要像现在抓得那么紧，我就偷生不出。母亲要生我，其愿望其实非常浅近，要生个男孩在身边，老了能够替担桶水喝。女孩子都要嫁出去的，她们再疼爹娘，远水解不了近渴，父母动弹不得了，一口水都到不了嘴边。母亲当时这私想，现在看来恰好想错了，男孩子远走高飞，女孩子才能贴心贴肉。我之后，母亲又生了妹妹与弟弟。此时，母亲的心思就充满了理想化色彩，舍命送一个崽读书，读出书去，到外面工作赚钱回来；另一个崽留在身边，帮着挑担水喝。

　　为实现这个愿望，全家都勒紧裤带攒足了劲。我们家每天早晨吃蒸红薯，锅里放一只饭碗，饭碗手掌大，饭碗里洗一杯子米，蒸熟，白花花的极为抢眼。这是专为我蒸的，姐姐妹妹一口也不让吃，父亲顶多说："你们闻一下，算哒。"所以姐姐妹妹们常常吸一吸气就走开。母亲觉得弟弟是给他挑水的，常用一根筷子划三分之一出去。那时节我很霸道，有受专宠者的那种一脸横肉，常从老弟那三分之一中再用筷子夹一团回来，极少给姐妹，要给也是粒粒可数的小筷，多数时候不是白给，要她们摘草莓摘苦楮子或帮着洗脸来换来赚。

　　父母的愿望已是一半实现，一半落空，我读书侥幸读了出去，老弟也读了出去，母亲那挑水的小小的算盘就拨了个空挡。姐姐妹妹都嫁了，嫁得并不算远，以老家为圆心，上上下下不出二十里，平时大事都可照应着，收麦时帮着收麦，打禾时帮着打禾，挖薯时帮着挖薯，犁耙水响的粗活，插田挑粪的重活，姐姐妹妹领着姐夫妹夫帮着干了，干完了就走了，她们也是养家糊口的，也有个家，体己的、每天不可或缺的挑水的事情就照顾不着。父亲三四年前得了脑血栓，痴痴木木的，走路都要扶着墙壁挪，母亲已日渐老了，白发一天天由鬓角向头顶合围蔓延，没有三疼两病，还能担桶水。母亲的身底很亏，怀我们时极想吃东西，却没东西可吃，便喝井水解馋，到缸边舀勺水入肚，顶多放些糖精。所以现在母亲经常脚软手软的，经常感冒发烧肚子疼，但母亲从不说，每次都说蛮好蛮好。我偶尔回家，也想替母亲担担水，母亲说自己行，到我肩上的扁担就要抢了去，我常常觉得母亲还挺英勇的，回家也常当少爷。那次姐姐买了条鱼回去，母亲躺在床铺上，虚弱得起不来，父亲躺在床边暗自抹眼泪。姐姐去看灶火，灶里是一团冷灰；去看水缸，缸里大天旱，姐姐当时就哭了。她跟我们这么说着，我们的眼里也是酸酸的。母亲是老了，母亲一生都在照顾人，现在母亲需要人去照顾了，可是没有一个人在身边。当初，我们觉得母亲要留人给她挑水喝是那么遥远，而今，这时候就到了，而这时候到了，我们却各自飞了。

许多回梦里，我梦见家里的那口浅青色石头水缸，我看见我的白发亲娘举着一只竹勺子，来到缸边舀水，一舀是空的，再舀是空的，三舀还是空的，父亲在里屋张着干燥的嘴唇含混地喊"水水水"。顿时，我就惊醒了，心里空空荡荡的，如那口沉重的水缸，被竹勺子连叩了三卜，每一下都击在疼痛的心上。我心里充满了愧疚，父母那小得不能再小的愿望，为儿为女的使它落了空。天下在外闯荡的儿女，谁能给父母挑一担水喝呢？

母亲的信仰

我怎么也想不明白,我们坐在自家的屋子吃菜豆子,远在对门园子里的菜豆怎么看得见?母亲说:怎么看不见,风就来了。我看见风从对门过来,进了我家的方格子木窗,风是庄稼们的眼光,还是它们的听觉?我不作声了,我们规规矩矩地等父亲回来。时候过了响午,屋背后有山,山背后有田,父亲赶着孱弱的水牛在哦起哦起地犁田,不犁完那块二三亩的蛇湾丘,父亲是不会回来的。我们的肚子早饿了,平时母亲会让我们先吃,今天不。今天既不是观音菩萨的生日,也不是我爷爷的忌日,今天只是吃今年的第一道蔬菜,过了一冬天,或者说又过了整整一年,菜豆子带着水灵灵的春意与清亮亮的阳气,奔赴母亲作就的盛宴。母亲说:要等父亲尝后,菜豆子才肯结的。母亲平时煮菜,总是要用筷子先尝尝,今天不,母亲相信她几十年的下厨经验,今天的菜豆子一定是咸淡合适的。母亲也不先尝鲜。谁先尝谁后尝,蔬菜们怎么知道?母亲说:怎么不晓得？天地万物都是有灵心的，它们什么都晓得。

菜豆子是报春最早的蔬菜吧，那开着红花、黄花五颜六色的，是菜豆子；那一袭纯白的，是冬豆子。它们都是非常柔软的植物，一节一节地往上长，长成一株藤蔓。母亲从山上砍来柴枝，一株豆子插一根枝条，把它们扶起，搭在枝条丫间，它们便扶着枝条，放肆地生长，开着蝴蝶一样的花。它们长得那么快，长得那么美，当然也有因由，母亲厚待乃至厚爱它们，它们下地之初，母亲就烧了草皮山灰，与大粪一起搅拌，母亲用手抓，一兜一兜撒播，你知道，那山灰掺粪便有多肥；你不知道，那味道有多重，三五天那手依然不可闻的。母亲曾经叫我抓，我找了一副手套，母亲一巴掌拍过来，你对庄稼这么不敬？我见过母亲抢过肥，牛吃草吃饱后，后面会跟着好几个叔伯婶嫂，他们有的拿笡箩，有的拿灰斗，有的拿撮箕，虎视眈眈，等牛拉屎，牛尾巴一翘，一哄而上，谁抢的归谁。那次我母亲没拿工具，一头牛要拉了，母亲一个箭步，拉起上衣，全兜了，脸上都星星点点，母亲以胜利者的姿态哈哈笑，一路兜着，倒在自家的菜园子里，那菜园子里正长着菜豆子，那一坨的菜豆子长得格外茂盛。菜豆子皮柔肉嫩，可做菜；冬豆子皮老肉硬，只能成熟后炒着吃。这些柔韧的植物，其内心坚韧无比，它们在大雪覆盖的严冬腊月，早早下了地，太阳照着积雪，问道春天的消息，它们天真地举起小小的手掌，抢先回答：春天马上就到。菜豆子之后，便是土豆，便是番茄，便是青辣椒，便是丝瓜、线瓜、苦瓜、南瓜，这些蔬菜，像赶赴一场盛宴，呼朋唤友，一拨儿一拨儿来了。母亲说：要是菜豆子说，那个铁炉冲的刘家去不得，这些蔬菜都不来了，你们到哪儿吃去？母亲说这话的时候不笑，母亲平时说话很爱笑，比如别哭，外面有老虎，我们噤口，母亲就笑了；比如你背眼就不读书，你爷爷在神龛上看得到，我们就有点紧张，母亲就笑了。孩子都是狡黠的，看到母亲的笑，就晓得这是个有点破的神话。但母亲说到蔬菜，说到庄稼，她不笑。这里，也许有神灵吧。

母亲不太信神灵。隔壁的三奶奶信，三奶奶手上时时刻刻都拿着一副卦，砌房子出远门这些大事，要打卦，就是扛只锄头去锄麦子，也要打一卦问神仙宜不宜动土。母亲从不打卦，父亲不在家，即或端午、中秋乃至元旦、春节，母亲都有可能不给祖宗上香。母亲信另外一种神灵。母亲下红薯种，她挑选阳光热烈的晌午，晌午时分，人都回去吃饭了，鸟们也回去午休了，母亲便领着一群孩子上园子，闷着挖土，不说话。总是有那么几个迟归的婶娘，这时节还在野外，碰到母亲总要喊：刘婶子，还不回去啊？母亲不应，母亲平时很热情的，此刻却装聋作哑，不应人。母亲说：不能应人的，一应，鸟就晓得了，鸟就来啄种了；一应，老鼠就听到了，老鼠就来偷吃了。鸟是走世界走江湖的，它见多识广，它到哪里都有本事能活下去，语言能力肯定超人；老鼠是土著，祖祖辈辈生活在我们这里，懂得我们的方言不是一件很怪的事情。有鸟嗖的一声带着哨音飞过，母亲就举头打了一个手势，我到现在也不明白，母亲的这个手势与鸟做了一次什么交流？所有的宗教里头，都会存在一些神秘莫测的东西，母亲也一定会有。我们的红薯或者小麦在此之后确实平安无事，都蓬勃生长。对门的伯母与屋背后的婶娘每次下完种回来没几天,都会骂,骂老鼠偷吃了红薯种,骂麻雀把麦子啄了个稀烂。母亲从来没这回事。这是超然于我们感官之外的神秘力量。

对门的伯母与后面的婶娘喜欢骂。她们喜欢在菜上做记号,南瓜、冬瓜这些大家伙,她们在上面写莲1蛾2,莲是伯母的名字,蛾是婶娘的大号,莲1蛾2,是序号,辣椒、茄子不好写,她们就使劲记,一个夜晚下来,莲3蛾4丢了,就拿一块虬树菜板,拿一把厚钝菜刀,砍一下,骂一句。母亲不骂人,我家的菜园子也经常失窃,但母亲不骂。母亲说:在菜园子是不能骂人的,那些恶话毒誓从口里骂出来,落到土里,会变成虫子咬菜。母亲的菜十分光鲜,毫无瑕疵,即或是天生"麻疹"的苦瓜,也比别人家的光滑。我老家有个说法,人太恶,养个崽都是"实屁眼"。像所有的教徒一样,母亲虔诚地修炼自己的内心。每一年新鲜蔬菜上桌,母亲都要请父亲先尝。鸡爪,母亲夹给父亲吃,那是因为要父亲扒财喜;新鲜蔬菜叫父亲先吃,是叫我们孝敬。竹子有上节、下节,人有尊长爱幼。忠信孝悌,与人为善,那些蔬菜大概在它们种子时节就考察了我母亲的品性了吧。开春的菜豆子也许这么喊:铁炉冲的刘婶子家是个好人家,我们都去她家吧。菜豆子一声喊,蔬菜们便纷纷响应,结伴来了。我们家的南瓜都有一抱大,个个都像弥勒佛;我们家的冬瓜站起来有人高,一排排靠在屋墙上像十八罗汉;那豆角一线一线地吊串串,像春天密密麻麻的雨脚。年年都是这样,我家蔬菜大丰收。

我家的碓屋有个神龛,正中端坐着我的爷爷——我爷爷是梨木雕刻，身上罩着一块红绸布。我家的祖宗都在神龛上，平时只有我爷爷值班，到我们供飨的时候，他们都回来。我爷爷旁边有一只青瓷坛子，里头装的都是种子，辣椒种子、玉米种子以及南瓜、线瓜、高粱种子，它们被母亲分门别类，用红布包裹，一层一层地放在坛子里。神龛的后面是我家的柴火灶，在寒冷的腊月，我家在这里煮猪潲，酿酒，蒸饭炒菜，天天有薪火燃烧，种子们在这里既享受春天般的温暖，又歆享母亲宗教般的供奉。这是母亲的宗教。

庄稼，是母亲的信仰，也是我们农耕民族子民的信仰吧。

蕴藏在一毛钱中的幸福

姐自故乡来，自知故乡事。

姐从遥远的贵州返乡。我外甥在那里开了家店子谋生，姐在那里帮衬，干些煮饭洗衣的活计，深冬里回来，第一件事情就是去看望我父我娘。看后到我这里，打算从这里再去贵州。姐说我父我娘都好，我父满面红光，活八十岁是没问题了；说那年猪怕有两百斤了，今年过年比较热闹了，乡下的幸福标的一直是这样，有个大猪过年就是热闹；说红薯已经全挖进窖了，母亲给我们炕了很多红薯干，这次给你带了一麻布袋；说村子里的马路修好了，是四米宽尺来厚的水泥路，牛也有好路走了，没想到牛走在水泥马路上也有穿皮鞋的嗒嗒响。我姐说到这里，我笑了起来，我说，那羊牯子走在马路上一粒一粒地撒，是不是"大珠小珠落玉盘"？

或许有这些幸福的元素铺了底，我姐说到我娘打牌赢了一毛钱，我深冬的心里好像开出了一朵阳春的花来。我姐说：我进门没看到娘，只有爷老子跟先香姑奶在打字牌，他们没打钱的，爷老子还精得很呢，我看了一下子，他连和了两把，我问爷老子，娘呢，爷老子说说说，老是想说，说又说不出，"像个傻子一样只用嘴巴努"，说"那儿，那儿"。我姐就知道了，往蟓子婶家里去，果然，母亲在那里。我娘看到我姐回来，甩下牌就出来了。我娘说：今天手气蛮好，开始还赢了六毛钱，后来连输连输，又输了五毛，输赢两抵，赢了一毛钱。

听到这里，谁也不知道我内心的那种隐秘的幸福感觉。我遥想，在那丘陵起伏山环山绕的小山村，梧桐树的叶子已然落了，飘落在青石头板的小巷上，未曾扫去，踏在上面绵软而有沙沙声响；而松树青青，排列村庄，把乡村合围，把庄院装在一个绿色的篮子里；在瓦檐下，细绳子长的红薯藤像织成的灰褐色的朴素幕布吊在阶前，把方格子窗子遮拦小半；暖暖的冬阳透过椭圆形的薯叶照进窗棂，在红褐色的菜柜上与露出了木质纹路的饭桌上印出许许多多银毫子般大小的光圈。是的，像打灯光。富丽堂皇的宫殿里经常打灯光、经常唱大戏，在蓬檐瓦盖的乡居家里，阳光也给乡亲导演他们小小的戏份，演绎着同样长短的连续剧。在炕桌下，铺着一床绣花被，在绣花被下，是一团炭火。绣花被之下，红炭火之上，是一双双嫩脚老脚淹浸于火香被气之中，这是我关于乡村雪天的经典回忆。在这样的意境里，父亲与先香姑奶打字牌，那暖是会从脚板底下升起的吧？先香姑奶应该上九十了吧，去年我回去的时候那眼睛已经差不多闭合，只是有一条毛发粗细的缝了，她多年从缝隙里看人看世，她还看得见字？我父亲连我回去都喊不出我的名字了，常常把我喊成我弟，把我弟喊成我。七八年前，父亲刚满七十，得了一回脑血栓，人就傻了，像他这样，能活三五年就是我们原先的奢望，他现在还活得那么顽强，字牌还打得这么好？

字牌是我们那里或者说是我们湖南独有的玩乐吧，它只有扑克的三分之一大小，连"换底"共八十一张，抓在手上像一把缩微的鹅毛小扇，打法像麻将，而它变化多端，思维灵活，与麻将相比，这么说吧，麻将是三分技术，七分手气，而字牌是七分技术，三分手气。它两人可玩三人可玩四人也可玩，两人叫对挖，三人是正打，四人一起，那就一人闲三人玩，轮流上阵。父亲不会打扑克，也不会玩麻将，却是打字牌的高手，几乎在每一个农事休闲的深冬，父亲都会与老倌子们从昼玩到夜，从夜玩到晨。玩的是小意思，大概一个冬天下来，输赢在三五块左右吧。不知道是父亲霸道，还是母亲勤劳，白天，父亲在玩字牌，母亲在雪花飞舞的田野扯猪草或者在冰封雪结的山头开土荒，夜里，父亲在玩字牌，母亲极少坐在旁边看，她要么洗碗、扫地、浆补衣服，要么穿针引线纳鞋底，还不，她给父亲加一块炭，添一把火，就独个先去睡了。除了睡觉，我不知道母亲什么时候玩耍过，以什么方式玩耍过。

一个人一直劳动，一刻也不闲，你觉得这是幸福还是悲凉？我现在两人养三口，感到有不可承受之重，经常感到能力捉襟见肘；我父我娘盘养着六七张口，我不认为他们比我强，那不是能耐入圣，而是勤劳超凡。在我的印象里，我感到我父我娘像一只转陀，以一座茅草房为中心，以稻田以麦土以菜圃以山头为界线，白天黑夜被一条条食管编织的韧带鞭子在时间的磨盘上抽着走，食管编就的鞭子真韧啊，一条往往要缠着我父我娘抽十多年甚至二十年，这条刚刚被编就，那条又编织成了啊。等到所有的鞭子被提走，我父我娘老了。我对他们说，别种田了，他们怎么也不肯，六七十岁的人了，春寒料峭，余冰未消，就要挽起裤脚下田，夏日如火，骄阳暴烈，正当午还在弯腰刈禾脚踩打谷机，那情形哪里是我们坐在空调房里所能想象的？父亲一头栽在自家门槛起不来的那年，终于不种田了；但母亲无论如何都要把土占住。田不要了，土还不要，你们以后哪里还有一寸土地？那分布在峰岭岭上分布在山凹凹里分布在沟冲冲里的麦子土、红薯土以及辣椒茄子等菜园土，也不是那么好侍候的。隔壁的莲子婶告诉我，你娘挖担红薯从山上下来，出溜一跤摔下来，百把米长的山路就不用走了，坐了滑梯，一溜到了山脚，再把红薯一个个捡拢来，用了三天呢。再过了几年吧，母亲终于在土地面前服输，把远处的田地让给了人家，只在对门的垄上保留了一两块菜园，但她还要喂猪，还要上山捡柴。我姐给她买了一枚戒指，我娘戴在手上去扯猪草，不知怎么就掉了，我娘接连找了一个星期。在乡下的土地里，有谁遗落珍贵的事物，引得乡人终生痴痴寻觅？在许多夜里，我梦见我娘挑着一担水桶，颤颤巍巍走在青石板上，一泼水荡了出来，母亲正好踩着，呲的一声溜了，向天一跤，连水连桶倒在棉衣上；我梦见我娘掮着一把锄头，爬在笔陡的、溜滑的、碎石乱陈的羊肠山道上，一条手臂粗的青蛇吐出芯子，把我娘吓着了，人就摔倒了，那锄头自头顶砸下来。劳动是一种美德，劳动是幸福的源泉，可是，我七老八十的娘始终在劳动的路上，是美德吗？是幸福吗？

对玩耍与劳动到底怎样来进行道德的评判？玩耍与劳动到底怎样来给人幸福的感觉？也许对我们来说，年纪轻轻或者年龄正足，就投身于打牌，那是羞耻，但对于我娘呢，那是一种怡然。一件事可做两样的道德评判，其中的差别恰恰如：城里人拼死拼活要减肥，恨不得将自己千刀万剐，把肉剐掉；乡下人却在要死要活增点肉，也恨不得把稻谷、把麦子、把一把黄土粘贴在自己身上再不掉下。我们在劳动中找到幸福的本质，我娘他们必须在休闲里才能回归生命本身。所以我们的玩耍是一种胡闹，我娘他们的玩耍是一种祥和；我们的劳动是一种荣耀，我娘他们的劳动是一种残酷。

或许是我娘自身的生命意识已然苏醒，懂得可留一段时光给自己了；或许是我娘准备抓住生命的尾巴，感受生命另外一番风景；或许是我娘想到了她子女的牵挂与担忧，想为他们减轻精神负担；或许我娘觉得子女都送了出去，让他们过上了好日子，自己也可过一过了。我不知道，从来没进过学堂的母亲谁给她扫盲，让她把简体与繁体并存的字牌认全了，我也不知道，是谁让一个老太太学会了碰牌吃牌技巧繁杂的字牌，是我父亲吗，是我那已然得了老年痴呆症的父亲？那么在凉凉的棚架下、在暖暖的炭火上，我的老父老娘以怎样的心情玩耍与休闲着春夏秋冬？我娘一直是为我们而存在的，我们之后，是为我父而活着的，我父对我娘近乎一种霸占，以往，我娘略到人家家里串门，那差不多是一件"家庭事故"，现在，我娘撇开我父，与蟓子婶她们自在自乐，有自己的生活了吗？"和了和了！"白发老娘终于"和了","和上"了这种生活？这种意境对我们而言也许有点为时过早，但谁又不容许我们向往呢？在这个喧嚣的城市，我听我姐说起故乡的人事，说起我父我娘打牌，那种莫名的幸福感觉自心底冉冉升起，在我的头顶上盘旋而上，像看不见的炊烟袅袅飘荡。是因为我那劳作一生的母亲也在休闲中享受生命了，赢一毛几毛，或者输一角几角都不重要，重要的是母亲懂得了休闲。我想象在树围草铺的庄子里边，摆立几十栋的红砖房土砖房，在那红砖房土砖房里，有十几个翁媪，有的打牌，有的看牌，或者还给伢子妹子牵线做媒，其中有我的母亲，有我的父亲，他们在那里过着虽然琐碎、虽然细小却也快乐、却也清欢的生活，这是一种幸福的"土灶"吧，他们的幸福与温暖从此生发，贯入一脉相承的异乡的我，我的幸福就接着故土的地气油然而生。

翻完红薯藤，背得一篮归

人禽语

我家的鸡天天同鸭讲。人与人交流障碍重重,鸡与鸭互为知音,一切在不言中或少言中。老娘筑了鸡鸭房,两面是红砖墙,两面是竹栅栏,竹栅栏外,是丝瓜藤、南瓜藤,藤叶青青。老娘给鸡植了棵桑树,鸡就有了诗和天空,可以"鸡鸣桑树颠";给鸭挖了口小池,鸭就有了诗与远方,可以"争随流水趁桃花";桑树与池子外,是它们的客厅与饭堂,它们合理利用,也当了歌舞厅,鸡唱鸭飞,鸭鸣鸡跳;一面墙上,打了个小洞,连通我家杂屋,杂屋一间是鸡鸭卧室,日之夕矣,羊牛下来,鸡鸭栖于此。

老娘晓得,鸡可以同鸭讲。老娘喂过猪,喂过羊,喂过狗,喂过牛,喂过猫,牛羊构成一词,老娘不曾牛羊配,把牛与羊强拉一间房;猪狗构成一词,老娘也不曾把猪与狗拉鸳鸯,霸蛮居一室。老娘把鸡鸭安排一起,同住同吃同劳动,晓得鸡鸭此辈可以通声气,"拉与同坐",而且同窝,而且同卧。我观察蛮久了，鸡鸭们互不干涉，和平共处，鸡与鸡有时会鸡公啄架啄脑壳，鸭与鸭有时会翅膀互扇寻快活，鸡与鸭却没有过鸡鸭斗。老娘晓得，人与人难处，鸡与鸭常通。

我看到过动人一幕，一只鸭跳入小池，灰掌拨浊波，拨波到池边，一只公鸡来了一个起飞动作，准确飞起，站在鸭背上。鸡是公鸡，鸭是否母鸭，不晓得，莫乱猜，也许是公鸭呢，鸡鸭之间友谊纯洁，没我等之间那么乱糟糟的。鸡站在鸭背上，鸭子游水啊游水，划水啊划水，小池里打转转，公鸡站鸭背，鸡冠绯红，脖子抻直，"喔喔喔喔"，响彻院子内外。公鸡本来音高，石头谢家公鸡一叫，铁炉冲的屋墙都冲来声波；这只鸡鸭同台表演水上项目的公鸡，其高声部，估计冲到三溪桥那溪流了，溪波高了一个浪尖尖。

这幅奇景的创造者是老娘，老娘不通城与市，老娘蛮通鸡与鸭，把它们当孩子一样，好像是对孙子与外孙一样对待，主君不凭空设置高低贵贱，它们乐得不分彼此，在这小块地方安居乐活，活得乐呵呵的，鸡有歌喉，鸭有歌喉，鸡有羽翅，鸭有羽翅，同歌同舞。此间乐，不复知河与坪。活得快乐，比么子都好。不用给我么子大世界，给我一片竹林，一间吊脚楼，乐乎乐乎不须疑。世界很大，我想去看看；竹林很小，我想去长居。

"嘹，嘹嘹嘹嘹"。这是我老娘在唤鸭。老娘持了一小脸盆鸭食，鸭食是蒸红薯加麦麸子，糯拢的，一步一挪，挪到鸡鸭居，老娘声声慢，"嘹，嘹嘹嘹嘹"，好像都是五音节，前一个嘹，拖得略长，后一个嘹，降了音阶，到最后一个嘹，完全轻声了。听得老娘仄仄仄平平，鸭子们"嘎嘎嘎嘎"，碎碎鸭步，跑来了，鸭步蛮模特步的，有一只还在水里游的，扑棱棱飞出水面，飞机落机坪，滑行也似，准确滑到脸盆边缘止步，鸭们张开两瓣钳子长喙，把脸盆里的薯麦粑，直往喉咙送，那喉结蛇蜷身爬也似。

这个我不惊奇，我惊奇的是，老娘"嘹，嘹嘹嘹嘹"，其声惹得众鸭举止慌乱匆忙，鸡们无动于衷，站桑树颠的，还在那里引吭高歌；躲竹栅栏下的，踮起鸡爪爪，奋勇上蹿，它想去偷食丝瓜翠叶；有只母鸡，微闭着眼，云外仙鸡精神，坐看云起云落，淡看鸭为口忙，自然，也有两三只鸡，踱莲花碎步，到盆边，啄一口几口。鸭们无视，各食其食，鸡鸭美美其食。

有些超出人之理解吧？没有。老娘过了一会儿，端着竹筒去了鸡鸭居，"咯，咯咯咯咯"，也是五音节，也是前重音后轻声，也是一声长，四声短。这回是，鸡们坐不住了，四面八方，围聚而来，有的还是从半空中飞来，桑树颠的诗歌生活都不过了；那只小毛贼鸡，也不盗贼了，衣食能周，人或还有想做贼的，鸡不做贼了。鸡们摇摇摇摇的，都跑来，紧紧围绕在谷粒周围，点头如啄米，啄米要点头。

老娘"咯咯咯"，唤醒了我的记忆。只是我记忆里，听老娘唤鸡鸭无数，没想到唤鸡与唤鸭，语言大不同，唤鸡是"咯，咯咯咯咯"，唤鸭是"嘹，嘹嘹嘹嘹"。唤咯，鸡来鸭不来；唤嘹，鸭来鸡不来。乡村物种甚多，品种甚繁，在语言治理下，各自相安，秩序井然。鸡有鸡语，鸭有鸭言，人有人语言。莫说人与动物界，隔着物种的距离，便是人与人，貌似隔着不单是物种的距离。老娘与鸡与鸭,声不隔肚皮,我与你和他,心隔了肚皮。老娘与鸡鸭,语言不隔肚皮,老娘晓得鸡鸭,到了中午,到了傍晚,肚子里咕咕叫了,老娘听得懂它们说话,端来糯麦粑或者白米米,造访其居,供应其食。鸡鸭自己觅食,更多的是老娘给它们的生活补贴,它们活得蛮乐乎的。此间乐,不思鸽子格。

老娘对鸭鸭语,对鸡鸡言,蛮神奇,如此一唤,鸡鸭何以都懂呢?对鸭是"嘹"字,鸭语好像不是"嘹"声,鸭子是"嘎嘎嘎嘎",莫非人鸭交流,通过第三种世界语?这是自然语吧。老家叫鸡蛋,不叫鸡蛋,叫咯。我们喊鸡蛋叫咯。那日我到鸡鸭居,看到好多鸡蛋,进去捡,恰好有微友打电话来,我说我在捡咯,捡了好多咯,那头一脸蒙圈,欲问没问,不懂算了。咯,鸡懂,我也懂,唯有人不懂,稀奇。人与动物距离近,人与人类距离远。

乡村人与禽与兽,彼此交流,都不是一套语言系统,而是对牛弹琴,对猪敲盆。老娘泡了一桶猪潲,努力解决猪们的温饱问题,到得猪栏边,既不是"嘹,嘹嘹嘹嘹",也不是"咯,咯咯咯咯",而是另一阕"喉之五声五音者":"姐,姐姐姐姐。"猪大姐猪小姐,本来酣睡如猪,也跃然而起,举步潲桶边,哐喊哐喊哐喊,两只耳朵一扇一扇,扇个不歇气,猪就餐,耳朵必扇。阁下听得懂吾乡语不?恩弄公,扇过耳朵了不?不懂吧,转为官话是:您老人家,吃过饭了不?你这个姐姐,日头落山蛮久呢,恩晓得回屋,这回相信王孙欲归者懂了:你这个猪崽,太阳落山了,胡不归?

对猪叫姐，对狗呢，叫咯咯，小把戏撅臀了，不闻爷娘唤女声，但闻咯咯咯咯咯鸣村。闻得咯咯咯，村内村外的狗，飞奔而来，它们晓得，有屄屄吃了。不太晓得，唤狗为什么是复音节，单唤咯，满山满田的鸡飞来，加了一个咯，鸡们不惊不乍，镇定自若，狗则五心不定，跳起来，跑起来。在我们的理解之外，鸡晓得狗语，狗也晓得鸡言，鸡不对狗讲，狗也明白。狗明白，它现在有排骨吃了，不用吃小孩屄屄了，时代巨变，人狗语不变。咯咯咯咯咯，狗依然飞奔而来，它不是来吃屄屄，是来蹲老娘膝盖，享受人间绕膝之乐的。

老娘还晓得唤羊，不是咩咩咩咩咩，而是面面面面面，猪牛听不懂，羊懂。老娘好像不懂牛语，从来没听到老娘唤过牛。努力回想，我牧牛十年，也不晓得怎么与牛通话的，我只晓得一根牛鞭，呼呼发声，我想，也许在家禽家畜中，牛是例外，无须人唤。错了。老娘不与牛话语，老爹晓得，老爹犁田，不拿鞭子，就拿话语，可以畅通心意：哦，起，哗。一声哦，老牛自奋蹄；一声起，老牛慢动作；一声哗，老牛便安歇。这与驴语，意思一样，音韵不同，喊驴起来劳动，是驾，喊驴停下来歇个肩，是吁。人与驴与牛，不是单音节，更是多音节了，语言丰富起来了。

人与动物，关系简单，不用人与人那么复杂。人与人沟通，词语蛮多，多是隔膜；人与动物间，词语蛮少，彼此易懂。能驾驭复杂矛盾的，当去都市；想过简单生活的，可以去乡间，筑一间茅檐，喂几只鸡鸭，放牛于山坡，人与世界一切，几句几声，彼此心通。

这是禽语,那鸟语呢?自然容易,学鸟叫,鸟们都朝你来,你融进鸟的世界,鸟来到你的世界。

乡村鸡鸭鹅,家禽中的"吉祥三宝"

一阶一梯一声咚

一身臭皮囊，十余年前生了贱恙，不要人命死，但要人烦死，大医小院都去过，只是难愈，年复年日复日被其折磨，不是要处。病急乱投医，前些年听人说，浮萍泡澡可缓解，我没上心，今年去了他地，友见犹怜，告诉我浮萍或有些效，试一试吧。

清风明月皆为灵药，绿水青山尤是妙方，夏日炎炎，城里过不得，赶回老家，风消溽暑，田垄里走走，已无稻花飘香，但有蔬菜呈绿，入密密丛林般的玉米田，做深呼吸，也让人神清气爽。一日，往老院子走，但见一丘田，做了浅水塘，上面密布浮萍，绿的有，红的更多，中医说，红萍效力高于绿萍。回家拿来竹筛，打了一筛回，有用没用，只要无害就告吉，反正是泡澡，又不是吃药。

回到家，端了浮萍到三楼，煤气灶现成，开了火，烧了汤，再是铝盆草汤，沐浴更衣，感觉还可以。一夜无话。翌日，太阳照常升起，老生照常捞起，回到家里水龙头下，清洗泥腥，碰到老娘，问我，我答是浮萍泡澡，老娘夺了竹筛去，说她去烧火泡。我又夺回来，说楼上有煤气，拧开火就泡成了。老娘骂，你晓得个鬼，中药柴火慢慢泡，才起效的。老娘把竹筛夺了过去，一步一挪，挪到披厦子，架起铁锅，泡起浮萍澡水来。

也是我有些偷懒，享受老娘给予的现成，也成习惯了，老娘要抢着去，柴火烧浮萍，我半推半就了。我也想，老娘给我烧水，到底算是轻活，比她扛着锄头去菜园子里挖土、锄菜要好些。老娘性子犟，她要做的事，九头牛都拉不回，老娘八十多岁了，多次跟她说，莫去搞农业生产了，当时答应好好的，转身拿锄头，背起竹篮，又干活去了。老娘摔倒不止两次，骨折也至少两次，她赚十块钱，可能要害我们花万块钱。就是去年，老娘摔了一跤，胫骨全断，住院十来天，花费两万余块钱。

我也佩服，老娘生命力比我强多了。我去年"新冠"，至今没完全恢复，走路久了，走路快了，心扑扑跳，测测心率，甚吓人。老娘又骨折，又"新冠"，一两个月后，没什么事了，又去挖红薯土，又去栽苞谷，茄子辣子，南瓜冬瓜，老娘给侍弄得绿绿葱葱，瓜果满园。自我住院，老娘特别挂心，夜不成寐，每日想着天天视频。这回我去长沙复查，仅是复查，老娘没作声，由我去。我去了两天，寻我老弟吵，骂得老弟打电话向我姐我妹诉苦。他们不晓得老娘何以蛮横无理，我晓得是老娘担心我，赶紧回家，老娘么子事都没有，不找谁吵了。

老娘抢着烧水这活，想来不是中药效力，是老娘想给她崽做些什么，不让她做，估计她会闹，这个说法，也是我遮盖私心吧。我多次站在三楼阳台上，看到老娘蹲在披厦子，木柴塞进土灶，面色通红，正是酷暑，居通风处都热得人死，老天七月流火，老娘七月烧火，老娘是不太出汗的，脸上却火在烧，好几次我下楼去跟老娘讲道理，拿楼上用煤气灶，次次被老娘顶了回去。最担心的，不是老娘烧火，常常是，老娘背起背篮，拿起锄头或镰刀，到山边田野，去扯糯米草，去扯马鞭草，去扯蛇不过，这些草，中医说都清热解毒，老娘晓得一些，农村人，多半晓得一些中草药的。要不，我说这些药没用；要不，与堂客散步，顺便扯一些。

　　老娘烧好了，倒入一只水桶里，先前喊我，我多在书房，没听见，或是听到了，大声应着了，老娘听力差了，她没听到，提着几十斤滚烫中药水，往我三楼提。咚；半分钟后，咚；再半分钟后，咚。一声接一声的闷响的咚，好像铁锤打桩，打在我心瓣瓣上。老娘脚骨折后，她不能上楼梯，堂客剁了斤肉，喊她上来吃饭，她不来，说是脚上楼疼，堂客只好把饭送下去。老娘上楼脚疼，老娘提着重桶上楼，不疼了？老娘一手拄着拐杖，一手提着水桶，上一个台阶，一层楼梯，她把桶子放下，休息半分钟，再往上一层提。我听到，咚，不响了，过一会儿，又是一声咚。老娘水桶垂放楼梯，好像一块磐石击我心底。

　　暑假后，堂客早晨去捞浮萍，老娘下午给我泡中药，有时还不知道，老娘么子时候烧好了水，不晓得那一声咚何时响起。这几天，隔壁在砌房子，不时传来一声咚，午睡正酣畅入梦，忽听得一声咚，把我心脏都吓得蹦出来，腾地下床，下楼去看，没见老娘提桶来。虚惊一场，睡不着了，睡不着好啊，可以尖起耳朵听，一时半刻后，咚，不让响第二声，堂客咚咚咚咚下楼去，把老娘的水桶接上来。堂客也不让我下去，她晓得我心率不怎么样，急走，提重走，心率噌地上去了。

居乡下一个暑假，每日听得众声喧哗，鸡鸣，狗吠，鸭叫，鹅歌，蝉唱，蛙鼓，还有麻雀、杜鹃、喜鹊、画眉百十种鸟类，整日里或清歌或欢歌或长歌或高歌，人声天籁声声入耳，不曾入心，唯有午后，我家楼下的那一声咚，响我耳，惊我心，动我魄，感我魂。

《一剪梅》里一页情

我相信爱情会有一种意想不到的形式,突然降大任于你。设想无数场景,但所有的场景都不出现,出现的是我没想到的。

我骑着自行车返学校。平时都是住校的,周末了,学校食堂不开伙,待不住;也是我娘喊我回去挖红薯土,出猪栏粪,或做煤球,反正有干不完的农活。待周日下午,洗脚上岸,换了衣,回学校。我前两月工资,都没花,就买了一辆自行车,永久牌的。

这天骑着自行车,转一个大弯,下一个陡坡,忽然听得一句:刘诚龙,你给我下来。转头看,是学校里一个叫周嘟嘟的美女,她家就在拐弯的山脚。忽然一叫,吓我一跳,踩了急刹,翻身下马。原来是周嘟嘟带了两个美女,是她妈当校长那学校的老师,她想把两个美女带她学校也是我学校去玩。她一辆自行车,坐不了三个人,叫我给她捎一个。

两个美女,谁上?谁上都可以。现在是我堂客的,那时羞得不行,撇过脸去,不看我。我学校有老师跟驻我乡的部队熟,我们一起在那里买了一身军装。军装穿在他人身上帅气，我穿着，怎么看都有点油里油气，准堂客不看我很是正常。周嘟嘟喊：法妹，你坐他车去。

当年一身力气，自行车踩得呼呼叫，二三十度陡坡，带弯的，也是一个劲地往前冲，耳边飕飕风。后来有人说我堂客抱了我腰，在自行车上笑，那是污蔑，她感觉我土匪似的骑单车，有点怕是真的，只是死死抓住车座，一寸玉指都没挨过我；车上我有一句没一句，没问找问，许是车速快，风把我话吹远，散开不成句，她一句话也没回。

又碰到这样一次，周日，回校，周嘟嘟又喊其两个闺密去我们学校玩，这回没等周嘟嘟分配，准堂客踩了车架，坐在我自行车上笑。居农村学校，没甚好玩的，恰好学校还有一个跟我一样打光棍，我们倒是把周嘟嘟撇开了，两男两女常骑着自行车，上十里下十里到处溜，秋日里黄尘飞扬，春夏里鲜花满路。如果可以青春再回，依然还想骑着自行车，车屁股后面坐着一位少女，穿行在春夏秋冬里。

准堂客坐在我自行车上笑，准岳父却望着在自行车上笑的少女，没哭，带恼。准堂客算书香门第吧，小家碧玉，她愿意与我共度青春年华，她爹舍不得将他娇娇女的一生交给一个农家穷小子。很反对。即使后来勉强同意，我接准堂客去我家过年，她姐姐都对我没好脸色：莫去。

那一对，他岳母是，丈母娘看女婿，越看越欢喜。也是难怪，她女儿拼死拼活要嫁一个农村汉子，吃国家粮的女儿要嫁一个没工作的，她爹她妈死也不肯，把她锁在屋里个把月，饭菜从窗口送。这时节，忽然有个教师追她女儿，他丈母娘怎不喜出望外？那厮又写了一首诗，其中一句，现在我都记得：车轮滚滚向七中。他岳父是教高中生物的，喜得不行，喊我们去喝酒，我滴酒不沾，那厮喝半斤八两不是事，他岳父转头对我说：饭胀蠢猪头，酒醉聪明汉。

看着他俩男女，出双入对，我这头急出火来。去过我准岳父家一回，准岳父不准我再去：再去一脚把你踢到资江河。按道理，这话应该对他自己女儿说才对。这话说没说，其实我也不知道，是生物老师之女转口对我说的，搞不清是真是假，只是让我再去准堂客家，去跟准岳父讲道理。不敢去了。

脚步不敢去，那文字代表我的心，让文字去准岳父家吧。是周日，学校四周桃花开得正盛，校园一片绯红，其他老师都回去了，我一个人坐在窗前。曾买了一台收录机，单曲循环，我放着《一剪梅》，费玉清的歌喉相当有磁性，现在我听来或另有感觉，当时听得格外缠绵悱恻，如一根白鹅毛，一遍遍地轻搔着心尖尖。

20世纪80年代末90年代初那些年，费玉清的《一剪梅》火得不行，街头巷尾，村院校园，工厂家属区，凡有井水饮处，尽是梅歌：真情像草原广阔／层层风雨不能阻隔／总有云开日出时候／万丈阳光照耀你我。岳父是挺严肃的人，他也买了一个随身听，平时只听新闻，却也时不时地放一曲《一剪梅》，坐在藤椅上，眯着眼，摇着脚，不是一般的享受。

《一剪梅》响起，我闭着眼睛，费玉清的形象浮现脑际，他那招牌似的仰头动作，像是在瞭望星空中央的月亮，模样沉醉非常，配合着委婉歌词与优美旋律，不但让他唱起来深情款款，也让我这个没心没肺的人，突然间情意绵绵起来。园园桃花来应景，一轮轮《一剪梅》来应情，让一个粗俗少年，也儿女多情了。

记不起我那封信写了什么，好像有两三页纸，记得的是结尾：尊敬的艾老师，隔壁正唱着《一剪梅》，把人闹得不行，暂且停笔，以后再来叨扰您。此致敬礼。

这里有个谎话，不是隔壁在唱，是我自己在放。一点忐忑，一点希望，我把信投入邮筒。余下日子，我都在等回音。等待戈多，等待准岳父。收到过很多信，那时我在试着投稿，隔三岔五能收到一封退稿信。让我做女婿的信，不来也罢，至少退我当女婿的信，该有吧。也是没有，只有等待戈多。

过了有些日子吧，准堂客找我来了，叫我去她家一趟。其他敦然告诫与肃然训话忘了，记得一句：你别玩文字，你以《一剪梅》结尾，我知道肚肠弯了几道弯，你想表白的是八个字嘛：爱我所爱，无怨无悔。小子记着，这八个字，你给我一生记着。

许多年过去，一曲《一剪梅》如一根绳索，到如今都缭绕我。

精神成长的地方，稻田环绕的东岭学校

犹记当年写情书

月华如霜，共坐西窗，堂客突然发问：你写这书，你写那书，你欠我一封情书。现在我不曾酒醉鞭名马，也怕情多累美人，当年也是自相问，情为宝物，直教人生死相许，多情时节没写情书，可能吗？堂客倒柜翻箱，把她铁盒子搬来，一封封拆开，没有。这不是吗？我曾用拼音写短信，叫我学生带她学校去。堂客大叫：这是吗？这是下发通知：明天来我学校吧，或是星期六，我去你学校。这也叫情书？

没写情书？我冤枉。情书，我曾写过。

我在一个叫梅城的地方浪迹三年，文绉绉说是负笈，坦荡荡说是浪迹。梅城之名甚是动人，确也蛮有古韵，街之中央全是青石铺就，梅城人称之为青石街，听说这街是宋朝修的，每到周日，人山人海，摩肩接踵，青石板被踩得铿光发亮；平常日子人少些，便见美女举着油纸伞，穿着高跟鞋，嘚嘚嘚从街头摇摇曳曳走过，有梅花三弄音韵，风情万种，梅城少女之靓少妇之美，湘省都著名的。

妙处还有资江，资江现在居城市中央了，两岸高楼，那时却从城边穿过，资江从万山里奔腾而来，到得梅城，已是笃笃悠悠，清水微澜。城这边，有一段高堤，长约数里，虽是土建工程，却是坦荡如砥，也是茶马古道。随资江而蜿蜒的是杨柳岸，晚风初月，资江岸边排排杨柳，使古梅城增添了无限妩媚。你走在青石街头，你头或是雄赳赳的；你走在柳杨古道，你心多是柔绵绵的。杨柳岸，晓风残月，总能生情，总是多情。

我们恰到了这时候，男生情女怀春。班上有一两对，已然是明火执仗，更多的是情流暗涌。刚进校园，多还是扭扭捏捏，到了毕业那年，怕的是此去经年，机会没得了，也便多情如雨中鲤鱼，跃出资江水面。几位一直跟我们放学后游街的兄弟，都不跟我们出来了，守在教室里，含情脉脉，未必表白了，却想着隔一张两张课桌，多看几眼，抒情。

我与何兄、谢兄还有廖兄，人家自然多情我们貌似无情，无论是夕阳铺资江，还是小雨落青石街，甚或冬风猎猎、雪花飘飘，我们都是晚餐后先走青石街，后走杨柳古道，绕一大圈；也是借了青春阳火，纵使梅城是梅雨，吹面有寒，也一日不漏，绕梅城而慢走。华灯初上，月挂柳条，在资江边上信步闲道。月朦胧鸟朦胧，但见蓬然柳条帘里，总有一对男女拥拥抱抱，卿卿我我，有的是街上人，而好几次，看到同学一对，抱是没，挨着坐。

我们在笑，其实是酸。那照月鸿影，正是首席班花，或是比肩班花，恰是自己梦中人。毕业好几个聚会了，我都不曾说出心中旧情暗恋，现在是油了，也只是一半玩笑一半认真，对一花或者二花，说我当年如何相思如资江边飘拂的柳条，柳动是我心在动。折过柔条过千尺，未吐半句心消息。

未及表白，已然毕业，卷起铺盖回家，家门帐饮无绪。毕业那年暑假，我们到处串门，四五个最要好的，今天去你家，明天去他家，那次是约去何兄家；白天逛山、玩溪，到了晚上睡在一块。说得最多的，只关风月，不涉风云。你说你说，你喜欢谁？说起这些来，先是遮遮掩掩，后来不见外了，他说他喜欢班花，他说他喜欢校花，也不晓得怎么的，他们无一个来问我：你呢？听得他们爱谁谁谁，我心头怦怦跳，阿门，那是我最心仪的，是我无数夜里枕着她名字睡不着的人。

我却是跟着哈哈。未了，终有一人跳脚起来：莫睡莫睡了，再不表白，再无机会。她们都分配单位了，被别人追，一把给撸了去，我们三年白有缘了，日想夜想，白想了。听得这话，一个个踢了被子，跳下床来：是嘎是嘎。趁别人没下手，我们先下手。快快快，我们起来写情书。

胃口都吊了起来，情绪都特别亢奋。何兄翻箱倒柜，找信纸，没有。一个说，作业本也可以，看他急得；一个说，作业本不正式，还是信纸吧，信纸信纸，爱情信之。周兄平时懒得要死的，这回勤快了，我去我去，我去经销店买。周兄是我们家世好的，我们都穿布鞋，他家有些钱，每天都穿着黑黝黝的皮鞋，在校园里，踢踏踢踏，抖得很。

谁爱谁？我们五个人，三个是骚鸡公，周兄说，别的别分给我，我只想莉莉。这家伙，莉莉都喊出来了，我们都是连名连姓叫，他倒是昵称了。好吧，何兄，你呢？我随便。那你萌萌吧——急坏了吧，谢兄他想的是娨娨，这个我们都知道。何兄，你就茌茌算了。何兄心思，我是晓得的，他喜欢的是娨娨。何兄却说，要得要得。

廖兄心上人是谁，现在我们都不知道，他好像是从没长大，对男女之情，貌似什么都不懂，他一直在被窝里，也不知是真睡，还是假睡，有一搭没一搭的，只打他的鼾。估计是装睡，听那鼾声很不匀称。

谁写？众人一个劲把写情书的任务交给我。我内心里啊，打翻了五味瓶。这三个女同学，有一个是我辗转反侧无数夜的。虽然读书三年，前两年我没跟她说过一句话，后一年她坐我前头，也没跟她说过几句，但真的真的，是我梦中情人。每次上课，我没看什么黑板，只看她的黑发，那双黑眼睛，亮晶晶。我跟她在生物课外小组，有回，老师带我们采集很多草木标本，叫我跟她整理，我俩在独立于世界的标本室里，整理一个下午，一句话也不曾说，眼睛偷偷去瞄，也看见她看我，赶紧低头，及至晚餐铃响，她先我走出，回了一次眸，把我三魂七魄全勾去。

他们都去打牌，留我一人，坐在炕桌上，无限情意涌上心头。回想起来，那是我写得最动人的抒情文章了，好像写了三页纸；不敢继续写下去，还有另外两人要写呢，另外两人的，情也是有的，我对她俩也曾经想过嘛。我写完，他们就甩了牌，争着来看情书，一个劲说，给某某写得最动人，其他两人差些。你是不是也想她？那为什么另外两人的没那么好呢？我辩道：

你们打牌好开心，我懒得认真写了。

次日买信封，买邮票，都寄了去，所有情书，都是我写；所有情书，都落他人名。

很多年后，问那三位女同学，她们一个个都否认，没收到。收到了吧，那是她们心底秘密，不外示人。

这是一个游戏？也许真是我们玩泥巴时候摆的家家。只是这家家是蛮认真摆的。

回想那个夜晚，情操是多么高尚，还是有点混账？惘然难以名状。那时我把友情看得比天高，比爱情还高。若是现在让我再写情书，不会写他人名字，定会落款：刘诚龙。且加一字：上。

金竹山上雪花点点飘

　　堂兄是院子里第一个买电视的。先前自然也是第一个买收录机的，铁匣子里能说话，能唱歌，这个我伯父晓得，对门菜园子中间，兀地长了一园子乔木，最高的那棵树上，装了个高音喇叭，每天早晨都放广播，山那头刚升起红太阳，村这头同步就《东方红》。收录机与广播是不同的，收录机可以自己说话呢，伯父便来看稀奇，大家怂恿他：国太公，说句看看。我伯父叫颂国，我父亲叫颂泰，可惜只有两兄弟，要有四兄弟，后面两个一定叫颂民、颂安。这两个名字，我院子里都有，是我未出五服的两位叔叔。我那个那么偏远的乡村，也蛮讲政治。

　　伯父望着收录机出神，脸涨得通红，他不晓得说什么，他想说一句惊世骇俗的话，他想啊想，想不出来，旁边众男女架秧子起哄，说咯说咯，说句好话咯，国太公百年后那天，也放到对面菜园子里去放广播咯。伯父憋了老大劲，吼一句：你这个鬼崽崽会说话？那头马上来一句：你这个鬼崽崽会说话？你这个鬼崽子怎么骂我？你这个鬼崽子怎么骂我？伯父有点发脾气了，他举起巴掌，要打崽样子，巴掌真要拍下去，堂兄马上关了收录机：贵呢，打我还能活，打它打死了，活不了了。伯父晓得这回出了丑，面讪讪扯开门走了。

电视机不仅有鬼崽崽说话，还有鬼崽崽影子晃动。伯父这回可不大去看稀奇了，伯父晓得，世界上有他不懂的，他不懂的却是存在的，他不懂的存在不是鬼崽崽。伯父不大去看电视，全院子却是引到堂兄家来了，夕阳西下，太阳没落山，先来一拨，是鬼崽崽、细伢子，他们一排排来占座；入得夜来，再来一拨，那是叔叔伯伯，婶婶娘娘，他们打着电筒，从四面赶来，里三层外三层，堂屋里，碓屋里，堂兄家卧室都对外开放了，仍容纳不下，对门二堂兄家，都坐满了人。我是近水楼台先得月，中途口渴，回家喝水，发现我家也坐满了人，在那儿没当看客，当听众。

当听众比当看客好。看客能看什么呢？看到电视里白色点点、麻麻点点，偶尔有几个影子，魅影也似的，在那里晃动，没面目，没身材，就是几个淡如水墨、水比墨浓的影子，这头断头、那腰腰斩的影子，在有一搭没一搭地晃动，声音也不完整，杂音比正音嘹亮：昏睡呲呲呲呲，百年呲呲呲呲，国人呲呲呲呲，渐已醒呲呲呲呲。堂兄便守在电视旁边，去摸天线，电视有两根天线，可以移动，左移右动，移动对位有信号了，便出现了霍元甲，出现了陈真，屋子里便抬起来了，齐声叫，齐声吼，齐声唱：昏睡百年，国人渐已醒。电视有人了，电视无声了，电视里的声音，全被电视外海涛般细伢子的闹声给掩盖了。电视里的正形正声，不出一两分钟，又没人，只有影，信号跑了。

我也被电视剧《霍元甲》撩拨起追剧欲。那年我读师范，师范在大礼堂安了台电视，效果要比堂兄家好多了，是电视机好，还是城里信号好？我估计是放映师傅技术好，守在电视机旁边当师傅的，是我们物理老师，电视原理都是他在教的，他放映技术指定高些。技术高是高，却也不免时不时没了人影，或者人没了影还在，余下的是白花飘飘，也是呲呲呲呲。当时电视，有个专有名词，叫雪花点，其实不太像雪花，像沙粒子，我们叫沙雪的，雪花像花，沙雪像沙，电视里全是在抛撒白沙。物理老师每次到得此刻，便为自己技术作解释，推责似的：哎，没办法，礼堂地势低，接收信号不行。

地势高，信号就好？金竹山信号一定好哒。我姨父在金竹山煤矿工作，补说一句，堂兄也在煤矿干活，不过是我们乡里一个叫七四煤矿的乡镇企业，是七四年开的吧，与金竹山煤矿在同一座山上，山这边是我们坪上乡，山那边便是另外一个地区娄底市了。金竹山煤矿在半山腰上，离我家十多里地，可以望得见，入夜，金竹山上灯火通明，星星点灯，灯点星星，夜空里，好像在天上。暑假，学校电视看不上了，堂兄家电视那破样子，看不了，我便兜了一条短裤，多拿了一件背心，打算去我姨父家长期驻扎。

姨父家买不起电视。他家就我姨父工作，六张口跟他要饭吃，吃饭吃的是黑市粮，我对黑市粮不是蛮懂，大概是农村又没地，单位没粮票，不能去粮店买米，要买也蛮贵，好在我父母务农，农民其他都没，粮食稍微多点，父亲常常叫我用书包背袋子米去，给姨白花花粮，非黑市粮。我姨说，她本是有地的，姨父是凤凰县的，离这里好远，坐车要坐两三天，姨不想回去。我表弟现在悔恨死了，凤凰多漂亮的地方，没去把地给占了，坐地收钱。凤凰当时么落后，谁晓得现在这么红呢？

  莫说我姨父家买不起电视，我老婆家也买不起。我当时不晓得我老婆在那棵树上荡秋千，其实她与我相隔不远，就在离我家三里开外一所百年老校新邵二中，她老爸在那当英语老师，岳母其时没解决户口，没安排工作，岳父在学校工资是最高的，奈何是半边户，吃饭是第一要紧，电视买不成。她学校有双职工，有个李老师买了电视，整个学校的教师子弟都跑李老师家去了。我老婆人长得秀气，跑不赢，占不了位置，她便爬到离李老师家最近的一棵老槐树上，坐在树丫处，笃笃悠悠，遥望六月李老师家雪花飘。有回看得入神，鼓起掌来，啪啪啪，啪的一声大的，她从树上掉了下来。岁月给她留了一个啪痕，如今细细看，额头上有细发也似的红印子，如一条刚出生的小蚯蚓。我老婆说，几年后她家买了黑白电视，岳父挺会想办法，弄了一张红蜡纸，一张蓝蜡纸，贴在电视上，自制了一台彩电。

  地势高，信号好？好个鬼。我姨家屋子蛮窄，也是窑洞，我这小矮人，进姨家，都得低头，厨房、卧室、客厅，都没隔开，又没窗子的，里面墨黑巴黑，煤矿里头，什么都是黑的，连空气好像都是黑的，好在不远有个金竹山电厂，金竹山煤矿供应金竹山电厂炭，金竹山电厂供应金竹山煤矿电，炭化为电，电供采炭，炭电能量在转换，姨父家白天也是灯光通明。

姨父家门前有个坪，不晓得谁是双职工，品德高啊，不关起门来独乐乐，而是与工农群众众乐乐，他每夜都把电视搬到大坪来。我先前想，工人比农民见识多，对电视这玩意儿兴趣不会那么高，其实一样，大坪里也是人头济济，也要抢座位，抢不到座位，也爬到远处枞树槐树上，只是工人子弟比我老婆安全意识高，给自己捆了一根麻绳吊树上，再怎么欢呼雀跃，也不会掉下来。

跑到金竹山来看电视，情景依然是，后面的看人背，再后面的听声音，前面的还是跟堂兄家一样，看雪花点点。主人坐在电视边，不时将天线移过来移过去，时不时去摸后面，移一下，又摸一下，嘿，出人了。啊。一坪人没谁领唱，齐声喝彩。这齐声啊，是那么大，是众声把电视里的人给吓跑了，还是把远处来的信号喝断了？反正这一声，刚一落腔，电视里的明星隐入白茫茫一片雪花里，不再出现了。主人倒不恼，旁边就有人站起来，大骂：你们叫噻啊，叫什么蛾子。大家便犯错也似，不再出声，只听得电视里面，呲呲呲呲，一片呲声。正是六七月，瞭望星空，满天星斗，遥望电视，一片雪花。

金竹山，这山名起得真好，其实若说竹子，未必有我铁炉冲背后的山上长得多，长得密，长得郁郁葱葱。其时，有位叫谭谈的，也在这个煤矿当"窑弓子"，煤矿里出事是蛮多的，煤炭燃起熊熊烈火。现在事故倒是少了，但我们不要忘记，当其时也，为有牺牲多壮志，才叫日月换新天。有位工人牺牲了，他刚娶了媳妇，新娘子没做几天，便守了寡，含泪办完新郎丧事，她不想离开婆家，便嫁给了小叔子，撑起这个家。谭谈便以她为原型,写了一部中篇小说《山道弯弯》,一时洛阳纸贵,出单行本,拍了电视,拍了电影,我在读师范,我老师专给我们解读这部小说。谭谈从一个"窑弓子"变成了著名作家,当上了中国作协副主席。谭主席特厚道,蛮淳朴,我见过他几次,那高身份,一点架子都没有,依然是"窑弓子"本色,我曾试探着请他给我写个条幅,他欣然命笔,给我写了一幅字,就是我的网名"草莽一牛鸣",我珍藏在书柜。

《山道弯弯》那位叫金竹的好嫂子,现在健在,与我师范一位女同学一个村的,离金竹山煤矿不远,女同学多次约我去看望嫂子,我多次应诺,却一直未赴约。各位,有没有谁能与我同道,去金竹山那里,不去看电视,去看金竹嫂子的?

约起?那就一起去。去看那青青翠竹,去看那亲亲嫂子。

一碗汤的距离

好像除了春节，我们家是难得板板眼眼坐在炕桌前吃饭的。我爹持了一只酒壶，去屋背后田里看水去了，禾喝水好像我爹喝酒，我爹喝酒好像禾喝水，禾是我爹的酒友，我爹是禾的水友，他俩好像有说不完的话；我娘没上桌，喊喊喳喳，茅檐低小，地上青青草，我娘在剁猪草，那是我未曾尝试过的危险动作，一手捏草，一手挥刀，刀落草上，离我娘的手隔指甲片距离，刀飞落，草前送，精准有如机器操作；我姐呢，她端起碗，鬼才晓得跑哪儿去了，有时是边跳绳边吃饭，有时是端着饭，飞奔三里，去赶我家那头水牯子，水牯子会赶趟，正在偷吃莲婶家的红薯藤，莲婶骂人，我村首席角色。

乡村都是这样的，只有到了城里，才晓得什么是座席，桌子四四方，菜碗摆中央，碰杯脆脆响，没完不离场，这在乡下是难见到的。开饭了，各人端起碗，村里村外跑了去，菜尽饭没完，一脚拐进别的家，夹一筷子萝卜白菜，又走了。没走的，也锅子里盛了饭，走到屋外，蹲在阶沿，隔着几条田垄，与对面伢子妹子，扯开喉咙吃一口，扯来喉咙说一话。回得屋来，公鸡跳上了炕桌，在那板板眼眼，啄菜，很是津津有味。

难得座席，多是走席。当爷爷了，当奶奶了，当外婆外公了，脚板不方便了，牙齿咬不动了，走不了席了，便复古周礼，坐在自家炕桌用膳。老了，还讲硬气，崽，媳妇，喊他来一起吃饭，不来，喊不动，这便生发乡村另外一景，但见小孙子，双手捧碗，野惯了的小脚，也走起了格子步，一步一步，都踩点也似，中规中矩的。嘴巴嘟嘟的，窝着嘴巴吹汤汤水水。有个成语叫如履薄冰。小把戏本来端的是热汤，怕洒出来，正如走在薄冰上一般，步子指定小心。

他去给他奶奶送鸡汤。家里有了小喜事，或是舅舅来了，或是节日来了，有时没亲戚来，也不是什么黄道吉日，只是昨夜里照泥鳅，煮了泥鳅钻豆腐；或是今天河边捞了鲫鱼，煮了鲫鱼紫苏汤；或好些日子没吃肉了，屠户师傅对面打起哦嗬卖肉，便去剁了斤多腿巴子肉，炒了一碗辣椒炒瘦肉，等等，便打发孙子孙女，给爷爷奶奶送将去。爷爷奶奶住老屋子，隔了鹅颈田，隔了鸭掌丘，隔了一条高坎，中间一条田垄，田垄上去，又一个小山头。菜是滚热滚热的，不好端手，送过去，恰是温热温热的，正好下嘴。儿子大了，或爹也在老去，都是打发小孙子去行孝的。乡下，伯伯叔叔、姑姑婶婶，自个儿很少直接表达孝心，多是通过自己的儿女、孙子孙女。崽对爹，大声大气，冲得要死，却不容许孙子孙女对爷爷奶奶起半声高腔。爷爷奶奶也是，对崽对女，常常死骂，对孙对外孙，亲得好密。

我羡慕隔壁石巴砣，他常端着一碗菜，鸡肉煮得好是稀烂的，小鱼仔仔煮得好是粥样的，喷喷香香，热气腾腾，打我家门前走过，我在屋里头，我都感觉一股股热，一缕缕味，暖烘烘，香飘飘。他娘叫他端去送给他奶奶吃。我飞脚跑出屋来，朝他喊，石巴砣，我帮你端去。石巴砣惊了一下，汤水差点荡出来，他斩钉截铁，昂过头去，不要，就不要。给你一个四角板好不。十个我都不要。我便坐在我家门槛上，静静地，怔怔地，看石巴砣身子摇摇的，步子碎碎的，端着碗，走田埂，走高坎，走进茅檐矮矮的小屋子去。我没听见，我耳朵里却十分清晰的，一个声音传进来：崽，放下，放着，莫烫了手。

我没爷爷，我也没奶奶。我父亲只是两三岁见过我爷爷，我奶奶我姐见过，我没见过。我奶奶不很喜欢我姐，我娘生我姐那天，她一直守在我娘身边，待姐一声大哭，问世了，我奶奶叹了口气，走了，回她娘家去了。我奶奶的爹爹妈妈不在，回了娘家也住不了几天，回铁炉冲了。我娘说，要是你奶奶在，你奶奶肯定抱起你跄。这里的"跄"字写没写对，我也不知道。只晓得这个跄字，是晃的意思，好多黄昏，我独自坐门槛想象，奶奶抱着我，抛了接，接了抛，我笑哈了。

我是欠抱的人，我一二三岁，正是想钻怀抱的时候，我娘常把我丢在凉凉的竹筐里，四面相围，四面皆空，中间一个空间，刚刚容身，一点回旋余地都没有的，坐下去，倒有件烂棉衣啥的；里头一根斜棍，可把胯分开，一泡尿撒去，倒也不会撒裤裆，直接撒了地；胸前有块小板，板上放些算盘珠子，拨起来霍霍响。我娘意思是，爱要你就乐，不爱要你就哭，分配了座，悲欢喜乐都由你。这个就是所谓摇篮？

这一生，没什么不满的，只感觉欠了奶奶怀抱。我老家叫欠，换普通话，大概是羡慕嫉妒恨。看到石巴砣给他奶奶端菜送去，目光追他两三里路。这也欠？去，给你外婆送碗去。我没奶奶，我有外婆，我外婆在水竹村，离我家十多里地，好像有公路的，不过公路还要转一趟车。去外婆家，我从来没坐过车。五十里路内，我爹我娘都不坐车，我没亲戚在五十里外的，哦，有个二姨，在百里外的煤矿。我爹去过，坐绿皮火车去的，我娘前七十年没去过两次。我姐大了，要谈婚论嫁了，我娘有个死原则：不能超五十里。超过五十里，我娘说，你是叫我丢了女啊。我姐我妹，都嫁在周边，方圆十来里的地方，我娘好像是一棵树，打了个桩立定，我姐我妹如树叶，落在树边边。

那天，我爹捉了一只野鸡。我屋背后有两条冲，有两座山，冲不大，长；山不高，青。山上乔木蓊蓊，灌木蓬蓬，翠竹苍苍，野鸡野兔有很多的，我还看到过野狼，在高山坳上，站到了稻谷田埂上，对着我们嚎。我爹是圆手板，我娘骂他时常说的，意思是心不灵手不巧，野味东西抓不到。那天，我爹居然捉了一只野鸡回家，我娘眉开眼笑，兴冲冲把野鸡宰了，放了两三片姜，还放了不知何处弄来，或是收藏小半世纪的当归，没加他料，原汁原味，满满一菜碗。我娘匀出来小半碗，朝我喊：给你外婆送去。

六月的花儿香，六月的好阳光。那不是六月了，是秋天了，是深秋了。我只会唱这一首歌哒。这首歌，一直没有好好唱过，老师教我们唱，都是有口无心，和尚念经，这回唱得很真心的，真的，是很用心唱的。一路唱，唱得路人侧面，对着我笑，大家不是讥笑，大人对小把戏，都不讥笑。我去外婆家，有几座丘陵，有几条小河，弯呢，数不清；你那是山路十八弯，我这是乡路八十弯。一个弯拐去，就不知道拐到哪个村里去了。对这条路，我蛮熟，一条弯也没拐错。乡路弯弯，多是这里耸一个石头来，那里拱起土坷垃来，都没事，这般路，很是应景，也很是对心，平地，我都是蹦的，都是跳的。

到得外婆家，外婆吃一惊：崽，送么子东西来？鸡汤，外婆，野鸡汤呢。我外婆把碗给放了桌，不管，拉我过去，先把我抱一下。崽，咯个重呢，抱不起了。我外婆对我抒情完毕，便去掀看菜碗，菜碗上盖了一只空碗，空碗与菜碗间，罩了一块纱布。我外婆一一打开。崽，汤呢？我伸过鹅公颈去，一点汤也没有了，只有三五块，刀把豆一样的鸡肉，干巴巴地，胡姿乱态，待在碗里。

汤，全被我跳啊蹦的，晃荡在来外婆家的路上了。

是鸡汤呢，野鸡汤呢，野鸡汤要比野鸡肉更有营养，也比普通鸡汤要更好喝的。

不能怪我，怪的是这碗汤的距离有点远。

那是我唯一一次，给外婆送鸡汤。

外婆故去，也有很多年了，现在叫我去送鸡汤，我保证一滴汤都不掉，坐个车去，半个小时搞定。

半个小时，夏日里还好，若是冬天，也凉了啊。鸡汤要趁热喝，鱼肉要趁热吃。再煮，再热，味道就失去五六分了呢。

跟一位朋友闲坐，东南西北，胡乱闲侃，扯到了买房事，他说他在他小区,又买了一个小套间,五六十平方米的样子。一个小区买两套,怎么着也要花三四十万元哦,什么情况?给老娘买一套啊。老娘老了,不肯跟他住一起,只好给老娘买套房。他算精准了:几十万元买的这套小小房,煲好了,滚烫滚烫一碗汤送去,到达老娘家,恰恰好,是温热的。

刘诚龙，你娘喊你回家挖土种辣椒

处处无家处处家，这是我的矫情；处处有家一处家，这是我娘的专情。

我娘只认铁炉冲为家。

我娘有一个家的，叫水竹村，离铁炉冲十多里的样子，我娘在那里生，在那里长，生她育她，生于斯长于斯，搁我们魂寄之家啊。我娘不认。二十多年前，外婆在，我娘每年要去水竹村三两次；几年前，我舅在，一年也要去一次吧；现在不去了，那里发生天大事情，我娘都不回水竹村了。

我这里想来算我娘一个家。我怕我娘与我们住着不方便，恰好我搬了家，空出旧房来，旧房在我老婆学校，离我办公室也不远，中午我娘给我煮饭，我下班如赶当年放中午学，吃完中饭再点卯去，正是当年我娘给我做饭的旧日子，母亲的母性情怀被复原，也蛮兴奋。

我娘住了几年，不住了，说是五楼，脚打崴，爬不了楼梯；

不下楼梯呢，铁窗铁门铁桌子，我又不是劳改分子，不坐牢；那到我新房来住，不来，一个说话的人都没。凭我老娘唱国际歌方言版，怎么会找不到共同语言呢？工作做不通，我娘脚不点地，回了铁炉冲。

我娘在我老弟家住过，老弟自己房子租了人，他现在是租人房住，我娘去，老说不方便；我姐房宽，三倍于我家还不止，方便，我娘去一阵，不去了；我妹家没那大，却也是两三层，多塞几个人都没事，塞我老娘那干瘪瘪的老太婆，绰绰有余。老娘在这里转，那里溜，转啊溜的，打个背影，打个野眼，不见人了，跑铁炉冲去了。气得我姐我妹跳起脚来：人好了，就跑了。跑，跑，跑，病了，看谁管你？

去年，我娘满了大寿，放出话，哪个也莫憋我，我要回铁炉冲住去。铁炉冲有间老房子，土砖屋，早倒了，后来翻新一下红砖房，一层，临时住棚，给我爹我娘住一阵，我们没打算回家去住。风过雨过，月过日过，我爹过后，房子就空起，日晒雨淋，没甚检修，碗筷锅盆倒还在，桌椅板凳摇啊摇，底下垫块瓦片，也还坐得稳，而多年来，只有我爹相片住神龛上。

拗不过老娘，我姐与我妹嘟嘟囔囔，相约回铁炉冲，冲啊刷啊，水啊浆啊，搞了两天卫生，总算达到住人水准。老娘灶上架炉，炉上架锅，锅里放菜，过上了铁炉冲独居的日子。

田，老娘是做不动了，田里出不了谷了；土呢？土要出菜。我娘住铁炉冲，去年是一边买——肉啊鱼啊，是自己买；一边是乡亲们送——你送一把豆角，我送一把腌菜，隔壁芸妹子送一个脸盆大的南瓜，我娘吃得上半月；对面小英嫂送个洋芋，也佐饭两餐。早餐不兴吃，老娘中餐煮新鲜的，晚上要么不吃，要么炒剩饭。

一轮阳光，一轮春雨，今年春雨，淋得土地都透了吧。老娘在那喊：诚龙，回来挖土。大家都要下种茄子秧，要栽辣椒苗了。

我家是有蛮多土的。每条垄，我家都有田；每座山，我家都有土，对面园子，背对山里，田谷坳上，都有土；我娘曾把庄稼都给分派了土，哪块红薯，哪块洋芋，哪块小麦，哪块冬瓜、南瓜、线瓜、丝瓜，好像是给我姐我弟，都分派活计也似。最近的是屋对面，种菜，一抬眼，看得见菜园子，菜园子一张眼，看得见我家老房子。多年前，对面菜园子没了。父亲过世，不住套间，父亲山头住单间，父亲的小房子是楚木叔的，我们用对面羽毛球场大的菜园，兑了楚木叔堂屋大的荒地，日晒雨淋，草长灌生，父亲抛了我娘，独自得黑，在那儿长住了。

对面菜园子，我家经营三十年，父亲没了，园子也没了；屋背后，有块大土，半个篮球场大，种红薯，种洋芋，也间种过蔬菜，现在什么都种不了了。前些日子，我回家看，三月泡树蓬生其间；金樱子横过来又横过去；马鞭草织锦，织得草青青，织得不见一点土色。我娘叫我挖这块土，还要喊我妹妹来，兄妹开荒。

斜背对的那块土，周围长了梧桐树，一棵手指头粗的树种，三五年顶多七八年，便五大三粗，亭亭如盖，这么多年过去，那块土被其占尽风情向小园吧，还可垦来种菜蔬吗？挖土，我是一把好手，半天能挖个大操坪的，人家挖土，一锄一菜碗大，一锄头挖过来，一锄把反抡过来，将土坷垃敲碎；我是一锄头挖一脸盆大，挖一脸盆盖一脸盆，挖好几脸盆才回锄头把来敲。懒人懒福，这般挖土，种红薯最合适的，土挖深了，红薯只生根不长薯；土挖得浅，根钻不进土，便长薯。菜呢？土没挖松，没挖深，怕是长不好的。种茄子、辣椒，种豆角、黄豆，土要深深挖，深，是要一处挖两锄；土要碎碎挖，碎，标准是捏起来成粉。土深，根深；根深，叶茂；叶茂，果壮。

根深叶茂，叶茂果壮，让我羡慕流涎。有七八年，与老家一年才一连，清明节回家一趟，其他日子都生活在别处。去年，娘住铁炉冲，春上，夏里，秋风庭院，多回了几次，出辣椒出茄子了，出豆角出土豆了，各种瓜次第挂果了，回老院，看到乡亲们家辣椒青青翠翠，茄子褐褐光光，一个老南瓜篮球大，一个青皮冬瓜半人高，眼睛都放绿光。从来都是我老婆上菜市场的，我对蔬菜本无感，到铁炉冲吃了老家蔬菜，鲜度、甜度、脆度，度数好高，如醇酒醉人。一样菜蔬，何以有天壤之别呢？别说味道，单是绿色安全，叫人爱死了家乡蔬菜。

我娘那头喊：春阳艳艳的，来，来，来挖土。我娘其实没喊我，喊的是我姐和我妹。我娘早就不喊我做什么事了。我挖的是什么鬼土啊，挖一锄，盖一锄，莫把我娘菜园子搞坏了，搞得不好种蔬菜了。我本不晓得，春夏之交，我娘喊我姐与我妹去挖土。我老弟打电话来，说我娘又住院了。我一听就火起。我娘不来我城里，也不去我老弟镇里，动不动感冒发烧，把人熬死去。我娘住过好几次院，腰椎骨断了一回，住了十天半月；医生反复交代，不要自己干活，她一个人回铁炉冲，又跑到山上捡柴，柴捡了小半捆，踩了小石头，趾了一跤，又把愈合的腰椎弄断。一把柴，值两块钱吧，去了医院，没一两万元下不来。

春节，兄弟姐妹聚一处商量，我娘去我姐或我妹家，一个月、两个月，随我娘性子，爱去哪儿住去哪儿住，爱住多久住多久，兄弟出钱，姐妹出力。我有点小性，每月给姐或妹五六百元吧，我老婆说少了，可以多百把两百。我娘也是应口了的。想来，这养老是蛮好的，我娘去她女儿家，吃的是儿子的饭，心安些；我娘去的是女儿家，她们来照顾，全心全意，尽心尽力，我们也放心些。多好的事，我娘是答应的。没几天，我姐打电话来了，又气又急，满怀委屈。我娘打电话给我妹，说：林满样，你哥给了你姐多少钱，我哪儿吃得咯多。

我姐气晕了头。不来，就不来。我娘就不去，继续待在铁炉冲。

春寒料峭，寒暑易节，体质甚亏，我娘老了抵不住岁月侵袭，春节未几，烧成肺部感染，去镇医院住了个把星期。钱，放一边，人要去服侍哒，害死人；清明节，我们又继续聚，继续商议，还是照原来协商好的。我娘见我在，她不作声，她晓得我爱发脾气，她就"嗯嗯嗯"，也没语言，只是点头。

我娘又耍赖，不去，没去我姐家。她说一个人能住，柴，说也不去捡了；田，不去做了，还会出么事？

活计不会让人出状况，岁月会让所有人出事。

这不，我娘出头疼脑热事了，许是感冒又拖，又是拖到肺部感染。前几天，我娘打电话给我姐与我妹：来，来，来，大家都下辣椒秧了，你们俩给我挖土。我姐我妹老实，丢下自己的孙子、外孙，从家里捎来锄头，挖了半天土。我不晓得，是哪山上哪块土。

我姐我妹，她们也做奶奶也做外婆了，家里也有一帮子事。挖完土后就回自家，没两天，村里荷侄媳妇打电话给老弟：你娘几天没起床了。我弟骑着摩托往家赶，我娘烧得天昏地暗，天旋地转。我娘去医院，好像走亲戚也似了。老弟打电话与我，我就起火，若是在姐姐或妹妹家，发烧是可能的，烧到肺炎是不可能的。

见我在电话里喉咙天大，我娘也发气：我要常住院，才不去你姐你妹家。

懂吗？懂了。老娘年纪大了，莫说感冒啥的，就是出天大事——就是因怕出天大事，她要待在铁炉冲。

我娘不再来我邵阳城，我又指定不能去住铁炉冲。去姐家去妹家，当天去当天回，我娘愿去她女儿家，走亲戚。多歇几天，她说不去，莫说长住。我娘一个人待在铁炉冲，谁放心？

这是一个破不了局的困局。

再过几十年，我，或我老婆，还有你，也会进入这个局吧。

想想人生，有点凄凉。

田园将芜，无法归。我能做的，兄弟姐妹能做的，怕是随时听我娘喊：回来，回来挖土，种辣椒种茄子苗子；回来，回来挑肥，下南瓜下冬瓜秧子。

跳田

乡下叫跳田，城上叫跳房，这个游戏城乡都寄意深远。悠悠万事，乡下以田为大；万事悠悠，城上以房为大。乡下叫下，城上称上，一个游戏也有城乡之别的，城上一间房，抵乡下良田千顷；不过城乡也是没差别的，乡下人在田地上跳啊跳，城上人在房事上跳啊跳，都跳得裤带子都系不牢，仓皇跳踉，一脸苦相。

跳田是室内运动。乡下房子，差不多都是一条屋脊两边房，一边住哥，一边住弟，乡村建设乐业安居，也合忠义孝悌之儒道。兄弟虽分家，但还是同屋顶，屋顶下也有公用面积，我老家叫碓屋，碓屋宽而长，适合跳田，一支粉笔画两线，从进门画到神龛下，中间画十字，田就筑建成功，最后两间较前宽，在游戏中别有作用：一，其他田间，当金鸡独立，单脚运动，到了此间，却可以双脚落地；二，到了此间，要转向跳另一边田了，像是劳动半天，干完了一丘田的活，要换田干活了，且歇肩半晌。这个设计,换到城上,或许是阳台建构吧。

玩具简单,就是一块小瓦片,或是一块鹅卵石,有点游戏含量的,是投之入田,训练惯了,准于投壶。我在人民广场,见了新男新女花十块钱给细伢子买圈套,投掷商家所设毂中,商毂是花花绿绿玩具,套中什么拿什么,我伸了鹅头,看了半天,没见一人投中,没跳过田的,没有眼色与准确手力的嘛。我们跳田,先投第一间(赢了,第二轮投第二间),单脚跳,跳脚将瓦片踢到第二块田,不能过田,也不能压线。不能过田,训练边界意识;不能压线,乡下孩子预知更预设了城上交通规则吧。后来我读了些科普,道是单脚站立,单脚跳跃,对身体是极好的,脑血管病啊,心肌梗死啊,血栓中风啊,都能起蛮好的运动效应。母亲怀我,嗜吃,母亲老了,爱回忆,她说怀我那会儿,田里的土,都想咬一口,填肚子,到底没吃辣子茄子土,观音土却是吃过几回。父亲见母亲饿得那个厌样,借了一毛钱,到三里外的供销社买了糖精,糖精甜度惊人,痧痱子一粒大小,能甜一酒罐子水,不过是骗口骗舌的,一点营养也没有,我在娘肚子吃糖精长的,体质亏,一年总要感冒几次,发痧两三回,其他却还蛮好,怕是跳田啊,骑太子马啊,打四角板啊,发展儿童运动,增强小可体质了。我现在是宅男,欠锻炼,诸病次第上了身,并没百病齐发,真或是儿时游戏打底身体了。

一块小瓦片,一块鹅卵石,乡下游戏都是零成本。踩高跷成本稍高,到底成本也是零,虽然要砍竹子,山上却全是竹子,老竹子、旧竹子,砍来或捡来做柴火,从竹尖裁截一头,留两个节疤，余者削得溜滑水光，一对高跷便大功告成，也等于是免费。四角板也是废料制作，哥哥姐姐过了学期的作业本，撕下，对折，折成四角板，搁地上，对手对着空穴，甩地起风，将那四角板掀个底朝天，你赢，这板归你了；翻不过来，那就轮到对手来掀翻你的四角板。这是个力气活。前些日子，我的小学同学群，有发小挑事端，说要跟我再开擂台，打四角板。这家伙当年输了好几摞四角板，入我袋子，现在欺我文弱，要扳本。

我堂客说起跳田来，也是眉飞色舞，她出身半边户，爹在老家一所百年老校教书，娘在村里当接生婆，生活安逸多了，打猪草也打，捡干柴也捡，看牛不看，看羊，她爱玩的，也是跳田。小时候没跟我跳过田，现如今来跟我跳床啦，冥冥之中，有你有我说不出的玄秘。

我跳田的算盘珠，挺高档是吧，您不晓得，还有更奢华的，想起来，算起来，当年我制作跳田玩具的物什，到城里可买半边楼房了。算盘珠固响得好听，珠圆玉润的，我还有响得更悦耳的，可是金声玉振，那是门钱做的。父亲卧室里，摆放着一只大柜，上头装衣，衣里说不定很有内容的——母亲走亲戚，可能会带回来糖包手巾，解开手巾，里头是饼干呢，被我小偷小摸，一天偷一块半块，最后顶多留三四块，被我母亲打个贼死，母亲挥舞的是竹条，这玩意儿是天然"刑具"，最适合长辈对晚辈的施暴之道，吃肉不吃骨，伤皮肉不伤筋骨，打得喂喂叫，打得鬼哭狼嚎，我也觉得赚了。柜子下头，装猪油桶什么的；上头下头的中间，是抽屉，里头乱七八糟，针头线脑，还有很多门钱呢，铜的还是镍的？镀金的还是镀银的？中间四方空，外面溜溜圆，穿针引线，正好做跳田之具。

门钱是什么？我要晓得是什么，我还拿来跳田？找要卖儿卖女卖田的，我当恶霸地主去。父母卧室柜子抽屉里，门钱不是很多，排起来也可成一两列的，我找来红红绿绿的放炮线（煤矿用的，我姨父是煤矿工人），将门钱给穿了，拿给蔡满女踢。那多门钱哪儿去了？被我跳田给踢了吧。我家穷得洪湖水，浪打浪，门钱何来？母亲说，你奶奶厉害，她守寡早，一个人到资江河，撑船渡人，给你爹起了屋，讨了婆娘，还赚下这些门钱。这些门钱干吗用？嘛用都没有，换不到红薯，更换不到白米；母亲也是睁眼瞎，门钱是换不到麦子、面粉，到现在怕是可以换栋小楼，让他儿子躲进小楼成一统哪。

昨日，我自谋食归来，半途上才晓得忘了带钥匙，转道去堂客那里拿。半路上拿着堂客钥匙耍，猛然间，见到三个门钱，圈内有点黑有点灰，周边光灿。仔细看，最细的、里外都光鲜的是嘉庆通宝；大的、稍光亮的是康熙通宝；比较起来，甚暗淡的是顺治通宝，背面都有蛇一样交缠的文字的是满文吧？这些门钱，久的有三四百年了，当年被我做了跳田玩具，现在被我堂客做了钥匙挂链。

堂客晚归，我问了她，三个门钱何来？堂客说，你娘给我的。你娘说，家里原先有很多的，不晓得为什么没得了，只剩下这三个都给了我，我听说越古的门钱越辟邪，就随身带，还做了钥匙串。

我本来要扇堂客一把的，这般通宝不好生收起，藏起来待价而沽，往古物市场里去，可换一扎扎白花花票子吧，偏用做这低端活。手要从袋里抽出来抽她，还是缩进袋里去了。要抽人，要先抽我的。母亲搞不清，原先家里有许多，单剩下这三个，那是败家子我败的家。跳田，跳甚田？可以买好多田，当地主了。

听说，居里夫人获了诺贝尔奖，她将金质奖章给儿子当铁环玩，人道是，那是居里夫人轻名，潇洒，我将通宝当玩具，是什么？暴殄天物哪。

想起来，童年还是挺昂贵的。

🔥 梦里依稀绿军装

你在向前看,我在后回眸。曾经写过一篇小文章,忆往昔,青葱岁月稠,其中写到我在老家坪上镇一个叫西冲学校的事。我在那里教过三年书,坪上镇是毛泽东老师张干的故里。张老老屋就在学校上面两三百米的地方,可惜其时,其老屋只剩一堵墙、一扇堂门,老屋成坪,长满青苔,我都不曾到里面去凭吊过。二十多年后,我再回学校,老校舍基本拆除,布局也几乎全换了,什么都已然物是人非,中小学已改小学,老师也没有认识的了,唯有门前小溪水,春风不改旧时波。还改变了的,是学校前面百来米处,建了一座崭新的张干纪念馆,瞻仰前贤,慰我旧情。

我在那篇小文章里,教书往事一笔带过,写的是初恋情怀,不意被一位老同事看到,她在后面留言:那时诚龙同志好帅,穿着一身绿军装,风一样行走在学校走廊,抖得很哪。我帅过吗?我一直都是衰的。若说衰人真有帅时,估计是那身绿军装,壮我皮囊吧。

打小起，我对绿军装有着异乎寻常的憧憬与向往。我院子里，几个小叔与大哥当过兵，他们回家探亲，笔笔挺挺，穿着一身军装，把我羡煞。我等坐没坐相，站没站相，走路也是一副歪歪斜斜模样，小叔或者大哥，他们军姿飒爽，一米六五因此有一米七五的挺拔了。更让人羡慕的是，他们家老屋门楣上，挂着长方形的"军属光荣"牌匾，牌匾不大，手掌宽，小前臂长，"军属光荣"四个字红彤彤的，熠熠生辉，"光荣"两字特别美气，打小在我心中成了高大上的吉利好词。

我小时不曾有太高大理想，或是老师没什么作文题目好出，三年级开始写作文，老师出的题目是《我的理想》，一直到初中，每期都要这么出题，男女同学的理想要么是当科学家，要么是做大作家，而我的理想是扛冲锋枪，别壳子枪。也曾上山砍柴，砍了好树杈，回家来柴刀菜刀，轮流挥刀，做过好几支手枪，别在腰间，神气十足，真把自己当了小八路、小红军、小解放军。

梦想都可以梦的，理想多是不能想的，初中毕业读了师范，从军梦想断在三尺讲台。我岳父也是师范毕业，读的是武冈师范，毕业那年，他爹写了很多信，叫他回去教书，岳父比我行动果决，他一封信也不回，毕业那天，直接坐火车去了黑龙江，来了一个投笔从戎；后来又去了朝鲜战场，可惜战事已结束，他在朝鲜几年，不曾有过烽火连天，没真刀实枪与敌拼杀过；再后来，他转后勤部干了多年；然后他转业，逃不掉命运安排，又吃了粉笔灰，一吃便是几十年。

一是没岳父那么果决，叫我与父母不辞而别，我没这个冲劲与胆量；二是岳父那时当兵，没那么多程序，看电影，好多解放军叔叔，脱了一身破衣服，报个名，便可以换上绿军装。我那时已经没那般好事了。军人梦渐渐了了，师爷梦不做也成真。

好像是一个秋天，我已教了三四年书，忽然听得一个消息，说是部队将在教师队伍里征兵，我十六七岁吃粉笔灰，听到消息，刚刚二十岁的样子，骑了自行车直往联校奔。进得校长门，第一声是：我报名，我参军。联校校长肥肥胖胖，口吃严重：你你你，你要要要当兵啊啊啊。你这个鬼样子，你当当当什么兵吧。你不不不热爱教教教育事事事业，我扣扣扣你奖金。这帽子戴得好大啊。他还在那里啰嗦，我一脚出了他办公室，跑了，不听他搞思想训诫了。

当时要是跟他磨一磨嘴皮子，或许他会同意？生活不能假设，我的军人梦，便这么梦断校长办公室了。垂头丧气，回到西冲学校，安心过上四个一的循规蹈矩生活。四个一者：一本教科书，一本教案本，一摞学生作业，一支白粉笔。终日里咿咿呀呀，当了孩子王。

也是在这一期，新来了一位老师，他是从镇上的坪上中学调过来的。坪上镇上，有两支部队，一个管武器库，一个管油库，最先好像都是师级架子？我后来到过一个部队住过一夜，看到满眼绿军装，听到清晨军号嘹亮，感觉好像也当了一天兵。部队里有蛮多干部子弟，都在坪上中学读书，他们与部队混得蛮溜熟。那天，我说起了去联校校长办公室的事。他说，兄弟，这事可以帮你解决一半。何叫解决一半？我给你去部队买套军装啊。穿一身军装，正宗的，聊以慰藉平生哒。要得。我便托他给我买了，帽子没买，五角星的军徽更不能买。我便买了一身棉军衣，给了我父亲，棉军衣质量就是好，父亲穿了十多年，依然不烂不破，特别暖和。父亲过世多年，我现在也不知道那身棉军衣哪儿去了。我自己买了一套，几乎是天天不脱身，一穿就是好几天，脏了，晚上洗，白天又穿，穿行在学校各处，自然包括那位女同事所谓走廊上。她印象里，我那时好帅。帅是肯定没有的，抖是肯定有的。美女穿貂皮大衣，不美也显摆三分；衰哥穿身绿色军装，不帅也抖擞三分。

我那小文章，写的是我初恋。一个秋日里，那时好像还没实行双休日，尘土飞扬，我骑着自行车往学校去，转弯处，冷不防钻出一位女同事，她刚参加工作，兴奋着呢，她要带她母亲学校里的两位女老师去我们学校玩，她一辆自行车，载不了两人。见了我来，如获救星，叫我搭上一位，这位就是我后来的堂客。我说我这是第一次见堂客，她说不对，她早就见过我。我有位同学在她那个片区，我去找我同学，他们片区正在搞教研活动，上公开课呢。我堂客坐在教室门口，她见到了我。说是那时我穿着一身绿军装，裤脚下面露出一线红。呵呵，那是我读师范，父亲给我买的红色运动裤，我穿了十多年，与时俱废不知所终。

红配绿，看不足。那天，我依然穿着那身绿军装，是不是真的马要鞍装、人要衣装？我相信，我那身绿军装，是给我容颜加了分的。这身绿军装，好像是我的相亲服。莫非堂客也有半个军人梦？

有古人有五大恨："第一恨鲥鱼多骨，第二恨金橘太酸，第三恨莼菜性冷，第四恨海棠无香，第五恨曾子固不能作诗。"张爱玲改最后一恨，叫"恨《红楼梦》未完"。我没那么多恨，我只有三大恨。一恨，师范毕业那期，新疆来我们学校招援疆教师，我兴冲冲报名，班主任老师不批准；二恨，"孔雀东南飞"那阵，我也想停薪留职去广东，我老娘不批准；三恨，参加工作后，想去当兵，联校校长不批准。看来，我做不了鹰，命里不能高飞，只能做一只鸡，在老家方圆百十里地，守在鸡笼边觅食。

在一个群里，谈起人生之恨，这群里都是文人，不想啊，好多曾经从过军。说得我心痒痒，好生羡慕嫉妒。其中曾兄与我年龄差不多，他听我说那年去联校报名参军，他大憾，若是兄弟那年真当了兵，那我们或许，简直是一定的，当是生死战友。上战场，我绝对为你挡子弹。这个我相信，其他什么友或在背后打我子弹，而战友一定是在背后给我挡子弹。情深深雨蒙蒙，我不相信什么情，但我相信生死之交的战友情。

可惜，这个梦想，此生是不能再有。还好，我侄子高中毕业，他去当了兵，我家也真有如假包换的军人了。我这次回到家，家门上也挂了一块"光荣之家"的牌匾，木牌换铜牌。

光荣两字，贴了我家，与有荣焉。

挂青

我们院子背面,有一座山,叫田谷坳,田谷坳跟院子隔了一条垄,山底与山腰开了一些田,能收一些谷,这是不是山名之得来?不得而知。山不高,江南丘陵地带,山都不太高,却高出院子不少。田谷坳也是一个院子,院子里都是单身宿舍,一排排,一溜溜,是我们老祖宗在聚居。前是活着的子孙,后是埋着的祖宗,这个是风水格局吧。去过很多地方,偶尔也看到祖坟在屋前头的,九成九都在屋背后,开门见青山,开门不见坟,也是讨个彩头吧,而我更相信,这是为保佑子孙设计的布局。人眼都生在前面,后面不生眼睛,人从背后开枪,祖宗能看到,可以一把夺去那把向他子孙射来的枪或刺来的刀。

田谷坳是我们院子的正坟山,正字是有含义的,不论多大年龄入居田谷坳,必须生育有儿女,或者要六十花甲以上,没讨堂客而被阎王招去的,不能进田谷坳,只能去斜侧的鬼崽子山,除非死时过继一个侄儿、侄女。鬼崽子山,在田谷坳旁侧,中间隔着一条山冲，冲里，挖了三口山塘。另一边也是一座山，山与山间，隔着一条冲，那边山也是坟山，是石头谢家的。丘陵地带，基本一样，一条冲到头，往往聚族而居，成一个院子，山与山冲是院落与院落的自然分界线。

我不会超过五岁，在清明节，父亲带我去挂青了，中间只有三年，外地读书，不曾回家，五十多年，我应该一次也不曾落，年年都去了。清明时节，多是雨纷纷。无论清明节来历有多少种说法，我想，老祖宗选在这个季节，叫后人来追念先人，看到的或是这季节的雨。多数清明节，雨都不会太大，比起夏天的雨来，细得多。这时节的雨，依依杨柳般雨线，蒙蒙杨柳般雨烟，也多半不是梅雨，只有雨雾，雾蒙蒙的，挂青气氛被雨被雾渲染到迷蒙。亲人已逝，伤心彻骨时段已过，涕泪也不滂沱了，隐隐伤痛，淡淡哀愁，正由这细雨相与烘托。

给祖宗挂青，父亲给带了很多钱去，钱是纸——黄纸，父亲买来一匹黄纸，黄纸很粗糙，很多经条。挂青前日，父亲裁切黄纸，小开型，四四方方，再拿起一个铁具，我也不知道叫什么，想必是印钞机吧，跟手榴弹一样短，比手榴弹细，一端阴刻币印，父亲拿衣杵，使劲杵铁具，一杵一移，便造出了开元通宝或乾隆通宝，整整齐齐一个整版。祖宗还在使用古钱币吗？父亲在阳间，却当了阴间的"银行行长"，专给祖宗造币。纸钱父亲造，父亲不乱造，也就是在清明节这几天开印，大约印半篮，从不滥发纸币。父亲过后，那"印钞机"再也不见了。我们也不给父亲造钱，从店子里买篮钱，给父亲烧去。

父亲带我们，是给爷爷与奶奶去挂青，奶奶在另一座山上，爷爷在田谷坳顶端，那里也是一个院子，挨挨挤挤，一排大概十多个单元宿舍，也不过是三四排。爷爷住在这社区中间。我从来没有见过他，父亲也只是两三岁才见过他。我与爷爷没有什么感情交集，有的只是血脉传承，没有感情交集的血脉也算是家谱中的脉络吧，那脉络上是一行名字，加一条直线与分岔线。因为有这一些文字加线，每年我都来给他挂青。

我随父亲给爷爷挂青，父亲负责把坟上的杂草刈除，我负责把纸钱挂在一根树枝上，将其插在爷爷隆起的坟墓后，放一挂鞭炮，然后焚钱烧香，香烟缭绕，父亲拉我入胸前，捉我双手，窝成打躬作揖状，对着爷爷三鞠躬，口中念念有词：保佑您子孙平平安安。很长一段时间，每次碰到危险，每次都转危为安，比如从牛背上摔下来，只在屁股上刮一条口子，没在脑壳上戳个洞；比如从山坡上滚下山脚，站起来拍拍屁股，毫发不曾损，我都暗想，是爷爷担力，他在我背后，夺走背后向我使刀者之刀。我给祖宗挂青，祖宗保佑我，这是实用主义，后来成了一种祖宗信仰，使我们年年，几乎每年都不间断，来给祖宗挂青。

无例外，挂青的人也成了被挂青者。十多年前，父亲也搬了家，搬到田谷坳，爷爷在田谷坳的上院子，父亲在田谷坳的下院子。我娘称父亲为花脚猫，在家待不住，端一壶酒，院子里打转转，这家转到那家，这田转到那田，这村转到那村。十多年了，我回想父亲英姿，跃入脑海的，是穿着一双草鞋，一双脚如一对活塞，在小路上疾走，走不像走，像小跑。父亲得了脑血栓，一个清晨，正在漱口，一头栽了下去，赶紧抬医院，活过来了，从此得拄拐杖，人从精精瘦瘦变得臃臃肿肿，再也走不动了，背倚大门，浑浊的眼睛望着村口的路。他是想着，从这条路再走出去，还是看我们从这条路回得家来？我们回家，他认不得人，只是"嗯嗯嗯，嗯嗯嗯"，语言比身体先亡。

老早，父亲给自己选过墓地，是田谷坳山腰，我家一块菜园土，随山势开垦，土扁而长，如父亲系的一条洗澡巾，父亲与老娘吵架，他一个人掮一把锄头，跑到菜园土挖坟。父亲这类事做得多，没谁把他当回事。父亲二次中风，回生无术，老弟把我喊回家，已是气息奄奄，从入夜到次日凌晨，一句话没说，蹬腿而去。我们把他双脚叠成一个叉，左脚绊右脚，不让他走，要他多留家里一响。至少，父亲在那一刻，做不了花脚猫。

我们没把父亲安葬在那块菜园土，那里偏僻，也不管父亲同不同意，去田谷坳山头正中，选了一块地。那块地是银云家的，原来也是麦土，后来他种了树，种树卖人，赚些钱。老弟请了一个风水先生，说这地好。不说这地好还好，说这地好，人家就不愿意了。喊了银云老哥上山，他总是不松口，我说我家的地，您随便挑，他也不应口，我双膝扑通下去，跪了，其他任何时候，都不曾跪，这回是急了，泪眼汪汪，双膝跪地，银云兄答应了，要了我家对面园里的一块肥菜地，面积比这里大三五倍。给父亲安一个好家，顾不得算公平账。

没觉得此处有甚风水，没水，风是有的，山风吹，树林摇，草木葳蕤，父亲居所前面有好几棵树，株树、杉树，还有各种灌木织成蒙络摇缀的乱藤棚。父亲居所,夹在一个小窝,左边是一条小路,动不得;右边,三米远,是别人家坟墓,也不能外拓,留给父亲的房屋面积,很狭小,宽一丈,长一丈,算来不过十来平方米。争什么呢?广厦千间,最后是长眠三尺。

清明,正是阳春,草木勃勃生长。草木生长在山头,那是繁荣;草木生长在坟头,那是荒芜。这里先是草木之所,父亲是后来的。父亲刚来这里,挖地八九十尺,什么草,什么树,都是连根挖掉,挖到底处,寸根无有,全是黄土,黄澄澄的黄土。判断坟地好不好,就看这地之土黄之成色。父亲新居,黄土高隆,如粉刷了一层黄漆,三月暖阳照耀,还泛着黄金般光泽。未及几年,黄土成灰褐,坟上杂草丛生。草生他处,让人欣悦;草生此处,让人心伤。

草木为何长得那么快呢?把父亲居所都湮灭了。坟上长马鞭草,可算是好坟,好比屋檐上盖了青瓦,坟上多长的是茅草,多长的是蕨类,草类与蕨类,入春了,尚没转青,一片枯黄,黄者,荒也,荒草萋萋,萋萋,凄凄也,看到父亲墓地上齐人高的茅草,莫名哀凉。几年前,姐姐做了一个梦,梦里父亲喊痛,脚痛,说有个钉子钉进了他的大腿。来年清明,我们去父亲坟头,看到茅草枯黄,肆意横竖,坟堆堆都不见,变成了草堆堆,姐与妹,拿起镰刀割,割是割了干净,而茅草根蔸,白白的,显影坟上,挖又挖不得,黄道吉日,也难说宜动土。我使劲用手扯,扯出许多,多数茅草根仍在,如光秃秃头上,布满毛根。清明节扫墓,是来给祖上剃发吧?一年才给他们剃一次头发,所以坟上那么杂乱无章。

那年,我持着锄头沿着父亲坟墓四周,掘地三寸,在父亲右边,挖出一株树根,根长,有些粗,感觉破了棺木,长进了棺里,是这根刺进了父亲的大腿吗?沿着四周,我、我弟、我姐、我妹,还有我堂客与女儿,拿的拿刀,挥的挥锄,把四周杂草与杂树清除干净。父亲这间小小的房子,很是清爽了,好像老屋被重新粉刷,焕然一新。

点起香,烧了纸,我买了一副湖南字牌一并烧了去。父亲无所好,爱的是打字牌。父亲刚入土那次,我没想到,老弟没想到,堂兄买了一副新字牌,烧给他满叔。好几年了,那副字牌打烂了吧?给父亲送一副新的去。

挂青是挂念。我们在挂念,我们也是在缠斗,与草木缠斗。我们去挂青,腰里揣着一把刀,肩上扛着一把锄头,这是我们的冷兵器装备,是要去与草木作战。草木一战即溃,坟上草,割了干净,犹未解意,放一把火给烧了。父亲坟前,有几棵小树,有一蓬灌木,拦住了视线,我们给拦腰砍了,父亲若出门,到他隔壁或背面打字牌,不用钻荆棘窠了吧。

我们以为可以战胜茅草,来年清明节,再看父亲坟头,依然是杂草丛生,荒草蔓延。这才让我们想到,跟我们作战的,不是山间的杂草,而是我们心头的记忆。父亲早年带我们去给爷爷挂青,割草,锄沟,挂幡,烧纸,鞠躬,一套礼仪完毕,下来转旁边,那里有一座坟,离爷爷之坟,不过三五十米,父亲没有告诉我,这是谁的。那坟已经不高隆,瘪瘪的,旁边长满了金樱子,还有三月泡,还有各种小灌木,把这些清除掉,得小半天，父亲也偷懒，刀砍锄挖，能进入就可以，勉强进了，插根棍，挂个幡，走人。

父亲两兄弟，每挂青，都是两家一起去，堂兄比我大，有个排行老五的五哥，人不太讲道理，我娘跟他娘吵架，结仇了，彼此不说话，他也跟着跟我娘结仇，但他有一样好，人蛮勤快，是我们堂兄堂弟中最舍力气的。挂青，他是主劳力，哪里是谁，哪里是谁谁，哪里是谁谁谁，都是他记心头。爷爷旁边这座坟，他说过是谁，只是我们没记住。他那年相了亲，年底说定结婚，暑日转秋，跟三哥去岱水桥收矿木。乡里有个煤矿，煤矿要矿木，削成丈来长，十村八里收矿木，卖到煤矿，赚来钱，娶婆娘。没想，矿木装车，他在车上堆矿木，车厢门没关紧，矿木稀里哗啦滚落，他与之滚下车来，矿木砸他身上，竟然身亡。

五哥亡后，再到来年清明节，我们在爷爷那头挂完青，再想去旁边那座坟上点个礼仪卯，走到那里，看到有几座坟，平列，坟上都长了枞树与杉木，高人几个头，周围金樱子愈发放肆，金樱子上的刺，老成铁片，挥刀砍，树木与灌木都摇动，金樱子诸多刺，划脸来，挂衣来，刺手来，脸上都划了两三条血线。堂哥说，算了，算了，反正也不知这下面是谁。我说，都已经挂破衣了，挂个青再走。

挂哪儿？这里有几座，哪座是我祖宗？父亲与伯父老了，伯父比父亲先亡，挂青这些事，都是爷孙三代唱主角了。爷爷的父亲埋在哪里？父亲好像从来没有告诉过我。爷爷过世很早，我们知道爷爷名字，爷爷之上是谁？我父亲也说不上来。我们已经失去了对祖宗的记忆，破坏我们记忆的，是山头草，是山头树，是山头那些金樱子一样的带刺植物。挂青，持刀掮锄，来扫除这些，不是我们与它们缠斗，而是与我们自己的记忆缠斗。如果草木已经覆盖了隆起的坟，那么，这座坟就消失在我们的记忆里，那么，这坟里的祖宗，这位曾经活生生生活在铁炉冲的人，就完全消失在这一座山上，这一块地上。

田谷坳是我们祖宗居地，这里有两个院子，若说，每一个隆起的土包里都活着曾经活着的人，那么，这里应该有多少人呢？翻开族谱，我们自江西来到这里，满打满算，已经五百多年，半个多千年里，生息在这里的人口，合计会有多少？一万？十万？而田谷坳上，排列着的坟墓，我不曾数过，我敢肯定的是，不会超过一千。这些祖宗哪里去了？也许，草木把他们埋了，当一座坟，三五几年不曾来挂青，那么，这座坟就被草木吃得一干二净。我们挂青，我们扫墓，就是与草木斗智斗勇，斗赢了，祖宗虽死犹存；斗输了，祖宗永远消失，只能在族谱上留存两三字。谁去翻族谱呢？我活五十余年，都不曾认真翻过一次。

记住祖宗的，能有几代？多数的多数，也就三代吧。从小到大，我只记得爷爷与奶奶，后来还记着父亲魂归何处。我想延长后代对祖辈的记忆，小女大了，清明时我都带上她去祭祖。小女对她爷爷，有些动情，带去的幡纸，能多挂几条，对她的老爷爷，貌似无感，跟着我们鞠躬如仪，也是如仪而已，那么，小女有孩子，孩子再生孩子，对她母亲的祖上，还会来放一挂炮吗？挂青怀祖，小半是血脉，比如爷爷，我从没见过他，也给他扫墓；大半的大半，是情脉，有养育之恩，多记得来挂念，无养育之情，不走动见面，后代也就不太记着，他们有那么一个祖宗了。

父亲那一辈总是说，百林那边还有祖坟，离院子三五里地吧，三四十年，父亲还挂念着那里，说要去挂青，也去过一回，之后没去过，父亲不知那里埋着谁，也不知哪座坟是他祖上，院子里几百号人，也没谁去了，祖宗都如爷爷旁边的那座祖坟，已经被草木毁灭了后代的记忆，真正归于尘土。

落在地上的，统称灰；埋在地下的，统称鬼，没谁知道鬼的名字，正如没谁知道灰的名字。

草木与时间，是我们对祖宗记忆的温柔杀手，打败时间，我们无力；打败草木，我们有刀。举刀排排砍去，草木倒下，你不知道从何处，草木又钻了出来，最后败下阵来的，却是我们的记忆。一代带着一代，一年连着一度，来敬天法祖，这里含着的意思，是延长我们对祖宗的记忆。只是一代比一代，对前代祖宗不在乎，一代一代，对祖宗的记忆减弱，弱至于零。一座坟是祖宗曾经活着的图记，找不到图记，祖宗就不复存在。

立石碑只是为了延长记忆。父亲过世差不多十年，年年清明，年年草木，年年草木在攻击与伤害我们的记忆。跟老弟说了，给父亲立个碑吧。前几年，碑已立了，我相信会延长父亲坟墓的隆起时间。能延长多久呢？爷爷坟上，也立着一块碑，青石质地，青石已不青，灰白，灰褐，上面没有我名字，爷爷的名字也渐渐漫漶，立一块碑，也不过是延长两三百年吧。很多老坟，也是立了石碑的，也不晓得是后人忘了，还是后人远走了，抑或后人没了，坟墓凹下去，石碑沉下去，杂草丛生，树木葱茏。落在地上的，还称灰；埋进土里的，都不叫鬼了。

说来惭愧，清明节临近，我电话小女回家，给她爷爷来鞠个躬，可是婆娘嫁了我后，她从来不曾回老家给祖宗上一炷香，我更不曾去过。清明节，婆娘不曾回老家，她哥她弟远去广东，一年回不来一次，回来也是过年啥的，清明节来挂青，几无。每年又每年，清明节前后，火车、汽车、高铁、飞机，车如流水马如龙，人山人海地，往家赶，子孙盛意焉，一摞纸，一炷香，一盒炮，一挂幡，景象壮观，好像全中国人都来慎终追远，怀念亲人，推想来，不过是小部分。去国不怀乡，远嫁他方，跨省谋稻粮，很多都不会回来。

岳父已八十多岁，奔九了，几乎每次，都是他一个人，清明节前，坐班车回老家。岳父老家，离我老家也不远，隔一脉金龙山，金龙山不高，个把小时可以翻过去。岳父那边的山，比金龙山高许多，岳父之父，魂居那高山山腰。堂客她爷爷，是教师，某年，作了一副啥对联，被人揪住，抓上台批斗。堂客说，他爷爷为人好，别人都站着弯腰，脖子上挂牌，她爷爷挨批斗，大家都蛮客气，搬把椅子，叫他坐台上。到底是耻辱，她爷爷自挂西北枝，不住在屋檐下，而住土包里。

有一年，岳父挂青回城，脸色有些灰，他说，他去给父亲挂青，另有人说，这坟是他父亲的。岳父与之争了很久，对方说，您老人家记错了，这里埋的是我爷老子。爷老子不是爷爷，是爹。谁也不知道是谁的记忆出错了，岳父之父魂归道山，不过几十年，几十年还不是事，恼火的是一代，不是二代，不是三代，就已经找不到坟墓了，也不好立碑为记。我们对祖宗的记忆，大都停留在三代，多的也不过四五六代。对祖宗的记忆，终究会归零，而在下一代就消失的，让人哀凉。人死有魂吗？我希望无魂，如灯灭是最好的，他们若有魂，他们的后代不来挂青，把他们彻底忘记，他们在那里怎么过呢？我爷爷旁边那座坟，不是千里孤坟，而是离人三尺，没谁去吊唁他孤魂，他若有魂，如何诉凄凉？

岳父是读书人，不太喜欢跟人争，什么都不与人争，更不会跟人争坟。岳父跟对方说：没事，没事，反正都一个姓，都是亲人，都挂吧。这座坟从此都是你挂了后我再挂，两家都挂一座坟。这座坟主福气，吃了双份，那么，必然有另一座坟主，一份都得不到。我去爷爷旁边那座坟挂青，我也弄不明白，是不是我的直系血祖，挂吧。挂了，阴间会少一个野魂。只是很多很多年，我与堂兄和侄子们都不去那座坟扫墓烧纸。也许没什么，人不再给祖宗挂青，好比是不再给老人输液，把管子拔掉了，不同的是，医院拔掉的管子，拔掉的是液体；坟山拔掉的管子，拔掉的是记忆。富不过三代，祭祖超过四代，便是祖宗大福了。

岳父老矣，人倒是清醒的，偶尔还能写些文章，岳母却是越发糊涂，老年痴呆症越来越严重。菜市买菜，记不得回家之路，记得回家之路，记不得家住几楼；常常对着墙上的照片孙子、外孙喊：下来咯下来咯，下来，我带你去买糖吃咯。

舅哥舅弟有孝，这个阳春要把两老接去广东，打算把房子卖了，或出租了。听得舅佬们这话，我半晌没明白过来，飞奔九十的人了,都说叶落归根,现在要离根飘零吗?舅佬说,青山处处,都是好山好水。我无疑虑了,人员无比异动的时代,不是哪里有父母,哪里就是家乡,而是哪里有儿女,哪里就是家乡。不用纠结于子孙是否挂青,最幸福的,是有生之年,有儿孙们挂怀。

叶叶是乡愁

小妹自老家来，带来一塑料袋茶叶，茶叶乌青，轻卷如索，这怕是老家最好的茶叶了吧。小妹经常是出白菜带些白菜来，收红薯捎些红薯来，而每年必定有的是茶叶，这些我却常常辜负了。小妹新年的茶叶送来了，而去年的茶叶我可能还没有动。前年吧，她送来茶叶，是雨前茶，她替我往柜子里放，却看到上年的茶叶还是原封，她的脸色便有点发白，去年她就没送了。今年又送了来，不是春上送的，不是炎夏送的，而是在这个由秋转冬的乍暖还寒的时节，小妹背了一麻袋红薯，兜了一布袋糯米，还有一大包茶叶。我说有茶，用不着送，把茶叶卖了，多少可变个现钱。小妹许久不作声，末了才说：茶卖不出去。原先能卖点茶给孩子交学费的，这几年越来越不好卖，今年一斤也卖不出去。反正吃不完，就带了些来。

小妹还在摘茶挣学费吗？小妹上了七八年学，都是自己挣的学费，读到初二，她到底是不想读书了，小妹对父亲说了狠话：我再也不想摘茶了。父亲挺高兴的，父亲虽然不用为小妹出钱读书，但小妹不读书了，这钱自然就凭空多了出来，而且家里也多了个做活的帮手，父亲说：不读就不读，回家扯猪草。不只小妹，还有两个姐姐，都是自个儿挣学费，她们不是摘茶叶，就是卖冰棒，不是挖蕨根，就是采野果，摘一篮子茶叶，父亲给记在簿子上，抵一角钱，父亲说：这是你的学费。我是例外，我不去摘茶、采果、钓青蛙卖，父亲也给我交学费。父亲很重男轻女，我从中获取了种种偏爱，凭借这种从姐妹们那里移夺过来的偏爱，我从彼时到如今都较她们生活得好些。

我也曾摘过茶叶，清明前后，一大清早，臂弯里挎只小竹篮，揉着惺忪的眼，爬到屋背后的田谷坳，小雨霏霏，湿人衣衫，春寒料峭，冷得人直打寒战，纵使晴明无雨色，入山深处亦沾衣，一个清早下来，篮中茶叶无多，喷嚏却是连连，五指僵硬如木，夹筷子不牢。我现在常听采茶歌调，歌声轻快，采茶似乎是娱乐。曲者、歌者到底不是劳动群众，谁知道采茶非浪漫呢？小妹在采茶时碰到过几次青鞭蛇，把她吓怕了，至今见绳还怕。采茶非浪漫，卖茶不赚钱，每到春末夏初，供销社上村收购，一个阳春下来，全家茶上的收入不过十几二十块。金银花的价格要高些，我特别爱去摘金银花，金银花香，好看，摘一篮子，手是香的，裤上面有蜂有蝶逐脚舞翩跹，但摘了满满一篮，到头来不曾盈手，也卖不到几个钱，而金银花一旦泡茶，香味是怎么也不出了，现在，我喝着买来的金银花茶，也啜不出什么味来，甚或有之，也是苦味。乡村里的事情，看上去可以当歌唱当诗写，而其究竟，底蕴都有些苦。

母亲是用菜锅炒茶叶的，菜锅里炒的茶叶并不带油，我家的菜里头难得有油，茶里头哪里有油啊。母亲炒茶，多在半夜里，母亲要半夜才有空，她点着煤油灯，烧着柴火，母亲把菜锅涮一下，把茶叶倒入锅中，青青翠翠的茶叶烙在发红的菜锅里，吱吱作响，茶香与热气齐逸，火声与炒声同鸣，万籁俱寂，偶尔有一两声狗吠。常在这样的夜里，我半夜醒来，看到母亲被火光映红了的脸，面容疲惫而沉静。母亲什么时候都比我能忍，我受点累受点苦，常常要无端发作，而母亲却什么都能承受。母亲不戴手套，母亲的手套是那些老茧，母亲把手伸进菜锅里揉啊揉，直接在锅里揉，茶叶容易出汁，也易于成形。母亲曾叫我揉过，我却偷懒，用筷子搅，我的手哪能在火锅上烙？就算捂在热烫的茶叶间，也无法承受。茶叶那么内敛如条索，是母亲在菜锅里揉的，而终究，母亲揉的茶叶也并不好，卖不起价、卖不出去是常事，老家的茶叶从来没有名过。生活很多时候没有逻辑，受苦越多，不一定赢得的幸福越多，生活的逻辑是：对于生活困苦的人，受大苦难未必能享大福，但不受苦，也许连生活都没了。

母亲把上了等级的茶都卖了，那卖不脱的茶，母亲把它留在竹罐里，这是些老叶子茶，立夏之后摘的，摘下来时茶叶都老青转蓝了，再炒它也不敛卷，茶叶阔大有耳朵大，那叶把有小竹签粗，这茶苦，还涩舌，但苦涩也是一种味吧。闻一多先生有诗："我的粮食是一壶苦茶。"一壶苦茶确乎是我家的另一种粮食，我家年年养猪，但除非过年留下半腿肉，其余的都是卖了的，青黄时节断顿是季节性的，而菜里断油是常年性的，有米无菜也很经常，无菜怎么下饭啊，母亲就烧壶开水，抓一大把茶，这成了送饭的汤菜，茶浓茶苦，浓苦也是一种味，比白开水淘饭要好，长年累月，口里淡出鸟来，而苦茶也能激活味蕾，使味蕾积极主动地参与食物循环全过程。而我，大半时候是有菜下饭的，再怎么的，母亲会给我在坛子里寻根酸辣椒或萝卜皮来，而母亲、父亲却是浓茶当菜汤。我极少仅以茶下饭，但若到生病，医生说不能吃咸辣，母亲给我疗病又疗饥的办法是：泡一壶浓茶和饭吃，小病小恙的，倒也常常一吃就好。

　　我已出了乡村，喝的茶大都是香茶、甜茶，有时也喝苦茶，但苦茶与老家的茶相比是一种很"富贵"的苦，那种粗糙的老叶子茶，只有姐妹们还在喝了。姐妹们的苦，还是那老叶子茶的苦吗？我泡上了一杯茶，小妹送的捻一小撮，置玻璃杯中，冲入沸水，热气蒸腾，敛卷的茶叶在滚烫的开水中打着旋，渐渐舒展，还原成了乡下茶树上茶叶的原型，上浮，又下沉，一叶一叶，如同一缕一缕乡愁，浮上脑际，又沉潜于心底，沉潜于心底的岁月往事与乡间情事是一种什么滋味呢？我现在被都市里的各种滋味搅杂了，一口一口抿着乡下老茶，竟然莫辨其味了。

草们自在生长，绿意满村庄

走毛线的女人

走毛线的女人，当然也有凶火的，但基调是沉静的。冬日里，故乡慵懒的阳光闲闲地照在坪上，阳光是土土的那一种。我见过的，是老家嫂子，一堆子坐在晒谷坪，织着毛线也是哇哇叫：死鬼，茶壶开了，盖子冲倒了，也不捡啊；或是一把竹扫把，放条凳边，喂叫喂叫：快读书去，看我抽你筋。凶凶后便是静静的，天地好像是一栋老房子，安静如木式方窗格子，待好久好久，一只鸟从天空飞过，"唧"的一声，才使得冬阳下的乡村，声色起来。你鼻尖感觉的是晒谷坪上的阳光，吸起来都是土里土气，青色的瓦，褐色的门，灰色的坪，大红的棉袄，紫色的毛线，女人们居颜色中间，如要李自健来画走线的女人，定然是一幅传世的绝妙画作。

异乡的阳光照在草坪上，阳光是文文的那一种。现在是没有了的，很多年前，堂客从乡下调到城里，还跟三五女同事，初春或者冬天，围坐草坪上织毛线；秋天也是，秋天这样的情景更多，秋高气爽那些日子，阳光温婉起来，学生都已经放学，日与夜之间，留下了黄昏这个空白，她们便从家里各自搬出一把藤椅，围成圆桌会议的格局，各自走线。草坪上植了樟树，树有些年了，树枝撒得蛮宽，阳光蔼然，透过树叶，自造了很多阳光形状，如五星，如圆圈，如月牙，如鹅蛋，如一朵花，如一片叶，阳光与树，合作创作出很多造型的作品，抛撒在女人们的身上。而女人们的脸上，不知何因，多呈现出苹果色的红晕。

我也常被这般情景打动，抱着一本书，从书房里出来，不好意思去凑堆子，便搬着一把藤椅，坐在教室走廊上。我家住三楼，家与教室是连着的，教室尽头是我家。我占尽了楼台之便，打坐藤椅，阳光，女人，树影，毛线，黄昏时候的这幅构图，没有遗漏，尽收眼底。藤椅也是难见了，不是尼龙线编的，是一种水草织的，坐在上面很绵软，也很享受。堂客跟我说了，她说要把毛线早点打成，晚饭叫我去做。我拖着不做，我想把这一段时光拉长一点，便静静的，看书是假样子，真样子是，看着草坪上那几位织女穿针引线。织女们都有自己的牛郎不？一位牛郎叫刘诚龙。想想，也是挺暖和。

不曾掺和，跑到浅浅的阳光树海里去当猪八戒，我不是编织队员，是编外成员，给堂客削过针。针有很多种，竹的，铝的，铁的，还有不锈钢的。我堂客不喜欢铝的，容易弯；后来不锈钢的多，先前多是竹的，供销店都是有卖的，买来有点不合适，堂客想织小毛线了，让我把竹针削细一点。这是张飞猛子穿针眼的活计，竹针本小，细如柳条，劈木柴才是我的特长。

搁平时我会把这活抛到资江河里去，许是黄昏下那幅剪影有效力吧，我居然也很沉入，用刮胡子的刀，削纳米一样削，未了，还戴一副皮手套，这头滑到那头，那头滑到这里，把竹针摸滑，不让一根细如蜜蜂尾刺的竹刺，去刺女人的纤纤玉手。

上溯许多年，摆弄文学，得了一个小小奖，提前个多月吧，发来通知叫我上北京。时候是晚秋了，去京将是初冬。一个南方人，如何受得住北方那个吹？我没这么想，冷没来，我对冷暖便没概念。我没有，堂客有。堂客便先想了，要给我打件毛线衣。学校有个叫伟华的，脾气火样的，易燃易爆，却是女红好手。平时见她火一样烧屁股，打起毛线来，便是猫一样蜷伏了。

堂客便跟她学起艺来，买了斤多毛线，橘红色的。供销店里的毛线，都是挂面条也似的，打起毛线来，不好使，一使，毛线乱如麻了，要费老大工夫去理顺，影响工程进度。毛线买来，便要一线线卷，卷成橄榄球也似，织起毛衣来，女人们一只手腕肘钩小篮子，篮子里头放了毛线球，这头一针毛线穿，那头一团毛线滚，手工制作也有机器生产的协调啊。

团毛线球的事，堂客喊我干。先伸出一个手指头来，毛线在指头上绕，绕了很多圈，便缩回手，毛线不用假借我手，可以自成圆了。开始是鸡蛋，后来是苹果，后来是皮球，看着毛线在自己手头滚圆滚圆，滚成大圆球，也是兴味盎然的，玩得好耍呢。中年汉子，老头子了，心底多半也还潜存着少年玩心的吧。

堂客学了好几个黄昏，便开始自主生产了。入夜，灯光之下，堂客坐在沙发上，电视也关了，轻拢慢捻抹复挑，拢的动作不很明显，挑的动作幅度有点大，会把手甩到我的脸上来。堂客挑了，意味着已经走完了一针的程序。我在滚毛线，她在打毛线，沉浸其中，时光不转，转也转得很慢，偶尔抬起头，透过窗子外望，月光如水，月华如霰，才知道这一段时光，被摄影定格了，只是不曾洗出照片来，现在不再见。柳永曾作过一首词，叫《定风波·自春来》，有句子是：镇相随，莫抛躲。针线闲拈伴伊坐。这词所描画的，便是这般情景吧。有这般情景，寒冬来时，也会感觉春自来；有这般情景，大难来时，也会情深定风波。

那件橘红色的毛衣，毛线走得有点粗，针脚之间，细细瞧，能看到缝隙，好在毛线边边有绒绒毛，穿起来挺暖和的。开始，伟华叫我堂客打桃子领，心状的。堂客说不了，心状是好看，胸口不保暖，织高领的吧。若还没结婚，估计堂客会打桃子心状的，结婚有些时候了，她不怎么考虑意义是不是有象征性，只是想怎么温暖人了。

这件橘红色毛衣，穿过很多年，也有很多年没穿，收在衣柜深处，占档。我基本不去衣柜，春夏秋冬，起床穿衣，都是堂客把衣服拿出来，我只管伸手拢袖子，穿得帅不帅，好不好，穿到外面去出不出丑，都不关我事，只关她的能耐与形象。有几回我乱穿，她非要我脱下：衣是你穿的，丑是出我的。人家会说：他婆娘怕是粗婆娘，老公穿得那样，也好意思放到世界上来。那个邋遢货，家里放着；放到世界上去的，要装修些。堂客的世界观，对得起世界的吧。

堂客晓得我是教不转的牛，后来懒得管我了，随我夏天穿棉袄，礼堂穿T恤，她也暗自生喜，这般男人放社会去，定是人畜无害，她也感觉安全了。那回是，我睡了个天明地亮，起来不见床头有衣，便去衣柜里找，翻箱倒柜，猛然间见到当年那件毛线衣，旧了，毛都卷了，占档啊。我将其拖出来，丢阳台上，待丢楼下。下午，堂客回来，花容失色，不丢。收着。忽然想起了过去的日子，我不再作声，由她把毛衣归还原处，深锁。

堂客后来手艺精了，小手拢复挑，很是娴熟，也晓得毛衣上织花了，她给我娘织了毛衣，织了毛裤；给我小孩织了背心，织了帽子。针脚细密，看不出空当，得两手撕扯，才见线与线间，可以插进去头发。堂客织的毛线，风不能进，雨不能进，国王不能进，只有我可以穿进去。

有很多年，堂客手头无事，心头也无事，去街头买半斤八两毛线。我没那个心劲，来卷毛线团子，她也不用我卷，她自个儿慢慢地过着慢日子，夜里灯光不是很好，她卷毛线团；白天去操坪晒太阳，她与一些女同事，团团坐，织线线。天下没大事，毛线是大事；毛线是大事，天下无大事。不织毛线，女人去酒吧吗？我不知道灌酒会不会天下出大事，但如果女人喜欢织毛线，屋檐下是安定的，随之，天下也是安定的。

织毛线的女人，她那时心头想着什么呢？女人织毛线，有独自一人坐楼台上的，楼台纵无月，远路自有人。纵路并不远，那人坐在书房，她也感觉世界安然。若你问，女人什么时候样子最漂亮？我一定抢答：织毛线女子，人间好气质。

临行密密缝,意恐迟迟归。天下母亲,这时节穿针引线,那是在给衣服打补丁吧,现在几乎没人穿补丁衣了,月光下的娘也不怎么密密缝了。羽绒服、羊绒衣,貂皮的、狐皮的,扫个二维码抱而归了,有多少年没见过女人打毛线了,晒谷坪上或还有吧,草坪上,小区亭子间,我是没见过了;抬头望,或者居高楼用望远镜望,也没看到人家阳台上,有女搬藤椅,安静如墙头画,织毛衣了,都跳街舞去了吧。

那叫街景吧,也是好看,却不叫情景。

樵童断笛

有师爷专捉句子,古贤句今人词,都一路捉。这回捉来一句,要捆将往送《咬文嚼字》:白发渔樵江渚上,惯看秋月春风。秋月可收至眼底,春风如何看得?细柳款款摆,碎叶簌簌响,便是见得春风哒,诗是可以这么达诂的。师爷只是不信,非捉这句子去过审,拦不住他,也便不拦,由他去。

我也觉得这句子有点问题,出在"白发渔樵"上,白发而渔,常景,孤舟蓑笠翁,独钓寒江雪,多嘛,可怜白发生者,多将平戎策,换了河边钓鱼树(我也心雄万夫,准备这么立志了)。白发而樵,绝境吧——不说绝迹,是罕见的。《刘三姐》里阿牛哥,马肥牛壮,生产队里出工,不是十分工,至少挂十二分,不见阿牛锄麦插秧,打谷拽坝,但见阿牛,常是打樵归来,款腰,耸头,移肩,还唱山歌,潇洒极了。他晃脑,我摇头。阿牛打柴,阿牛担柴,阿牛担着打来的柴,踏着舞步,摇姿于山间小道,这是戏剧语言,恐非生活行径。

挣十二分的汉子，干着打柴小活，我故乡是难见的。这等是细伢子干的，大人不会干这等童工事。我童年时的情景是，黑发打樵山岭上，惯看夏日秋风。春风里，是不太去打樵的，一夜春风来，草长莺飞，根扎叶生，去砍枞树株树杉树柽木树，不合生之道；大冬天的，手脚僵硬，猿猴们都入窝，不在树间荡秋千，人更难了。

不过入冬，去挖树蔸蔸，却也曾是我的冬季日课。杉树蔸好挖，肉质松，三五下，可挖出一蔸来，却是不太挖的，杉树生命有如蚯蚓，有如壁虎，将其锯了，截了，其木做了房梁，做了橡皮，做了新娘子嫁妆，其根在，便能再生。枞树，却无重换生命之力。入冬，我们挖的就是枞树蔸。枞树蔸虽不盘根错节，却是根深肉紧，斧头抡下去，震得手疼，使出洪荒之力，至多吃进半厘米。得先将锄头往下挖，挖出大坑，没得广积粮，必须深挖洞，枞树根腰般粗，顺根挖，挖到其根手臂细，再做闻斧赋，其时人使烂柯，也能轻松断其根。风又飘飘，雪又潇潇，那雪下得正紧；汗不敢出，汗出如浆，那汗出得正盛。晚来天欲雪，能砍一担蔸，兜兜转转，笃笃悠悠，打担树蔸，打道回府。

我和小伙伴们，其樵童生涯多半也是，黑发打樵山岭上，惯看夏日秋风。入夏，学校放学，母亲先前早招呼了：放学去看牛，牛绹在抽屉里；放学去打柴，柴刀在门背后。我是常常忘了家伙在哪儿，所以我娘总是这么絮絮叨叨，去上学之前，便布置放学作业。后来，我果然是牛也教过来了，不用母亲将牛绹与柴刀搁饭桌上，我不用扬鞭自奋蹄，放学归来，晓得荣耻，兜个红薯吃，便去劳动光荣，光荣劳动，一边做牧童，一边做樵童。

水牛，是我放的野牛；我，是我娘放的野牛。把牛放到山头，我就不管了，由着水牛漫山遍野，一路寻草；地头，或过春风十里，尽荠麦青青；山间，碧云天，黄叶地，秋色连山，山上寒烟翠。春来我去摘野桃自喂嘴，秋来我去偷红薯煨自嘴。牛的觉悟也不是很高，见人没在，不做老黄牛了，专做贼牯子，把莲婶荷嫂家的麦苗吃一大块，惹得婶婶娘娘来投诉，弄得我，渐黄昏，竹扫帚吹寒，都在空肚子，还挨一顿大打。

除了犯些小把戏爱犯的错，我也是扎劲的，是上进的，是可以评上三好伢子的。我边看牛还边打柴。打柴辛苦，却是浪漫得很。柽木树一蓬蓬的，小梓树一根根的。我老家山上，草木葳蕤，灌木丛生，一刀下去，便是一把柴。这般轻松活，我才不干。我老婆如今当老师，她也曾深情回忆，说砍过柴。她砍什么柴呢？就是贴地砍小棍棍，或是顺地捡烂枝，我可不干这些扫地婆的事。

我干的砍柴活，便是猴子爬树。蹭蹭蹭蹭，一根索子捆腰上，腰后有个小竹筒，竹筒从中破孔，孔里藏把柴刀，带刀上树。枞树枝枝丫丫，分杈很多，然其下半部，却是除了牛皮癣也似的皮，是蛮光滑的，没爬过的，大人把你举到半树腰上，叫你往上蹭，你也是如滑轮，"猪屎铁"一样往下掉。枞树可不是滑梯，周围多结疤、多节眼，小心把你胯里划破，叫你绞线去。

打柴爬枞树，是我当年日课，课程学得还不错。双手抱树，双脚上蹬，枞树连天向天横，势拔五岳掩天空。电力工人爬电线杆，其杆固比枞树滑，他们是脚着谢公屐，才身登青云梯的嘛，我们是什么都没有的，有的是脚板皮与十指头。蹭蹭，蹭蹭，跟猴子有得一比，青蛙跳也似，跳几脚，便跳到了枞树腰。到了枞树腰，好办了，枞树腰上多枝丫，一屁股坐在枝丫间，抡起柴刀，便砍枝丫。若是做足了磨刀功夫，一刀下去，至多补一刀，枞树枝，应声而落，啪地掉地，完成了一根枝丫到一根柴的过程——尚不曾晒干，自然是半成品柴。

樵童高手，一担柴下来，只爬一棵枞树。蠢伢子才是砍完一树，嗖下来，再爬树。我练就的功夫是，一棵树砍得差不多了，双腿夹树，伸出另一只手，去把邻近枞树扯拢来，然后是伸过一只脚去，踏过天空，嗖，国足转了队，柴足转了树，整个身子都转到另一棵枞树上去了。坎坎伐檀兮，置之山之干地兮，既牧又樵，自然瞻我庭有堆柴兮，我小孩子兮，不曾素餐兮。

虽是未成年，还真没白吃白喝，自四五岁起，我就没白吃我娘的饭，人还没牛高，我就看牛了；到了六七岁，一身二任，既看牛又砍柴，没去挣工分，却是流自己的汗，吃自己的饭，自己的事情自己干。自己的事情，主要便是砍柴。这砍柴，算高危活吧。爬树，爬树再转树，确是高危动作，艺高人胆大嘛。说来，我还不算艺高的。艺高的是我堂兄。这家伙比我更胆大，他爬竹，他转竹。翠竹比枞树软，难承人的，承上一人，可忽地弯个半弧，半空吊，真吓人。翠竹承重不怎么行，然而翠竹韧度蛮强，一般不会断，所以，多半也是安全的。

从一根翠竹，转至另一根翠竹，算是玩杂技。堂兄的杂技，没系安全带的。这是什么动作呢？这是野动作。我娘叫我放牛，我放野牛；我娘将我放出，我娘是放我野牛。我们爬山砍柴，我们转树砍柴，没一个大人在下面给我们管安全。想起来，搁安全事上，有十多年乱来，我和我的小伙伴们，倒没出过一次安全事故。不比我小区那些小把戏，坐个滑梯，都有爷爷奶奶守卫旁边。出点小问题，也是有的。比如我牧牛，曾不懂茅草长小锯齿，不晓得这些小锯齿都敢锯鲁班，我扯人深的茅草，那锯齿不客气，将我中指割了个鲜血淋漓，割了筋，至今都伸不直。

这疤痕是什么呢？这疤痕是童年的徽章。

没戴红领巾的童年，不算童年；无小徽章的童年，不算童年。

一年到头，父亲负责打谷；一年到头，我负责打柴。父亲负责打谷，谷不满囤，来年春上，囤里多是空了呢；我负责打柴，我家屋背后，堆起老高，一座山也似，足够供一个对年，供应全家烧火做饭，烧水泡茶，烧汤洗澡。你不晓得，枞树柴是蛮经烧的，杉树做柴，一把火就烧没了，枞树枝含松脂，经烧，烧得火大，火烧得熊熊起光。我跟父亲说，你别老是打我，我比你能干，你怎么着，也没得我有成就感。

偶尔回故乡，小把戏一大帮，小把戏放学归来，他们干些甚活来？城里小孩，回得家来，我还真不晓得他们干么子。回到老家，偶尔见细伢子也牧牛，却也不曾见其坐牛背上，听不到短笛无腔信口吹，牧童短笛，可见却不曾见。山间小路上，更不可见的是,一队队小孩子担着柴,喜一箭风快,回头迢递便数驿。

牧童难见短笛,樵童已然断笛。

人与牛都自由

翻火

母亲头上裹着的毛巾,有点褪色,花色还在,昏暗的电灯泡,十五瓦的昏暗,依稀可见毛巾的花花绿绿。母亲是随意扎上去的,搁青丝上一卷,便裹上了。我脑海里,母亲翻火,还是一缕秀发,纯黑,不见一丝白,不比现在,纯白,不见一丝黑。母亲裹着头巾,江南女恍然幻化为西北大娘。母亲从没戴过帽子,江南女性一头乌发,乌发便是帽。或许母亲嫁过来,戴过红头巾?那别致的形象我没见过。我想见,见不到,母亲嫁时,我没赶上趟来到人间。

翻火是在冬天的清晨。母亲头上裹着花色毛巾,大地头上裹着雪色的头巾,人与地都巾装,都是一抹记忆的暖色。许是我记忆之误,猎猎冬晨,鸡也冻得缩了脑壳,忘了时光,四五更,公鸡撅一撅,长鸣一声,怕是没有。鸡忘了打鸣,母亲没忘翻火,母亲爬下床来,穿衣。我母亲很多年,穿的都是偏襟衫,扣子设置在左腋,扣子也是布做的。母亲什么时候旧貌换新装？我真不知道。母亲的手，原先是活动臂，前伸后挽，右绕左弯，割茅剁草，溜活；现在是一根L尺，再也伸不直，僵硬。母亲之手，哪时活动变了僵硬，我也真不知道。

母亲穿上对襟衫，裹上旧毛巾，蹲伏在炕桌边。老家的灶，一般是两样，一样是炭火灶，一样是柴火灶。柴火灶安置在偏房或披厦子，烟雾熏天，农家屋顶上炊烟袅袅，正是柴火灶所生产。你见炊烟，我见烟雾，你爱炊烟养眼，我恼烟雾熏睛。所有乡村的浪漫，都是乡亲的苦难？苦难，言重了。乡村的浪漫，多不好玩，这个没欺骗。

母亲赶太阳前，升腾一团火，是在炭火灶翻火。江南炭火灶，都设在堂屋。专设一间灶房，得是何等样富贵人家？冬夜里，一家人坐在堂屋，屋中央是炭火灶，炭火灶上安放炕桌，炕桌四四方方，四方尺寸恰是灶大灶小。炕桌横一根，直一木，空架结构，正合适空穴来脚。炕桌上盖一床棉被，炕桌下升一团灶火，一根横木直架南北，一家人的脚都踏上去。烤着被火，烤着糍粑，冬天的雪花下得猛恶，乡村的夜晚也蛮温和。

母亲翻火，就是赓续昨夜的薪火。每床被子都收藏了一团火，父亲便催粮催租一般催，喂叫喂叫：睡觉。一团火，熊熊，勃勃，是要炭烧的。睡觉，是第一节约。这经验，是父亲天生带来的，还是生活告诉他的？我是父亲传承给我的，我要给祖国节约资源了，我就鬼叫鬼叫，催我堂客：睡觉，睡觉。睡觉了，母亲拿了一块厚铁皮皮，一家伙把炭火严严实实给封了。说是严实，到底留了个筷子尖一样的小孔。火，也是要呼吸的。这孔，使火不猛，也使火不熄，吊一线火气。这要技术。封得死,火熄了;封得宽,炭烧完。让今夜的星星之火,明日可以燎原,这就是翻火。

母亲翻火,把一根铁棍子,望灶火中间,往火里捅,烧成灰了的炭,噁一声,都往下面掉了,一灶灰。灶底头有洞,洞通灰屋。江南的灶,旁边都挖了一间平米见方的坑,坑连通灶,灶灰都往坑里扒。捅火,清灰,炭灰都升腾缭绕。母亲头戴毛巾,便是防灰。灰,掉了灰洞,扒进了灰屋。奄奄一息的炭火,吸了清晨空气,又活蹦乱跳,火苗如蛇舌子蹿。母亲持一把烂菜刀,敲下一块几块炭粑,横的,竖的,将新炭接旧火,蓝色火苗呵呵呵呵,笑起来。火也是有生老病死的。夜晚被封的火,病火,病恹恹的;母亲给火输了气,输了能量,大清早的火,活火,生机勃勃,精力旺足得很。

炭粑?对,炭粑。父亲人细小,牛大的劲。十天半月,挑着一担簸箕,带着姐姐们,往二十里开外的金竹山煤矿挑煤,我满姨父在这煤矿当"窑弓子"(这称呼是极形象的,下窑的煤矿工人,挖起煤来,比所有的驼背都驼背),每月有多余煤票。我外婆崽女多,一男六女,外婆有外婆的智慧,晓得姐妹多了,不亲,便一对一(政府也搞一帮一,貌似比我外婆思维慢了好多年),将我娘托付于满姨来扶贫。满姨尽职尽责,有煤票给煤票,有豆腐票给豆腐票。满姨每次来我家,都给我带包子来。包子真好吃啊,我记得我曾经豪情万丈,一口气吃了七个。满姨以工带农,我娘也以农助工。满姨家孩子多,除满姨父外,都吃黑市粮。父亲常是担半簸箕米去,换一担子煤来。

父亲挑煤,挑得起火,挑到家,噼,把扁担往门背后一丢,做鹞子喊：倒酒来。酒是糟酒，糯米蒸的，母亲去坛子里挖半调羹醪糟，配一罐子水。水是我挑来的，院子里的井在院子中央，离我家百把脚。父亲平时都是喝这井水的，挑煤回来了，按我娘骂的，是做官回来，当老爷了。叫我去高山岭背壶泉水。来回四五里地呢，我出得门去，躺屋背后柴火堆里，直挺挺向天，捡片梧桐叶盖眼睛，呼呼酣睡，算计时间差不多，跑到井边，舀半满，晃荡晃荡回去侍候老爹。啪，脸上火烧火燎的，父亲一巴掌拍过来：谁叫你挑井水的？有个茶水故事说，老爷蛮讲究，要喝虎跑泉水，打发小厮挑水去，小厮耍狡，挑半桶水乱晃荡，临到老爷家，跑井边舀水，装满桶。到老爷府上，老爷大发脾气：谁叫你担一半井水一半泉水？老爷有这么神通吗？有，一定有。父亲俗汉子，嘬半边唇来，挨水边舔，井水泉水，分得老清呢。

父亲挑煤，我踩煤。煤是要踩的。三五担煤炭，配三五担黄土，再配一二担水，搅和，搅和成黑泥，便踩，中央往四边踩，四边往中央踩，左左右右踩，团团转转踩，踩得黏黏糊糊，踩得稠稠黏黏，如黑面团，如黑糯米粑。然后是，扫干净阶檐，切一坨滚圆煤团，安放阶檐，啪啪啪，啪啪啪，拍成或圆或扁——圆的是团团四周，扁的是上下两面，拍得煤炭如月饼，如糍粑，我老家叫炭粑。

炭粑是我母亲翻火的料。稀稀的炭粑，置放阶檐，晾几天，二干二干，便搬到堂屋里去，碗柜下，板凳下，炭粑叠炭粑，冷冷的，黑黑的，模样甚丑，你不晓得，这些就是冬天里的一把火。我家当大路，日里夜里，南来北往，人相穿梭。上十里几十个村的,半夜喊天光,三更去担煤,花钱买甚煤啊,这里有现成的。我家丢过好几次炭粑,母亲气急,提着砧板,操把菜刀,要到对面园子里去骂天,父亲拉住了。父亲笑着骂了贼牯子:亚你甲嘎(相当于国骂),亏了我挑。我家每个炭粑底面,都手印了一个"泰",父亲名颂泰。沿着炭迹,可以找到"泰"字炭粑的。父亲骂我,找甚找?我再去挑一担,累死的不是你。

炭粑再没有了。我家学城里样,做起了藕煤,再后来藕煤也不用,烤起了电炉,用起了空调。母亲也不用翻火了。深冬夜里,母亲偶尔会回想她翻火,喃喃感叹一句:还是柴火炭火,烤起来最上身。

寿辰中的生命况味

做寿都以十计，但十岁是不可叫寿的。十岁在生命的旅途上还比不上周岁的比重，在我们那里人满周啊，可以开一桌几桌，不但伯伯、叔叔、姑姑"嫡传一脉"要来相贺，而且舅舅、阿姨等"外戚一线"也都要包个红包来，但到十岁，却好像没这么隆重，往往是外婆扯块布就完成了仪式。满周我是不记得情况，想起来应该是很闹的；"我满十"记得是外婆给我一块蓝卡其布，做了一身衣服，很抖的。

满周算回事，初步估计可上生命簿了吧。一个小生命出来，那命脆弱不堪，老天吹一股风就可把小命重新收回去，实在难以上算，满了周了，那命硬朗了些，这家伙成人大有希望，所以大家要来凑份子合伙撮一顿；至于十岁嘛，没什么生命意义，说童年嘛，五六岁到十五六岁，都是童年；说读书嘛，七岁就背着书包上学堂了，所以没必要庆贺，要庆一翻你自己庆去，我们大家就不来了；二十岁也是，十八岁可举行成人礼，男子二十二岁法定可结婚了,二十岁算什么?二十岁基本上没人做酒的。二十岁,真好,好青春啊,有一身力道,前程远大,但在生命的段落里,也只是一个逗号,至多是一个分号,一般是不打惊叹号的。我们老家,如果在二十岁上下离开人间去了另外世界,又没有留下脉络的话,那是上不得正坟山的,只能上鬼崽子山。所谓正坟山,就是老祖宗安息的荒山上的"山村",鬼崽子山与正坟山不在一个山头上,那里都是早夭人。孔子对"二十"也没说过什么"圣人之言",孔子对人生的年龄段,也是从三十岁开始算起,所谓"三十而立,四十不惑",没说二十岁怎么怎么。

三十岁可以站起来做人了,而在生命苦短的前朝往代里,三十岁恐怕是人生之大半,而非小半,先前平均寿命多是五十岁多点嘛,所以在三十岁要做酒办宴,也做得了,也可办得了,也可称为寿了,这时候,不管你有崽还是没崽,都可进正坟山了。三十岁办酒的有,但那含义不在于贺寿,醉翁之意不在酒也!在于什么?在圈钱也,想自己送了很多人情,回不拢账,十年等一回,抓住三十岁这个由头,把送出去的赚回来,现在在三十岁"设宴"的多半是这个"设局"的意思,与做寿庆典的本意相去甚远。

四十岁也是,四十岁一般也很少做酒,你办了几桌十几桌酒,这么广而告之,人家就咋咋呼呼地惊叫:"哎呀,你四十啦?"这问题,本来呢,自己也想不通,我怎么四十岁了?我有四十岁了吗?前几年外婆给我扎十岁的蓝卡其布呢,就这么一泡尿的工夫,我就四十岁了?自己都在暗自伤神,人家就在大呼小叫嚷开了，人家那叫，都是不怀好意的，看，这家伙是那么回事啦。所以四十岁一般人也很少举行大寿典礼，那营养起来的面相都给你装嫩来着，你怎么自己放起鞭炮架起高音喇叭大喊"我老了"？

现在我们的生命意识与我们老祖宗是有点不同了。我们现在老是想往后退，上五十岁还想着只有四十岁才好，而老祖宗呢，却往往是想着往前赶。在我们老家方圆那一坨地方，做寿的规矩是男上女满，何谓"男上"呢，就是男人到了三十九岁或四十九岁就可以做四十做五十的寿酒了；女的呢，就是要到整十才可以，这就是"女满"。男人要养家糊口，在外面奔跑东奔西突，千斤重担压在肩头，万种愁思堆积心头，在外面跑，那"无常"的概率自然高许多，碰到翻船，碰到打劫，碰到车祸，等等，即或不"无常"吧，男人被担子砸死压死的可能性也比女人大啊，所以男人给自己想了一个办法，那就是提前一年满寿，活得不容易啊，你活到这把岁数了？那好啊，是该庆贺。有人说，寿典是对母亲的不孝，你的生日是你母亲的难日呢，说的也是，但是这天是母亲的大痛，也是母亲的大喜啊。其实摆寿宴的意思，与母亲父亲没多少关系，主要是活得不容易，十年间，要遇上多少事啊，要闯多少生命难关，到了那天，长舒一口气，啊，我闯过来了，那庆贺其实是一种庆幸的。

男上女满是我们老家的习俗，十里不同天。其他地方各有各的习惯的，我所居的"宝庆府"，就恰好与我老家相反，他们是男满女上，这是不是"女士优先"的绅士风度？难说。一个风俗的形成，总有它的道理或者理念在，不过，这个"女上"的风俗可能有点难解，尤其是现在十分不合时宜，女人装嫩之心比我们男人迫切十倍百倍，她二十九岁你就说她三十岁了？她会死死地跟你急：我老了我老了，难道我真的老了？你嫌我老了？她恨不得你说她只是十九岁呢。你说她三十岁了，弄得不好，她非跟你吵一大架不可。不管是男上女满，还是男满女上，生命在年龄上不搞四舍五入，都是一种八舍九入，你五十八岁绝对不会喊你上了六十岁，但你五十九岁了，那就可说你上了花甲。这里头，看起来是对寿命网开一面，其实隐藏着对生命的深深悲凉，人生七十古来稀。保护生命活下去的因素虽然多，但是戕害生命的因素更多，一口水，一把火，一阵风，一场雪，一个车轮，一发子弹，得一回病，遭一次灾，有可能饿死，有可能撑死，有可能冻死，有可能烧死，有可能好好地走在大街上头上砸来一块广告牌将人砸死……置生命于死地的，很多时候，你根本就想不到。所以，提前过寿，或许是可以自欺欺人，欺人一回欺己一回，所以那贺寿固然有喜庆，其中也包含着活着的紧张与无奈，说是一种庆幸更准确些吧。咳，我又活过来了。男人到了三十九岁、四十九岁，有人问"贵庚几何"，男人就叹叹气："吃四十的饭啦""吃五十的饭啦"，以"吃饭"而论寿命，既是对民以食为天的下意识反应，也是对生命朝夕间的下意识反应。那"啦"字拖得是蛮长的，无限感叹都在其中了。

最是那一勾头的害羞

我表姐要结婚了。这个幸福时刻，或许我表姐夫见到的是秀才娘子的宁式床，而我见到的是满地的鞭炮与满桌的佳肴。尤其是佳肴，你说我对鱼肉有多热爱？我娘赴人家喜宴，讨来一张小学生作业纸，纸上涂满了黑字，我娘用它包了一块两指大的肥肉，我给吃了三天，每次咬下跳蚤大一粒，在唇边卷，在齿上嚼，转到舌尖上反刍，反刍了三天，才让其消失于肚腹，我后悔半天，不该吃肉吃得那么快。

我表姐要结婚，我爹本来要带我弟去的，我跳起来哭，我爹没法，哄我老弟说，要舀一海碗肉，让他胀得像个鼓气蛙崽，这才让我们脱身成行。我一路都是蹦跳着的，到了姑妈家，却让我傻眼，好多的人啊，好大的场面，堂屋里，碓屋里，阶檐上，晒谷坪上，都摆了桌子，红纸红门，鞭炮碎片满地红。我突然不走了，立在村头，站了个死桩，我爹扯我，我如固定了一般，扯不动，我爹扯多了，我反身就跑，往回跑。我爹一把把我抓住，一把把我提起，夹在腋窝下，如夹一卷稻草，把我夹到姑妈家。

姑妈见到我们，十分欢喜，把我爹安排在上席，现在我才知道，那是老规矩，娘亲舅大，舅家来人了，自然要坐上席。我表姐，我表姐夫，一一来敬酒，一见他俩那么光彩照人，我忽然跳下了桌，钻到板凳下去了。为什么呢？我听见我姑妈在问：这家伙搞什么呢？我爹答：没事没事，莫管他。

直到喜宴开宴，我都一直蹲在板凳下，看人家的脚。我爹一把把我提鸡一般提起来，一顿，把我顿坐在板凳上，这桌上什么人，我一个都没看清，我爹提我那会，我是闭着眼睛的；提我坐了板凳，我脸示人，示众，不超半秒，我以超高速度，把我脑壳低了下去，低到桌子下去，下巴抵着脖子，抵出一个凹坑；纵使那额头，也低到胸口（原先身子好柔软啊，现在骨头老化了，耍不了这特技）。

满桌的鱼肉啊，还有鸡呢，还有鸡腿，只听得我爹在诱惑我。我姑妈本来初当岳母，事情忙不清场，也撂下事，先是笑话，打哈哈：看这个崽，看这个猪崽崽，如何出不得湖。后来晓得我真是出不得湖了，便没一个人笑话，都蛮严肃地当回事了，夹鸡腿来诱我，拿糖粒子来惑我。什么诱惑都诱惑不了我，先前我还勾着头，余光外瞟，后来越是劝我，越是诱惑我，我索性把眼睛都死闭着，额头贴到胸口上了。

我姑妈跟我爹打了个耳语，便把我夹在腋窝下，夹一般卷起的稻草也似，搭上楼梯，把我单独送到没人的楼上，我爹没那耐心，举手要扇我巴掌；我姑妈一把扒开我爹，叫我爹去喝酒，姑妈一个人来劝我，来哄我，来扳开我的嘴，往我嘴里塞鱼：在桌上我没吃，在这里我还能吃吗？我死闭着嘴，姑妈威逼利诱，软硬兼施，都没能撬开我的嘴巴，没能送进嘴里一块肉去。

为什么呢？我打小就出不得湖。出得湖，出不得湖，是甚意思？湖南有个洞庭湖，湖南人出得了洞庭湖，就是龙，出不了洞庭湖，就是虫；出不了湖，那是没用的人，是一点出息也无的。我何止出不了湖？我还出不了屋呢。在家里，我有老恶（恶霸）之称，到现在，我回老家，很多人都喊我老恶；但一到外面去，一旦见了外人，遇到生人，便脑壳夹到胯下，比落水狗的尾巴夹胯下，夹得更深更紧。我这点出息，我爹常常骂我：锅里争肉吃。我表姐结婚，我爹在那儿做舅舅，做了两天，我硬是没进一粒米；我爹本想多待几天的，赶紧带我回家，回到村头，有里把路远，我站田埂高处大喊：娘，我要吃饭了。我娘骂：你只会锅里争肉吃。

我把这桩糗事，差不多忘了。我爹作古了十来年，英姿焕发的表姐也两鬓染霜，早带孙子了，生涩的童年杳如黄鹤，飘荡不晓得去了何方。在这个最寒冷的冬天，我却忽然接到我表姐电话，声音哽咽：你姑妈走了。我领着妻子，赶往熟悉的庄院，再也见不到我那一见我去便嘴角挂笑的姑妈了，她已躺在黑黢黢的棺材里了。我表姐眼袋泡泡的，一把鼻涕一把泪，回忆起了当年往事，记忆倒带，倒到了她出嫁那天，我头低到桌子底下那情景。童年的世界已成定局，如今的亲人也已崩天，石破天惊，把我眼泪也逗出来了。二十来年前，我伯父过了；

十来年前，我老父过了；这一年冬天，我姑妈也弃世了，我爹三姐妹，已无一人存。听到起柩那一声"升起来呃"，我眼泪在眼眶里转，久久不堕。

我实在就是那一点出息。多年以后，我读了师范，那年国庆节，班主任石老师要弄个舞蹈节目，给班集体争荣誉。跳舞？上舞台？下面是几百上千人的观众？那不把我羞死去？石老师可不是我姑妈，没那么多耐心来劝我，他只以"威胁"来降我。我软硬不吃，硬是没去，全班就我一人，孤零零一人坐在教室，看同学们在操场上，欢欢喜喜跳舞，嘹嘹亮亮唱歌，光光亮亮展现正面、侧身与背影。石老师本让我当了寝室长，一下把我职务给撸了：这家伙出不得湖。

这么多年来，我混了很多世，脸皮也厚了很多。只是我依然出不得湖，也有很多镜头要对着我，我赶紧跑了；也曾进过一些大场面，我也是勾着头，找一个着落，落座最后排；有些大人物（不但是官场，文艺界也是有的），人人争着去合影，我是远远地，走远些，一边旁观去；也赢得过在小型场合坐主席台，还叫我发言，我是未语脸先红，人家问我为什么脸红，我说我可能有点高血压。你没高血压啊。噢噢，中医说了，说我肝火有点旺。也有人赞我低调，哪是低调啊，我是害羞。

出不了风头，自然也就出不了人头，让我永远都出不了息。我也曾自卑，我也曾遗憾，可是，我也不恨自己：多少出尽风头的，不也栽了跟头？多少有出息的，不也出了事？这社会不缺乐感，不缺荣誉感，也许缺了点羞耻感。大言都无惭，大贪皆无惭，男盗已不羞，女娼也不羞，或许"那一低头的温柔，恰似一朵水莲花不胜凉风的娇羞",自我高置来说：这最是一种稀缺的、稀有金属一般的品质了吧——我自以为是。

  我家小公主，其他什么都没遗传我的，这一点没走火，与她老爹一个德行。这家伙小时候，每去她外婆家，一进门，便把头勾下，勾到桌下尺多深，用糖哄她，哄不了她抬头；用玩具逗她，逗不了她抬头，她也是见生人就害羞，见场面就发怵，见到一些"意外之财"与一些"遗臭之事"，贪念未生而脸先红。这家伙长大了，在北京读了四年书，去香港读了一年研，毕业了，去一家单位竞争上岗，她打电话给我：爸，我不敢上台。我骂了她：你这个猪崽崽，出不得湖。骂是在骂她，其实我心里也有点喜滋滋的：吾家小女，这辈子或许难出什么息，但也不会出什么事的。

长不老的崽

唐太宗自云不过生日,倒不是他要搞政治样板戏,而是他生日到际,便想娘遭苦:生日哪是人的乐日?那是娘最疼时。娘生崽,撕心裂肺,九死一生,崽到人间来一趟,娘到阴间转一回。想起娘那般疼,哪乐得起来?看到这里,我心有处软了一下:唐太宗征伐无数,铁石人心,到了娘面前,却是个乖乖崽样子——若念及娘,猛虎也是乖乖兔。

我却是没心没肺,我恨不得天天过生。曾有十多年,我十几年如一贯地保持一种感觉(现在不行了,再好的感觉不过几天,爱情都是七年之痒呢):一年365天,最快乐的只有两天,一天是过大年,一天是过生日。过年有肉吃,大块的,拳头块大的;过生有鸡蛋吃,一吃就是三个啊,生活赶得上大地主了。现在呢,却是恨过生。当年过生,过一天,大一岁;如今过生,过一天,老一年。别有幽愁暗恨生,此时无生胜有生。天哪,一年365天,你天天如期来,这一天,就这一天,你莫来行不行？

　　下班进屋，门没开。我娘哪儿去了？中午本来可以在食堂吃饭，便宜，三块钱一餐，三菜一汤，菜不是肉（肉是肉丁）便是鱼（鱼是鱼星），也有肉有鱼是不是？三块钱还想吃海参、燕窝不成？只是我娘百里迢迢，来到城里，先前住不惯，嚷嚷着要回去做田，理由是种出的谷子不洒农药；嚷嚷着要回去喂鸡，理由是喂出来的鸡不含尿素（我娘记不住"激素"这个词，尿素这肥料，倒是记得牢靠）。问题其实不在这，还在我娘感觉没事干，我就让我娘替我们煮饭，喂养她的崽，这下就业了。她不说要回去了，安居乐业——错了，应该是乐业才安居。干得蛮欢，蛮起劲。每天听得楼梯响，便把门开开，把饭端起，把筷子摆上。

　　小雨霏霏，忘了带伞，小跑回去，昨天中午回家却没见我娘。哪儿去了？对面邓阿嫂，听得敲门，出来告信：你娘在诊所里，摔了一跤。怎么摔的？到三眼井买南瓜子，毛毛雨路滑，摔了一跤。还好，只是破了点皮。我对着我娘高声嚷：落起个雨，出门干么子鬼？旁人见声气高，便朝我瞪眼：莫这个凶咯。我娘嘻嘻笑，转身拿袋子，从袋子里抓了一把南瓜子，往我衣兜袋子里塞。这南瓜子好，圆，滚壮，鲜，不是陈货。

　　我娘抓一把南瓜子，往我袋子里塞。旁边团团转转，都是人，都是眼珠呢。我的脸红了起来。我这脸也算是一张老脸了，还把我当穿开裆裤的，不惹人笑？旁人笑了，我娘也笑了。唯有我，烂着脸，后来也忍不住跟着笑了——我若不笑，那处境不更尴尬？若消尴尬，唯有随大溜，跟着笑。

我娘晓得我别无所好，爱嗑个瓜子。给钱让她去买菜，菜买得不好，拣便宜的买；瓜子却买得好，几乎都粒粒壮实，清亮，粒粒香。我老婆叫我莫嗑瓜子，说带火，你天天火气那大，向人发火，还往肚子里吃火。其实我没太大的火，只是婆娘是这样的，她有火时节，便以为老公有火。我娘见我媳妇在，便不作声；待我媳妇下楼了，去上课了，趁我午睡当口，便把我衣服拿去，兜一把几把瓜子。不过我娘一般买的是葵瓜子。前几天她看挂历，晓得我要过生日了，便冒着淋漓春雨，穿过几条街，穿过几条马路，去给我买南瓜子。蛋不给我煮了，这事移交给了我媳妇。我娘要做的，是我媳妇不爱做的，却是她崽喜欢的。

别无所好，我是没多少乐趣的人。有所好，我也爱好不起来，玩车玩古董，那是要烧票子的。票子我爱是爱，爱得哭，却爱不起，平生爱嗑些瓜子。人生复何求？嘣一声，一粒瓜子入了嘴，进了瓜子仁吐了瓜子皮，那就是人生最幸福的时刻。我岳母也晓得她女婿好这一口。每次去老人家那里，葵瓜子、南瓜子、西瓜子，她都买些，也是拣好的。去岳母家，耍了、吃了，还有给兜的。兜什么？兜一把几把瓜子。我是不好意思兜，提脚要走，岳母就喊：抓一把咯，抓一把咯，路上嗑。我不好意思抓，抬脚便走。我岳母噔噔噔，赶我脚跟。噔噔噔噔，直追到楼梯下，一把抓住我的衣角，扯开上衣袋子，抓一把往里塞，没装满，再塞，左边塞满了，转过身子去塞右边。正是大街上呢，川流不息，人那么多。我是那儿的大老爷了，让人往袋子里塞瓜子，那情景使我这男子汉，只像男子，不像汉了。

我便乖乖领着岳母盛意。常回家看看，不曾洗洗碗，也不曾说多少话，打道回府，先敞开衣袋子、裤袋子，让岳母装葵瓜子，装南瓜子。却引起她女大不满：左袋子是瓜子，右袋子是瓜子，每次洗衣服，都黑乎乎，不难洗啊。我岳母便做了改进，每次给我弄个塑料袋子，罗通扫北，打包了。

我岳母晓得我爱嗑瓜子，还晓得我爱嚼甘蔗。人生苦，莫说心苦，舌子都是苦的，嚼一节两节甘蔗，便感觉人生甜，甜如蜜啊。甘蔗跟瓜子，可以一比。比什么？不比甜，也不比香，就是比起价钱，都不贵嘛。我好宝马，爱香车，夜里做梦流过很多涎，垂涎金玉满堂，左手右手、左脚右脚都戴名表，每一肢不止一只呢。最后爱来爱去，没爱上金子银子，只爱上了瓜子；没喜欢上轿车飞车，只喜欢上了甘蔗。

这天，我娘去给我买南瓜子，我岳母带着岳父也来了。来干么子啊？我想把这一天稀释，让其淡，再淡，淡如水痕——这天不下雨吗？我老婆本来清早给煮了两个鸡蛋，埋一碗面条里，我都小怨了一番：我不想这日子，你为什么要这么强调这么突出来？我老婆只在这日子点上一笔，我娘、我岳母呢，却是来给点染画圈了，使这日子在365天里浓墨重彩了。我都想闭着眼睛给过了，我娘、我岳母却是把所有的光都打开，照在这日子上，使这日子通亮。亮起来本来温暖，我却感觉炙人。

我晓得我娘给我买了南瓜子，我不晓得我岳母给我买了什么。买了么子？买了两塑料袋子甘蔗，胳膊粗，肘腕长，亮亮光，一节节，削得整齐。我平时爱嚼甘蔗，常在附近几个水果小贩那里走的，都好像没见过这大甘蔗的。可能是我岳母走了水果市场，转悠遍了水果摊，才寻到这么大的甘蔗。我老婆晓得我爱嚼甘蔗，她何曾想到这一天，给我买甘蔗？我那新时代的小女，也只晓得送时尚，发来微信，发来洋文歌曲，嘤嘤呀呀，她老爸听不懂，她不晓得她老爸，其实百无所好，只是喜欢嗑些瓜子。

吃完中饭，转去上班。我岳母大喊：这天呐，耍一天哪。其他哪天，我都想耍，就是这天不想耍——越耍越会感觉这天存在哪。我娘见我出门，喊我：瓜子，瓜子，兜些瓜子。我岳母旁边帮腔，兜咯兜咯。我拐了几步楼梯，我娘与我岳母跟了来，我娘往我袋里塞瓜子，我岳母往我手上塞甘蔗。两个老婆婆，把我当挑食的小家伙，追着喂食。我喊起来：莫塞，莫塞，莫把我当细把戏。我娘愣怔了一下，笑了起来：你再大，再老，都是我的崽哒。我岳母也笑了，接过句子：崽，就是细把戏哒。

幸福感觉忽然袭来。幸福是什么？幸福就是：年纪一大把了，还在当崽，还在当细把戏。

鲜艳的姜不叫鲜姜

姜是蛮鲜亮的，绿得发亮，长在对门菜园子里，姜枝干笔直，枝撑叶绿素，叶儿都是绿元素，一溜溜绿，一排排绿，绿接绿，绿连绿，绿成一园子，蓝绸布一样绿。生姜辣，辣椒也辣，辣椒辣，饱吸火辣辣的阳光。辣椒是喜阳的，其根不能旱，其果却要阳光暴晒；生姜辣，生姜根块不能旱，其枝其叶喜阴不喜阳。

生姜要阴凉，我父亲种姜算能手吧，他剁来一根根指头粗灌木，插在园子里，扎架，架上铺稻草，阳光渗过稻草，阳光稀稀落落，落在生姜绿绿的生姜叶片上，斑斑驳驳，隔夜的露水，在叶片上荡漾。生姜之绿，便绿油油；生姜之水，便水灵灵。

我父亲将生姜与魔芋隔行种，魔芋也是喜阴不喜阳，同一片瓜棚下，菜们结伴而生。父亲生姜园里，还种有脚板薯，脚板薯是薯吧，却非红薯，挖出根块来，脚板成板，脚丫是丫，像极了毛茸茸的光脚板，我们老家叫之脚板薯，红的，粉，粉腻腻的；白的，甜，甜丝丝的。脚板薯不用扎架，三五根灌木围着插下，藤儿攀缘灌木，自成好大一蔸棚架，可以荫护一盘大竹筛宽的生姜与魔芋，一块菜园种了几蔸脚板薯，便如孵鸡娘一样，荫护着生姜与魔芋。

生姜便是鲜的，或还是艳的，菜园有姜初长成，拔出根块来，细细剥枝叶，那枝底根处，轻轻地泛红，一圈圈嫩嫩朱色，拔出叶，剥出茎，放锅里炒，不辛，不辣，很清，很脆，沙沙，沙沙，嚼起来发嘣脆声响，宛如兔子吃草。生姜是一种作料，姜枝呢，是一碗好蔬菜。

院子里好像没谁种姜，就我父亲种。生姜挺难招呼，蛮难侍候吧，其不喜阳，却要湿润；其要湿润，却不水涝。六七月酷暑，清晨要去掀稻草，晒阳光；正午正暑，得去盖棚，给遮阴；黄昏时候，挑水淋。与我母亲比，父亲算是懒汉，他干活儿都是偷懒的。我挖红薯土，挖一锄盖一锄，盖的那锄，太岁头上没动土的，学的是我父亲的样。父亲种姜，却另一番情景，认真，细致，活儿干得苦，不曾欺骗菜蔬。父亲不欺骗生姜，生姜也不欺骗父亲。收割季节，生姜块茎连块茎，一拔一大蔸，蔸蔸饱满，饱满得犹如我冬天手背冻疮发肿。

父亲把生姜种在自留地。"自留地"是个经济学概念还是政治学概念呢？那时节我不太懂。父亲种生姜，是在搞商品经济，他是要挑着去卖的。我到现在都没弄清我父亲的心思（后来准许街头摆摊，村头叫卖，父亲却守着一亩三分地，不种经济作物，单摆弄水稻与麦子了）。我父亲在生产队出工，每隔那么十天半月，要向队长请个假，不是去邵阳挑担油菜种，便是去衡阳弄来白菜种，半夜出门，不晓得去哪里买卖。我帮我父亲卖过一回，父亲挑担大的，我挑担小的，逆资江而上，一路卖去。父亲大喊：卖油菜种咯，卖白菜种咯，优质好种子呢，是我孩子他舅那拨来的。叫卖声嘹亮。从资江尾，一路吆喝到资江头，百十里路，我一句话也喊不出来，我父亲却吆喝得起劲。我舅哪里的？顶多算窑弓子（煤矿里的），哪来什么供销社社长？父亲行商，也有点奸噢。

"自留地"还真是政治学概念。父亲在生产队消极怠工，队长也知道他干吗去了，队长不作声。父亲瘦小，阑尾更小，小而至无，队长不割他尾巴了吧？父亲节日信神，春节啊，清明啊，还有端午、七月半啊，总要烧些黄纸，烧些香，信一信迷信。所谓迷信，所谓信神，可能与您那儿不一样，我老家的神，非关公，非罗汉，非上帝，非玉皇，观音倒也敬，多半是供奉自家列祖列宗，爷爷奶奶，已经逝了的长辈都是神，都要敬一敬。那是迷信啊，怎么敬？父亲逢那些日子，清早起来，把碓屋门关起，伏神龛下，咿咿呀呀，烧香。有回啊，我跟着父亲一拜，二拜，三拜，神龛下面拜了后，得开碓屋门，送祖宗。咿呀，把门一开，发现队长正打我家门口经过，把我吓了一大跳。嘻嘻，队长没作声，父亲没出声，我父亲没喊队长，队长也没喊我父亲，队长脸侧一边去，飞脚走了。现在我回想啊，我家自留地的生姜，与我家门槛旁的香火，斯时斯际，不仅是宏大的政治学概念，还是温馨的伦理学家常。

人家自留地里，种白菜，种辣椒，种茄子、豆角，那是自给自足的小农经济；我家种生姜呢，算是小商品经济。父亲种姜，是要挑去卖的。记忆中父亲种的姜，不挑太远，上三里，下三里，顶多挑到金竹山煤矿，也就卖光了。生姜换来盐，换来油，换来我的学费，换来我姐姐妹妹的新年衣服。这种换算，挺划算的。

父亲种姜，累，说来还可以种更经济的。父亲干这活儿不怕累，想来，也是父亲抹不去的记忆吧。有时，记忆是非常执拗的，人怎么拗，都拗不过记忆，一有可能，便要回到记忆中去。父亲老是对我吹牛皮。他说他以前，我那大时节，便挑姜卖了。卖哪里去呢？卖益阳去。益阳啊，我这儿现属邵阳，邵阳离我家百多里路，沿着资江，挑一担，可以一天抵达。益阳呢？怕是三五百里地吧。父亲说，唉，益阳比邵阳卖得起价，一斤多一毛钱呢。一毛钱，多走几百里？父亲说，钱值钱，脚不值钱。父亲与我伯父，还有他那时节发小，挑着百多斤生姜，穿着草鞋，扁担一路闪啊闪，闪闪几百里，闪得脚板肿，没闪着腰吗？

几百里地，不耗费？草鞋不耗钱，草鞋是稻草编织的，几个夜晚编成了。住宿呢？路上伙食呢？这是我们现代化之逻辑，在父亲那代的话语系统里，并没这套吃住一条龙的逻辑，住呢，到处是凉亭，长亭连短亭，入夜了，找个凉亭，往上面一躺，有稻草盖稻草，没稻草，手板捂了肚脐眼，一夜露水沾湿胸脯，不在话下——父亲身子上漆了一层古铜色，那是什么镀成之厚厚之色，猛火一般的太阳啊，太阳藏在皮肤里，盖在肚皮上，冷甚冷，寒甚寒？

吃也不要钱。父亲兜了好多红薯，炕干的，水煮的，都有。如何下咽？父亲种好东西，不吃好东西，都给别人吃了；父亲种差东西，不给别人吃，自己吃了。父亲种的姜呢？当算好东西吧，卖得起价嘛。父亲卖姜，父亲吃姜，算监守自盗吧。父亲箩筐里，放了罐头盒子，盒子里，装满了姜。那姜啊，鲜艳得很。鲜姜是鲜的，不鲜艳。父亲的姜不是鲜的，却是鲜艳的。鲜红鲜红的，红得如朝霞如晚霞，红得如篝火如炭火。

姜那么红，那么艳，红艳艳，红彤彤，红得好像那燃烧的火，源自红辣椒腌了小半年生姜。老家家家都会制作剁辣椒，选最红最红的辣椒，剁，剁，在砧板剁，剁，剁碎，碎成细末，加盐，再把生姜切成片片，一片一片又一片，辣椒、盐、生姜，搅拌，拌匀，一起放坛子里，坛子边用湿泥巴密封着，密不透风，东风、西风、北风、南风，都进不去。由着辣椒与盐与生姜，在坛子里互相渗透，深度融合。到时揭开坛子，一股香辣气，蓬勃而出，香透整个村庄。

姜，便格外鲜艳，特别香艳。您不知道，湖南剁辣椒，有多辣，经坛子发酵，不再辣得喉咙出火，辣已淡化，香已浓化；您也不知道，湖南剁辣椒浸泡的生姜，也不再辣得舌头发麻，辣已淡化，辣得舌头凉酥酥的。剁辣椒生姜，极易入口，入口辣而甜，甜而酥，酥而香，香而脆，脆而韧，嚼起来咔嚓咔嚓响，又加了盐呢，便十分送口，十分佐饭。阁下或是厌食，或是胃口泛酸，满桌佳肴，不想伸箸，为什么？以中医论，邪气生肺腑，含一片湖南剁辣椒姜试试？邪气瞬间秒杀，镇压了。一碗光饭，咕噜噜送进肚腹间。李时珍《本草纲目》云："凡早行山行，宜含一块，不犯雾露清湿之气及山岚不正之邪。"

生姜不是菜。若荤菜是词之长调，蔬菜是词之中调，那生姜便是词中小令。客人来了，如瓜子如花生，是摆碟子的。我堂客初来我家，无物招待，母亲便从坛子里夹了一碟剁辣椒生姜，让我准堂客当零食缠口，我准堂客吃得满头是汗，一边大呼过咸，一边大呼过瘾，悄耳附言，叫我向娘讨碗，带回学校缠口。对了，生姜也可不鲜艳，一片生姜，根底不切，在根头切条条，然后晒干，然后盐腌，不着水，盐渗透其中，生姜变白色，做碟子摆，比剁辣椒生姜，来得更如菜系中之小令，尤耐舌尖小舔。

而剁辣椒生姜，多半不太摆碟子，而当一道菜。父亲几百里迢迢，去益阳卖生姜，便是一罐头盒子剁辣椒生姜，放箩筐里，早餐中餐，就着一颗烤红薯，捏着一片红艳艳的姜，撕，撕，撕下一指甲大，便嘶嘶嘶嘶，喳喳喳喳，嘴头一片脆响，十分受用。一片姜，足足可以佐一餐饭。你要菜来下饭，得多少菜呢？一碗菜，佐不了一顿饭，一片姜足够了。来回千里，父亲一罐子姜，不用进一次馆子，便可以从老家走到益阳，肚子哄它半个月。我有时问我父亲，再往前走，不到了武汉三镇吗？那里姜价定然更高，或许高五分钱呢？父亲说，是啊，是啊。唉，没去过啊。唉，父亲到底出不了湖。

父亲喜欢喝点酒，酒量不大，二三两的量吧，却是每天早晨，天尚没亮，外间灰蒙蒙的，他就要到酒坛子里，舀半锡壶酒。父亲那锡壶，不大，上尖下平，中间肥大，再肥大也是盈盈一握，一手可持。父亲每天鸡叫二遍，便起了，舀下半壶酒，一口一口抿，何以佐酒？唯有剁辣椒生姜，捏一块姜，握一壶酒，便村东踱到村西，稻田踱到菜园，姜酒风流，巡村一番。

父亲持酒壶嚼生姜之模样，极是受用。可惜，父亲过后，他那锡壶，我再也找不到了。想来，那锡壶是不成社会文物，也是可做我家传家宝的。

苏东坡官钱塘，偷得浮生半日闲，去游净慈寺。见众中有僧号"聪药王"者，年八十余，颜如仙丹，目光炯然，东坡好奇，问其养生之道，答曰："服姜四十多年，故不老也。"这怕是个传说。父亲服姜想来不止四十年，七十岁不到，患了脑血栓，姜没起效力？父亲患脑血栓后，念念不忘剁辣椒生姜，病后又过了七八年，这是姜起了效力？

父亲服姜几十年，到底苍然老矣，病复崩矣。我带妻女，年年去给父亲扫墓，但见衰草枯杨，茅草萋萋。莫说父亲托体同山阿，草缠藤蔓。父亲当年巡视之稻田，稗草齐腰；我家对面菜园子，父亲种生姜之福地，也是杂草丛生。稻田与菜园，荒荒凉凉，莫非也已然是庄稼之坟场？

诗和远方，就在老翁种菜的地方

曾经随处都是泰

我家公鸡没进垪,清早起来,我娘到碓屋放鸡,老娘没数鸡头,便晓得公鸡没归屋。我娘喊,泰老厮,去化西家里捉回来。我娘一口咬定,我家公鸡去了化西家,老娘说化西家有只母鸡滚壮,毛色带艳。我家公鸡长得雄气,鸡脖子伸出来,顶长颈鹿了,一溜的金黄色,油抹水光,性情骚得很,看到入眼的母鸡,单腿独立,双腿转圈,鸡毛耸起,细细颤。我家公鸡没归屋,我娘断定是它不正经,去别鸡家过夜了。

我娘喊的泰老厮,是我父亲,准确喊,当是泰道士。父亲跟伯父学过艺,方圆十几里老了人,便来喊我伯父去做道场,我伯父便带我父亲去。老家是梅山文化,蛮巫性的,人过了,吹吹打打,要停屋两三天,唱唱歌,烧烧香,做做道场,念念十殿阎王。村里人因此喊父亲泰老厮,老家方言重,道、老不分,厮、士不辨。我娘也跟着外人喊我父亲泰老厮。

父亲左手持着一把锡壶,右手捏着一根红辣辣萝卜皮,笃笃悠悠去化西家。快到化西家门口了,父亲把锡壶抱在胸前,把萝卜皮兜在裤袋,父亲肌肉猛地紧绷,头上乱发有点直竖。化西是院子里第一机灵人,去他家鸡埘寻鸡,便是去虎口里拔牙。父亲硬着头皮去,恰好碰到化西也开鸡埘门,父亲压低声音:化西,我家公鸡昨天在你家鸡婆家过夜,我来捉回去。化西声音狠:哪是你家公鸡,全是我家的鸡。父亲指着一只毛色红黑相间的公鸡:是这只,是这只。化西叫起来:你说是你家的,就是你家的?你喊泰老斯,看它应不应。父亲嘴巴堵得铁紧,脸色憋得铁青。半晌,父亲回了一句:那你喊一句化西,看它应不应。化西扯开喉咙:化西。鸡公鸡妇吓得飙走。化西自喊自应:喔。化西转身对父亲说:泰老斯你听到了吧。还是你家的不?

父亲突然笑了起来,要得要得,你喊鸡你应了,算你家的吧。父亲一路在笑,其实是落荒而逃。他回家跟我娘说,我娘气得骂:化西把自己当鸡,你就不要自己的鸡了?母亲一把抓开父亲,风风火火,去了化西家,也不跟化西说话,一把抓住那只纯黄公鸡。我娘本事大,把自家十几只鸡放到院子里几百几千只鸡中间,我娘都能一一把鸡拣出来。我娘一手抓住鸡翅膀,一手批鸡头,批它好些耳光:叫你死不要脸,叫你吃里爬外,叫你去给别人下崽崽。

我娘虎口夺鸡,夺了回来,父亲跷起二郎腿,左手持锡壶,右手捏辣条,咪西咪西的,父亲拿眼过来:是这只,不是那只?我娘啐了父亲一口:自家的鸡都不认得?父亲回嘴:化西也不认得自家鸡。父亲突然从板凳上跳下来,锡壶往炕桌上一顿，半截萝卜皮不再是舔，如麻绳一样，整个塞进了口中，沙沙嚼了。父亲从我书包里，寻出毛笔来，踮起脚尖从菜柜顶拿下墨水，父亲要给鸡做个记号。公鸡早被我娘给放了，父亲追，东屋追到西屋，柴堆追到猪栏，鬼子进村抓鸡捉鸭也似，追到对面山头，捉到了。

父亲把鸡捉来，坐在板凳上，板板眼眼，把鸡夹在两腿间，毛笔蘸墨，在鸡背上一笔一画，写字，写太字。父亲有时把太写作泰，有时把泰写作太，我也不知道我家户口本上，父亲用的是哪个字，以爷爷起名来推，应是泰。我伯父叫颂国，我父亲指定叫颂泰。国泰民安嘛。父亲偷懒，经常把泰写作太。这回在鸡背上写字，写的是太。父亲蘸一墨，写一笔，一笔哧溜，笔画不见了。公鸡毛羽既光又滑，笔墨落不住。父亲一笔不行，来二笔，二笔不行，来三笔，百笔都不行。父亲气了，操着笔，在公鸡背上大把打叉，打叉叉，怒气冲冲，把公鸡抛上半空，公鸡吓得喔喔喔大叫，飞下高高田埂，跑了半里路，才停住脚：那里又有一只麻色大鸡婆。

父亲好像余兴不减，咯啰咯啰，唤起了狗。狗倒是忠诚，本在村北，与一只母狗在咬嘴，听得父亲呼叫，母狗扔一边，四脚飞起，飞快跑来，跑来就摇尾。父亲找来了油漆，红色的，削了竹签，竹签蘸漆，把狗夹在两腿间，狗蛮听话的，不叫，不动，由着父亲在狗屁股上给上漆。父亲这回蛮认真，或可说得上蛮入神，他一笔一画，没写太字，他写的是泰字，狗屁股毛少，肉厚，红色漆着上，甚是显目。父亲读过三年私塾，毛笔字蛮可以的，泰字像模像样，在狗屁股上闪闪发光。

父亲写完,把狗放了,狗满院子欢跑了去。院子里人见了,老远对着狗喊:泰老斯,哪里去咯。父亲坐在屋里,听着人喊,大声应着:哪里都没去,没地方赚钱,家里喝酒。对面回话过来:你应么子,又没喊你,我喊狗呢。父亲脸色唰唰红了。他晓得这回搞乱了。又咯啰咯啰唤狗,狗跑回家,父亲用竹签刨漆,哪容易刨的。刨得狗喂叫喂叫,趁父亲手松了一下,跑了。我家这只狗,泰字带了半年多。村里村外,晃荡乱跑,父亲没在倒好,父亲在,人就喊泰老斯。鸡,羞辱了化西好多年;狗,羞辱了我父亲好多年。

父亲喜欢给家什錾上字,条条板凳底下,都写太,或泰;竹扫把上也写,噢,不是写,是刻,用菜刀尖,心情好,刻泰,心情一般,刻太,比写竹扫把更用心的是,锄头把上刻字,刻完后镀油漆,或者镀墨水,抢眼得很;买回斗笠,貌似郑重得很,写全称,连名连姓都写上,有时是一字一写,有时是三个字弄成一堆,写成一个字,写完后,再刷一层漆,风吹不掉,雨刷不掉,阳光暴晒也晒不掉。蓑衣上也是,犁铧上也是,簸箕箩筐、水桶拌桶,全都有父亲的名字。唯一不曾有的,没在堂屋门楣上,红漆黄铜写大大的泰字。走过一些地方,见到过大户人家,桌椅板凳上都不写字,爱写的是门楣。父亲若真有气量,老家老屋上,大写一个大大的泰字,人家称泰府,多带劲。丈多高土砖屋,称泰府,不是父亲没这个文化,是父亲没这个胆魄。父亲向来爱开玩笑,也不敢这么玩幽默。

父亲痴迷处处錾字,我家每块田之决口,或是找来小木板,或是剁来小竹片,插在决口边,上面写着"太"字。父亲怕是以为，写这个字有姜太公的符咒力。村民不信那么多，化西常常手指头指到父亲额头上：泰老斯，你有鬼法术，来吓人。父亲在田决口边写字，是想叫这些字给他守水。偶有年份，六七月也干旱，正是早稻抽穗；常有年份，八九月旱灾尤重，恰是晚稻结子。旱情肆虐，乡亲视水若命。好多夏夜或秋夜，父亲熬不住，叫我去田里守水，山头之下的田间，蚊子蜻蜓大，蚊子不怕，怕的是树林荫翳，黑魅魅，影幢幢，突然一声什么叫，把人吓个半死。那次是近七月半，我将竹椅跨决口睡的，稍稍眯眼，忽然有影子在竹椅下动，我迷迷糊糊醒了，看到竹椅下面影子动，三魂六魄，掉了四魂七魄，尖叫，撕破喉咙地叫。不是鬼，是人，是偷水贼。人吓人，吓死人。那回，我娘连续给我喊了半个月魂，都没把我魂全喊回来。

父亲想的办法是，在田埂决口上錾字，好像是泰老斯在此，有禁忌；此是泰老斯的，水有主。乡亲要水，命都不要了的，怕你这个竹板板木板板啊。化西是蛮混账的，他家田在我家下，看到竹板，一把拔出，扔到水库去。父亲喉咙也尖叫起来：你扔你扔，你还扔看？化西嗓门狼大：我扔了哒。父亲怯弱起来了，你扔了，我要捡起来，我还是要竖起来。父亲果然去水库里，把刻有他名字的竹板重新插到决口边，走人了。化西也不拔，水，细细如尿，脉脉不断流向他家稻田，他不用拔。

父亲给我留下的清晰侧影，想起来是錾碗吧，盆大的菜碗，拳大的饭碗，还有浅浅的碟子，父亲从供销社买回来，戴着老花镜，一只只给錾字，不是简体太，是繁字泰。父亲专门买了一个凿子，是铁还是铜，记不得了，錾头笔头一样，用锤子轻敲，嗒嗒嗒嗒，凿子不断起跳，跳一下，便是一个小圆点，很多圆点构成一横，很多圆点构成一竖，很多圆点构成撇捺折钩，錾一个"泰"字，要二十分钟到半小时吧。父亲乐此不疲，沉浸其中，好像是雕刻师。他给碗錾他名字，他把自己当工艺家了。

不錾是不行的。乡村常常有大事发生，泽歌家前天讨媳妇，颂合家昨天满大寿，得团太公吃多了，两腿一蹬，去了阴间，要当大事。谁家没大事呢？有了大事，便要摆流水席，没有谁家万物皆齐备，万家凑成万物。村庄都动起来，东家拿碗，西家借桌，南家献桶，北家贡篮。说村庄也是不对，庄院吧，一个庄院，没甚事，一家是一家。当大事了，一家不是一个家，所有家都是一个家。互助组与合作社，在千年传统村落里，不是新鲜事，是旧歌谣。

我也曾经当过乡村互助组小组员、合作社小社员。我姐出嫁，我娘递我一只背篮，去，去借碗。哪里去借？随你哪里借。我乱跑，跑莲婶家：莲婶，我娘要我来借碗。莲婶在对门田里，裤子挽到屁股根，也不上埂：拿咯。拿多少去，拿多少回啊。我不客气，从莲婶家碗柜里拿十几只碗，朝碗底瞧，碗底也是錾着小小的集，莲婶老公叫颂集。走一家，借不全碗，少说要走完半个院子，才可把办酒的菜碗、饭碗借齐。主人不在，先拿再说。院落人家的物件随便拿，这般事情干过很多，门板后面抄起锄头就去挖土，柜桌上面，斜倒茶壶咕噜咕噜，喝人家茶，院子里人不讶怪，都这么干的。

我先前以为，父亲爱在家什上写字刻字，是掉文化，父亲读过私塾，偶尔念些四六句子，显摆显摆，写字也是让人瞧；后来以为，父亲写太或泰，是行私心，此物是我买，此件是我的，谁也别来抢与争；后来晓得了，这般錾字，文化是的，私心也是的，却含了公品质，是庄院文化下的公兼私文化：平时所有物件都是私人的，到了乡亲大事时节，院落所有人家的家什，都是大家的，公用的。

父亲作古蛮多年，除神龛上，父亲在那儿端坐着，没多少痕迹了，斗笠与蓑衣，都没了，伞代替了；板凳也没了，沙发代替了；去我家一亩三分田，田之模样还在，田不在了，决口被塞实了，长满了马鞭草；菜碗饭碗倒都有，没錾字了。

乡村没大事了吧？大事不要大家了不？

偶上田谷坳，我父亲睡在那里，齐腰深的芭茅草，把我父亲的一居室全掩了。忽然生悲，父亲的坟墓前，都没树碑，至少当立块石头，錾五个字：刘颂泰之墓。父亲爱在乡间錾他名字的。

桂花树下

桃花、梨花、油菜花开过,杜鹃花、芍药花、百合花,次第要开了。赶着春还在,挈妇将雏,我跟堂客还有孩子,得假回老家,回家前夜,没告诉老娘。回自家,是日常,非仪式,不用老娘先杀鸡前宰鸭,不用老娘带黄犬,拄杖候柴门。更隐秘的心底是,孩儿立志出了乡关,外头胡混三四十年,学不成名,老板没当成,锦衣倒不夜行,秋裤只好悄行。回个家,不好意思给老娘也下个什么通知。

说是回家看老娘,动机不太纯,也含有赶春的意思,春将尽,春天转入山乡来,追春乡下来。城里春天,花繁叶茂,么子花都顺时或竟逆时盛开,到底没乡村惹人,吹山风开的,吸溪水开的,花蕊与叶边漾动的露珠,都清亮些。突然想起一件往事,堂客在老家生的崽,在老家教着书。是初春,堂客教草心认字,认春字:春,春,春天的春。老娘学着了,待她儿媳去教书,她在老屋教孙:春,春,春米的春。老家语言,春米的春与春天的春,两般景,一样音。

兴冲冲回家,近家将入门,放慢了些脚步,看见老娘坐在桂花树下,一根黑褐色拐杖斜放石桌,旁边是菜豆子盛绿,渐转黄。老娘坐石墩,背靠石桌,一只手搁桂枝,一只手持牛奶,嘴巴窝成一节小水龙头,嘴巴上的皱纹,自成纹路,斜向唇根,老娘嘴巴本来蛮大的,此刻窝得很小,麦管秆子大,老娘含麦管,吹口哨,几十年前有过,这回,老娘没吹麦管,老娘含着吸管,唧唧,啾啾,老娘在桂花树下,独自沉醉,喝着牛奶。

这棵桂花树是我老弟买来种的,不高,不大,枝叶撒蛮宽,恰似一把绿伞。乡下很多树都是当太阳伞用的,樟树、株树,都是上佳天堂伞,枞树当伞差些,可几棵枞树合拢来,也是遮阴天然伞。烈日炎炎,走在街头的都市女郎,笃悠悠撑着花伞,自己撑喔,小姐的香汗依然粉脸上流;坐草头的乡下阿嫂,闲散散倚着绿树;绿树撑哪,小伙的臭汗都不尘面流了。阳光有些暴烈,桂花树下的老娘,不惊不乍,一脸悠然,有桂树当伞,不怕太阳乱洒火星子了。桂花树的叶面,比天堂伞的布面还要挡紫外线些。

曾合计,老弟买桂花树,我买树苑桌,白混山外世界,没赚到钱,老弟也没跟我攀比,没搞分摊,他赚钱也不多。水泥造石,石造炕桌,仿造一些人的生活,桂花做伞石当桌。屋里热起来了,闷起来了,或者只是想出来透口气了,来到桂花树下,逍遥小半晌。我还给老弟打电话,叫他买一条狗,人坐桂花树下,遮天然绿荫,小狗伏人脚下,舔风尘脚板,这是我在努力仿制的生活,仿吕洞宾的,仿得不太真,也算仿真。美女穿假名牌，蛮起劲，蛮过劲，蛮来劲；我过假日子，也不妨假心境，假心情，假装心儿如花盛。

老娘是真好心气。老娘坐在桂花树下，一个人熙熙然喝牛奶，是老娘真姿态，没造假，这回真没造假。我心底，忽然有井水漾心头，凉爽爽的，爽朗朗的，朗润润的。老娘前些年，不喝牛奶，她说喝不惯，闻不得牛奶气。我给老娘买了罐装奶粉，老娘打发给了外孙，外甥给老娘买了盒装牛奶品，老娘塞进我的行囊。姐妹表亲、侄子外甥给老娘买红枣、买桂圆、买水果、买糖包，老娘不吃，叫老弟吃，喊外孙吃，老娘的道理是，她从来都不吃这些的，你们在外面累、苦，要补身子。你们才要吃。

老娘说她从来不吃这些东西，这个不假，老娘煮鱼，说不喜欢吃鱼肉，喜欢吃鱼骨头：你们把鱼肉吃了，剩下的莫丢了，我爱吃。四五十年前，我四五岁，我蛮信老娘。后来老娘说不爱喝牛奶，我也有些信，我自己也不太喝牛奶，牛奶真有股臊气。好多次，我去掀老娘坐柜，看到里头饼干起了些霉，我冲老娘发脾气，老娘怯怯说：崽，你在外面要多补补，我晓得你爱吃饼干的。说得我面讪讪的，老娘走亲戚回，或者要去走亲戚，都可能有饼干包，毛巾层层叠叠包裹，被我偷得只剩渣渣。

这回，我看到老娘在桂花树下，怡然喝牛奶，一半吃惊，一半欢欣。老娘背靠桂花树，吸溜吸溜喝牛奶，是我从来没有见到过的姿势。我见到的，常常在脑子里回旋的，是老娘弓着背，在菜园子里挖土，窖洋芋，是老娘弓着背，在水田里插秧，或者割禾；我还见到的是，雨天，木窗纸糊着，蛮多孔，雨自青瓦落阶檐，淅淅沥沥，自窗传进屋里，当天籁伴音，老娘哼着我不曾听过的旧歌，斜侧身子，拿一根小指大的针，老娘叫钻子，时不时在青发上揩，那揩是磨针吧。雨天，土里干不得活，老爹去打牌了，老娘在给我等纳布鞋千层底。

好多次回家，见着老娘，持一把锄头，园子里挖土。我爱吃烤红薯，切成小片片的那种，老娘辟了几方小园，攒起老劲，挥锄黄昏。回一次家，跟老娘半是骂半是劝，叫她别干活了，老娘嗯嗯嗯，转个身，老娘或是背着背篮，去打鸡草，或是扛着锄头，去锄苞谷地。老娘摔过好多次跤，好几次摔断腰骨头、脚骨头，害死人。我跟老娘算过很多次账，你摔一次，我们要花两三万块钱，两三百块钱买红薯吃，可以吃得撑死。老娘说：你爱吃红薯哒。老娘不会算经济账，老娘只会算母子账。

也是去年，秋深叶黄，我拖拖拖，想去治顽病了，这病多年，烦死人。这回，我带起水壶，架好了势，拟住院去，走到半途，一个电话打来，到现在也不晓得是谁打的，晓得的是说老家方言的嫂嫂，嫂嫂电话说，快回快回来，你娘脚摔断了，摔得顿死顿断。顿死顿断，说的是齐崭崭断了，吓我不轻。老娘说踩了一脚鸡屎，溜了一跤，我有点相信，老娘喂了蛮多鸡，叫她莫喂了，老娘说：你，草心宝，哆啦崽，要土鸡蛋哒。我有些私心，没死劝了。我更怀疑，老娘又在撒谎，老娘许是又扛锄头，去挖土种莴笋种芥菜了。

也曾干过担粪抬石，也曾干过插禾打谷，也曾干过挥锄种菜，半天下来，累得骨头散架，皮肉发酸。劳动是最美，劳动也最累。心态曾失衡，腹诽变口孽：不劳动者发明，劳动最光荣；劳动者发现，不劳动最舒心。我是真不想老娘耄耋上鲐背，还在扯草喂鸡，还在捡棍插藤，还在举锄种菜。光荣属于老娘的曾经，快乐应该属于老娘的如今。

不太晓得，老娘背着我和我老弟的眼，还会不会担着一桶水，去浇菜。今天，我看到的是，老娘一个人静静地坐在桂花树下，挺享受地，吸溜吸溜地，含吸管喝牛奶，这姿势，或是老娘一生中从没有过的造型，却是我许多年来，一直在期盼着的老娘的生活。在太阳底下，那水田与旱土的弓形，是我老娘的劳态；在屋檐底下，那雨日与雪夜的斜姿，是我老娘的闲态；在桂花树下，那绿荫与石桌的剪影，是我老娘的神态。对，神态。

老娘见我们回来，好生惊喜，咕咕咕咕，加速把牛奶喝了，有些难为情的模样，招呼我们围着坐，再看桌上，还摆着几块饼干，还有一个梨子。上午十点多吧，晨不晨的，不会是老娘早餐；午不午的，不会是老娘午餐。那就是老娘的零食。我心头，莫名欢喜，这才是老娘应该过的日子。

堂客与草心她们，坐了一会儿，把行李放屋去，留我坐在桂花树下。老娘起身，没拿拐杖，也去屋里，老娘脚好了吧，老娘名讳福姣，一生交苦，余生真交福了？老娘去给我拿糖。糖拿来了，老娘眼睛四望，看有人不，老娘把糖塞给我，你外甥从新疆带来的。老娘神神秘秘，不让别人看见，意思是让我独享。去年病了一大场，老娘要给我开小灶，补我带病身。我没推拒，吃了，糖没甚出奇的，黄白软糖吧。

我进了屋去，老娘还在桂花树下，草心与哆啦来陪奶奶了。

堂客拍照片给我看，老娘把桂花树下的菜豆子扯了，菜豆子盛绿转黄，不开花了，不再结果，是最后一轮果实，扯了，插苞米秧。老娘与她孙子们，把菜豆子扯了，放石桌上，摘下豆角，一粒粒剥出来，豆子壮实，绿色好食品。堂客手机拍，是老娘与孙子们一起剥豆的剪影。老娘笑得蛮开心。老娘是劳动，草心与哆啦，剥豆子是玩新鲜。

照片好，我跟堂客说，保存，好好保存。

喊娘去散步

人到中年万事皆休吗？我怕是万事皆懒吧，每天吃了睡、睡了吃，肚皮像气球，噜噜噜地往外鼓胀，爬个楼梯气喘吁吁，急事起来跑个步，忽然发疼脚打崴，得捂住肚子蹲半晌，才可继续将步子进行下去。咳，如今爷们，大半是只长膘，不长力。

妻子说：起来！起来！吃了饭别老是窝在沙发里，散步去。

华灯初上，携着妻子，带着孩子，像三只小苍蝇，在城市里乱窜；走大街，轿车呼呼呼擦身过，吓了好几跳；那就走小巷吧，真好像是踩在唐宋小街的青石板上，如果不是受到抢钱包、抢项链等惊吓的话。

每天走半个城市，人挨人，脚挤脚，我们去散个步，透回气，是不是变成了：车子吃我们的空气，我们吃车子的尾气？

找到了一个好去处，城外有一座小山，小山上有一座小庙，庙前庙后，有树环，有水绕；树上有鸟，水中有鱼，偶尔能听到一两声狗吠，若是早晨，还可以听到鸡鸣桑树颠吧。妙的是山气与水气酝酿的空气,比脚气与尾气勾兑的空气,养命多了,养心多了。与山相跳跃,汗泪汩出,风一吹,透骨地爽。

散了不少天,忽然想起了娘来。娘隔我三条街,一条布市街,一条通信街,一条建材街。娘在给我老弟守屋,老弟跟人合伙买了块地皮,砌了一栋小居。远在别地上班,就叫我娘带着侄子给他看守房子,老娘于是背井离乡,弃乡下老屋于不顾,做了一个城里的寓太。

老娘常常吵着要回去。春天来了,她说:我要回去发辣椒秧子;夏天来了,她说:我要回去晒印花被子;秋天来了,她说:我要回去收红薯种子;冬天来了,她说:我要回去扎驼绒鞋子。每次,都被我或者被我老弟给顶了。

老娘一口方言,除了在我家待半个下午,有种家乡的感觉之外,其他都是异乡。

老娘老是说回家,恐怕是因为她没融进城市吧。

我打发孩子,去喊她奶奶,我们一起穿过花花绿绿的布幔,穿过嘈嘈切切的市声,穿过坚硬而呆板的水泥钢筋,去带了点乡气的小山头散步。

到哪里去?我娘走了半晌,看到我们漫不经心地走,就问道:去做么子?

没做么子。散步。

散步是做么子?

散步就是走路。

走路做么子?

我跟我娘绕在这个话里出不来了。我怀疑我娘也许不知道什么叫作散步,所以我在跟她耐心地作散步与走路的词语解释。

走来走去,游来游去,又没做什么事,是癫子啊。

我默然无语。我懂了我娘的意思了。我娘走路,是必须担一担事情在身上的:走亲戚要走路,是担着亲情在心头;赶集市要走路,是担着家计在肩头;往屋背后的山沟里走,往村前面的稻谷田里走,是要去锄麦子、种洋芋、扯猪草、打谷子……这个散步走路是干吗呢?

我娘的意思是:一发子弹要消灭一个敌人,一颗汗珠要浇灌一苑作物。

我娘说:没事,走来走去,讲出去好丑。

我娘把这看成游手好闲的二流子,或者是脑子不对劲的神经癫子了。

我跟我娘说:我胖起来了,要减点肥,一年到头没出什么汗,得来走一走。

我娘说:这个是理。胖了要不得,不出汗也要不得。

我在跟我娘做着城市生活与乡村生活的交流。城乡隔阂得太久了,八十岁的老人学不太可能,但学另外一种生活应该可以。

第二天,我娘给打电话来,叫我去她那里。

我一到那里,我娘就塞给我一把锄头、一担水桶,说:出汗去。

我才发现,我娘在屋顶上种了蔬菜,茄子一个挨一个,像小罗汉;辣椒一只只垂挂,像吊璎珞;老大的南瓜如一只大脸盆倒扣在楼板上……

我硬着头皮，劳动了半晌，吃不消了。刚好有人打电话来，我就撒了个谎说：有人找我，有事去。

我娘精明得很：不出汗了？散步出汗，白出了，到这里出汗，会出来辣椒，会出来茄子，会出来南瓜、丝瓜、线瓜。

我娘吃了一怪说：搞不懂城里人，冷了开暖气，热了开空调，憋着不出汗，到了夜里专门来出汗，汗放肆地往水泥地板上白花花地掉，一点也舍不得往田里土里出。

幸好，我没带我娘去过健身房，没有带她去看过跑步机，在那里出汗的人，不但放肆地往水泥地板上出，出不来一只茄子、辣子，而且还是花了很多钱买汗出的呢。

如果在健身房或者舞厅里，我娘这么笑话城里人是活宝，那城里人不把我娘笑话当活宝吗？如果在乡下，肯定是我娘占地利占人和，但这是在城里，是百人万人笑我娘一人的。

很久很久，我都不敢喊我娘去散步。

过了半个月吧，我娘喊起我来了：我跟你去散步吧。

我娘是听了我妻子的一句话：他啊，做事都是茅厕板三天新鲜，散步散了三天，又不去了。

我娘说：你到底是城里人了，天天坐办公室，不下地不下田，没出汗要不得。

我娘就天天来喊我去散步。

我娘对于白出汗的问题其实并没怎么想清楚，但有一点她弄明白了：她的崽不能在城里憋出病来，得活动活动。

我娘穿街走巷，很是逡巡，时不时左顾右盼，时不时前瞻后顾。我娘对城里的红男绿女穿着怪异，并没什么好奇的了，那么,我娘是不是怕在街头突然窜出个乡下姐妹来,看她闲逛,以手指捺脸,羞她?

而我突然想起了一个场景:雪夜里,炕桌上罩了一床大絮被,爹、娘、兄、弟、姐、妹,团团坐,把脚都伸进被里,被里有一团腾腾的炉火,让人落雪的日子也满头是汗……

而我爹现在不在了。想见爹见不到了,想见娘,是可以天天见的。

我坚持着,一天不落地去散步。我已经主题变奏:没怎么念想动脚生汗,而是怀想围炉烤脚了。

所以,如果我忘了喊我娘去散步,我娘必定喊我去散步。我,我妻子,我孩子,我娘,还有我侄子,每到华灯初上,先从城里往郊外走,再从郊外往城里走,在城与乡之间,相约着,相携着一路同行。

书包往事

我的第一个书包是个百衲布书包。1975年吧,我大姐出嫁,几乎我全家都占了大便宜,姐夫给送来了好几块布,花色与品样,异常丰富,大部分都给我大姐做了新嫁衣、新被子,但我娘从中截留挪用了一些,我、我二姐、我满妹、我老弟,都借此良机做了新衣服。我的书包,就是做这些新衣服的边角余料缝制的。

书包两侧,一侧是的确良,白的;一侧是卡其布,青的;里边的有点灰,我叫不上名,很薄,针脚很稀,只比蚊帐略微密一些;撑台面的,做书包之"封面"的,是当时挺刮的灯芯绒,灯芯绒奢侈而荣华,谁家嫁女,若男方没送灯芯绒,那么,这桩婚事就可能有点岌岌乎殆哉。我娘没把这成块的灯芯绒压箱底,去做收藏品收藏,而用它给我做了书包,可见,我之上学,在她老人家心目中的分量。

我娘把我读书比谁读书都看得重,除了书包使用布料可见一斑之外，她还花了五个晚上，与人兑工，叫裁缝师傅给我缝书包。我娘的女红功夫其实很了得，我两个姐姐的书包都是我娘一针一线给缝制的，但再好的功夫也没机器制造的精密，书包经缝纫机缝制，我就可以向同学傲然吹牛皮：我的是供销社买的！我们全大队只有一个裁缝师傅，谢家院子的，她老公好像在一个什么厂，吃国家粮的，她没下过地，白白又胖胖，是村庄里的都市人。我娘叫她给我缝制书包，她就把五六双鞋底给我娘，叫我娘给她纳，各色碎布，叠叠累累，寸把高，用粗麻线，一针一针将其纳坚实，那是很花工夫的，纳一双，需要从吃了晚饭点灯开始，到鸡叫头遍，才告竣工。现在我想，将四块布缝成书包，手工不过一晚，缝纫机操作，不过三五分钟，而我娘与裁缝师傅换工，却换了四五个不眠之夜。

这个书包伴我有三年。其实，再缝缝补补还是可以背的，灯芯绒很牢，的确良与卡其布也很经事，里边的布料质量很差，我娘给缝了一次又一次，补丁叠补丁，但还是可以再缝的，问题是我的虚荣心勃发了，比我书包差的人当然有，但比我好的人也有啊。有几次，我娘晚上给缝好，我过天就给悄悄撕烂，我反复地做这种"小动作"，是想逼着父亲给我买个新书包，弄得我父亲烦躁，他给我批了一个耳刮子：你娘晚上缝好，你白天就给弄烂，读书三年知礼仪，你读的是什么鬼书，莫读书了，回来跟我割茅草看牛去。

我父亲说的自然是气话。我却跟他真赌起气来，我硬是逃了一天学，与几个伙伴在一处山塘边，一起捉青蛙，然后用小刀片给青蛙开膛破肚，做起了"解剖学"，那天的行踪被我本家叔叔知道了，他就给弄了句俗语：读书读书，捉青蛙阉猪！（我现在回老家，他还常常这样笑话我）。他把我逃学的事告诉了我父亲，我父亲慌了，对我许诺说：我给你弄个好书包。我给你弄个好书包。是印花布书包吗？父亲读过私塾，他用过印花布料的书包，就是奶奶做印花被子用剩后的布块余角缝的，粗陋，我不喜欢。父亲说：不是。是尼龙袋子书包吗？我大哥读书那会儿，是20世纪60年代，正盛行尼龙袋，就是那些装尿素、碳铵的尼龙袋，看上去很带劲，他们那时还都剪裁做衣裤呢，结果是一身痒，那尼龙袋子的书包也含化学毒素啊，我不喜欢。父亲说：不是。我不喜欢的都不是，那一定是我喜欢的了。

  我欢喜得跳了起来，我以为父亲会去给我买书包，到头来却是白欢喜一场。父亲不是想给我买书包，而是想用稻草给我编织书包。我老家，稻草有着极其广泛的用途，我娘给我摆弄的那个书包，其带子就是稻草织的：我娘拣择长而韧的糯米稻草，洗净，晒干，细搓慢编，编得十分精致，再把它放到染浸印花布的染料里，浸了半晌，拿出来，晒个太阳，你根本就看不出其材料是稻草。我穿裤子，一般是不系皮带的，冬天衣服多，裤子常常系不牢，蹦跳一下，裤子就不褪自落，我已懂害羞了。我娘就如编书包带一样，给我编了一条稻草"皮带"，蛮管用。我父亲穿的鞋子，是稻草鞋，买的，大概毛把钱一双吧，父亲要给我买，我不要，我想要的是"皮鞋"，汽车轮胎切成的，父亲不给我买，我宁可打赤脚。父亲的逻辑推理是：稻草既然可制作鞋子，稻草一定也可制作书包。父亲这事做得很用心，稻草是一根一根挑拣的，晚上叫我娘放下针线，给他搓索子，他俩搓成的草索子，可以从村东头牵到村西头。可是怎么编呢？父亲编了又拆，拆了又编，总是不成形状，搞得他火起，抄起把柴刀，一顿乱砍，还把火往我身上发，说了句很"无赖"、很不负责任的话：你不读书算了，懒得给你弄。

不用父亲给我弄，我自己弄了个好书包。我堂哥也跟我一样为书包跟我伯父怄气，堂哥自力更生，从山上砍了半截竹子，削出两片，从木匠师傅那里借来刨子，刨得油抹水光，拆下弹弓上的橡皮筋，把书往竹板里一夹，背在背上，随屁股一掀一掀的，简直是酷毙了。我十分羡慕，也依样画瓢，做了一个可称世界上最简单的书包，我还做了些改进，在书包的另一头，绕了几圈放炮线，便于兜起书。我姨父在煤矿里上班，他家有许多这样的放炮线，里面是白白的金属丝，外面包着红塑料、绿塑料，赤橙黄绿青蓝紫，样样都有，这让我非常骄傲。我堂哥带领，我随后跟风，许多伙伴追捧，几乎引领了一股书包时尚潮流。

但这场时髦实在只是一场风。这书包几乎包不了书，书很滑，竹板很滑，把书捆紧捆紧，觉得没事了，但蹦蹦跳跳上学去，蹦不了几下，那书就蹦落了，上学路上，全是稻田，书掉了进去，一书的水，一书的泥，急得人哭得一塌糊涂，哭完，马上就迁怒于书包，咬起牙劲，使出吃奶的力，把它扔到深水山塘去了。

很长一阵，我没书包。

我实在想有个书包。

我给我父亲出主意：我二姐可以嫁了嘛，叫我姐夫给我买书包哒。父亲摸了摸脑壳，好像觉得这是个办法。恰好二姐割茅草回来，茅草比二姐还高，二姐使着劲，累得龇牙咧嘴，父亲一见，刚才神色还准备咧开嘴笑的，一下转了天气，扬起手来说：看我打你两个耳刮子！哪个给家里割茅草？

我朝思暮想的是黄书包。我跟我娘斗法，她补书包，我撕书包，就是为这黄书包。父亲夸下海口，说给我弄书包，我之所以高兴，是因为以为父亲给我买黄书包。我梦中的这书包是帆布制作的，有罩子，有五角星，里面隔开，有两层，直接说吧，就是和解放军叔叔身上背的那个黄挎包一样的，那可是那个时代的流行色啊。竹板书包被扔之后，我跟父亲拧上了，没有黄书包，我就不要书包，一方面，我死磕；另一方面呢，我跟父亲讲道理：读书的东西多了，有书，有笔，有尺，还有圆规、三角板。父亲想想，也觉得对。于是，他给了我一个优惠政策：这个暑假，你可以不去打柴看牛，你自己挣钱，赚的归你，由你去买书包。

烈日炎炎似火烧，野田禾稻半枯焦。暑假里最好的生意是什么？卖冰棒。我二姐每到暑假，都做这买卖，她的学费全是这样挣的，我娘把她做嫁妆的箱子空出来，给我姐，我姐在箱子四周塞了厚厚一层烂棉絮，到四五里外的地方批发冰棒，趁中午最热时分，背着冰棒走村入户。冰棒两分五批发，卖四分钱，除去三五根融化，带回来给我们吃掉之外，一趟下来，能赚毛把两毛的。

我学了加减乘除。供销社的黄书包是一块五毛，我只要卖半个月，就可以从柜台里将书包拿回来。我算盘一打，从二姐背上夺过箱子，横刀夺了她的生意，一大早出发，批了五十根冰棒，上村下院，左邻右舍，背着比我自身还重的"冰箱"，走啊走，转啊转，喊不敢喊，喊又喊不出，转悠了一上午，一根也没卖出去，中午背到家来，我姐说：上午凉快，谁买？中午太阳最毒，最好卖！我背起箱子就走，走了五六里，碰到我们院里的郎巴公（娶了我院里一位姐的），我霸蛮叫他要，他霸蛮不要，我叫他一定要，他最后接了。我的意思是叫他买，他以为我讲客气，没给我钱。我站了一会儿，不好意思，兀自走了。回家了！

二姐背着箱子就走，个把小时，卖光了！只是没赚钱，融化得太多啊。回来恰好听到父亲跟我娘商量：把芝妹子嫁了吧，反正要嫁的。二姐听了号啕大哭，边哭边说：不就是老弟要个书包吗？我就给他卖冰棒，买一个书包来！

二姐给我卖了一个暑假的冰棒，她的学费挣出来了，也给我买了一个黄书包。

这书包跟我有四年，从小学五年级到初中三年级，我初中毕业，考上了师范，那是1983年了，黄书包已是明日黄花，土得掉渣，没谁喜欢了。但我家没办法买其他书包，这书包留给了我弟弟。

而我二姐到底没读完初中，在家劳作数年，我考上师范那年，出嫁了。其实，她读书很得，比我强多了，退一步讲，复读一届，是可跳出农门的。但她把这福气给了我，而她，一生都在务农。

凉鞋套丝袜

材叔对我的幸福生活瞭望到眼的时候，我却还是一片茫然。1983年，我初中毕业考上了师范，材叔说：你肯定会凉鞋套丝袜的。我说：我一定不会。材叔说：那我们打赌，如果凉鞋套了丝袜，怎么办？我说：那我脑壳归你砍，如果没有，那你怎么办？材叔说，那我喝农药。

也许这毒誓根本就不毒，那脑壳不一定值几块钱，没几个人拿钱来做赌注，拿钱做赌，输了不就是要人的命？干脆拿命来赌，到了见输赢，是不会来拿命的，而如果是钱，若谁赖皮，只要赌赢的喊声话，就会有很多人帮忙，不给钱也会给抢出来，所以，对一些搞笑似的赌注，多是拿命做底，但是，我把脑壳抵押可不是虚晃一枪，我是真的这么发狠的。我与材叔打赌的时候，我俩正在往队里的田里挑牛屎粪，中途歇息，坐在田埂上，材叔扒着旱烟，看到一个周末回家的工人模样的人，穿着塑料凉鞋，套了一双银灰丝袜，材叔说：你以后也会跟他一样，我怎么也想象不到我将会那么时尚,我就跟材叔下赌。我打着一双赤脚,从春分到立冬,我白天好像就不穿鞋了,到学校里去读书,打的是赤脚;到外婆家里去"走亲戚",打的是赤脚;到满是荆棘的田谷坳山上去打柴,打的还是赤脚。

我对凉鞋充满了无限企望,我特别想穿白色凉鞋,我的一位初中同学,是县城里的人,县城流行穿喇叭裤,流行凉鞋套丝袜,他爸爸怕他学样变坏,把他送到乡下学校来读书,他白白的脸、白白的手、白白的脚,穿上一双白凉鞋,特别帅。他穿了凉鞋,但没套丝袜,凉鞋套了丝袜的,不是流氓阿飞,就是资产阶级公子哥儿。我们院子下面的石家院子,有个叫海崽的,顶了他父亲的职,到县城上班,原先也跟我一样常常打赤脚,到了县城没半年,就"变质"了,"忘本"了,居然凉鞋套丝袜了,材叔说:这海崽,不是个好家伙。果然不是个好家伙,他在县城没上两年班,就犯事了,犯了流氓罪,准备要枪毙,家里连棺材都给备好了,结果判了死缓。海崽凉鞋套丝袜,材叔一看就说不是个好家伙,怎么说我一定也会凉鞋套丝袜呢?

我想我一定不会凉鞋套丝袜,但我特别想穿白凉鞋。我的那位初中同学,好像姓王,他是我们学校唯一穿白凉鞋的人。我们的脚都是墨黑一只一只的,穿凉鞋的也有,但都穿灰的或者黄的,与黑腿把子相去不远,唯独他是白脚、白塑料凉鞋,白得触目惊心。我做过无数次梦,梦里都是穿着一双白凉鞋在街上走。有次我还做了一个特别美的黄粱梦,我一纵,跳到我们大队部的那戏台上,坐在大队队长用课桌拼成的主席台上,我穿着白凉鞋的脚从课桌下面伸了出来,脚指头晃,下面的禾妹子与桃妹子眼都看直了。这个梦让我变得有点不可理喻起来，几乎疯狂地想占有那双白凉鞋，我多次对王同学的那双鞋子起了歹心，几次下手都未果。有次上体育课，大家都到操场上打球，我发现王同学穿了一双白运动鞋，把白凉鞋放在了教室里，我就悄悄溜回教室，把他那双鞋子偷了出来，藏到学校对面的那座山里，用茅草盖了。这几乎酿成了一个事件，学校开展了全校大搜索，吓得我几天都不敢去上学，请了"病假"，学校对这事后来不了了之，那白凉鞋呢，过了个把星期我趁夜拿了回去。我穿过一次，是在夜里穿的，不但是"锦衣夜行"，而且是睡在床铺上穿的，穿着睡了一夜。醒来吓得我冷汗直冒，我好像被学校抓了，被揪到校长作报告的台子上，亮相"公审"，不但给我安了个贼名，而且叫我流氓。天不亮，我就把这双白色的凉鞋丢到了村里那口山塘里，挖了尺多深的烂泥巴，埋了。

与材叔打赌的时候，我已经接到了师范的录取通知书，还没进学校，材叔对我的前途一眼就看得见了，他看得到我能够穿凉鞋套丝袜了，而我无论如何也缺乏想象力，我到过的最远的地方是我们镇上，镇上赶集的时候真的也很繁华，我娘带我去过，别的东西多不多我记不得了，我记得摊子上摆了一排排一溜溜的塑料凉鞋；穿凉鞋的很多，黄的、灰的、紫色的，带开草籽花、油菜花的，都有；套丝袜的也有，多是女的，妖里妖气！对凉鞋套丝袜，我真的挺恨的，我骂她们是妖精！

我对我特别自信：我不会凉鞋套丝袜，我想我难以买得起凉鞋。我拿到师范的录取通知书，我都不知道师范出来是干什么的,我更想不到,什么叫作工资,而且艳阳高照,穿上袜子干什么呢?穿凉鞋是为了凉快,穿袜子是为了保暖,一边要凉快,一边要保暖,我穷尽我的想象,也理解不了这么一个卖矛又卖盾的问题。

三年师范,平时都是我母亲给我纳的布鞋,到了五六月份,我不能打赤脚啊,我还是穿着布鞋,我望眼一看,几乎整个学校好像就我穿布鞋,其他的都穿上了塑料凉鞋,有几个还穿着皮凉鞋。三年里,我最怕过五六月了。毕业领工资,我首先给自己买的是凉鞋,后来我也穿过了丝袜,但我一直没有凉鞋套过丝袜,那时节,我已经对这样的装束满怀期望了,但是我还是不敢,我记得我那个毒誓,我不敢穿那样一身行装。工作了好几年,我终于凉鞋套了丝袜。我现在依然常常慢时髦一拍或者几拍,但什么样的款式,我都看得惯了,不恨了,你敢穿,我就敢看,你穿得越"那个",我越是养眼啊。

穿上凉鞋套丝袜的那年,我回到老家去,走到我原先与材叔挑粪打赌的那条田埂,我忽然有点心虚,我生怕碰上材叔,万一材叔还记得我们那打赌呢?我在那田埂上蹲了一晌,想好了办法,很简单,敬支纸烟,哈哈一笑,就可了却此事。到得家里,一连几天,我都没有碰到他,他原先是特别喜欢到我家来打字牌的,常常跟我父亲他们赌一赌博,一天输赢几毛块把钱,但我一直没看到他,我问父亲,材叔哪里去了?父亲说死了。死了?怎么死的?父亲说是喝农药死的。原来材叔那年到广东去打工,回来之后,穿着打扮大是不同,也是凉鞋套丝袜了,材婶子就与他吵,说他一定是在外面偷了野婆娘,所以就吵，吵得厉害，材叔就喝了农药。

材叔死的时候，正是五六月份，凉鞋套丝袜的季节，乡亲们说，材婶子哭得昏天黑地。给材叔下殓的时候，大家凑钱给他买了一双牛皮凉鞋与一双尼龙丝袜，给他穿上了，材叔凉鞋套丝袜，走在了一条叫作"异乡"的路上，再也没有回来。

材叔，现在，你可以回来了啊，凉鞋套丝袜，城里可走，乡里可走，随便哪里都可大模大样走了啊。

清明时节，野花种种自然开

第二辑　乡在乡中

凡有井水饮处，便有乡愁存焉

对门垄里白鹭飞

回到铁炉冲，我想去寻两条路，一条是书径，另一条是牛路。书山有路勤为径，有五六年，我早晨都要穿行在这条路上，去一个叫东岭小学的，去咿咿呀呀读书。当年学校还在，路已不在了，好几年前，沪昆高铁穿村而过，小山包已夷平，一个叫邵阳北站的高铁站触目眼前。新境入目，旧景忘怀，我的上学路，已消失在脑回路了。

书径不在，牛路倒在。人生道路千万条，那些年的我，好像只有这两条，我的人生便在两条路上来回切换。晨光熹微，我先走牛路，太阳升到对门园里那棵棕榈树上，我切换牛路至书径；下午，太阳落到背对山上那棵山胡椒树上，我沿书径原路返回，再次进入牛路。两条路，千百次重复，你觉得那时节的人生太单调吧。可是，这时节的人生，更是枯寂呢，以前还有两条路，书径与牛路，现在只有上班路与下班路，单曲循环。恼火的是，牛路与书径来回切换，我在长大；马路与街道单曲循环，我在变老。

书径找不到，牛路倒在，却是进不去了。一水护田将绿绕，两山排闼送青来。一水其实是三口山塘，次第排列。故园广阔，丘陵座座，哪一座都可以牧牛半天，而我也是习惯性地牵着那头老水牛，走两山排闼送青来的那条弯弯山路。先把牛赶到山塘里，洗个澡，身上那些脏污被冲洗干净，这才牧童骑牛背，赶着水牛去高山坳上，吃山头齐膝深的青青草，一路牛路，我在牛背上，短笛无腔信口吹。

午睡醒来，愁已醒，去山头走走，去竹林转转，是一段可以消磨闲情的诗意时光。我领着堂客，走在牛路上，蓝天配着午后的阳光，云彩衬着风吹的竹影。牛路开始是蛮好走的，虽仍是高低不平，饭碗深的牛脚印与人头大的鹅卵石，参差错落，却因乡亲与老牛将地儿踩得瓷实，脚步弹跳，非劲歌，是一段抒情的轻音乐。

走到水库那头，无法走了。这段牛路，也不知道是先人何时所辟，从山里挖一条小路，一边是山坡，一边是高埂，两臂伸展，摸不到两边，这条牛路，算是铁炉冲的一条康庄大道吧。每日里，上高山坳锄麦的，挖红薯土的，坎坎伐檀的，还有小把戏打猪草与当牧羊女的，当然还有我这个牧童与打柴郎，每日里在这条路上，来的来，去的去，川流不息，络绎不绝，把这条牛路走得油抹水光，尘土都发光。

我却走不进了。这条路，多少年无人走过了？碗深的牛脚印，盛满了水；足球大的石头上，布满了苔藓，两边灌木，蒙络摇缀，交相缠绕。映山红开红花，金樱子开白花，牛路两旁鲜花满径，却是人钻不进了。箭竹可以用手扒开，桎木枝可以弯腰穿过，长得高高的、撒得宽宽的三月泡树，其刺牵你衣，剐你脸，如何过其关呢？还有那野蔷薇，还有那金樱子，它们那刺，是锋利的，是坚硬的，会把你的革履西装撕成百衲衣，会把你的粗皮老脸刺成酱油铺。

牛路上灌木与长刺的植物，它们自我织成了栅栏，给谁下禁行令呢？它们建设自己的领地，建设自己的花圃，建设自己的植物园，不准谁进呢？不准我进，不准我堂客进，禁令搞得十分扩大化，不让所有人进了。我想着的是天人合一，人与生物共荣。我这么想，花是这么想吗？草是这么想吗？竹是这么想吗？树是这么想吗？至少，我知道金樱子与三月泡没这么想过，它们见人来，便叉着腰，在那儿警戒你的衣，便张开手，在那儿要你仔细你的皮。

我伸着长颈，往牛路里瞄，但见灌木丛生，荫翳幽深。里面色彩斑斓，深黛的苔藓，翠青的竹叶，嫩绿的杂草，还有赤橙黄绿青蓝紫的各色花儿；啾啾嘀嘀，许多山麻雀，从这棵树跳到那棵树。它们不用觅食，也不用上班吧。它们就在那里玩，在那里耍，它们的日子过得蛮舒心。猛然间，一只什么从牛路蹿过去，是山鸡，还是竹鼠？我没看清。金樱子与三月泡与其他灌木织成的栅栏，容许山雀玩，容许野鸡过，单是不容许我与我堂客去玩吗？我想着天人合一，走进植物深处，植物们却高度警惕，严阵抵拒。它们不跟我们天人合一，它们只想着天物合一。植物们那么自私啊。不是植物自私，而是我们曾经对植物做过太多的恶事吧。

我转道，转道往水库旁的山上爬，这里不是我当牧童之所在，却是我做樵夫的地方。岭上多乔木，山上多翠竹，乔木与翠竹野蛮生长，灌木便不来，灌木与乔木也共生，却也各有各的领地。无灌木覆盖，山坡上也就清亮许多。坡上无青青草，坡上多枯枯叶。枞树叶，都没谁捡拾。当年，山坡上比地板上都干净的，村里的小芳与村里的大嫂，每日拿着簸箕，来扫山坡落叶，杉木叶当引火柴，枞树叶当猪圈被。我看到了好多棵株树蔸，横陈在山坡，兀自感慨，这可是我们曾经争抢的宝贝哪，看到一棵朽木，至少会有五双眼睛发光，会有十只黑手，奋身扑来。别说木头，便是一坨牛粪，都是宝物，会让两个发小打上一架：一个说是我先看到的，一个说是我先扒到的，最后是打烂小半个脑壳，才决定这坨牛粪的归属。

在牛路上，我看到了好多坨牛粪，没人拾了；到山坡上，看到好多烂树蔸，看到好多干竹子，看到好多含火量特别高的枝条，兀自横陈，腐烂成尘土，不曾有谁来捡回去。抬头望，枞树、株树、枫树、樟树，各种树木，绿意葱茏，枝叶扶疏，都没老少樵夫来坎坎伐木，嘣嘣嘣伐枝条当柴烧了。我看到我铁炉冲的山上，草枯草荣，叶绿叶落，都是自生自灭，不曾自生他灭，植物们与动物们，在自我领地，自我生长、生存与生活，乃至生死都是自我主张，无人干涉。它们活得活色生香，活得恣肆飞扬，活得绿叶葱茏，活得鲜花怒放。

在铁炉冲这个叫田谷坳的山上，我看到了一种鸟，不知是何鸟，尾巴老长老长，比新娘子的拖地裙还长，唧，从枞树叶上飞到竹枝丫上。这是铁炉冲的新客？很多年了，我在铁炉冲看到的鸟，只是麻雀，只是山麻雀，或者还有新相识的小燕子与旧相识的老燕子，还能见哪些鸟呢？曾经盘旋在头顶上的老鹰，不见了。我堂姐夫是捕鹰高手，他捉来老鼠，用线捆着，老鼠之上安着斗笠也似的罩子，罩子上涂满了强力胶水，老鹰在高空瞭望，看到老鼠，飞扑下来。老鼠被老鹰抓了，老鹰却被人抓了。

我看到田谷坳上，铁炉冲来了新客，一只不知名的鸟，尾巴曳得老长的鸟，已是让我惊喜。我惊喜的，我还看到对门垄里，铁炉冲来了旧识，叫白鹭。我在千年前的唐诗里见过，老相识呢。我家老屋建在一个小坎上，小坎下是排排水田，晚春至初夏，初夏至中秋，稻菽千重浪，常听得布谷鸟在稻田里"布谷布谷"。布谷鸟比麻雀大好多。我曾起过歹心，悄悄入田，屏气蹲身，见到布谷鸟在稻禾间行走，还有丈多远，布谷鸟就发现了我这个贼汉，伸展翅膀，飞了。我捉到过麻雀，也捉到过黄鼠狼，从来没有捉到过布谷鸟。它们练就了与人类老死不相往来的本领。跟我们打个照面，它们都好像不愿意，不乐意。

乡亲把这块稻田，叫秧田垄里，秧田垄里的对面，是院子里的菜园，茄子辣椒，萝卜白菜，洋芋豆角，一年四季，菜蔬飘香；菜园过去，又是田垄，乡亲们叫对门垄里，那是一片菜园与一座山之间的田垄，种的也是水稻，江南可种稻，稻浪何田田。我捉布谷，布谷越过菜园，都飞到对门垄里。若再追去，布谷鸟就飞到对面山里，隐在青山中，再也找不到踪影。可是有一段时间，谁把山给烧了，翠绿绿的山头，全是光秃秃的黄土。有好些年头，我再也听不到布谷鸟叫。莫说没布谷鸟了，发小说，便是好多年青蛙都没了。稻田施化肥，打农药，深深水田，泥鳅都难见。稻花香里，听不到蛙鸣了。

这回，我回铁炉冲，我跟我堂客搬了一条小凳，坐在我新居的阳光房里，堂客突然高声叫：白鸟啊。我举头望，看到对门垄里，有几只白色鸟，贴田而飞。哦，那是白鹭吧。对，是白鹭。白鹭从何处飞来我们铁炉冲了？是从唐诗里飞过来的吧。水稻还没下种，稻田里水光锃亮，黄的稻苑，绿的水草，黄绿相间，铺陈于漠漠水田上，白鹭时或收敛翅膀，在田田水田里觅食，觅到了食物吧，它们振翅飞，绕着水田飞，天苍苍，树莽莽，草色连天，一幅静态的油画里，白鹭划破寂静，让整个画面灵气而生动。

白鹭是一首诗。郭沫若说的。郭老说："白鹭是一首精巧的诗。色素的配合，身段的大小，一切都很适宜。……田的大小好像是有心人为白鹭设计的镜匣。"去哪里找诗呢？不用去远方，就在我们老家铁炉冲，有诗和熟悉的地方。在铁炉冲这个无比熟悉的地方，我看到了白鹭，我就看到了诗：漠漠水田，阴阴夏木，黄鹂鸣翠柳，青蛙歌稻香。白鹭飞来，唐诗宋词，都翩然翻飞而来。花开红树乱莺啼，草长平田白鹭飞。风日晴和人意好，夕阳牧笛荷锄归。乡亲们屋前屋后，种了月季，种了蔷薇，种了红叶丝兰，铁炉冲的风景没造假，果然是花开红树，果然是田飞白鹭。

白鹭是一首诗。"白鹭实在是一首诗"，我百度了郭沫若这篇《白鹭》，不禁扯开嗓子吟哦起来，声音苍老，还有些干涩。

堂客打断我：你这个老男人朗读这篇散文，把散文的意境给破坏了。我来。堂客抢过我的手机，她莺声燕语，以婉约派声调，站在我家阳光房上，对着对门垄里，朗诵起来："黄昏的空中偶见白鹭的低飞，更是乡居生活中的一种恩惠。那是清澄的形象化，而且具有生命了。或许有人会感到美中不足，白鹭不会唱歌。但是白鹭本身不就是一首很优美的歌吗？"

堂客温婉的朗诵，跟白鹭翩然飞的乡村风景很搭调。乡村景致有了白鹭，便真是一首优美的歌。

铁炉冲一角，看得见的山乡巨变

喝甜酒的老黄牛

僵卧孤村不自哀,尚思为国戍轮台。也不晓得为什么,陆游后来貌似不太思戍轮台了,一心想着的是学春耕了:谁信即今空谷里,旋租黄犊学躬耕。各位有所知,陆游是爱国主义者;诸位有所不知,陆游也是爱牛主义者。

陆游写过不少牛诗呢。其一:只要耕犁及时节,裹茶买饼去租牛;其二:门外一溪清见底,老翁牵牛饮溪水;其三:筋骸尚给春耕在,便买乌犍亦未迟;其四:青箬买来冲雨钓,乌犍租得及时耕;其五:不是老来忘睡美,戴星南亩惯扶犁;其六:西畴虽薄可自力,双犊且当乘雨耕;其七:春芜二亩扶犁去,空忆高皇赐对初;其八:老翁七十犹强健,没膝春泥夜叱牛;其九:朝出钓鱼来北渚,夜耕驱犊上西畴;其十:勿言牛老行苦迟,我今八十耕犹力。

陆游还有蛮多牛诗。好生奇怪,陆游七八十岁了,为什么不再思戍轮台,一再想着的是学春耕?照我来猜,戍轮台是要当公务员才可以的,轮台,皇家不要你去戍,如何去戍?稻田,自己想去耕,陆游那时代,自己想耕还是可以去耕的。

这里,有人也奇怪,陆游租牛租牛又租牛,买牛买牛又买牛,放翁老到底租没租牛,到底买没买牛,终究是个疑问。不比陶渊明,那是实实在在"晨兴理荒秽,带月荷锄归"的。放翁老八十耕犹力,也是让人起疑:老人家真会喂牛、切草、拽耙、扶犁?我是什么农活都会干,打柴扯草,锄麦挖薯,莳秧插田,出栏种芋,唯一不会的是驾牛犁田,哦起哗也是会吆喝,却是不会耙田。

筋骸尚给春耕在,便买乌犍亦未迟。陆游到底买没买乌犍,很难不让人怀疑其真实性,而我老爹,七八十岁老筋骨,还真从湖北买来过好多头乌犍与水牛,买来好几头小牛犊与老黄牛。有一年,我坐火车穿过江汉平原,看到满坡满原,牛儿成群,忽然想起老爹,他是从这里买的千里牛啊,心中涌起一种异样的难以言说的感觉。父亲作古多年,其魂还去湖北买乌犍否?

老翁七十犹强健,没膝春泥夜叱牛。没有农村生活经历的,你不知道什么叫作夜叱牛。春耕忙忙,料峭春寒,我们还穿着棉衣穿着毛线衣,父亲便半夜喊天光,牵着我家那头老水牛,踏进了雪水刚化的水田里,水田春泥深,深几许?深到没膝。父亲却在那里哦起哗,扬鞭驱策老水牛,把水田翻过来,板平的水田因此一条条成线,线条弯,线条直,整个田畴,春天里变成了一幅水墨线条画。

还有夏天,夏天是双抢。我见过也干过很多活计,搬砖,抬石,夯土,担煤,车水,顶缸,捐水泥,拖板车,写材料,蹲流水线……我不知道还有何活计比双抢更累。累的不是我，是我老爹老娘，更是我家老黄牛老水牛。月光光，田稠稠，半夜三更，父亲竹扫把抽不起我，便扛着犁铧，操起竹鞭，把牛喊起，戴星南亩，夜叱牛去了。牛，那么听话，那么勤劳，那么不怕苦不怕累，那么没日没夜，春耕又夏耕，秋耕还冬耕。

这里，老黄牛是什么呢？老黄牛有三重境界。第一重境界是：老牛亦解韶光贵，不等扬鞭自奋蹄。我们是驱策又驱策，不喊不动，喊了也难得动，喊我们去劳动，常常是偷工减料，偷懒偷逸，老黄牛却是自奋蹄，无论平地与山尖，为人辛苦为人甜。第二重境界是：朝出钓鱼来北渚，夜耕驱犊上西畴。夜半，那不是八小时之内啊，老牛不计较工作时间不时间的，它是有田便去耕，有人喊就去劳动，这般工作劲头，有几人有？第三重境界是：耕犁千亩实千箱，力尽筋疲谁复伤？但得众生皆得饱，不辞羸病卧残阳。老牛那么吃苦，那么耐劳，老牛甚时候发过牢骚？老了，卧在残阳里，我见犹怜。老牛的第一重境界是自奋蹄，老牛的第二重境界是为人甜，老牛的第三重境界是无悔怨。

我曾为我家老黄牛，挨过一次打。父亲叫我牧老牛，我牵着牛绳，把绳子拴在一棵树上，自个儿去偷红薯，去捉知了，去打扑克。老牛倒是不作声，不发气，绕着那棵枞树，把树周边的草儿吃了个干净，吃得见黄土。父亲出牛栏，挑着牛粪，去鹅公丘肥田，见之，把粪担子一撂，折了一根枞树棍，望我屁股打来，其时我正在挖田埂做柴火灶，偷了红薯煨，父亲一棍子抽来，打得我鬼哭狼嚎：你是这么看牛的？你吃得像个红薯猪崽，牛就不吃啦？

父亲特别爱老牛。隆冬时节，大雪纷飞，父亲叫我姐姐去扯青草，送到牛栏去；百草凋零，何处青青草？没草，有萝卜，还有白菜，父亲从菜园子弄来蔬菜，一半炒菜自饱肚，更匀出菜叶，切些菜根，去牛栏里喂牛。我记得的是，腊月里，父亲爱糯米蒸酒，糯米也是珍稀品，糯米漉尽，可以多出二两酒来，父亲却难得浪费，并不把糯米榨得一干二净，而是留下不少，然后蒸半笼红薯，把糯米酒糟与红薯掺和，用木盆装着，送到老牛嘴边。

到了春耕与双抢，父亲砍来一根竹子，斜削成竹壶。一头扛着犁铧，一头担着水桶，水桶里灌满糯米甜酒，放置田埂上。待耕完一丘田，父亲一屁股坐在田埂上，两脚丫泥水，一屁股泥巴，先用竹壶舀一壶水酒，扳开牛嘴，往牛肚子里喂，然后再是自操一只碗，往自己肚子里喂。一头老牛与一个老爹，一个睡田里，一个坐田埂，在那咪西咪西，牛饮酒，人饮酒。熙熙然，勾勒一幅春耕夏耕画；施施然，描绘一幅人饮牛饮图。

吃的是草，挤出来的是奶；吃的是草，劳作出来的是白花花的稻米与黄灿灿的麦子，这是老黄牛。可是，牛，只能让它吃草吗？而我们多是连给牛喂草都少，常是让牛去自寻草。我常常有点惭愧，无限歌颂老黄牛的吃草挤奶，是不是有点耍流氓？牛，不只是吃草的，牛也是能喝酒的。不用扬鞭自奋蹄，这是老黄牛的思想高度；可以给草更给酒，这是老农民的责任良知。

老黄牛可以有老黄牛的精神，老农民应该有老农民的良心。

牛的屁股曾是我努力的方向

我曾最喜欢的是牛角。一对牛角分别从牛脑壳两边穿出来，再半弯，两只半弯牛角弯而合抱，那是一种顶角战斗的姿势。两头水牛狭路相逢，然后是头钩，钩，钩下去，再是牛角顶，顶，顶起来。您不知道（我知道），那是两头牛准备为前天那头母牛决斗了。我们便在旁边疾声呐喊：嘀咯嘀咯，撞。嘀咯嘀咯，撞。

没有我们啦啦队在旁边不怀好意地喊口号怂恿，两头牛也就睁起乒乓球大的牛眼珠子，互相敌视，擦肩而过。因了我们"嘀咯嘀咯，撞"喂叫喂叫，牛的斗志被无限激发出来，田埂地盘小，牛们自找了一块开阔秧田，英雄用武。我们对人斗，喊的口号是加油加油；我们对牛斗，喊的口号是"嘀咯嘀咯，撞"，"嘀咯嘀咯，撞"。牛斗是角相撞的，牛的力量集中体现在牛角上。牛斗得厉害，溅起泥巴如雨飞。泥战之后是水战，从田里斗到塘里，从塘里斗到河里，乱石崩云，溅起水花飞岸。

牛角便这样成为我们的图腾，牛角也就这样成为画家的爱物。古往今来，画家最着力处是哪里？是牛角嘛，"神农氏，姜姓也，人身牛首"，好斗哒。今来古往，知识分子决斗于论坛，最喜欢的最擅长的是什么？是钻牛角尖嘛。

齐白石齐老的《柳牛图》，我打赌，这是齐老成熟时候的成熟作品。东方红，太阳升，牵着一头水牛，牧于江南水乡，让牛吃着青青河边草，看着另一头牛来了，便大喊"嗬咯嗬咯，撞"。那是多壮丽的古战场景观。乡村有甚风景？蚂蚁搬家搬高阁，鸡公斗架斗脑壳，水牛干仗干牛角。水牛黄牛"春秋无义战"，站在哪里好看混战？站在牛前嘛，看那牛角撞，砰砰撞，撞得砰砰砰响。

齐老不画牛角了，不画牛角给我们看；齐老画什么了？齐老画牛屁股了，齐老画牛屁股给我们看，那是齐老长大了，齐老成熟了。也是挨过不少打吧，不打不成器，大打大成熟。我从栏里牵出牛去吃青青河边草，去吃青青山草，看到了文亚砣牵着牛来。文亚砣的牛与我家的牛，中间没隔一头母牛的恩怨情仇，却隔着我跟文亚砣一段岁月过节。我打不赢文亚砣，他比我高一头；我的牛斗得赢他的牛，我家水牛牛角粗他家水牛牛角一圈呢。见了文亚砣与他的牛，我便嗬咯嗬咯，撞。自然是我家水牛惨胜。杀敌一万，自损三千。牛斗架去了，牛哪儿吃草来？我家水牛，瘦骨嶙峋出栏，瘦骨嶙峋回栏。讨我娘骂，讨我娘追了三里路打。

我本没有成长方向的，被我母亲打多了，我便有了人生方向了。我的方向是再也不看牛的弯弯斗角，我全心注目所在，是看牛圆圆的屁股。牛的瘦弱与壮实,从何处最堪伯乐相牛?不从角上。我父亲去湖北牛场替生产队买牛,从来不看牛角的,只看牛背,只看牛屁股,恰如我老家老叔老婶,替伢子崽相亲,从来不看人脸,只看人腰子,只看人屁股。牛屁股浑圆斩齐,那是一头犁田的好耕牛;人屁股壮实肥款,那是一个养崽的好旦角。

齐老画牛屁股以示人,定然是齐伢子时候,他已是一个好牧童,是一个戒了血气脱离了斗牛士气味的人,是一个有益于牛们有益于生产队有益于爹娘的人。你不相信?齐老自己说的:"余幼时尝牧牛,祖母令佩以铃。谓曰:'日夕未归,则吾倚门。闻铃声则吾为炊,知已归矣。'"齐老诗曰:"星塘一带杏花风,黄犊出栏西复东。身上铃声慈母意,如今亦作听铃翁。"牛角挂铃,是祖母心慈;诫之在斗,诫之在膘,牛屁股养得斩齐,是牧童心慈。

大晌午的,牵了黄牛出去,牵去斗架?自日当午至日落西,我牵牛去吃草。牛屁股成为我努力的方向以后,我再也不让我家老牛去斗架,我走向水草更深处,我走向山草更深处,放牧水牛与黄牛。我老家屋背后,有个地方叫高山岭,岭上蔓草丛生,芳草萋萋,那草深,那草嫩,那草密密麻麻,那草更行更远还生。把牛牵到高山岭上,牛一个劲地埋头。天苍苍野茫茫,风吹草低见牛羊。牛之天空之上,风卷残云;牛之瞳孔之下,舌卷青草。

牧童的最高境界,便是让牛吃饱,让牛壮实。如何知道牛吃饱了?看牛屁股。牛屁股斜垮下去,两瓣屁股吊起布片,晾衣也似，肉飘荡，那该以竹扫把追究牧童责任。牛屁股是斩齐的，垂放一根带秤砣的线下去，牛屁股与牛腿是一条线，那牛便是吃得饱，长得好的。你看，齐老《柳牛图》那牛啊，屁股多滚，多齐，多浑圆啊。牛肚子胀鼓鼓的，如吹了气，是牛吃饱了。你不知道，牛有两个肚子呢，一个水肚子，一个草肚子。水肚子与草肚子，在屁股之上的牛背上，展现出两个凹；草肚子吃饱了草，草肚子便与牛背齐，圆了；水肚子呢，水肚子永远不会圆。

我曾下了决心，吾貌虽瘦，必肥牛屁股，让牛肚子鼓鼓囊囊。水肚子我没做到，草肚子被青草鼓得如篮球也似，水肚子还是瘪的，我便牵着我家水牛，往杨柳照水处，摁下牛头，叫牛灌水，牛灌牛灌，牛再也不想灌，你还是不能让水肚子气鼓鼓；草肚子，能。我把牛牵向青草更深处，那深处野草蔓蔓，荆棘蓬蓬，牵着牛往灌木与荆棘纠缠深处钻，大腿把子、小腿把子都是一身老皮了，针都钻不进了，不碍事；却是被藤蔓绊倒，一屁股摔到藤蔓之下尖尖石上，被划开寸把长的口子。弹指一挥间，三十余年过了，至今在我屁股与大腿交际处，还有一条疤子，蚂蟥也似，吸在该处，怎么捏也捏不去。

牛角好，好斗架；牛斗架，蛮好看。这不再是我的价值观。作为称职的牧童，我感觉牧童的意义不在牛角，而在牛屁股。牛的屁股，成了我当年努力的方向，为之，我奋斗不已。在我屁股与大腿交际处，便是优秀牧童的勋章，我不给你看。我可以给你看的是，在我右手的中指中处，那里还有一个非常显目的徽记，是为牛屁股奋斗而形成的。那时我十三四岁，我牵着生产队的水牛，在高山岭放牧，云自在天游，牛自在啃草。马要吃夜草才肥，牛也是的，我要给生产队那头牛扯夜草。在山之腰处，荆棘丛中，我见了齐腰深的芭茅草，青，嫩，可抹出青色汁来，我披荆斩棘，手割茅草。芭茅草好锋利的，曾把鲁班的手割了一条血线，自然不会顾及我，也把我割了一个血流如放龙头。血放了不是事，恼火的是，把我中指上一根筋割断，使我至今无法伸直，弯成了岁月模样。我无悔。我父亲牵着水牛，一弯牛轭套上牛脖子，整个铁炉冲的水田，都搭在水牛上。多年后，回想这个情景，我觉得我为牛伤值得，这是我活了几十岁唯一值得的事。除此之外，没任何事值得我为之伤一根手指头，一件也没。

无悔。那时节我给队里牧牛，每天能挣三四个工分哪。大汉子一天十二个工分，大概是一两毛钱一天，我不也能挣三五分钱？三五分钱啊。八月桂花香，晒谷坪上分口粮，我也可以提一小包回家。我让牛吃口草，牛让我吃口粮。

"日之夕矣，牛羊下来。"牛羊从高山岭上，暮归下来，牧童见到什么？牧于山岭，牧于水泽，牧于柔条千尺下，那是牧童跟着老牛归，你能看到什么？看到的就是齐白石老先生画的那滚圆滚圆的牛屁股。示你一只冷屁股？不呢，那是一枚颁予牧童的圆圆奖章。

牛屁股塞满画面，人呢？齐老已归道山，留下牛屁股在人间。我睹着牛屁股回眸岁月，看到铁炉冲那头水牛，一直在回头望我，比我更情深。哞哞，哞哞哞，男高音，牛低音，草莽一牛鸣，一声声向我回哞。

莲奶奶的菜保

春节回到老家,很有感慨,一个感慨是,地干净很多了,我看到马路边上,有很多绿色垃圾箱,虽然春节期间没谁来运,垃圾箱里装满垃圾,但也让我感觉清新,可见平时垃圾不再是乱扔乱堆,每家每户门前,都是干干净净的。以前回家,得跳着舞蹈走路,生怕踩着鸡屎鸭粪的地雷,现在不怕了。之前,听回乡的兄弟说,现在农村鸡鸭也不能放养,得圈养,兄弟们有所非议,圈养的鸡鸭还是土鸡土鸭吗?现在倒是觉得圈养好些。我娘养了二三十只鸡,都是钢丝网圈着,鸡鸭们的活动范围虽然小了,但鸡鸭们吃的东西却并没改变,我娘去割草去摘菜来喂鸡鸭,鸡鸭依然有土鸡土鸭的鲜甜与醇厚。与之同时,农村房子漂亮了,住土砖房的基本没有了,住红砖房的也越发少了,很多都是里外贴瓷砖,房间格局也跟城里套间无二致,或无城里的精致,却比城里更宽展。

打牌依然是乡亲们的娱乐老节目,这个,未必城里人就高人一等，城里茶馆里，麻将终日霍霍响，乡下每到过年，乡亲们才放下锄头，放下扁担，围坐一起，高兴搓几圈，自然，我看到的打字牌的居多；若说，麻将是城里来的舶来品，那么，字牌是湖南农村的老项目。我娘八十多了，常常跟我九十多的伯母摸几把。我娘怪我伯母：角钱的底，伯母不打，还要打一块钱的。我堂客回到家，待在自家客厅看电视，我娘在下面喊：伯母来了，喊你打牌呢。堂客不会打，却也下去，陪老人家摸几把。

我也被发小喊去打牌，打字牌原是我的拿手项目，到城里后，有十多年没摸过了，偶尔打的是三打哈，字牌套路已忘得差不多了。发小喊我去，我去是去了，却没上桌，只在旁边当看客。上桌的是我一位发小，另外两位，我却不认得了。每年回家，都是匆匆去，匆匆回，院子里一半二三十岁的伢子，都不认得了，得说是谁谁的崽，才想起来，确实跟谁谁蛮像。一位叫涅鼠的，却是蛮熟悉，涅鼠是外号，本名我忘了，或者我压根就不知道他本名。自小到大，院子里的人都这么喊。

涅鼠大我二十来岁，七十多岁了，按辈分应叫他叔，按年龄要叫他兄，可是从小喊惯了，还是喊涅鼠，也不见他恼，乡亲没那么多客套，喊外号更亲切些。涅鼠有两兄弟，原来成分不好，两兄弟都没娶上堂客，后来取消了成分帽子，按理可以娶婆娘了，但他家实在太穷，媒婆倒是给他做了很多媒，却没人上门。我小心地问了他，小孩多大了？他说现在还是人一个卵一条，一根光棍打牌打天下。

要养什么崽咯，政府比崽靠得住。涅鼠说他现在吃上了低保，每月有些钱，白菜萝卜自己种，还有几分田种些水稻，自己吃够了；平时到外面打些零工：老恶啊，打零工没比你差。我在老家外号叫老恶，现在回家，大家依然这么叫我，这么叫我，我就知道我到了老家，没感觉有什么不适的。现在农村打零工，工资确实不低，至少百八十块，若是技术工，比如漆匠、瓦匠、木匠，会上两百多块，吃三餐外，还要发一包烟。

我听到一句对政府最好的赞美，来自涅鼠。涅鼠是这么赞美政府的：要养什么崽咯，政府比崽靠得住。原来是涅鼠已吃了低保，每月都有低保打到了涅鼠账号里。崽哪会有这么听话呢？养个崽，每月不会按时给爹呢，崽要给爹，还要看媳妇肯不肯；媳妇肯了，崽与媳妇会嘈蛮多啰唆，会听蛮多闲话。政府给的低保，吃得心安理得，还不用给政府带崽带孙。或者，我们会生发非议，吃低保，还打牌啊。吃低保，过年过节，打点小牌，不大，就两三块的底，不必上纲上线，底层百姓玩些小娱乐，也是一种幸福生活。涅鼠说，他老弟也吃上了，他老弟去年满七十岁，也没讨婆娘，去了对门院子里打牌了。

年三十，我喊堂客去一个叫水溪的地方散步，我与堂客曾经在这里教过六七年书，这里也算是一个小城镇吧，上三里下三里的乡亲常来这里赶集，也算比较热闹的所在。吊脚楼都没了，随之而兴起的，多是瓷砖楼房，马路宽展了些，没宽很多，还是有些逼窄。平时都是蛮拥挤的，年底更是。小街两旁，摆满了年货，苹果梨子水果类，一样没少；干桂圆、干荔枝等礼包也堆得小山似的，红灯笼高高挂，把乡下的春节气氛渲染得红红火火。

穿行在小集市里，却是无人识，少小离家常常回，乡音无改鬓没衰。村邻相见不相识，没问客从何处来。这状态其实也是蛮好的，不用一个个打招呼，拉家常，可以自由自在穿行在乡情乡韵中。堂客想买一些萝卜白菜，吃多了大鱼大肉，想吃些蔬菜慰藉肠胃。忽然听到一句：你是泰满媳妇吧？我老爹在满院子里，大家叫泰满。也算是外号吧。堂客也认出了老人家来了。她是莲奶奶。堂客连忙应承，连连喊了几声老奶奶。

莲奶奶在卖菜，旁边放着一担簸箕，簸箕里有白菜，有萝卜，有芹菜，有香菜，白菜包得圆，里面白白嫩嫩的，萝卜也是长得好，白白胖胖，芹菜与香菜，青青绿绿，水水灵灵。这个莲奶奶啊，满脸皱纹，皱纹纹路如沟，比榆树皮沟更多，更深。莲奶奶那么苍老，种菜种得好啊。堂客问，莲奶奶您八十多了吧，还在种菜卖菜啊。莲奶奶接过话来：你妈妈都八十多岁了，我九十三岁，吃九十四岁的饭了呢。

这么大年纪了，居然还种菜，还挑着担，走五六里路，到集市卖菜。一面感慨老人家身体好，一面也很是心痛。我便问：莲奶奶，您老人家不用太辛苦了，现在政策好，政府有低保，您不用这么累啊。莲奶奶的回答却让我特别吃惊：我没吃低保呢，我吃的是菜保呢，我自己种菜自己卖菜，我吃自己的菜保呢。这么大年纪，守寡二三十年了，没吃上低保？为什么呢？人家说我没资格吃低保呢——我有两个崽哒。

莲奶奶的两个崽，其中一个就是涅鼠，那个打牌的涅鼠，那个七十多岁的涅鼠，那个没讨婆娘的涅鼠。涅鼠没有崽，属于五保户，可以吃低保；莲奶奶有崽，而且有两个崽，她不能吃低保。我打电话给一位兄弟，把这情况跟他说了，问会不会出现这种情况，他说有可能，但具体情况得具体来看。还具体看什么啊。莲奶奶就是这样。

这算不算这个红色春节里，我遇见的最大的黑色幽默？

堂客买了白菜，莲奶奶给算了，十一块钱，堂客给了二十块钱。走了，白菜也不要了，莲奶奶踮着小脚，要还我堂客钱，我堂客摇手，示意莲奶奶别追，莲奶奶赶不上，一个劲在那里打拱手。我对堂客说，你二十块钱，能解决什么问题？

我堂客叫我给人打电话，我打了一位管这事的兄弟，他说过完春节后来核实这情况，但愿这位兄弟，能把这事放在心上，莲奶奶九十多岁了，即使能给她吃上低保，也吃不上几年了，我的希望是，不让莲奶奶再去种菜卖菜了，大过年的，可以来陪我娘打些块把钱的字牌。

苦楮子树下

老弟瓮声瓮气朝我娘喊：恩妈，章红要你去拿米、拿油、拿被，你去不去？这话我先听到了，我也瓮声瓮气问老弟：拿么子东西？老弟告诉我，章红外面做生意发了财，村子里八十岁的老人，凭身份证可去她家领两袋米、两桶油、一床十斤的被。听起来蛮温馨的。我老弟意思是莫去，别贪那个小便宜；我娘看着我，口不言，眼含问，我说去：送是人家善意，领是我家善意。善意没有善意的回应，好像歌声没有歌声的回响。

这名字让我狐疑，铁炉冲没有姓章的。我老弟说，就是红满样，书荣哥的孙女。老家把细妹子叫满样，一半是随意，一半是亲切，说来也要是"饱饭崽"才能获此称呼的。书荣哥的子息，当姓刘，何来姓章？她过继给她章表叔了哒。哦，记起来了，他表叔是新疆的，一个高大威猛的小伙子。过继多是人家没孩子，自家孩子多，养不起，转让子女身份，给人去养，给人去送终。

书荣不是养不起孩子,他家孩子不多,一个男孩,一个女孩,在铁炉冲是殷实人家,时不时有人给他寄钱来,一个是他姐,一个是他妹,姐嫁在新疆,妹嫁在岳阳,都是有工作的,姐妹疼兄弟,每月都打钱来,五元十元的,是笔不大不小的收入,足以每月称几斤肉,搞双抢请劳力。书荣是"地主崽子"模样,大男子汉,细皮嫩肉的,不像庄稼人,像个小干部。他确实当过小干部,生产队时当队长,生产队转村,当村秘书,好像还当过村主任。红满样便是娇娇孙,脸色红红润润,肤色白白胖胖。富贵有种,聪明有根,有福气的,怎么都有福气。

红满样住我家高头坪里,她老爷爷,我喊玉伯,是大地主,起了一栋青砖大房,一间大碓屋,屋脊怕有三四丈高,我们茅草棚,土砖屋,她家住青火砖楼。我家去她家,有四五十阶梯,都是条形青石铺就,自然,钱都是她老爷爷出的,工是他老爷爷请的。院子里出些富家,不是坏事。我回家常听到,某某村某某,每年出资三十万元,给村干部发工资;某某村某某,花十几万元,给院子小路铺水泥——百十年前,我喊玉伯的老人家,就院子砌了一条青石路。

玉伯还在院子外头一条茶马道上,出资建了一座亭子,上十里下十里,打铁炉冲过,都在亭子间歇一会儿,喝口茶。亭子三步脚的地方,是铁炉冲的水井,打水方便,玉伯在亭子里砌了口土灶,土灶上架了一只铁锅,亭子悬梁上吊了竹篮子,篮子里放了些茶叶,放了竹勺子,要喝凉井水,去井里舀;要喝热茶,打水土灶泡。现在亭子还在,乡亲众筹,翻新了,土灶却不在了,装茶叶与勺子的竹篮子也没见吊在悬梁上了。

玉伯家的青火砖楼，住了四户人家，王伯家对面的是文亚砣家，他爹参加过抗美援朝；隔壁的是荷姉家，土地改革的时候当过妇女主任，她大崽就是温楚；斜对门的，是映公家，曾是院子里最穷的。这楼全是玉伯家的产权，因他是地主，把他家房产给分了，他自己分了两间，其他分给另三户。我见过斗地主，却没见斗过院子里最大的地主。最大地主，便是玉伯。我现在回到铁炉冲，扈奶奶还在诉苦，她是小地主，每次大队斗地主，都抓她去，斗她半边猪，就是不斗玉伯。她总说怪了奇了，大地主不斗，斗小地主。我以前回家，扈奶奶常到我家来打字牌，霸蛮叫我陪她打，她赢了，哈哈笑；输了，骂咧咧。有回，跟我伯娘打，一下午，一把牌也没和，抓手牌甩到我伯娘脸上。我就知道答案了，不斗她斗谁呢？玉伯成分高，玉伯人性高，这让我知道，铁炉冲的人性是，或者其他村的人性是：混乱的人性时代，人性依然是保持着人性，人心依然保持着人心。

我以为书荣是独苗，后来才知道他有姐与妹。玉伯那年过世，先是病，看样子不行了，发了电报给两个女儿，岳阳的回来了，见了他爹一面；新疆的回得家来，只能到田谷坳跪拜一抔黄土，献一只白花圈了。新疆回铁炉冲，紧赶慢赶，要坐七天七夜火车。书荣他新疆姐姐，名字我都忘了，她来我家，喊我娘福姉，我娘让我叫她宁姐。宁姐长长挑挑，大眼睛，肤色白如棉。我怕是第一次见城里人吧，乡村细伢子，初见城里大姐，好像是见神仙姐姐，既妒羡又害怕，躲在我娘屁股后面，不敢出来，宁姐逗我：喊我，给你糖吃。说着，从四绺布青裤子里抓了好几粒糖粒子，花花绿绿糖纸包着的糖粒子，我伸手去接，宁姐把手缩到背去：不喊就不给。我硬是不喊。宁姐逗了我几次，见我霸蛮不喊：你这个小把戏，出不了湖。便把糖粒子给了我，我一粒切几份，含半晌吐出来，又含着，一粒糖粒子，含了个把星期。还把糖纸收在课本里，到读初中，卖课本，还看到糖纸在。书卖了，糖纸还收着。现在却不知道哪里去了。

宁姐回来极少。我纳闷三十多年，宁姐为何去了那遥远的新疆。后来看资料，当年开发新疆，来湖南招八千湘女上天山，宁姐定是这八千湘女之一员吧。也没谁这样告我，是我猜的。她一个地主女儿，如何过政审的？怕是玉伯好人心吧。大队没卡她，正如书荣，一个地主崽，当了队长，当了村主任。

父亲曾问过宁姐：你嫁的是什么人？宁姐笑，不答。据说他弟弟也问她：姐，姐夫是什么人？她也没答。玉伯婶问她，据说她也没答。院子里传说，她嫁的是残疾人，双手截了。我现在猜想，当是一名残疾军人吧。是抗日时候致残，还是解放战争时候致残？玉伯婶曾对宁姐说：让你弟去新疆看看他姐夫吧？宁姐不答应。直到现在，谁都没见过铁炉冲的这位姑爷。玉伯没见过，玉伯婶没见过。

见过的，是她的儿子。那年，我读师范了，她儿子来了铁炉冲，起码一米九，磊磊若松，不太爱说话，见人很腼腆。他考上了北京航空航天大学，暑假来外婆家，年龄比我大些，大不了多少，却高我一个头，可以想象，他爹定然是高大威猛。新疆大漠，来到湖南青山绿水，也是挺兴奋的，每天东转西转，蛮喜欢爬山。书荣有个细崽,叫贤狗崽,蛮小,十来岁,每天提着竹篮子带着他去高山坳,去田谷坳,去对门山里,去背对山里。山上蛮多野果,羊奶子、金樱子、牛卵坨、毛栗子、野葡萄,去一回山,采得一篮。湖南是新疆的异域,正如新疆是湖南的异域,他来外婆家的湖南,天天都异样兴奋。

是忘了,还是本来不知他名字,只知道他姓章。他应该喊我舅,书荣哥叫他这样喊我,他不喊,他年纪都比我大,指定喊不出口的。我也没喊过他,喊他都是"喂"。喂,看牛去;喂,洗澡去。他喜欢洗澡,铁炉冲没河,有塘,田谷坳与背对山之间,有三口山塘,一口叫新塘里,新挖不久,我随父亲夯过堤坝;一口叫水库里;中间那口很小,水刚没腰,摸田螺是好去处,洗澡不行。最适合洗澡的是水库里,水库深,水深时候,怕有三层楼高。

他是旱鸭子,不知是新疆没水,还是他以前不曾游过泳。酷暑,我们每天都去水库里洗两次澡,中午一次,傍晚一次,他跟在我们屁股后面,先是看我们洗,后来下水,抱着木桩,两只脚乱踢,踢起水花四溅。一个暑假,他都没学会游泳。松咯,松手咯,他学着松手,手一松,秤砣一样沉了下去,噗噗噗,呛了好多水,把我们吓得不行,不敢再让他松手游。

章喂出事,不是第一个暑假,而是来年。来年暑假他又来了。贤狗崽还是带着他,提着竹篮子,去山上采野果,采了一个下午,采了半篮,回家,回到水库地段。贤狗崽说,我去水库里洗个澡。章喂不敢下水,坐在坝上。水库周围都是树,株树、枞树、杉树,还有一蓬蓬灌木。章喂眼尖,看到了一棵硕大的苦槠子树,树上挂满了一簇簇、一梭梭的苦槠子,他兴奋得很,扒开灌木,他去摘苦槠子。

苦槠子,学名叫苦槠树吧,据说是长江南北的分界树,江南才有,常年翠绿,《本草纲目》有记:"处处山谷有之。其木大者数抱,高二三丈。叶长大如栗,叶稍尖而浓坚光泽,锯齿峭利,凌冬不凋。"我们喜欢的是苦槠子,"子圆褐而有尖,大如菩提子"。籽实前面有个小尖,后面有个小帽,中间是长长圆圆,如圆珠。摘来苦槠子,挺好耍,拧着一转,苦槠子便如陀螺一样转圈圈,转苦槠子也如抽陀螺,放到炕桌上,让其斗架,谁的苦槠子先倒,谁就输了。摘苦槠子,转苦槠子,是童年一乐。

暑假期间的苦槠子,只能当游戏,青色又青涩,待其成熟,要到冬天,青色转褐色了,就熟了,"槠子似柞子,可食,冬月采之"。生着吃,苦滴滴的,炒熟吃,淡淡甜,《本草纲目》云:"内仁如杏仁,生食苦涩,煮、炒乃带甘。"乡亲采来磨粉,可以制作苦槠豆腐,蛮苦,却也能下饭。这还是一味中药,《本草拾遗》记:"止泻痢,食之不饥,令健行,能除恶血、止渴。"

《山海经》记:"前山有木,其名曰槠。"铁炉冲无记:水库有木,其名曰苦槠子。章喂踏水岸,钻灌木,爬到苦槠树上,苦槠子簇生,掉璎珞也似,一摘一串,一摘一绺,很是满足人心。章喂摘得蛮开心,他在枝丫上摆V字。咔,许是他身体太重,枝头咔的一声,连人连枝,扑通,掉水库了。贤狗崽吓蒙了,半晌才反应过来,连滚带爬,爬到水库坝上,大喊,水库对着章喂外婆屋子，隔了里把路。这里把路，是一条魂亡路。那天是暑假最后一天，他次日要去北京读书的。

他妈回来了，坐了七天七夜火车回来了，见到的不是磊磊一个人，而是累累一抔土，埋在田谷坳上。田谷坳是铁炉冲的正坟山，年轻亡故，是进不了的，只能进鬼崽山。章喂是男子汉了，却无子嗣，进不了田谷坳，乡亲把书荣孙女红满样过继给他。他便上了正坟山。

他妈回家，坚决要把他带回去。没谁能说服她，只好挖出送去火化。他妈用盒子装着他，把他带回了新疆。

他妈再也没回过铁炉冲。三十多年了，没见宁姐回过。她根还在铁炉冲吗？估计不在了。宁姐妈几年后过世，她没回家；宁姐弟前几年过世，她没回家。现在，宁姐如健在，也有七八十岁了吧，不知她在新疆可好？

而书荣孙女改姓了章，名字没再改回来。每年清明节，她都去章喂原来那坟墓上挂青。嗯，这个红满样现在算有造化了。

那年，我已经师范毕业。我再也没去水库里游过泳。不是我怕，是我的生活迁移出了铁炉冲。

院子里老了人，都在水库坝上搭帐篷。帐篷是供亡灵算账的，老家有习俗，人活着，在人间或赢或亏，或人家欠他的，或他欠人家的，入土后，得给他搭个帐篷，让他在里面加减乘除，算清人间输与赢。先前，帐篷搭在铁炉冲村口，石头谢家不干，说自从铁炉冲的亡灵帐篷搭在那里，对着他们村，他们村有好几个年轻人，无端无常。铁炉冲便把帐篷搭在水库大坝上。

好几次，我想去水库里看看，看到那里拱起晒簟，便望而却步，遥遥望着，那里一棵苦槠子树，越发高大，枝叶繁茂，便无端想起了章喂，大学生啊，北京航空航天大学的，怎么就从千里之外的新疆，魂失在这棵树下呢？命运掷骰子也掷得没章法。

网上查苦槠树，说这树结构致密，纹理细直，富有弹性，耐湿抗腐，是建筑、桥梁、家具、运动器材、农具及机械等的上等用材，是国家二级保护植物。那么章喂呢，是上等人才啊，不说必须把他当重要人物，至少老天应该把他当保护人物的。

山胡椒树下

温楚长得高大,像一棵枫树,南方人长得威猛的少,多数像樟树,或者株树,矮蓬蓬的;直挺挺往上长的,多像枞树,高也高,直也直,却是生了蛮多疙瘩,日晒雨淋的,没几个好肤色的;温楚是枫树,脸上有些许麻子外,身板蛮光滑的。走路走直线,蛮正形。温楚当过兵,当过兵的,挑担粪桶走山路十八弯,都有一种风姿。我是站如懒散稀松,行如邪气歪风,坐如老态龙钟,卧如红皮虾弓,检讨原因,是不曾当过兵。

温楚有点高傲,我打他面前走过,我喊他楚老响——我们叫老兄,不喊老哥,都喊老响。我喊楚老响,他顶多是点点头,他跟我是同辈分,是唐字辈,族人有智,或者说中华民族同一智慧,每个辈分,都起了一个字,好像是兄弟,中间一字是相同的,起同一个字,不仅标明谱系,而且标明排序,铁炉冲刘的辈序,前面什么,我不记得,后面是什么,我也不知道,我晓得的是得泽颂唐化。刘姓复杂,村里族老说我们院子是彭城刘，彭城刘是刘邦那一系，中山刘是刘备那一脉。我没读过族谱，没溯过姓源，不知真假，乡人自大，假借帝王之胄，也未可知。当然，也许真跟刘邦是一系，也未可知，五百年前，铁炉冲刘，是从江西吉安府迁来的。姓氏变迁，七拐八拐，拐七八百年，拐两千七八百年，后人不读族谱，就搞不清楚家族拐哪里去了。

温楚高傲，一是人长得高，可傲，便傲；二是当过兵，见过世面，没比土包子多读万卷书，却多行了万里路。楚嫂却是温和，每次我打楚嫂家门口过，她都喊我：回来了啊，进屋坐坐，喝口糟酒噢。铁炉冲的糟酒，不是糟粕之糟，是糯米糟之糟。糯米蒸熟，坛子里放置十天半月，揭坛，清香扑鼻，米粒浮在水上，粒粒可数，喝来清甜，泛着酒香，酒气真醇，不醉人。道是酒，貌似是乡亲们的饮料。

楚嫂算乡里美人，浓眉大眼，身材挺匀称，已六十多岁了，眉宇间依然闪着风韵。这里所说的风韵，不是风流，楚嫂是正经村嫂，嫁到铁炉冲四十来年，没谁说过她什么不是。

楚嫂是农村妇女，她打猪草，她煮饭炒菜，却很少去田里劳动，插秧、割禾、踩打谷机，这类重体力活，我没见她干过。这些活，温楚都做了，温楚村里养金丝雀呢。楚嫂肤色蛮好，身材保养得蛮好。村里嫂嫂们都是村妇模样，楚嫂也是村妇，但有点城里小妇人态。那是温楚养出来的。

我没见过他们骂架，他俩没有过恶话，乡里妇女喜欢骂人，出口是剁脑壳的，闭口是砍脑壳的，有些骂老公，是调情，有些也是真骂；乡亲骂人，操着砧板到菜园子骂人，骂语猛恶。

温楚与楚嫂,调情也没这么骂过,这在院子里很难得。农村夫妻不骂架,是稀奇的,温楚与楚嫂,是一对惊奇。

我没想到,这次回家,却让我眼珠子掉了出来,温楚死在山胡椒树下;我眼珠子掉地三尺的,是温楚死了三年,才被人发现他死在山胡椒树下。我们村里一位大嫂,去背对山里摘山胡椒,猛然发现那里蓬蓬松松,有几件衣服胡堆在一棵山胡椒树下,她折了一根棍棍,挑开衣服,把她吓得魂飞魄散,衣服里面是一对白色枯骨,横七竖八,凑成一堆。她赶紧报案,派出所与公安局的人来了,查验尸骨,是一个大男人做的,喊来乡亲辨认,是温楚的。

我年年都回铁炉冲,从来没听说过温楚已死。清明节挂青,每年都看到田谷坳上有新隆起的黄土堆,村里常见新娃走路,村里常不见老头露脸,铁炉冲跟所有地方一样,人事有代谢,人命有轮回,都不足奇。温楚这个却奇,怎么就这样死了呢?

温楚死在背对山上,我奶奶栖居其间,温楚家的房子建在背对山脚下,清明扫墓,我都要打温楚家门前过,楚嫂每次见我,都要喊我去她家喝糟酒,回想起来,确有三年,见她家门紧锁,没看到温楚,也没看到楚嫂。不想发生了这般事情。

背对山上,我奶奶长息那里,我却极少去那山上,山上长满了山胡椒,山不是我们队里的,我家分的山,也不在那里,不去那山,也是有故。更有故的,是我感觉那山有些阴浸,阴气重,除了每年扫墓必须去,平时一个人不太敢去。山胡椒辣,麻麻辣辣,摘来腌坛子里,青青色变黑黑色,辣味在,还略略甜,当作料,是极好的,特避腥,煮鱼、炒泥鳅,放一些山胡椒，既避腥又来味。我老家有一道名菜，叫牛肚王，也叫牛百叶，都是放山胡椒以壮气、以兴味的。

温楚死了三年，没谁告诉我，院子里老了很多人，如果我不问，确实也没谁相告，人老了，人死了，这个好像不是大事，不是奇事，而温楚之死，却让我吃惊：非老死，非病死，是自死。自死也常听说，却是三年后才知道他死，这是什么死法？

告诉我这事的，是我发小。他说，温楚跟楚嫂吵架了，温楚穿起那身旧军装，很少见温楚穿其他颜色的服装，他爱穿草绿色军装，都泛黄了，那天与楚嫂吵架，他穿的是泛黄的军装。两三天没见回家，楚嫂急了，亲戚家寻遍，只是不见。院子里人都发动，到处寻，新塘里、水库里、附近河边，都寻，都没寻到。若是跳河、跳塘，隔那么些天，会浮起身子来的。院子里百十号男女，踩山，高山坳、田谷坳、对门山里，当然，背对山里，青山踩遍，都不见人，更没见尸。乡亲们也就不再寻，也许温楚去了深圳打工，去了武汉谋食。那大一个人，会去哪里呢？寻了个把星期，没谁再寻。

楚嫂也没再寻，她生活的变化是，平时打猪草，双抢时节，也开始踩打谷机，打稻谷。家里没了男人，劳动担子都压在身上了。记起来了，我那年看到楚嫂，脸色不那么红润，白发爬上了鬓角，这个没什么，岁月老人，所有人的风韵，都经不起岁月的风雨。不晓得，这是岁月对人生犯恶，还是人事沧桑对人使坏？

这是什么事呢？不是什么事，温楚与楚嫂吵架，有说是楚嫂炒菜，炒了一盘牛百叶，没放山胡椒，有些腥气，炒老了。

我老家炒牛百叶，猛火猛炒，只翻六七下锅的，楚嫂给崽打电话去了，忘了翻勺子，牛百叶便炒老了，吃起来不嫩，不脆，牙齿使劲咬，咬不烂，温楚是牙齿已松，咬不动了吧，楚嫂后来解释，她忘了放山胡椒。温楚便嘟囔：当了几十年婆娘，菜都不会炒了？楚嫂来了点气：你会炒，你来炒啊。楚嫂还嚷了好几句：山胡椒早没有了，你去山上摘来啊，看我会不会放？

温楚便丢了碗，穿了那身旧军装，转身去了背对山，那里满山坡，辣香漫溢，都是山胡椒树。这一去，就没再回来，这一去，便魂归了背对山上，山胡椒树下。

就这事？

这是楚嫂说的。村里有另外版本说法。说温楚与楚嫂吵架，楚嫂骂温楚跟土道冲里一位寡妇有些什么事。土道冲是铁炉冲隔壁村，那寡妇我也认识，不知真名，乡里人往往不都知真名，随人乱喊，大家喊她莲阿嫂。莲阿嫂长得比楚嫂差多了，南瓜脸，水桶腰，屁股老大，像副磨豆腐的磨盘。老公早些年去一家煤矿下窑，瓦斯爆炸，人就没了。莲阿嫂，人也是蛮好的，待人热情，打她门口过，熟悉不熟悉，只要曾经打过照面，她都要喊：屋里坐会咯，喝口糟酒。

乡下人都这样热情、好客，温楚去土道冲，莲阿嫂也这么喊他。有个说法是，一个夏日正午，温楚扛着一把锄头，去挖土。乡村土地是错落的，铁炉冲的土，或在土道冲的山头、土道冲的田，或在铁炉冲的领地。温楚扛着锄头打莲阿嫂门口过，莲阿嫂也喊他去屋里坐坐，也许进屋喝了糟酒。那个叫蓝班的，回头跟楚嫂说：阿嫂公，你老公在莲阿嫂屋里，待了小半天呢。

玩笑还是玩真？这个事，若闹闹，倒蛮合以死明志的伦理。谁也不知真假了。我们知道的，是温楚跑到了背对山上，喝了一壶农药。

午睡醒来，我带着堂客，沿着一条小溪，去了土道冲，沿路野花盛开，野草蔓生，山风都含绿绿的水汽，可以洗喉，可以洗胃，入喉，喉间有一股甜；入肺，肺间有一股香。慢慢游，信步走，不经意间，到了莲阿嫂家门口，咯咯咯咯，莲阿嫂在唤鸡，在喂鸡食。几只正在桑树上喔喔叫的公鸡，跳下树来，啄莲阿嫂撒在地上的谷子，公鸡们吃了小饱，便围着母鸡扇翅膀，骚公鸡模样。莲阿嫂看到了我和堂客，睁着眼睛，辨认：你是泰叔崽吧，来来来，进屋坐坐，喝碗糟酒喔。鸡鸣桑树颠，嫂唤过路客，莲阿嫂的乡村生活，与平常一样，鸡鸣狗吠，活色生香，乡村天天发生什么，乡村天天没发生什么，都是一个节奏进行着。我与堂客没进去，我们只是散步，不太想去打搅别人的生活。

待在铁炉冲，我到处转悠，走到哪儿算哪儿。没意识的，我去背对山，脚步突然停了下来，这不是温楚老屋吗？温楚老屋老旧老旧，屋前堆了一堆枞树柴，土灶墨墨黑，很久没生火了；他家窗户，结了不少蜘蛛网，推想无人住。这不是荒凉，而是生活变迁。隔壁是温楚弟弟家，他弟嫂在，他弟嫂告诉我，他嫂嫂去城里住了，楚嫂生了个好崽，在城里开了一家小店子，赚了些钱，小区买了房子，楚嫂便跟孩子去城里住了。温楚家这些年来，日子并不差的。我来这里，是想寻找温楚影像？是想来寻他自杀的理由，还是来寻他对生活的反抗？他没有啊，他没理由反抗生活。

继续往前走,我走向背对山,山头草木葳蕤,灌木丛生,好多菜地,遗弃了,种了竹子,竹子已成园,风吹过,竹叶飒飒响。我想沿着当年菜间小路,爬到山胡椒林去,半道上打转了,菜园子那些路,都被灌木遮蔽,金樱子与三月泡横生其间,尽是刺,挂衣,刺手,让人生畏,就没走上山了。温楚是在哪棵树下安顿生命的,我不想去寻,也不敢去寻。

我在寻什么?温楚跟我没多大关系,顶多,他是铁炉冲人,我是铁炉冲人,除此之外,我找不到理由为何对温楚如此关注。我对自己也是莫名其妙,我在寻温楚吗?我在寻一个生命叙事吗?在我的潜意识里,我或许觉得,温楚无妄自杀,会有一个宏大叙事。没有,有的是鸡毛蒜皮。因为平常,所以不平常?因为不震惊,所以很震惊?因为没天理,所以有天理?

一盘炒菜要了温楚的命,还是一个绯闻要了温楚的命?以逻辑来说当是绯闻吧,温楚有点高傲,名声或重于生命,一个真假绯闻击中一个生命,这在城里人的想象力之外,城里人死脸皮,不会死小命。绯闻假的吧,楚嫂也没往这里说。那就是一盘炒菜?生活自有逻辑,生命没得逻辑。

死,那么大的事,却是那么小的事。

长塘李万木在葱茏

"山色正清佳,秋英亦芳烈。青烟动远墟,白云萦列缺。"这是吾乡前贤李抱一描绘的长塘李秋景。莫说只有春夏草长莺飞,来江南丘陵地,纵秋风起,草枯树亦荣。而晚生如我,去长塘李,却是一个猎猎冬日,太阳温温软软,温暖地照耀长塘李,山色也清佳,花草不芳烈,而万木依然欣欣向荣。对面山势横陈,千万根竹呈现着一片苍翠,"流水半湾清浅,远山一望苍茫。山雀下窥园果,牧牛正饮寒塘"。(李抱一《秋登一字山庄之一》)

长塘李与铁炉冲,都属坪上镇,相距不过十余里,或许曾经多次路过这里,而我专访此地,却是第一次。若见山色墟烟,用不着跑长塘李,我老家铁炉冲也是枞树高耸,翠竹摇风,寒冬腊月,入丘陵深处,杉木之腰细叶泛黄,杉木之尖逆雪而青,时不时的,也见水牛黄牛,在饮寒塘。这就是江南,一年四季都生机勃勃。

故人具土鸡,邀约长塘李,我欣然而去,乃是听说长塘李建有敝市第一个村级公园。江南起地名，别有风味，常将地势与人脉合称，比如张家冲，比如石头谢家，比如时荣刘家。这个叫长塘李家，那里星罗棋布的，是一口口山塘，如一面面镜子新磨，风吹山塘，波烟翠。住的多是李姓人家，其地便叫长塘李。长塘李掩藏在丘陵群落，前贤李抱一公，饱含深情，描述其故里是："满眼烟村云舍，几处青畦绿埂。采菊曾逢陶令，卖瓜先数东陵。"

我去的这个公园中有座山，叫马思岭，山不高，树也不高，脚踏其地，零零星星的，落叶铺陈，踏在落叶里，窸窸窣窣，轻音乐也似，契合着我这个游人的轻快心情。水泥小径之旁，一棵棵红叶石兰排列左右，一片片叶尖在寒风里，片片红，点点红。冷不防，咯咯咯，窜出一只几只母鸡，马思岭上，浓郁呈现着的，是乡村的家常气息。

这里曾一片荒凉。这个我知道，多年前，江南丘陵上树木多被伐去，入得秋，至于冬，处处摇着的是高过人头的芭茅草。主人李铁坚告诉我，七八年前，马思岭土是黄的，山是秃的，风是寒的，水是瘦的，天寒白屋是贫的。嗯，我知道，我老家江南，有过很长一段时间，甚是萧瑟。李铁坚没想着江河山岳重安排，却想着把家乡再修饰，他购买了两三万棵树，购了金丝楠木，移来红叶石兰，这些观赏树木，春暖花开的时候，会呈现一幅姹紫嫣红的艳丽画面吧？而我最感亲切的是映山红，马思岭上也移植了一排排，来春四五月，其绽放的芳华将映红小山村；我还喜欢的是，山上高耸着极具故里气息的杉木与枞树，枞树落了叶，铺展地上，如织如编，编织了一层黄地毯，松松软软，漫步其中，有一种温软的质感。

我一直心仪长塘李，缘起这里是乡贤李抱一的故里。李公曾是湖南《大公报》的总编辑，四岁入读私塾，饱读儒家经典，著述甚丰。其之时也，国人"多醉心于金钱禄位"，李公猛志固常在，起心做一头湖南水牛，立志"牛转乾坤"，一生事业是办《大公报》，"发愿调查有一技之长与一善足称者，依次介绍于社会以箴之"。他主编的《大公报》，有人统计过，曾发表过毛泽东早期文章达25篇，在开启新民智、传播新思想、宣扬新道德上"居功至伟"。

踵武前贤，抱一先生后人之李铁坚，他走的或许是与先辈不一样的路径，抱一先生走的是报业兴国之路，铁坚兄走的是实业兴乡之径，而其家国情怀是一脉相承的。铁坚兄曾在深圳做生意，一人富后，带了长塘李一干子弟在外面创业，再回家乡重整小山村。他家屋背后的这座马思岭，七八年来，他自掏腰包四百多万元，建设了这个村公园。山上修了一条水泥路上山，山无围栏，几条山路，都通山头，这告诉我的是，无论你是外地人，还是本地人，都可以来这个公园，散步，游赏，览山光水光，吸空气氧气。在山头与山尾，我看到相对出的两座凉亭。我踱步凉亭里，望长塘李，已没了一栋土砖房，红砖房都没，几乎是清一色的瓷砖碧瓦，家家都是独门独院的别墅，掩映在竹林翠树里，长塘李，不再是过去的茅檐低小的小山村，成了闻名遐迩的别墅村。

茅檐草屋，换作碧瓦之堂，家乡再放新颜。铁坚兄梦想着把家乡荒山野岭换成青山绿水，他跟乡亲们说了，山还是乡亲的山，土还是乡亲的土，他种的树呢，原来是谁的田土，树木便归谁。这买树的钱是他出的，树是乡亲的。他不要树的归属，他只要绿之归属。绿，归属自然，归属乡亲，归属家乡，归属天地间。我不想歌颂谁，我只想歌颂山水，歌颂山水展现出来的春夏秋冬千山竞秀。

"端居无俗虑，感物动遐心；幽谷遗深秀，空山多鸟音。"曾经光秃秃的山头，因为有山有林，已然深秀。徜徉在马思岭的这个村级公园，我看到了山麻雀在其中欢腾跳跃，啾啾啾啾，从一丛灌木，跃至另一丛灌木。有树有木，树木葱茏，鸟们好像也是住进了别墅，它们心情也是高兴着的。我内心里对山林鸟满怀歆羡，我也想做一只小鸟，居住在青山绿水间，只是我做不了鸟，我只能做一个人。那好吧，鸟住鸟林，人住人屋，人与物，在山水间，各自生活，各无俗虑，都是天机，诠释着天人合一的人间胜境。

我去长塘李，正遇到一家娶亲，乡村马路上，排了一溜轿车，马路边用枝条插满了红绸，乡村唢呐吹起来，山上鸟鸣，村头响乐，这是乡村的冬季交响乐吧。我常常兀自感慨，物是人非，回到故乡，难以寻儿时胜景，但冬季里娶新娘，依然还是家乡旧俗，红红火火，把新娘娶回，过热热闹闹年，还是老传统啊，依然是人间烟火。

新娘头上那红绸布更鲜艳了吧，那头巾有一个阔大的背景，那就是千山献翠，万木呈绿，万绿丛中一点红，那红是怎么地红啊。新娘与新郎，寒冬里孕育着生命；绿山与绿水，深冬里孕育着生机。

人若杰，地便灵，万木葱茏，万众欢欣。

恩高冲的草田

这次回到铁炉冲,小住了两三天。年年总是要回铁炉冲几次的,每次都是去也匆匆,回也匆匆,中午才到,吃了中饭就走。回故乡已然是不情愿的相亲,被什么逼着,不得不去,去了,貌似对不上眼,出于礼貌,吃顿饭吧。我也搞不清楚自己内心何求,天天嚷着喊着念叨着的故乡,竟成逆旅,而我是匆匆过客。

与堂客眺望岁月,夜半私语,待到六十花甲,回铁炉冲筑一间茅棚,乡村安家。不浪漫噢,老眼对老眼的,没甚罗曼蒂克的,若是老眼对新眼,我牧老牛你浇新花,那才是诗如意。这次与堂客回故里老家,权当一次乡下适应性试验。感觉可以,风那么轻,草那么绿,树那么葱茏。漫山的翠竹与雾合成的空气,有竹筠的丝丝甜味。

古人最易生发的感慨是物是人非,古人之物,那是月亮吧,今月曾经照童年,童年还是今时月,月是没有变一点样子的,人是变了蛮多,好些叔伯,托体黄土山坡;不少发小,寄食异地他乡。儿童相见不相识,没谁问客从何处来。除却月亮依旧,我数不出故乡风物,还有哪些算是?多半已非。然则,回到故乡,你的感慨不是物是人非,而是物非人是。我回铁炉冲见了很多人,逢人便互道:您还是老样子啊。便谦逊一番,老了,是老样子啦。老样子好,人若永远是老样子,多好。

午睡醒来精神生,便生发闲心,去恩高冲散散步。铁炉冲山都不高,铁炉冲山却蛮多。不是说铁炉冲有甚卓异,铁炉冲处江南丘陵,丘陵处处都是山,山如佛珠成串,串是成串的,而佛珠是独立的,山与山间,都有缝,我老家都叫冲,江南人,都在山缝里休养生息,瓜瓞延绵。恩高冲,两山相对出,一条小溪蜿蜿蜒蜒,淙淙泠泠,随山势流,中间铺展着平地,那是我们生产队的阡陌良田。

阡陌还可以寻到一两条,田呢?恩高冲的田呢?恩高冲的田,从石道冲的那座山脚,延绵下来,直到两山尽处石头谢家,一丘丘高与低,一一排列,也有些小格局,谈不上是梯田风景,却有风吹稻谷香的田野风光。若是秋来,一排排稻田,金黄金黄,一梯梯顺延,风乍起,吹皱一冲稻浪,闲引壶酒芳香里,手挪稻穗蕊,乡亲举头都会闻雀喜。父亲常常是,清早或黄昏,左手持一把锡壶,右手捏一块坛子里的萝卜皮,从谷子下秧,从秧到抽穗,从抽穗到收割前,三不三的,便来恩高冲走一遭,巡视稻们。

秋天来了。父亲已躺在恩高冲的一侧山头,已是十年生死两茫茫。十来年后,恩高冲的稻田呢?一眼望去,一丘田也无,从冲底望到冲头,蓬蓬芭茅草,欲与天公试比高。若是李白见此,将拟诗曰,青茅三千丈,缘愁似个长。三千丈是没有的,一丈三怕是差不离的,我寻了一条旧阡陌,茅草密密麻麻,茅草浩浩荡荡,把我掩没其中,如把一根针扔进草丛里,堂客在那里喊:人呢。刘诚龙,你哪儿去了?出来。刘诚龙就在她旁边一丈地,手伸过头摇,不见手摇,但见茅草风里摆。她从冲头望到冲尾,只看到茅草如密林,不见了她的刘诚龙。敕勒川,阴山下。天似穹庐,笼盖四野。天苍苍,野茫茫,风吹草低见牛羊。恩高冲,两山下。天似穹庐,笼盖四野。山苍苍,林莽莽,风吹草低不见郎。

我确定不了,这条田埂,是不是我家的脚板丘。我们队里的田,少说也有一两千块吧,都是有名字的。恩高冲的田,名字五花八门,都有点土,蛇腰丘、羊角丘、勺子丘、弯拱丘、鸭头丘、茶杯丘、虾米丘、镰刀丘,给田起个名字,便如给小把戏安个号,随田形给田起了名,如同士人后面加子,田地后面加丘。我不太晓得恩高冲名字何来,名字不象形,与诸多田土不是一个起名路数。后来田地都给分了。我家在恩高冲的田,叫脚板丘。这块田,包括田埂,有我无数脚印,再过一个沧海桑田,有人考古,可否考出我的那些脚印?

旁边那条小溪,我在里面抓过螃蟹,一块一块的鹅卵石突然提起来,常常能看到一只褐背老螃蟹,老命将亡也似,横行不霸道——螃蟹确是横行,霸道的是我。我捣了它老巢,我还要烹它老命,螃蟹自然见我如见牛头马面。螃蟹现在还有吗?我未敢下水,许多年的城里生活,已让我脆弱,受不了秋水寒,受不了石扎脚。

这条小溪，童年如斯，曾经月夜洗秧，历历如过电影。那年天旱，有溪旁边流过的恩高冲，不曾旱得田开坼，却也是泥巴黏糊如浆。队里的秧田多放在恩高冲的。跟插田打谷比，扯秧被队长当成了扭秧歌，当成了晚会。酷暑搞双抢，白天打谷劳动，月夜扯秧娱乐。大人们秧田扯秧，小把戏溪里洗秧，大人扯了一大把，秧是二两，泥是两斤，啪，从田里丢溪里，丢在我光脑壳上。哎哟。哎哟一声光头绿，光秃秃的脑壳上长出一蔸绿油油秧苗来。

脑壳上不长秧了，稻田里也不长稻了。芭茅草把稻田全覆盖了，那些田埂成了野兔们的小道了吧。小溪倒是砌了石头，整齐的石头作岸，平整如城里的防洪堤。我喊堂客，来走石岸，多好的一条乡村小路，走了一小段，走不下去了，溪这边的茅草把路严严实实掩盖着，溪那边的荆棘越过溪来，把路掩盖得严严实实。当年，这里是一条土路，坎坎坷坷，可以畅通无阻；现在，这里是一条石路，平平整整，已是寸步难行。人类若是悄然退场，草木便盛大登场。

草木威武雄壮，恩高冲一些茅草，好多是我未曾见过的，那是什么草？发枝散叶，一蔸撒开去，没有榕树的规模，也有箭竹的气势，叶脉竟是老红色的，不比我童年茅草，叶脉是白白色，色泽如甘蔗，质地是茅草，这是土著，还是新来的入侵物种？茅草无人打理，兀自扩张，长得雄壮豪放，草呈树般魁梧气魄。在茅草面前，稻草是孱弱的。旱了给稻浇水，涝了给稻放水，三不三的，给稻施肥，人对稻百般爱护，稻却长得甚是矮小；野草，人类对其恨之欲杀，拼力打压，它们却活得气势张扬。带有野性的物种，都有顽强的生命活力。长在稻子里的稗草，乡亲若不除之而后快，野生稗草指定把人养的稻子给盖了。

恩高冲的稻田，不再是稻田，而是草田，草下面还有一些田的痕迹吧，如果我扒开茅草，水田里痕迹全被抹杀，时光还没杀灭我田埂上浅浅的、薄薄的脚印吧？堂客也蹲了下来，她在寻青蛙们。堂客初嫁了，没下过田的她，也曾在恩高冲或高山坳，不曾拽耙扶犁，却也拽稻挥镰。她记忆最深的是，割禾割到田尽头，肥大的青蛙在田里奔窜，割禾的不再直割，而是包抄，留下一块巴掌大的稻子，蛙们再也不能藏身，都跳出来四散逃命，挥镰的丢了镰，踩打谷机的也停了，都来捉蛙们，泥水四溅，捉到一只蛙，人果然是泥做的，见一对眼珠子在发光，才晓得那是一个人，不是一尊站立的泥巴。堂客也不顾女儿身，满田里滚，捉到一只青蛙，如同抓住一位王子。乡村岁月是苦的，里面也有一些小小快乐。

青蛙还在，岁月不在。也就那么几年吧，恩高冲好像是沧海变桑田，现在，我还叫这里是草田，日升月落，日落再升升落落，草田也只能叫草地了。正是江南好秋色，收割时节不逢稻，稻穗一根也无，茅草无数，放肆旺盛，漠漠水田都在转为葱葱绿树，无来由地让我感伤。连阡陌良田，转绿草青青，曾记得风吹稻浪，恩高冲是粮仓。这叫荒芜？这叫荒凉？心慌慌的感觉，让我觉得，这里茂盛的草们，是一种人事荒凉。

草木茂盛，人事荒凉，草木越茂盛，人事越荒凉。我是对的吗？草不是这么想的，人眼里的荒芜，正是草心中的繁华。

我听父亲说，老祖宗从江西迁移到铁炉冲，是五百年前的事，再溯五百年前，这里的领地是草们的，是木们的，是野鸡、野兔、野兽们的。恩高冲的草木，现在扩张迅猛，长势威猛，也许是它们太兴奋了，它们收复了失地，它们在狂欢。

我若是草，一定这么想。只是我现在是人，我无以名状，感觉有点荒凉。五百年前，祖辈们开荒，开出了恩高冲的稻田来，稻田献出了稻谷，稻谷献出米来，白花花的米养活了我们。恩高冲叫恩高冲，是这片土地对乡亲恩情如山高吧。现在这里，正在重新回到五百年前旧景貌去，草木是高兴的，而我却悲欣交集乐哀互转。

草盛，豆苗不是稀，不只是与村庄稍微有点距离的恩高冲，情景是草盛豆苗无，便是在我屋前屋后，本来应该是金灿灿的稻田景观，都成了衰草枯杨。这些靠近村庄的良田，土壤最是肥沃。乡亲出猪栏，出牛栏，有机肥都往这些水田里送，相比之下，恩高冲有些贫瘠。恩高冲田地不肥，但水量充沛，酷夏再旱，这里也是水汩汩流，那水清澈，那水在夏日里如冰镇。父亲劳力回家，坐在板凳上一副奄奄一息模样，父亲努嘴，我便懂得父亲意思，抱了一把砂壶，去我家那块脚板丘靠近山脚之地，那里有股山泉，给父亲打来山泉泡甜酒，父亲喝几口，活了过来，打谷机掮得飞走。

对门垄里的稻田，地力肥，谷高产，都已经闻见稻花香。田埂仍在，田形依旧。两三年前，还种了荷花，现在荷花也无，再过几年，或许也如恩高冲，茅草如灌木丛了吧。水田不再种水稻，由水草蔓生，乡亲也是舍得啊。十岁那年，我娘与莲婶打了一架的,两人都被对方的锄头把敲了几个包、几个洞。事情不大,是在恩高冲,我家的脚板丘与莲婶家的鹅头丘阡陌相连,我母亲修田埂,往埂里深挖了一指甲吧,莲婶便嘈嘈切切错杂骂,道是我娘侵占她家田埂,侵占她家田埂,便是侵占她家水田。先开骂后开打,指甲宽的田埂,都会打烂脑壳。田地在乡村,曾是比命更重的存在。

风吹稻子,江南难闻两岸香。怔怔地站在恩高冲的茅草丛里,我回不过神来。我们把草木之地还给草木,是好还是坏?我无法进行价值判断,如果水田都变成了草地,未来我们吃什么?恩高冲空气确是蛮好的,清香,清新,还带有若有若无的清清甜味,我若每天早上来这里散步,可以颐养天年。我跟堂客按了心中确认键,待到六十花甲,回铁炉冲安家。

鼻子告诉我,应该闻草香;胃部警告我,应该有稻香。我回铁炉冲求田问舍,找不到人相问:人与地怎取舍?

小院花儿开了

🌾 乡亲的力气

乡亲的力气与市民的力气是不太一样的。我说的是成果转化。若说力气自身转换,那没甚不同,都是化作滴滴汗水。若说成果转化,便迥异了。乡亲的力气转化为成果,便是稻子,便是麦子,先留在土里田里,过些日子,拿箩去,可以挑一担谷来;拿簸箕去,可以挑一担薯来。

市民的力气不太一样,多半转换为污水,转化为垃圾。我去过健身房,那里男男女女挥汗如雨,汗水落地板,吧嗒吧嗒,旁边的阿姨,持了拖把过来,持了吸尘器过来,那些汩汩的汗水啊,都当成垃圾处理了。好多好多汗水啊,若滴在麦土里,一滴汗水可以生长出一秆麦穗来呢;市民一场健身下来,没掉到水田,白白掉了好几担白花花粳米。

有点弄不明白,城里头,他跟我住对门,我们叫他市民;村庄里,他跟我住隔壁,我们叫他乡亲。有人用社会学给我解释,城里是陌生人社会,故民;乡下是熟人世界,故亲。什么事情，搞到理论上去了，就搞得人云里雾里的。照我来说，城里人都是百姓杂陈，乡下人多半一姓聚居，故多是伯伯叔叔、姑姑婶婶。

这个解释还是蛮勉强的，铁炉冲的人为什么又喊张家冲的人叫乡亲呢，铁炉冲姓刘，张家冲姓张，五百年前也不是一家的。城里人到乡村里去，都是一口一口乡亲们；乡下人到城里，街头巷尾办公室，不曾有人拉着一个人的手，喊城亲。

阁下以为乡亲者缘于血脉，鄙人倒以为乡亲者起自力气。领着堂客，带着孩子，手上提着大麻袋，背上背着大背包，肩膀上还担着两捆行李，气喘吁吁，行走在乡村小道，脚打崴时分，定然有一只手，从你肩膀卸下扁担，移到他肩膀上去：来，把你两只手上的袋子放到扁担端头。你便手一撂一撂，当老爷；他便肩一耸一耸，当仆人。侄子？不是。外甥？不是。他是一个比你老的老头呢。叔？嗯，不认识他，你会喊他叔。伯？年龄上是，面相上是爷了呢，血脉上跟你没半点关系，你却情不自禁地喊他一声：伯。

跟血缘没关系嘛，跟力气关系蛮大的，老叔一身力气，拿给你使，一分钱也不用你花。自然，你会情不自禁掏一支烟敬他；自然，你会情不自禁喊他一声老伯。伯、叔都是亲呢。乡亲，乡亲，乡里人都叫亲。

哐哐哐，渐次是嗡嗡嗡。夏日踩打谷机，踩得呼呼叫，后来脚疲了，机器要死不活的，呜呜呜的如蚊子。你也不知甚时候，又是轰轰，轰天价响起来，你这才看到，打谷机踏板中间，加了一双有力的脚。他是谁？好像是上十里蒋家垄子的。挖了一晌午的洋芋土，手酸得面条般软了，锄头拿不起，拿起到脖子上，再也上不去，锄头自落了，锄头落地，也不进土。一个汉子大踏步踏进土来，一把把锄头夺了去，天连五岭银锄落，地动一亩铁臂摇，一块地，锄了个遍。别给钱，若有意思，你发根烟。真讲客气啊，请他家里喝个米酒吧。

我们铁炉冲，有个桂花婶，瘦条的，鸡毛眼。鸡毛眼不是说眼形，是说黄昏鸡进埘，便一眼的泪，这叫鸡毛眼。乡亲家里煤炭，是挑担簸箕，十几里外，一担担挑回来。桂花婶是半边户，崽小，叔在外，她又细皮细骨的，一箩秕谷压肩，人坐了地。桂花婶有点钱，她家煤炭，喊的是鸡公轧轧，从煤矿里运来。鸡公轧轧是手扶拖拉机，一次能装一两吨的。铁炉冲没修马路，马路在山那边院子，路不远，三四里地吧，要过两个丘陵，两个田垄，高高低低，坑坑洼洼，空着手走路，不下毛毛雨，也会滑脚，一脚跐五尺远，屁股撕两半。

鸡公轧轧，运来煤炭，山那头卸了，苦了桂花婶。桂花婶通院子喊：来咯，给我去挑炭咯，五毛钱一担咯。桂花婶，细嗓子蛮尖的，不用打铜锣，通院子都听得到。桂花婶从村东头喊到村西头：来咯来咯，不亏"代司"（大家）的，五毛五好不。

那场景，我记得，好多雄壮汉子，先前坐在门槛上抽烟，看到桂花婶从那头喊过来，脑壳一缩，都进了屋。蓝板板，给我担炭咯。叫蓝板板的，便答：没空没空。桂花婶便转下家，喊：山宝，帮个忙咯，不亏你的哒。桂花婶喊的山宝，原来是喊山老根的，这回叫宝了。叫宝也不行。山宝说，我要去邵阳街上买杂交种子呢。

不是桂花婶在院子里人缘不行,坏事的是角票。说什么钱咯。乡亲都是一身力气,闲着也是闲着,不闲着也可以帮你来,桂花婶说钱不钱的,辱了大家呢。帮个忙还要钱,你看我们成什么了?乡亲们的力气,是情感叙事,不是金钱抒情。

坐在我家碓屋门槛上,一点怜,一点笑,我看到桂花婶,带着哭腔喊。后来不行,便挪着小脚,进屋去一个个喊。先是安公,后是松叔,再是我三哥,挑着簸箕,三三两两,然后是五六个一排,去给桂花婶挑煤去了。下午开始喊人的,到了黄昏,乡亲们也不忍心了,去给桂花婶挑煤回家。我娘看到我没事干,递过来烟杆:去,去给前头照火。烟杆尽是油,一根烟杆照三五里,没问题。

桂花婶没食言,一担五毛钱。桂花婶给我两毛钱,她是按趟数算的,我举火带路了两趟呢。我娘一把把我袋子里的钱搜出来:你要么子钱,小孩子要钱,钱把你弄坏了。我娘把两毛钱还给了桂花婶。留着我,那门背后泪水做水放,哭声动楼板。

桂花婶有甚问题呢?想来,她比我们早看了几十年。鸡,是市场;鱼,是市场;衣服袜子,是市场;粮食水果,是市场……那么,力气,如何不可以是市场呢?

老屋风雨飘摇,国王没进,风进雨进。老弟比我有孝心,他说要给老娘造个屋。老弟舍起命来,在家使劲搬砖,扛水泥。我很少回去,偶去健身房,挥汗成雨,汗雨变垃圾。有点愧了,也便喊了人,运了小半车的腻子胶回去,二三十斤一包,有几十包吧。车子开到村里,我带了几包烟的。先是一个人,装模作样，穿着西装掮，往新屋送。我看到的是，好多健壮汉子，坐在亭子里，抽烟扯白话。七八条汉子是有的，一个个看着我，待我眼光过去便无视我，由着我在那儿当搬运工。

没搬几袋，已把我累瘫，手发颤脚发崴，腰子打蜷蜷。我娘见了，晓得我肩膀是废了，脚力、手力、肩力、腰力，齐齐废了。我娘脚步点点，走去亭子间：来咯，帮个忙咯，百块钱小半天咯。我娘话落地，便有我发小，呼啦呼啦搬运，一时半刻，很快把腻子胶搬妥。

乡亲们的力气，不再是感情叙事，进入市场表情了。

嗯，乡亲们都是靠力气吃饭的，力气进市场，也是人间之道。

乡亲们的力气，也不是都进入了市场。谁家老了人，犁者丢其犁，锄者丢其锄，二三十里外打工，也跟老板请假，老板不客气：这几天不发钱，还要扣你出勤奖的哦。扣吧扣吧。我得回家去，挖坟墓，抬棺材，把老叔送上山。

那可是力气活啊。使出老力气，一分钱也不要。

有些力气讲钱，有些力气讲情，乡亲们的力气情场与力气市场，在乡村现场并存共生。

堂前燕

燕子，曾是富贵人家的宠物吧。如鹤，是仙人娇养；如獒，是富人豢养；如鹦鹉，是文人调养；如画眉，是闲人供养；如金丝雀，是大人圈养。燕子，你以前也是黑八哥，只住在王谢人家吗？

燕子住刘家，住周家，住张家，住郑家，住在赵钱孙李家，住在我们乡下老百姓家。是燕子来了，春天才来，还是春天来了，燕子就来？恻恻轻寒剪剪风，杏花飘雪小桃红。春眠深深，啼鸟吵醒，叽叽喳喳，啁啁啾啾，推开窗，眼前燕子，如千万手机抖音一齐开。稻田禾苗青青绿，山上桃花绯绯红，燕子，你给春天录了什么声？

燕子刚来江南，好像要点名似的，它们一只只地、一双双地、一排排地、一队队地，或站在田埂上，或立在阶檐下，更多的，是蹲在电线上，都很调皮。一只燕子蹦地一跳，队伍又不成行了；电线，是天空画的一条灰线，有的燕子是正面蹲态，有的偏偏要反面站姿，点点在线，也是歪歪成行。这些燕子啊，它们来到江南，太兴奋了，不愿循规蹈矩，仿佛久别回家的孩子，见到什么都喜悦顿生，它们不会听你喊立正；喊稍息，倒差不多。

到我家而居的燕子，正是旧时相识，剪剪尾上，有一颗孔雀斑点呢，是的，是去年住我家堂前的那只。抬头望，碓屋楼板之上，第三根房梁之间，那里是燕子老家，老家有点旧了，门口还缺了一角。啾，燕子倒身，金鸡倒立，在那里摆"Pose"。眼珠滴溜溜的，转360度似的，在打量我。燕子，我是平宝，真是平宝。嘴角生了绒毛是不，是的呢，你去后日子，我长了一岁，小小少年，有了小小烦恼呢。

我把稻草剁碎，剁成穿衣针一样细。我家老屋砌在一道高坎上，屋下面是一条小道，春雨绵绵，路人络络，把路踩出许多稀泥来，很稠很稠的稀泥。燕子，衔来这样糯糯的泥巴，到我家房梁下结巢，精心砌它的老屋。燕子若是衔了杂着稻草的泥巴，它砌的房子，会很牢很牢的。后来，我觉悟出了，将稻草剁得再细，也与燕子所需的泥巴不太兼容。我跑到院子端头理发师傅家，把他家头发都扫来，撒在稀泥里，路人踩啊踩，踩稠了，踩糯了，燕子衔泥，衔到我家碓屋楼板下，它的房子格外结实了。

坐在矮墙上，望着江南，江南正春，江南正春转夏，黑青黑青的屋上瓦，都被江南之春染绿了。我家屋前是稻田，我家屋后是麦土，稻田是一垄的绿，麦土是一坡的绿。无风时，那绿，绿得好生整齐，却也是，绿得好生板滞。这时节，一只黑色燕子，从无尽的绿中划出一道弧线，你会感觉，整个江南突然间无限生动起来了。

春天的江南田野,若是静物写生,那么,时而高飞、时而低飞、时而贴禾苗而平飞的燕子,便是旋律流动。燕子是春天的动感,燕子是故乡的喜感。

坐在矮矮的门槛,看到燕子飞翔高空,突然一个低飞动作,嗖,飞到了老巢,燕子生了好几只燕宝宝了。啾,燕宝宝们,凭一声唤,知道母亲回来了,它们闭着眼睛,叽,叽叽,叽叽叽,都张开嘴来,嘴嫩嫩的,黄黄的,还可以看到那细长细长的舌子,齐齐地伸了出来。母亲从禾苗中叼来的虫子,成了它们的一餐美食。

看到头顶上楼板下的燕子,毛茸茸的,黑亮亮的,便生好奇,便想把它抓下来。若一只麻雀,若一只鸳鸯,在你家住,在你头顶上耍,你不想把它抓住?我曾找了一根两头尖的扁担,往燕子巢戳去。我娘见了,甩过来一巴掌,把我扇得打了几个趔趄:你戳啊,你戳,看你头上生癞痢脑壳。我有个堂哥,大家喊他癞子,头上左一个孔,右一个疤,坑坑洼洼,丑死了。我娘说,是他戳燕子窝呢。

戳燕子窝,捉燕子崽,各地说法不同,我老家说是会得癞痢头,有的说会变扁鼻子,有的说会变大哑巴。这把我给吓着了,我再也不去骚扰燕子。人不怕燕子,燕子也不怕人,人与燕,便在这些传说的守护中,相安着,相亲着。

燕子造屋,燕子建窝,燕子结巢而居,都在百姓家屋檐下、碓屋里,不像麻雀一样在树林垒房子,更不像老鹰那样,在高高的树尖上砌房,它们不想与人住在一起。好吧,燕子愿意跟人住一块儿,那么,它们怎么不把家安在我们客厅里?客厅有窗,春天与夏天,都是打开的,可以不用燕敲日下窗,就可以飞进来。住在碓屋里的燕子,要屙屎的,掉在地上,花花点点。母亲晨起,给燕子打扫卫生。燕子,不去客厅安家。燕子知道,那里是菜桌,是饭桌,是酒桌,燕子知道人爱它,它不想给人添烦吧。燕子与人,心有灵犀。

燕子与人,在人与动物里是独一无二的关系。你说狗吧,你说羊吧牛吧,还有鸡鸭鹅,它们都与人离得很近的,甚或是很亲的,它们都是人养着,人养着它们干吗呢?鹦鹉与画眉,不是养来吃的,却被人关在笼子。麻雀与天鹅,人类没笼养它们,人类笼养不住它们,它们见了我们,嗖地飞了。它们眼里,我们是魔头吧,人类惭愧不?

燕子居我们家,燕子不是我们家养的;燕子是家居的,却是独立的。燕子与人的关系,是人类与自然关系的典范。

人爱燕子,燕子便亲人。燕子这样与人相亲着,那么麻雀也会吧。我相信,每一种鸟,人类不伤害它,它们都会:旧时深山远人住,飞入寻常百姓家。

晨光初照,山林尽染阳光色

时荣那座桥

时荣那座短桥，也可叫时荣那座长亭吧。

桥，或是短的，嘚嘚嘚，打时荣桥上走过，吟唱的是一阕青石板的小令。我对青石板，有一种固执的喜欢。水泥预制板，总是出不了韵；便是铁索桥吧，心头感觉缺了清音；木板桥可来橐橐古调，到底有点轻飘；青石板瓷实、浑厚、低沉，如男中音，曲终奏雅，或是女低音音域。时荣桥上的青石板，经了五百年，光而滑，滑而光，泛着那蓝天般的光泽，青石中含着白色纹路，有白云般的飘逸。雨雾天气里，打时荣桥上走过，恍惚间，两腋生风，你心底生发的，是慢行在天上的某座桥上。

算桥，或是短的，短如一阕《如梦令》；算亭，却是长的，长如一曲慢生活。家乡很多桥，不单具有桥的功能，很多还兼了亭的风韵。桥之上，筑了柱梁，柱梁之上，盖了青瓦；青瓦斜披，把一座桥变成了一座亭。亭两边，铺木板，木板宽宽展展；木板边，雕栏杆，栏杆空空疏疏。南来北往的客，累了，在此歇脚，河上习习轻风，洗尽过客仆仆风尘；河边依依细柳，抚慰游子驿路迢迢。而时荣桥的居民呢，酷暑午后，夏日月夜，或躺或卧，聆听麻溪河的潺湲水声，闲话农家乐的琐碎生活，日子在桥上不紧不慢，桥底流水一般；心情在桥上，不疾不徐，河里游鱼一样。

　　我常从时荣桥走过，外婆住在一个叫水竹村的地方，去外婆家，总要打桥上走。走到桥上，纵或不累，也要一屁股坐桥上一会儿，不为别的，只是想吹吹河风，听听水声，少年不知什么是诗，少年却也能够感受诗意。我再从桥上走过去，时荣桥老街已然不在，旁边老屋换了新房，一溜儿的豆腐作坊也看不到了。时荣桥的豆腐，润泽、浑厚、滑腻、爽口，活泼泼的，放在碗里，白花花地晃，而若油煎，不碎，不破。捉来稻田泥鳅，与豆腐清煮，是我老家一道名菜；时荣桥的豆腐，能硬，能坚，可以煎得两面黄。我家离时荣桥，有四五里路。父亲素来手紧，舍不得买肉，却常常想着这里的豆腐，已然中午，午餐时候了，忽思时荣桥美食，便塞两三毛钱给我，他去稻田里捉泥鳅，叫我跑时荣桥，端一板两板豆腐当肉打牙祭。夏日炎炎，天似火烧，我端了豆腐，打坐在时荣桥上，心情若是特别闲淡，横直躺在桥上，睡他半晌。父亲在家，没电话，没微信，急得喉咙冒烟。我却优哉游哉，享受时荣桥兼时荣亭的片刻悠然。

　　时荣桥，是一座古老的桥。我原先也不知这桥有多古老，但见其瓦檐，那么青灰；但见其木柱，那么灰褐；但见其拱石，那么剥落。有好事者，从桥底挖出了一块青色料石，上面字迹漫漶，模糊不清，在石之尾，在那落款处，隐隐约约，刻着的是"嘉靖五年"，换成公历，是 1526 年，屈指到而今，五百来年了。五百年，换了多少人间？河边青青杨柳，不见当时桥；河边夭夭桃花，也没见当时亭。人生五百年间事，麻溪水声似旧时。听听，听听那水声，若听一曲古筝，若听一曲古琴，细细的声韵，泠泠的节奏，你可以听到有无数先人，打桥上走过的脚步声。

时荣桥，是一座有故事的桥。乡亲们代代相传，说是建桥之初，先人哼哧哼哧，抬一块大青石来压墩，抬，抬不起；拖，拖不动；撬，撬不了。正是无计可施，见一位老者，操着一根稻草绳，持着一根竹鞭子，轻轻地抽在石头上，石头便如生了脚，自个儿动起来，石头走到压墩处，不动了，这块青石便稳稳当当当了镇桥石。这故事，格外神奇，神奇在，每天有一百个修桥工，每餐吃饭，却只有九十九个人。另外一个人是谁？乡亲传说，是一个神仙。

我不太相信这些神道，我相信的是人道。百年前，我乡出了一位先贤，叫周叔川，他是辛亥革命的老功臣。1903 年，他约同邑志士，结社于一字山，百年前此山树木葱茏、古树茂密，他与其同志歃血为盟，密谋起义，事败，他出走日本，与孙中山、黄兴共建同盟会，被孙中山任命为长江上游招讨使。誓死抗清，天不假年，卒于日本兵库医院。

地处湘西南偏僻之地的时荣桥，当年也因先贤周叔川，而成为辛亥革命的一个小中心，当时叫大同镇现在叫坪上镇的我的老家，也就这样成为一方红色热土。而周公最为家乡一直怀念的，是他在离时荣桥三四里地一个叫三溪桥的地方，建了一所大同高等小学堂（现为新邵二中），这是湖南最早的几所新式学校之一，到 2022 年已满 120 周年。这所学校的建立，为我家乡营造了浓厚的文化氛围。我老家被称为文化之乡，教育最为鼎盛之时，坪上镇人口居县十之一，而考上大学者，占了全县三分之一。时荣桥，是一座行人过路的桥；时荣桥，也是一座乡村渡人之桥。

周公，是那个建桥在、吃饭不在者？

再到时荣桥，我特去凭吊周公故居。周公故居，有好几进，有好几出，里面有两三个天井，走进故居，酷暑也是凉风习习，古风怡人，只是有点破败，青瓦遮不住房梁，房梁貌似快撑不起故居，天井那青石，布满青苔。若使天下皆青翠，不念我家独青苔。周公家一门九忠烈，其长侄周岐曾制炸药，赴京刺杀清廷顽固分子，赶制炸药不慎失手爆炸而牺牲；其四侄周琨于 1925 年入党，在老家发展农民运动，马日事变后被捕，1928 年被枪杀，新中国成立后，政府为其补发了烈士证书，是毛泽东亲笔签名的。

我今还见古时月，我今不见古先人。周公若魂归故里，还会住在这栋老屋吗？也许，他不会有甚遗憾。石桥有灵，为人架桥铺路，把他人送至彼岸，石桥觉得是其使命；烈士有心，为世造福泽民，把苍生送达未来，烈士觉得也是其初衷。桥梁与烈士，其心相通，都是在普度世界。然则，人世沧桑，人间变幻，到底让人生发小小伤感。

可以抚慰我感伤的是，家乡后贤正在追怀先烈，多方奔走，要把周公故居修葺一新，后贤之心，亦如前贤之心也。

流水不腐，石桥坚牢，时荣桥，史之有荣，时之有荣，后世亦将有荣吧。

过言

旧历的年底最是新年,这话挺二律背反是吧。不相反,很相成,比如貌是旧的,买了新衣,外貌描写就是新的;比如房是旧的,洒扫庭除,屋宇景观便是新的;比如嘴唇是旧的,出口有状,内心表达便是新的。皆旧,包括人也是旧的,到得新年,物便是一样样崭新起来,人便是一个个焕新起来。

新年洒扫庭除,这个您知道,您应该还知道新年也要洒扫嘴唇的。砰,我弟那碗没端住,装满年缸肉的白瓷碗,碎了一地,我脚步飞,跑我娘那儿告状:娘,又平宝(我弟大名)把碗摔了个稀巴烂。搁平时,我娘老脚比滑轮快,跑过去就是一巴掌,我弟大哭我大笑。时维除夕,序属春节,我娘封我嘴:碎碎(岁岁)平安,摔发摔发。我出语稀巴烂,多恶的词,我娘打扫我那张烂嘴,换一套美辞,把我坏语覆盖住了。

新年了,一切都漂亮起来,房子漂亮起来,街面漂亮起来,衣服漂亮起来,你听到的话语也全都漂亮起来:新年好,新年快乐，新年吉祥，新年万事如意……这一套美言与懿语，平时会有吗？有是会有，但不会那么多，伤人恶语或更多于顺耳佳话。

一袋子糖吃完了，我朝我娘大叫唤：娘，糖没了。我爹赶紧接话：万千，万千。万千者，无限多也。是无限多吗？我爹问，厨房里还有韭菜吧，我娘答"万千"了，意思是没有了。那年年三十，我到隔壁三亚砣家玩，他家有客急急来，进门就烂着脸：荷婶，你哥吃多了。吃多了，肚子胀了是吧，赶紧往医院去哒。三婶哇地哭了。后来我知道了，吃多了，意思是过世了。

大过年的，是不能说过世了，要换成吃多了。平时嘴巴乱说，到了新年，人间一切坏话、一切不祥，都要换一套美言，换一套善语来表达，烂啊、破啊、坏啊、没啊，死、光、鬼、杀、病、穷、丧啊，剁脑壳的砍脑壳的，猪养的牛生的……所有恶词，所有骂语，在新年里，嘴巴都像洒扫庭除一样，要洒扫，要庭除；心肠要像清洗蔬菜一样，井水清洗，热水灌洗。

小把戏无所忌讳，依然跟平时一样乱说话，大人会用一套美丽语言将凶恶词语覆盖起来。这是我老家新年美化恶语之法，丰子恺故里办法更先进，他那里是"毛草纸揩嘴"："吃过年夜饭，母亲乘孩子们不备，拿出预先准备的老毛草纸向孩子们口上揩抹。其意思是把嘴当作屁股，这一年里即使有不吉利的话出口，也等于放屁。"上天言好事，下界降吉祥，老天爷，小孩子的话莫听。小把戏以为是玩游戏，"便模仿母亲，到茅厕间里去拿张草纸来，公然地向同辈，甚至长辈的嘴巴乱擦"。

是乱擦吗？擦错了吗？没乱擦，擦对了，擦大人那张嘴，擦得最是精准。若说凶言，若说恶语，若说不吉利话，大人无穷多于小孩子。不曾统计过，你当感受过，乡村里，市井间，街头上，恶语骂语的丰富性大大多于吉言美言，仇人间对骂，一咕噜一咕噜，一嘟噜一嘟噜，皆是骂人话；或许好语紧缺之故吧，亲人间也常借用恶语来表达亲热或埋怨。对面阿庆嫂昨夜掉了一个老南瓜，她一手持砧板，一手操菜刀，向着院子骂皇天，能骂三天三夜，不重词；若是有人雪夜送她一担炭，她去致谢，好言三分钟，没词了，这三分钟还是靠重复修辞来支持的：谢谢谢谢谢谢，谢谢您老人家。

很多年了，离开了老家，不太吉祥、听上乱耳、更是挠心的村骂，蛮少了，与对座格子间的那厮，互恨，恨得要死，见面或不搭腔，至少不会劈头就骂，逢人且说三分话，未见全抛一片骂。心里起恨，嘴头却是毛草纸揩了。这是城里人虚伪？我倒觉得，这般虚伪是素质，是素养，是修为，是修养。

好久没回农村了，上微信群，好像回到农村。说来，我进入的微信群，不是自称这个家，便是他称那个家，作家、画家、企业家，原来美女是村妇；大家、大V、大人物，原来学者是村夫。一言不合便开骂，与农村里借恶语来表美言不同，城里人水平高些，会借好词来恶骂，不过你别指望他多么学富五车，多么才高八斗，他所藏好词也就那么半箩筐；好词存储不够，赤膊上阵，村骂、乡骂、国骂，骂语比堵车长，恶言比垃圾高。我不是说不能骂，有些人真是该骂实在讨骂，不骂不足以平民愤，然很多时候，纯粹是表达观点，纯然是各自站队，却一桶桶恶语伤人六月寒。腹中收藏恶意歹心比自生着的善意好心多得多,歹心生恶语,善心发美言——语言不只是一门艺术,语言更是一种道德。

一年三百六十五日,刀言剑语严相逼。到了新年,大人小孩、男人妇女、好人恶汉、君子宵小,都将坏话变吉言,都将咒骂变祝福:新年快乐,恭喜发财,天天开心,事事如意……虽然感觉人间好词不多,多的是简单重复,然则好语能一遍遍回放,总比恶语一句句乱飙,感觉爽心多了。恶言都被筛子过筛了,骂语都被漏斗过滤了。过年,便是过言。恶言、恶语、坏话、歹话、骂词、咒词,都被过了筛,都被过了滤,人间或真个吉利起来,祥和起来。

春节是什么节?有美食,是美食节;有美衣,是美服节;有美言,是美语节——语言都变美了,可以将春节叫语德节。一年那么几天,无恶词,有善词;无凶言,有吉言;无痛话,有童话——春节,让所有人都过几天童话世界。

🌿 新年头灶香

除夕年夜饭，父亲那会已有移风迹象，早些年，父亲是半夜喊天光，鸡叫头遍，独自起床，煮鱼，蒸鸡，烹年缸肉。父亲一向有些懒，煮饭炒菜之类，素来当甩手掌柜，除夕那天除外，老娘都不喊，一个人闻鸡起灶，起舞弄清晨影，东方还没泛鱼肚白，父亲把我们一个个从床上拎起来，热热闹闹，团团圆圆，关起门来，吃年夜饭，待打着饱嗝，腴着肚腹，打开窗子，三十日第一缕阳光，紫气东来，年夜饭进肚与太阳光进屋，都踏着一个节点。

许是我们大了，从床上拖不起了，除夕那夜，父亲还是起来得蛮早，只是迟延到鸡叫二遍，才起身系围裙，当家庭妇男，摆弄年夜饭，时间也就顺延。我们恋床，克服万难，响应父亲声声唤，着新装，换新貌，喝老酒，吃年饭，太阳早已照在山岗上，照在红红的春联上，年夜饭不叫年夜饭，叫年早饭了。

过年，很多习俗改了，这倒与移风易俗无关，年夜饭不是陋习，我倒以为是好仪式。父亲过后，我家年夜饭移与老弟了，老弟有时怀旧，有一二年，也是天不亮，喊我们起来大团圆，放下筷子，打开窗子，太阳第一缕红，也刚刚好，挂在我家桂花树绿叶丛。老弟过年打小就喜欢与人比：我家吃得最早的。他潜意识里，保留着年夜饭的老印象。只是大多年份，年夜饭到底改了。

始终没改的，是大年初一去太公家拜年。我活了五十多年，进而说，父老乡亲生活在这里，代代相传五百多年，有一样始终不曾改的，是去太公家拜年。太公，我们也叫家主太公，就是我们院子里共同的始祖，五百多年前，他从江西迁来铁炉冲，披荆斩棘，刀耕火种，在一片丛莽林中，开辟这一处院落，子息繁衍，开枝散叶，形成了偌大家族。我们称他为家主太公。

我们院子有两个家主太公，一个叫太公，是第一个到铁炉冲安家发子发孙的；另一个叫七郎太公，推想来也是太公子孙，七郎太公据说是得道高人，降妖除怪，护佑后辈，甚得道术。两太公端坐神龛上，在老院子最深处一间老房子里。院子老了，老得很沧桑，木板房都东倒西歪，风进雨进。我进太公老屋，甚是惭愧，我们都住进了新房子，老太公还住在这老房子啊。东岭原来有个祠堂，好多年前拆了，家主太公无所住，便住到这一间老旧老旧的房子里，好在族人改修了一下，建了红砖神龛，太公们便在院子最中央的老屋里，看家守院，护佑后人。

有句过年谣，初一崽，初二郎，初三初四到处行（读háng），说的是新年拜年，有先后次序，初一那天是儿子来家拜年，这个有些不切，我老家拜年，第一个不是崽来拜父母，而是子孙去拜太公。初一早晨，吃饭也早，只是不是年夜饭。一大早，父亲煮熟了饭菜，吃饭前，父亲把我们从床上喊起，天蒙蒙亮，父亲带着我与老弟，先去太公家，老弟持炮，我端盘子，盘子里有鱼有肉，还有鸡鸭，还有一壶酒。

太公前面，有一张四方桌，父亲把鸡鱼肉摆在桌上，桌前摆三只酒杯，酒斟半满，然后烧纸钱，然后点起三炷香，我看到，那酒冒着热气，那热气升腾着 S 形，缕缕丝丝，空中盘旋。父亲说，那是太公在品酒。然后，我们手持木香，向太公三鞠躬。父亲口里念念有词，不知道在说什么。后来晓得，那是父亲在向太公祈祷，祈求太公保佑其子其孙。我平时不太进寺院，到得太公神龛下，也不由自主，变成了我佛中人，老老实实三鞠躬，也向太公祈福，年年祈的，都是老三样，一祈太公保佑父母健康长寿，二祈太公保佑兄弟姐妹、堂客岁月静好，三祈太公保佑儿女、侄子、外甥平安成长，末了，还祈太公保佑自己不得病。

三炷香四个愿，鞠躬如仪，三鞠躬礼成，把木香插在神龛上，算是拜年完毕。然后回家，再如法，拜爷爷奶奶，也是三炷香，也是三鞠躬，也是三四个许愿，啪啪啪啪，放一串鞭炮，然后把碗摆上桌，把酒摆上桌，把鸡鱼肉摆上桌，烤一炉红彤彤的大火，吃一桌热腾腾的饭菜，以迎新年。

新年的第一个早晨，五十多年乃至五百多年来，我们都是这样完成新年仪式。新年第一炷香，我们不烧给任何神，就烧给自家祖宗。没有观音，没有关公，没有其他诸神，我们只有列祖列宗。我们是无神论不？我们是有神论不？我们是有人论，我们的神，就是我们的先人。新年，我们不去其他场所，我们就去祖宗住处，我们把我们第一个敬意，敬献给爷爷奶奶、太公太奶。孝道就是我们的信仰。

敬天法祖，在我们那里，还当是法祖敬天，甚或谈不上敬天，我老家仪式里，先是敬祖的，三炷香是烧与先人的，三杯酒是敬与祖宗的，若说还有敬天，那是敬完祖宗后，到门口再烧一把纸，那是敬天吧。敬天都放在敬祖之后呢。

我们所谓敬神，究竟是敬人，祖宗在那边跟在我们这边，是一样的，都喝酒，都吃饭，都是过年吃鸡鱼肉，还使用钞票，钞票都是我们纸钱烧去。诚如是也，父亲过世，我们就把他供奉在神龛上，他人或为鬼，亲人即为神。每年春节第一天，我们先去给太公拜年，回家再给爷爷、给父亲拜年，好酒好菜，先敬与前辈。中华血脉，就是这样绵延的吧。

新年头炷香，烧与祖宗，不论如何时异事殊，这个老仪式，从来没改。若说改，那是，每年新年，只要在老家过年，我都把堂客、女儿、侄子、侄女一起喊去，持三炷香，给太公拜年。

年终澡

今天出牛栏。此处所指的今天，或是农历二十六七，抑或农历二十七八，肯定不是正月初一。《修养书》云："正月一日取五木，煮汤以浴，令人至老须发黑。"正月初一，香汤以浴，这风俗，我们这里是没有的，初一不能扫地，扫甘蔗渣也是搁墙角，不外倒；不能洗澡，洗菜水都不能外倒，我家偌大一口石水缸，几天前我娘喊我盛满清澈井水。初一不可担水，更不可泼水。

你买年货，我洗年澡，当是除夕前三五天。这天，我娘声音语恶（尚非除夕与初一，吉时未到，无需吉言），带母威调。我娘出牛栏之喻，甚不当，出牛栏是要用耙头的好不；我姐读书多一点，用喻贴切些：耙头是不用，给一角钱红包，我去柴木匠家借刨子来。

耙头是挖到里面去，一拉一钩，赃款赃物，悉数钩拉而出。我佛说人脏污，谓"汝见头上有发，发但是毛，象马之尾，亦皆尔也。发下有骷髅，骷髅是骨……腹藏肝肺，皆尔腥臊。肠胃膀胱，但盛屎尿"。我洗个澡，又不用翻膀胱，现腐肠；又不用剥皮揎草，现骷髅，淘骨髓，话语不用涉得太深。我肉体包裹好好的美美的——您本质是骷髅，我本质是肉体。

"春秋非浴之时，如爱洁必欲具浴，密室中，大瓷缸盛水及半，以帐笼罩其上。"这是大清文人曹庭栋说的。曹公文人兼养生学家呢——医生话都可听可不听，养生学家您要都听？曹公说春秋非浴之时，一九二九三九隆冬，更非浴乎沂，风乎舞雩，咏而归时。

孔子说得对，这几天不能浴乎沂，只堪"密室中，大瓷缸盛水及半，以帐笼罩其上。然后入浴。浴罢，急穿衣"。我娘烧一锅子滚烫水，用的正是前两天杀年猪的那口铁锅，鼎锅大则大矣，鼎不足经世济国（我是不敢问鼎），锅足可修身齐腰（其时，我有三泡牛屎高）。

烧汤澡身，"以帐笼罩其上"，帐是没得的。我家之帐是窗花纸，薄薄的，毛毛的，毛毛薄薄，风一吹，飒飒响。我爹我娘带我们兄弟姐妹，屋里裹着被，煨糍粑，风雪夜，雪风吹得正紧，毛薄窗花纸呼呼叫，响得吓人，破是难破的。窗户纸要破，得一张樱桃小嘴，卷舌展唇，再展唇伸舌，舔破之。我是天真烂漫少年郎，不跟心思齷齪的大人玩。寒风冻死我，"浴罢，急穿衣"，没浴罢，我都急穿衣，不跟你玩舌尖舔破洞的游戏。

海带从供销社购回来，一层黑，一层白，黑的是海泥，白的是盐霜，怎么着得投水中，先浸半晌。我从棉衣里跳出来，一层黑，一层黑，另一层还是黑，一层层黑也不知道是何物，只晓得是岁月结垢了，不泡开水里一时半刻，如何能将一冬天的黑岁月刮垢磨光？

电视剧《水浒传》开头，总是见潘金莲，木桶兰汤，熏香澡牝，这是导演乱编，还是金莲乱澡？怕都是的，难怪金莲妹妹香消玉殒，红颜薄命。若想死得早，一天一个澡。洗甚脸，冻死巴人的；洗甚脚，洗脚不如洗被，洗被不如反盖起。文人兼养生学家曹庭栋其他话说得不对，下面的说法我比较赞同："浴必开发毛孔，遍及一体，如屡屡开发之，令人耗真气。"我童真气，叫你来屡屡开发之，常常耗散之，行不得，"频沐者，气壅于脑，滞于中，令形瘦体重，久而经络不通畅"。

自从北风那个吹啊，不待雪花那个飘，我早不再洗澡。您是要与人取暖，想的是连冥不复曙，一年都一晓，我是经冬怕冷，想的是棉衣永不脱，一冬都一澡。"经年不沐浴，尘垢满肌肤"，我能想象的最浪漫的事是，对面与邻里，不用阿Q与阿D在，就我俩，坐着摇椅慢慢摇，哔啵哔啵，你给我捉虱子捏，哔啵哔啵，我给你捉虱子咬。你不愿？那我且明朝与李白散发弄扁舟去："沐芳莫弹冠，浴兰莫振衣。处世忌太洁，至人贵藏晖。沧浪有钓叟，吾与尔同归。"我没光辉，我有锅灰，蓬头垢面，破帽遮颜，同去沧浪，做个钓叟，纵使没莲娃。

二十五六七八九日，是我娘所谓出牛栏日。理当"取五木，煮汤以浴"，潘金莲不只五木香，她是熏兰汤，兰花澡牝；孔祥熙家孔二小姐不只兰花汤，她是牛奶浴呢。潘金莲最爱洗澡，澡哪儿？兄弟别装，你晓得。我晓得我，最当澡的是脖子，脖子戴黑项链，有几条呢；肘弯子，膝盖那疙瘩，都是举世混浊，昏天黑地，天下乌鸦一般黑；更哪堪手腕处，几圈手镯弯弯绕，绕弯弯，一冬堆积云墨色，暮天漠漠向昏黑。

手腕膝盖与脚踝，如我姐说，得用刨子来刨破。肚脐眼里边，丹田在深窝，藏污纳垢后，当用锉子锉。锉子锉锉锉，是不行的，太痛；手指抠抠抠，也是不行的，不净。小哥儿我，削了一节竹签，竹签不曾圆圆尖，竹签恰是尖尖圆，温开水发湿了肚脐眼，轻拢慢捻抹复挑，幽咽泉流脐下难，温开水滑洗凝尘，年关澡洗肚底滑。然后，不只是肚底，全身都是荸荠白，奶油小白生。

童年时节，盛夏天天浴于山塘，转隆冬不再入澡堂。至旧历年底，将转新年，则一定要洗个澡，洗去一身尘垢。如今一年到头，无日不洗澡；身体尘垢天天净，精神尘垢呢？春不洗，夏不洗，秋也不洗，年终岁尾，也不见净一次心。

这年尾，我打算了，好好自净一次，净去心头腌臜人，洗去心头晦气事。

自净方能净彼，我自汗流呵气，寄语澡浴人，且共心灵游戏。

但洗，但洗，杉槽漆斛江河倾，洗尽垢后去肥茎。我家门前打瓜棚，春秋洗个澡，我娘三令五申让我不要乱倒洗澡水，倒就倒到丝瓜、线瓜、南瓜根底，瓜们因此长得甚是葳蕤。冰天雪地，哪有瓜根与瓜藤？我娘转叫我担到水田，肥禾去。

我娘说我洗澡如出牛栏，诗证曰：冬烧热水生白烟，遥看水盆置旧年。洗澡牛栏出一桶,来年能肥一亩田。

  我娘出意,我出句。噫吁嚱,我娘加我合力兮,诗情李白也可敌。嘻嘻。

除夕那早茶

我们老家的除夕依然还是老派过法。母亲不太爱看电视,她看到九点多也就睡了,不太管明星在里头叫啊闹啊唱啊跳啊。我们是些准粉丝,总要随着到凌晨,而凌晨时节,母亲又起了床,她起来弄饭菜了。除夕那天,白天太阳照亮我家,晚上电灯照亮我家,家里时时刻刻都是亮堂堂的。

这种习俗不知道始自何年,除夕那早餐,必须在太阳挂在对面山上那棵矮树梢上之前吃完。小时候我最喜欢与人比的是,谁的早餐吃得最早,好像谁吃得早谁就可以高傲几分。谁吃得早,谁吃得迟,谁也看不见,但谁都知道,谁也吹不了假牛皮。吃前要放鞭炮啊,谁家门前先响,谁不知道?绝大多数在太阳从对门山上树缝里射出来之前,都吃完了的。据说这是一年讨账的最后一天,地主催租催粮,债权人要钱要物,还得有个禁忌,这虽然没入法规,但确实也是社会良俗。全家还在吃团圆饭,忽然有催账的逼上门来,晦气!所以大家都在天亮之前,欢欢喜喜大快朵颐，这就成了一种习俗。但现在，哪有地主来催账？所以改了。然而，我家未改，我不知道，一旦随了新风，我们过年与平常过日子还有什么区别？保留一点记忆吧。

记忆很深的是，除夕团圆餐后，还有一杯早茶。我们那里并没有喝早茶的习惯，父亲倒是喜欢喝早酒，他每天早晨起床，第一件事情，就是拿把小小的锡壶，灌小壶酒，边抿边走，到田埂上走一遭，看看他的水稻、麦子、红薯或者萝卜。而除夕这早餐，他不是不喝酒，而是喝了酒后，他就喝茶，不但自己喝茶，而且喊我们喝茶，兴趣高昂，还一一给我们倒茶。

明朝程羽文是特会享受人生的人，其《清闲供》里头告诉我们冬天里如何过上幸福生活："午后，携都笼统，向古松悬崖间，敲冰煮建铭。"那时节，我觉得父亲跟我们一样顽劣，现在才知道这是父亲懂得苦累的人生之后，他也是可以喝茶的，而且是可以尽可能地喝好茶的。他常常到屋背后的竹林子里去，用一个脸盆敲许多冰条条来，尺把两尺长，小时候天气冷多了，屋檐下挂尺把长的冰条，一挂就是半个月。父亲不敲屋檐下的冰，他敲山间青竹上的冰条，干什么用呢？泡茶啊，"敲冰煮建铭"。我敢说，父亲肯定没读过这样的"晚明小品"，但是他会过这样的"晚明味道的士大夫生活"，对诗意生活的向往，不一定要是诗人吧。

这种浪漫，是在我很小很小的时候了，那时父亲也还年轻，后来父亲老了，进不了山去，竹枝上敲冰泡茶已成往事，而半夜起来挑井水还是在继往开来。除夕，把井水挑满，也是我们那里的习俗，我到现在也没弄明白是什么原因，白天谁也不去挑水的，在除夕与初一，都是夜晚挑水。冷泉汩汩，未见天日，可以有处子之思，想来更为清澈而冷绝。半夜把井水挑回来，置于石缸里沉浸，然后，在早晨，冷泉入壶，活火烧煮，看那鱼眼蟹眼一连茬地冒，再倒入杯中，在热气腾腾中，看那茶叶舒展，复原春天，再把那水样的春天沁入肺腑，这就是我家过去的除夕生活，也是现在我家的除夕快乐，也是我家今后的除夕幸福。

那时，我们不太爱喝茶，我们想喝的是饮料，人家喝橙子汁啊，我们馋哪。父亲就骂我们，你们会吃个屁！吃了那么多的大鱼大肉，还吃那么浓腻的什么汁？喝淡茶，解油腻，解浓念。什么叫过年？就是大鱼大肉吧，端上桌的菜碗特别大，常常用脸盆装。鱼老大一坨，宽甚于手掌；猪肉也切得方方的，如一板豆腐；那喂了一年的鸡，那鸡腿、鸡胸脯有拳头粗。母亲一个劲地喊，吃啊吃啊，把我们吃得像腆着肚子的胡汉三，嘴唇上都是一层油，真的很腻。父亲就说，都喝茶。母亲把她制的茶拿了出来，母亲制的茶往往都是粗制滥造，平时我们喝老叶子就是，而过年，母亲把其看家本领拿出来了，拿出来的是细茶，或许称得上是毫针了吧。父亲把他那竹上冰条放入烧壶，有一种淡淡的、若有若无的竹叶气味，没有竹冰泡茶，那夜半冷泉也比自来水味道强多了啊。父亲是对的，我们喝了茶后，不感到什么浓而腻了，"故浓艳之极，必趋平淡；热闹当场，务思清虚"。

在火炉边，一家子不再猜拳行令，不再饮甘饫肥，闲说话，淡饮茶，相当宁静地看那新年的太阳冉冉升起，这是一年365天里，我们一家有364天一直在期盼着的幸福时刻。

🔥 生脚的新年

我曾被谢石先生着实笑话了一回，谢先生笑我叫刘通社。我暗地发豪言：拜年啊，我一分钟内拜遍全球。除夕那夜（有时也提前几天，莫道我行早，更有早行人，他国庆一过，就准备拜年信息了——估计他是抢火车票抢怕了），从人家拜年信息里"选稿"一条，为我所用，改三五个字，落款贱名，然后是京津塘、湘粤赣、冀鲁豫、新马泰、英法美……拇指一按，地不分南北，人无分老幼，性无分男女，情不分亲疏，全中国乃至全世界拜个遍。谢先生便笑话道：贤弟多时开了刘诚龙通讯社？

谢石先生在媒体要闻部与国际版干过新闻，对我新年祝福搞批发式生产与规模化发送就地取喻，以新闻界术语讥嘲。来弄笑话者便是可笑人，谢先生不也有可嘲处？谢石每回我祝福礼，也多是"谢谢，谢谢，同祝同祝"，这不也是万能回礼？故我也顶他一句：谢主任，也发通稿了？我是刘通社，您是谢通稿。

　　新年的脚步走得铿铿锵锵，阁下低头瞧去，你看到什么脚来？新年已是无影脚了，只有往上看，才可能看到那五指在翻，飞快地翻。你看到的是拇指上的新年，你难看到脚趾上的新年。

　　过去的新年，是生在脚上的。这里指的不是千里万里回家赶的脚，而是千步万步走亲友的脚；回家赶的脚，那可叫匆忙；走亲友的脚呢？初一崽，初二郎，初三初四到处行（háng）。当年乡下的年，是在脚上过的，我家除了母亲在守家，随时准备接待拜年的外甥崽、外甥女、外甥郎之外，我父亲便带着我、我弟，一路走，今天走到舅舅家，歇个晚上，我父亲与舅舅扯一顿桑麻，我与表兄表弟打一两回架；次日，扛着一布袋糯米糍粑，去往大姨家；再是次日，次日，次日，然后次日，再去二姨、三姨、四姨家放一通鞭炮，打一通扑克，踏平泥泞成大道，拜罢新年又出发。

　　大人的新年也在脚上，每个村里不是有舞龙组，便是有耍狮队；这庄子扎起了木偶戏台，那院落搭好了土明星戏班，都在这村行，那乡走，大路小道，只看见一只只脚。新年的生气在脚上，新年的热闹在脚上，新年的祝福在脚上，新年探亲访友，都在脚上。

　　没有生脚的年，还叫年吗？在城里过了很多新年，若让我感慨，城里新年或谓现代新年，与乡里新年或谓旧时新年，其区别是：鞭炮还见，脚泡不见了。

　　新年最需要移风易俗的，是鞭炮，城里人不差钱，买鞭炮一担担地买，放起来通天响，响连天，天连天，城里都是盒子间，散音效果差得出奇，整日在高分贝里，不烦死人？哪如乡下天高地阔，欢乐响彻天空又远飘天空（是震天，不是震耳）。

在城里，该移的风俗没移，不该易的却易了。最初开始还试情（跟试婚一个意思的吧）试着去："不要来，打个电话就好啊。"要的就是您松这个口哪：那就不来了？呵呵，问客杀鸡，客哪好意思要吃鸡？便真不来了，便打个电话拜年了——打甚电话哪，发个短信不就得了？短信又可群发，于是一分钟拜年拜遍天下。新年是那么新，说来堪惊。

新年的旧义还在否？新年的旧义是会，会聚，会面，会晤，会钞，会账，会车，会合，会同，会见，会话，会谈，会客，会馆……现在新年，哪里相会去？平时还可吆三喝四，喊人打个牌，唱回歌，扯次淡，爬天山……新年了呢，只好宅在家里，十指敲：新年快乐；拇指翻：大吉大利。一分钟抒发完了全人类一年的亲情、友情、同事情、师生情……活计，留下时间干吗去？宅吧。闷头看电视，网上三打哈。

新年不生脚，生电。旧年年底，通了有形脚，最像年底；旧历年底，通了无线电，便最不像年底了。有形脚无电，却带情；无线电有电，多不带情。可新年不过是不行的，大家都这么过，我也便这么过。

土砖屋

秋阳高照,父亲说要造屋了。父亲说要造屋,至少起心了两个五年计划,这个秋天,父亲要动真格了。老屋是我奶奶造的,我奶奶小我爷爷二十八岁。我没见过我奶奶,我表姐说,她外婆也就是我奶奶,模样蛮周正,甚高挑,是小脚女人,劲火却很猛的,她爬过一座山,又一座山,到她娘家小南山去挑红薯,喂养她的三个子女,资江水面上撑篙,急水滩头,撑得小舟如鱼鹰飞。我父亲说他都没见过他爹,都是我奶奶拉扯他长大的;我奶奶拉扯她的幼儿幼女,还给起了一幢四方四向的老屋。我姑姑要出嫁的,奶奶不管。我伯父与我父亲,天头,共搭一条屋脊;地头,共用一间碓屋,各有两间屋。

父亲常常立志,一年都要立志好几回,要砌屋,我奶奶帮我父亲娶了母亲,母亲勤快,生了姐姐妹妹、我和老弟,这么多麻雀子,也得有个窝是吧。父亲放了很多年话,那个秋天,他终于选中了一丘田,刨了地皮,修整如晒谷坪,挖了降落伞大的圆圈,要扮土砖了。

扮土砖当在秋阳,晚稻收割后。春上不行,春上多雨;夏天不行,夏天田要种禾。秋收了,农活扫尾了,天气也蛮好,个把月都不下雨,太阳照在江南田地,火气要大不大,要小不小,恰恰好,恰恰可以晒干土砖。这也是土砖成本低于红砖之处,扮红砖也多在秋日,也要太阳晒晒,红砖光太阳晒,不行,还要炭火烧。煤炭火是要钱的,太阳火不用钱去采购。我娘与父亲争起,我娘说要造就造红砖房,造红砖房,媳妇才同意进屋。我父亲不答应,他不看重他媳妇;他看重的是太阳火,免费供应于他,他要扮土砖砌屋。

没有比土砖房更粗糙的房屋了吧,不过土砖之土也是有讲究的。父亲刨开水田浮层淤泥,往下挖,挖出的土,红带黄,黄带红,江南多红丘陵,好土都是带红色的,红丘陵老底之土,手指一捏,即成碎粉,不夹碎石子,纯种土,这是好土,土质细腻,黏性强,糯米也似。有位老文人,叙土砖制作,说蛮简单,"待稻谷收割以后,叫稻田翻耕一次,耙平,把水放干,待泥巴柔而不稀即可制作"。这叙事也忒简单了些,你以为是燕子衔泥,啄一口,便往房梁上砌屋啊。燕子衔泥,泥也是有所选择的。

把水放干,待泥巴柔而不稀,即可。不是这么回事。挖的是深层土呢,土里没水,得放水或挑水来,水与泥相和,还要牵头牛来踩,团团转转踩,意思如杵糍粑。糯米够黏的吧,要把糯米的黏性都激发出来,就要用耙杵,两个壮劳力,擂,顿,揉,挤,动作都猛。牵牛来踩,也是这意思,要把粉粉的红土搅得稠稠的，踩得黏黏的。水泥屋，水泥里要扎钢筋是吧；土泥屋，里头也放钢筋的，钢筋是稻草，深深的，一人深的糯米稻草，切成条条，搅和其中，牵着水牛，转团团踩，踩得那土啊，扯脚，脚踩进去，扯不出。

这怕是最累人的了。我家没分到牛，母亲说，向别人借头牛吧。父亲不肯。借了牛来，得给人打牛草，还要给人家田里挑几担牛栏粪，父亲不肯。父亲便叫我们踩，用得着他，用得着娘，用得着子女的，父亲不用牛，父亲把我们当牛。牛一脚，当我十脚；我百脚，才抵牛十脚。踩得人，脚打崴，眼发黑，头转晕。我老家说吃亏大，造的词是，吃了个屋大的亏。后来我没再砌屋，也老是吃屋大的亏。

砌土砖屋，是最轻松的。土砖在踩泥这一节，没牛，蛮吃亏；泥踩好后，做砖，倒不难了。做土砖有个模具，模具长方，尺把长，七八寸宽，五六寸深，上头有盖，下头无底。将模具下面垫一块木板，将泥挖来，投放模具，人站在里头踩，踩紧，踩牢，踩结实，上头抹平，两人提起，置于平地，一人踩盖板，将土压出来，一块土砖，大功告成。

土砖不是机器生产，是脚力生产，生产起来也是蛮快的，两个十工分的劳动力，中间磕磕纸烟，喝喝糟酒，一天下来，三五百块，不在话下。起一栋土砖屋，要多少块砖呢？起一栋两层楼红砖房，得一两万块红砖；起一幢土砖房，怕是千来块，够了。

一天两天，完成一栋的砌屋砖头。土砖房，真个不难的，一块土砖多大？一块土砖抵红砖七八九十块，一块垒上去，高度有，厚度有，垒千把块土砖，新房告竣。起土砖房，你若眼色好，会眯眼睛瞄直，都不用请泥瓦工，一家人便可以造屋了。我父亲打了主意，大女嫁个木匠，小女嫁个砌匠，一栋房子不请人，也造将起来。父亲有点失算了，姐嫁的木匠，妹嫁的还是木匠，造门、做窗子、镶楼板，都有白劳动力；泥瓦工，还是要请人。父亲请泥瓦工，也不用花钱，他的办法是，叫我们姐妹兄弟去还工。泥瓦工是技术工，我们是苦力工，父亲对砌匠师傅说，我崽七个工，兑你一个工。砌匠师傅笑哈哈的，可怜我与姐，一个冬天给几个砌匠师傅，一个来回七八里地，挑了个把月河沙。

茅檐低小，溪上青青草，这茅檐是什么材质呢？文人玩浪漫，多半是断竹，续竹，拼竹，造屋。吊脚楼、竹板楼，建于流水淙淙处，是蛮有味的。竹板楼过夏，过秋，蛮爽，足堪口占几则，舌绽莲花，咕咕噜噜，吐诗出来，若是冬日呢，风过雨过，霜侵雪侵，便是叫苦了。诗人玩浪漫，农人重实际，土砖房，看是不好看，土头土脑，土老帽，却是经得起春夏秋冬的。春秋不说，春秋什么房子，日子都好过。夏呢？夏日晒竹板，晒红砖，竹板晒成竹板烧，红砖晒成铁板烧，夜色如水，夜凉了半夜，那屋还是火一样烧的。土砖屋，入夏，入冬，优势尽显，土砖七八寸厚，炎炎炙日，火气穿不过去；外头似火烧，里头习习凉风吹；皑皑白雪，冷空气可以穿秦岭，破粤岭，未必能穿破土砖屋。想想啊，天寒白屋贫，柴门闻犬吠，心头也是如火升，暖意腾发。

天寒白屋贫。白屋何屋？土砖房，土里土气，看是不经看的。弄成白屋,高档了,有型了。故里乡亲,稍微手头活络些的,便买些石灰,斩碎稻草,稻草搅和石灰中,里头与外头,都刷一层石灰,厚纸板厚,土砖房便如贴了瓷砖,便洋气起来。石灰装修,很是漂亮,却让我无端心酸。石灰是青石烧的,青石烧成一坨坨白石灰,要保质量,便要筛,用铁筛来筛,石灰满天飞,飞到身上,飞到脸上,汗水一浸,热气腾腾,那脸那手那脊背,便如榆树皮开裂。我姐早早嫁去,她立志砌屋,立的非我父亲之土砖房之志,而是立志砌红砖房。晒石灰,人吃亏,钱来快,她便有一两年,进石灰厂,替老板晒石灰,人形都变了,每见每伤心。

我家土砖老屋,摇摇晃晃,风雨岁月里晃悠近百年。父亲七八十年生命搁置其间;我也有十多年童年时光,寄放其中;我家小女,不曾养于斯,却生于斯。我当年踩泥巴,踩土砖材质,制作土砖,建设土砖屋,屋者不太像屋,是披房,披房不太像房,是房的崽,如小把戏不是人,是人的崽。房生房,崽生崽,一个初夏,大雨落江南,我家小女生在这披房中。

我家小女,对祖屋已很模糊,她问我,正堂何样?披厦何样?披厦不足十五平方米吧,摆张床,她爸她妈交错过,当各自瘪肚子,侧身过。披厦里有床,床是木床,木床底下,非棉被垫,是稻草垫,小女便是在稻草垫底的木床上"哇哇哇哇"来人间的。

小女对祖传老屋的印象是那么模糊,也怪不得她,老屋飘摇得厉害,倒了。土砖房,到底不禁时,土砖里放的钢筋是稻草嘛。稻草做钢筋,老屋也是风雨中,屹立了百来个年头。土砖房，百余年，您所购房，法律所授其命，多少年？我家土砖老屋，不复在。在的，是一间红砖平房。父母在，临时安身。父亲早不在，母亲跟我在城里住，那半截红砖平房，便空起。

红砖房，水泥钢筋房，其若废弃，废料将多少年，难分难解。土砖房，无建筑废料，废料归入自然，成为自然。土砖房倒了，土砖可以担到田里去，春雨一轮，夏阳一轮，秋冬打土砖身上一过，土砖哪里来哪里去，来自尘土，化了尘土，其上可种稻子，可种菜蔬。乡间土砖老屋，多如一缕乡愁，无影无踪，了无痕迹了。

集体记忆，当年的园艺场老屋

🔥 红砖房

　　老楚，堂客来了。荷嫂站在对面菜圃里，双手窝在嘴巴两端，自制一部肉鼓吹，对着院子中央喊。对面菜圃居丘陵上，视野开阔，可以瞭望村口。荷嫂去摘茄子辣椒的，从南瓜棚架里钻出来，猛然眼撞两个女的，从村口悠悠走来，荷嫂就晓得，老楚堂客来了。荷嫂不认识老楚堂客，荷嫂认得瓜媒婆。上十里下十里，瓜媒婆是我们那里的明星级人物，人生识字始，都认得瓜媒婆。妹子嫁男人，伢子娶堂客，少说也有三两成，是瓜媒婆做的媒。瓜媒婆上身穿对襟衫，下身穿黑筒裤，一双四寸金莲脚，没缠好，不合美人脚文标（古时没省标，没国标，只有文人标准），文标是三寸嘛。缠金莲脚，本想嫁个秀才的，听老辈说，那秀才是盲人，盲人没摸象，摸脚，就晓得不合标。也不是盲人厉害，三寸与四寸，这么大尺寸，差距是会有手感的。

　　老楚，叫唐楚。我们刘家，我只晓得五个辈分，得泽颂唐化，老楚跟我一个辈分。老楚长得清清挺挺，没哪缺，也没哪瘸，我们院子里好几个缺胳膊少腿的，都娶上婆娘了，看上去不碍眼的老楚，靠四十岁了，还是人一个卵一条，将断香火哪。老楚踏烂了瓜媒婆的门槛。瓜媒婆话说得硬：不做，你的媒不做。不是老楚人差，不是老楚人品差。老楚爹是小地主。瓜媒婆曾给乡里一家地主做媒，被批斗个半死。

　　瓜媒婆现在领着一个小寡妇来了，来给老楚撮合婆娘，20世纪80年代了，地主给摘了帽。荷嫂菜园喂叫喂叫，她昨晚听说这事了，院子里什么事都藏不住的，坏事、好事、喜事、哀事，都是同分享。哪是什么堂客，小寡妇是来对眼的。小寡妇人长得不太差，就是嘴巴缺了一块，很多年后我才晓得，那是兔唇。小寡妇说，都要得要得，就是一样不满意：没得房哒。几时有房，几时嫁你。老楚老实：我也不晓得几时有房哒。小寡妇说，人家奈何桥上等三年，我时荣桥头等你两年好不？

　　我说这大段啰唆，想说的是，莫说房子与婆娘挂钩是城里面的事，蛮久以前，我们乡下也是岳母娘经济了。伢子讨婆娘，有的看人不看房，有的看人兼看房，也有看房后不看人的，房子与婆娘古时也是互相勾兑的，相互通兑的。地主家婆娘多，大的叫一房，老二叫二房，三奶奶叫三房。老婆们名字，就叫房子嘛。

　　小寡妇说老楚家没房，其实老楚家有房，房在铁炉冲院子中央，那里是铁炉冲的根蔸蔸，老祖宗最初建的小院落，安这里，都是木板房，屋檐接屋檐，墙壁连墙壁，青瓦连青瓦，青瓦盖了一个院落。老楚家住房纯木板，古褐色，木柱子有小水桶粗。我不太敢去老楚家，倒不是因他家是地主，而是我发怵，我家是土砖屋，他家是木板房，豪华家居呢。贫民见富家，心里虚底气。我去过老楚家一两次，铺的是木地板呢，镶拼得不是很紧凑，踏上去咔咔响，时代久远了吧。

小寡妇不把木板房当房子，缘起那时节，乡下开始兴建红砖房了。一栋红砖房竖起来，是村里的财富地标。老楚家还有一栋青砖房，高大、威严，对门对户，可以住四户人家。老楚家是地主嘛，也不知道老楚家住过没，是砌好了给分的，还是本住了给分的？这栋房子被分给了四户贫下中农。小寡妇不嫁木板房，当然更不嫁土砖房，小寡妇不曾说，她嫁不嫁青砖房。她一门心思要嫁的，是红砖房。

红砖与土砖区别蛮大的。一块土砖一抱大，踩好了泥，一个日头，顶多两天吧，可以做好一栋房子的砖料，比石头房还容易些。石头不用自己做，老天给造了，供人来建设。打石头、捡石头是苦差事，一座山寻下来，寻出大体同头般大的石头，怕要三四个月工夫。铁炉冲石头蛮多，好像没谁建了石头屋，茅草屋也没见过，多是土砖屋。秋收了，没事干，谋思着建房子。找一块秋收了的稻田，挖些土，牵一头牛来，把土踩稠，两口子卖三两天力气，制造土砖，勤劳些的，个把月便可以建好一栋。

扮红砖也是秋收时节，秋高气爽，太阳照得地儿火辣，秋初，天地晴好，正好扮砖，红砖、土砖都是要经晒干这道工序的。若说土砖采的是稻田表层土，那么红砖开掘的当是深层的。深层的，才是红色的，红色沙土也是不行的，要黏土，土如细粉，越细越好，越细越有黏度，黏如糯米团，那是一等一的好土。

　　土砖不太需要扮台,刨平小块地,地上放块大木板,把泥巴挖在宽砖框里,脚在泥巴上踩几脚,再用脚抹平,一块砖头大功告成。制造红砖,可就麻烦多了,挖的坑丈把深,坑边挖个半月孔,容得一人站。恼火的是踩泥,揉面团要把面揉黏,踩泥要把泥踩成面团也似,会把脚踩得脱臼。泥巴很稠,跳起来都踩不进的,得牵一头牛来。牛也不太爱干这活,牛宁可牛轭套在脖子上,去犁田。牛在深坑里,每一脚都是复制前一脚,单曲循环,循环得不晓得圈数。泥巴踩成什么样呢?抓一把泥,如糨糊黏,搓都搓不掉了,可以造砖了。

　　我扮过红砖,打着赤膊,穿着短裤,落霞与孤鹜齐飞,肉身共黄土一色,砖泥铲在前头,堆得小山也似,双手从红泥山堆堆刮一团,举过头顶,借着落力,使出老力,对准小盒子,啪的一声,摔下去。我头齐台子高,摔下去落差小,力度差火,跳起来摔泥。蚂蚱一样的,能蹦几次脚?从早到晚,不歇气,想想我都叫苦。现在举空手,兄弟啊,你能举几次?我的活计,不是扮砖,是抱砖,抱着砖头去码,一排排,一行行,码齐。

　　我家住的是土砖屋,说来也是一室三厅,碓屋一间,不住人,堂屋一间,不睡人。卧室是两间。七八口人怎么睡?父亲在我三四岁时,立志要造屋,给立了项,到了我十二三岁了,终于破土动工。瓜媒婆给我姐做了个媒,我爹叫我喊姐夫,我不叫,我叫喂。喂,去砍树做椽皮;喂,扮砖就扮砖,莫把泥巴子乱溅。那时叫喂现在叫大姐夫的,那时是蛮听话的,父亲带一个信去,飙地来我家了,打谷就打谷,挖土就挖土,比我家那头水牛还舍得卖力。

喂扮砖,一身蛮力,想到婆娘要到手了,舍得下力,一脸的汗也不擦,脑壳甩一甩,豆大的汗摔了八瓣。脸巾旁边有,用脸巾擦汗,等同泥巴擦汗,不如泥手擦来得便捷。喂扮砖,扮得蛮快,我小脚颠颠地,把砖一排一排码完,那头又有三四块红砖做好了。细把戏没腰,若是有腰,我腰早就折成好几段了。

我姑姑听说她老弟要起房了,便来看他。看看而已。看了便发感慨:吃个屋大的亏。没见过吃亏,有比造屋更大的。一块红砖,两三板豆腐大,造一栋屋,少说要两三万块,一天造五六百块,单是扮砖,两三月工夫没了。高强度的劳动,我现在是十分钟都坚持不了。扮红砖是个劳力活,一连劳力个把月,壮劳力也没几个受得了的。

父亲偷懒。父亲造屋,便是在土砖屋檐旁边巴两间偏房,也没要多少红砖的。父亲说,莫让人在我家扮砖久了,他也有家事的,父亲所说的人,便是那个喂。父亲说得漂亮,他心里小九九是,扮砖只要泥,烧砖要炭,砌砖要工钱,扮砖要力,其他要钱,父亲是要命有,要钱没得。父亲早先跟砌匠师傅吹牛,要把整个屋翻个新。砌匠问:全推倒?不呢,把楼上土砖拆了,再砌红砖。砌匠呸了一声,上十里下十里,我砌了成百上千屋,没哪个是你老人家这稀货,红砖砌在土砖上。父亲挠头,那是巴两间房,下面砌红砖,上面砌土砖。上面要多少砖啊,一色砌上去嘛。父亲又挠脑壳,土砖暖和呢。土砖在上面,上面不当房,暖和个鬼脑壳。父亲起火了:是你家砌房,还是我家造屋?

堂客跟我谈恋爱，倒也没问过有房没。她来我家，吃了一惊，哎，没想到你家还有红砖房。弄得我脸比红砖更老红色。那确是我的新房。新房是新，蛮像旧裤子上缀了一块崭新红布。红砖红，红布红，中国红，红得好生喜庆。周末回家，我与堂客便是在这个红砖房度蜜月的，小女也是在这间房里出生的。出生的床铺，下面垫了厚厚的稻草，秆子又粗又高的糯米稻草。我先给小孩起名草生，草生不太诗意，便改了一个字，叫草心。

　　红砖红，红砖为什么那么红？父老们起一栋红砖房，不卖几升血，不流几碗血，是砌不起的。老楚听了小寡妇的话，半天没吭气。他吸了几口大气，跟小寡妇说：等着我，两年，最长两年半。一定造起红砖房来。寡妇前脚走，老楚后脚背了褡裢，他要去广州、深圳打工。半年，一定要赚够砌匠工钱。老楚信誓旦旦。老楚盘算了，上半年去赚工钱，下半年挖泥踩砖，年底把砖烧好，来年便砌，来年下半年，把小寡妇娶进屋，生几个崽。

　　那个秋天，老楚回来了，先去了一趟小寡妇家：钱，你给我收着。放枕头下面噢。个把星期，剁斤把肉，年头买两件新衣服，余钱，给我好生收着。风和日丽，初秋的太阳，照得石板路生火。老楚回家第二天，便挖坑，便踩泥，便扮砖，便晒砖，便要烧砖，便要砌砖，便要用火红火红，老红老红的红砖，给自己造一栋婚房。

　　偶尔，我周末回家，看到老楚在我家对面田里，使劲扮砖。啪，啪啪，老楚摔劲老大，泥巴踩得瓷实，扮起砖来，隔了一两条田埂都听得见。砖声响亮，日子会响亮。

秋末转冬吧。忽然听得噩耗，老楚没了。

老楚跟我不是一代人，院子里过了人，先前我都回去，放挂鞭炮送个行。老楚那么健壮，如何去了？累死的？乡人说，活儿累不死人。病死的？老楚没病。老楚扮好了砖，晒干了砖，老楚十多里地挑了煤来，老楚要烧砖。烧砖倒是一个蛮有味的活，把煤炭制成大饼干，砖头与煤饼齐摆，隔三五块红砖，插一块煤饼，下面煤炭插得密些，到了上面，就稀些。外面用土砖团团转，砌成圆碉堡模样。碉堡顶上盖一层厚土。烧红砖不像我说的这么轻松，而是一个技术活，煤饼放少了，或是煤炭质量不行，砖头烧不老，红砖如土砖，易碎，砌不了屋；煤饼放多了，砖头烧老了，很多砖烧成团了，羊角锄都敲不烂，也不能砌屋。

老楚其他都不请人，自己的事情自己干，烧砖是请了师傅的。师傅生起火就回去了，次日大清早，老楚平架了楼梯，走到窑顶垛上去看火势。老楚刚上去，啪，他倒在上面了。上面没火，刚烧一天的砖，上面不会有火，上面全是烟，烟里有大量一氧化碳等有毒气体，气冲到鼻子里，一瞬间就可以把人晕倒，人都来不及退脚。我在乡下，时不时听到，某地烧砖死了人，都是被烟熏死呛死的，还有一些是烧砖老师傅。

后来的故事蛮像小说。不是小说，而是一首叙事诗。小寡妇拖儿带女，来了我们铁炉冲，送了老楚上山，在老楚家的木板房里住了下来，一个人把那窑红砖卸了，把老楚那钱都拿了出来，在铁炉冲东头建了一座红砖房。后来她招了一个男人，也住在了铁炉冲。男人长得像老楚。男人姓张不姓刘，名字里也没一个楚。我回家，习惯性喊楚嫂，她应得铜声响亮。

楚嫂不在东头红砖房住了。这次我回铁炉冲，多住了些时日，便在村里到处转转，晓得楚嫂搬了家，在我家下头起了一栋新楼，新楼里外都贴了瓷板，跟城里无二致，有异的是，乡下瓷板楼，都是别墅一样，占天占地，三层四层，猪羊圈另外砌，鸡鸭也不让进屋。穷得咔咔响的铁炉冲，蛮多人家建起了这样的别墅楼。楚嫂家是三层，屋前屋后，桃树、梨树、梧桐树，掩映在枝叶扶疏中。

我去了楚嫂家原来那栋红砖房，已然废弃，阶檐上长了好多车前草，《诗经》里叫芣苢。窗格子上，还长了一棵小小的樟树。当年老命换来的红砖房已是断壁残垣，结满了蜘蛛网，这个倒不是荒凉，而是日子升级。老楚家的木板房也在，也是人去楼空，木板被风雨侵袭，摸上去霉成粉了。老楚家木板房隔壁，住着元奶奶，她家木板老旧老旧的，倒是坚挺。房子最好的装修与保护，不是砖啊漆啊，而是人气。

回到铁炉冲，我好像看到了民居博物馆，住木板房的，住土砖房的，住红砖房的，住瓷砖房的，都有。木板房不用几年，铁炉冲只有元奶奶一个人住了；土砖房呢，也只有几户人家了；红砖楼的，倒多有几栋，离被遗弃也没多久了吧。

岁月不居，房屋能居。铁炉冲的房屋，如江南所有地方一样，把几个时代的岁月都定格在这里了。我也想了，退休后，来老家筑间小房，前头挖池种荷花，养些鱼，后头开菜圃，种辣椒茄子，周围种些花草，植些树木。岁月不居，小楼可以把岁月停居下来。

借，叫打个斟

我娘蛮硬气的。父亲说，喊队长喝个酒，糟酒，水桶里百把粒米，值么子钱？加碟猪耳朵嘛。我娘怀了我老弟，挺起大肚子，腰弯不下，父亲想叫队长给我娘斟个工种，六月双抢，脑壳伸在空气里，空气哗啵哗啵，火气烧，脚杆踩在水田里，水田咕噜咕噜，沸水煮，父亲想要我娘干晒谷活计。七月流火，生产队里最轻松的活，是晒谷，晒谷自然是，哪里烈日烈，便往哪里铺晒簟，鸡蛋往晒谷地上放一袋烟工夫，便是熟鸡蛋；蚂蟥有十几条命，切它两截，它变两条，剁它脑壳，它尾巴当头，蚂蟥命硬，投它到晒谷坪，转身解个手，蚂蟥死翘翘了。晒谷也是烫人脚起泡的，我娘的脚是铁板烧，吃得消，再说晒谷不用整日里居烈日下，隔三岔五，操起竹耙子，扒拉一遍，可到阴地歇，顺便回家煮个饭，纳个鞋，都不是事。

我娘不肯，向父亲使狠，你要请队长，我要把酒坛子都掀到资江河里去。资江河离我家有十来里路,我娘发起狠来,多拿资江河赌气;我后来猜想,我娘不请队长,不是在乎酒,她在乎的是猪耳朵。猪耳朵是农家菜系珍品,切细条,炒熟,两边褐,中间一线白,嚼劲大,嚼起来沙啦沙啦响,若是蒸的,黏黏的,粘舌头又练牙齿劲。一头猪才两只猪耳朵,够不上一碗,是摆碟子的,贵客如我舅舅来了,摆上半碟,佐糟酒算是浪费,多是佐水酒,水酒搭猪耳朵,是美人配英雄,扁舟配资江河。我见过的一个家庭酒局是,我爹陪我舅,一碟猪耳朵,半坛糯米水酒,月从东山起,到月落西山脚,半碟猪耳朵还剩小半碟。酒喝干,夜阑珊,鸡叫三遍,酒局方散。

我娘很硬气,我娘也有软的时候。我家阶檐端头,有块青石头,锄头挖不烂,斧头锤不扁,斧头抢下去,火星溅,比一块石头丢水里溅起水花还璀璨。不锄,不抢,还好,石头是溜滑的;锄了,抢了,弄出蛮多石头尖尖来,我在阶檐上耍,啪,摔个狗啃屎,细皮嫩肉,皮划破肉刮烂,黄口白牙,口撕裂牙磕落。我娘恨死这块石头了,喊我姐,去去,去鱼伯家借羊角锄头。我家耙头、锄头、铁榔头、镰刀、菜刀、砍柴刀都有,缺的是羊角锄头。那回,我又被这石头弄得嗷嗷叫,惨惨哭,我娘喂叫喂叫,向我姐号,快去鱼伯家借家伙。

我娘向人家借家伙,好像从不硬气,家里没有的家什,一脚踏别个家里,也不先打招呼,转到莲婶堂屋门背后,撞进安公黑黝黝杂屋里,赶至香姑卧房床底下,操起家伙就走,走时喊一声,借个家伙咧,那头应,好咧,拿去就是,讲么子讲咯。我娘借人家物件,一借一个准,哪家有哪家伙,我娘熟悉别人家，像熟悉自家屋。我娘说，哪人家，家伙一套齐全？不齐的，借。这叫作互助组？不是的，我老家院子，有三个生产队，现在叫组，我娘借人东西，通院子借去了，这不能叫互助组了，叫互助院吧。

我娘借人家家伙，如拿自家物件，人家借我家物件，也等同操他家家伙。养鸡养鸭，院子里家禽常发瘟疫，村东头谁家家禽先发病，不几日传到村西头，全村鸡鸭都遭殃。我娘听说某家鸡发鸡瘟了，赶紧把鸡关到鸡笼里，放到碓屋楼上喂，我家公鸡母鸡，这年便逃过这一劫。来年开春，村北边二婶，村南边三姑，鸡妇种（鸡婆）都没了，我家几只母鸡一直活蹦乱跳，到得春上，羽毛撑得伞大，伏在箩筐里不动，要做孵鸡娘样子，二婶与三姑跑我家来了，抱起鸡婆就走：福婶，借只鸡妇，我家孵鸡崽崽。我娘在里屋，没出来，应：捉去，捉去。婶娘们没跟我娘打照面，将我家老母鸡捉去了。母鸡捉去，个把月不回家，吃喝拉撒由债务人负责。

也有负不起食物责的，她家里，人都餐餐吃红薯，没得米喂鸡，这家管家娘夜里兜几个蛋，左袋子摸三个，右袋子摸二个，摸到我家谷箩里，我家谷箩里孵鸡婆正在孵鸡崽崽，孵得很起劲，把蛋放进去：福他娘，我蛋放你这儿孵。我娘应着，要得要得。我家鸡妇种伏在谷箩里孵鸡崽崽，我伏在炕桌上孵字崽崽（写汉字，老师布置作业，每个字抄写十遍），我娘也没作声，一把抽走我毛笔，弄得我一手黑墨，我手追毛笔，毛笔没追着，追着自己的脸巴子，脸巴子也是墨黑墨黑几条痕，借鸡妇的婶娘大笑，喊：崽，我给你擦，擦得满脸都黑。我娘抽我毛笔,是去给鸡蛋写字——我娘不会写字,在鸡蛋上做记号。二婶家的鸡蛋,画个圈,竖的;三姑家的鸡蛋,画个圈,横的。我娘意思有二:一是谁家鸡蛋孵出的鸡崽崽,归谁;二呢,没孵出的,莫怪我。

当然没谁怪。孵鸡娘长了眼,没长心,放在它羽毛下的,都是它的崽,它分不出,大概也是不想分出,哪几个鸡蛋是福他娘的,哪几个鸡蛋是花婶婶、草太己(太婆)的。我所见过的动物,没有比母鸡做娘做得更尽心的。谁挨它边,它咕咕叫,老早伸出尖喙来,啄死你,啄得你喂叫喂叫,做鬼叫。孵鸡娘整日整夜,几乎都不出谷箩,除了跳出来喝口水,啄些米,三五分钟解决饮食,立马再跳进谷箩,个把月啦,外面公鸡喔喔叫,叫得再起劲,母鸡都不出窝。孵半月二十天,入夜,我娘点煤油灯,手窝着,鸡蛋夹手指间照,哪只鸡蛋可孵出鸡崽崽,我娘清楚得很,孵得不怎么样的,我娘便把鸡蛋挪个位置,往中间放放,受温高点,孵出鸡崽崽概率大些。

多年后,读到旅美博士、社会学家陈心想先生的一篇文章,叫《走出乡土》,不禁失笑,陈先生老家原来也有此习俗,其在文章中道:"我家想养几只羊,但买不起,我姨家有羊,就把一只老母羊借给我们养着,下了小羊羔,再把老羊还给她家,我们留下小羊。"这比借鸡孵小鸡崽崽,是更大的借;比这更大的借,我老家也是有的。1983年,生产队解体,田地分了各家各户,生产队家伙也都分了。生产队家伙再多,也不能谁家都分得到,打谷机就几台,犁耙多些,也轮不到每家一把,牛更少,多是你家分了羊,他家分了牛,物少人多,分不清,打死人，乡里有乡里的智慧，这物一堆，那物搭配，做个阄，竹罐里摇，倒出，谁抽到什么，拿回去什么，强人不能强，弱汉不再弱，这叫作强人阄下死，弱人阄下喜。拈阄，村痞、村霸都没有。

分产到户，没搞互助组，搞的是互助院，你从我家借犁，我从你家借晒簟，你从我家借耙，我从你家借打谷机。我家有幸分到了一头母牛，鱼伯家分到一头公牛，映公家母牛、公牛都没分到，鱼伯家的公牛乱爬背，爬到我家母牛上，映公便捉了一只母鸡、一只叫公鸡，来贿赂我娘，还喊我父亲去喝酒，猪耳朵佐酒，映公意思是，把我家母牛去喂半年，来年牛崽崽归他。我娘答应得有点勉强，父亲喝了映公家糯米水酒，豪情顿生，没待我娘回话，父亲抢答，要得要得。映公喂了我家母牛半年，糟酒渣啊，嫩青草啊，喂得蛮精心，我家母牛喂得滚壮滚壮，通头般大，像个滚筒。当然，双抢那时节，映公带着映太己，还有他崽他女，到我家帮了几天工，割禾割得嚯嚯响，打谷机踩得呼呼叫，收获蛮大，赚了一头牛崽崽。

我堂客对这个有点不太相信，她相信的是，农家人，常常你借我谷，我借你米。我堂客家先前是半边户，我岳老子在老家一所叫新邵二中的百年老校教书，夹着尾巴当九儒十丐，后来臭老九地位抬高了，抬到臭老八或者臭老七的位置上，我岳母也解决了工作，到学校食堂当厨子师傅，这是后话。岳母在家务农，到底比别人家富裕，还兼了大队接生员，接一个生，计工分，生下娃儿打三朝酒，主人总要讲点客气，送升把米，外加几个红鸡蛋。我堂客有个二伯娘，没出五服的，子女多，穷得脚踝打脚踝，三四月，陈米吃完，新粮在田里，窖里红薯倒还有几担，也不能餐餐吃红薯，隔三五天，便来岳母家借米：五娘，借升米哒。我岳母拿出升子，从米桶里挖米去。老家所谓升子，竹筒做的，一升大概是一斤半米，岳母挖了一升米，另外加意，用手抓一把，升子里米就出过头，垒个尖。二伯娘掀起衣服来，兜了便走，她家鼎锅架在柴火灶上呢。我女儿听她妈说这件事，不相信，衣服怎么兜啊，我家女公子不晓得，她二外婆的衣服，不是现在的对襟，是斜襟，不是中间扣扣子的，扣子是布扣，从腋下系的，衣服掀起来，不会漏米，这般衣服穿上去是服装，掀起来是袋子，谁煨了红薯，谁家借了苞谷，队里分了鱼虾，掀起来一箍拢，便是好大的袋子。

　　说到斜襟，也是古风，比如民国女子，常常穿的是斜襟，斜襟包身紧，也显腰也显胸，也显山也显水，也显玲珑曲线，看民国斜襟女子，款款古韵。时序移到三十年前，便是封建了。我娘一直穿斜襟衣服的，宽敞，却如男人穿长袍，什么都遮盖了。父亲不准我娘穿对襟，我娶来我堂客，见我娘一直这么穿，感觉不对劲，便给我娘买了一件对襟，父亲见了，骂我娘。我堂客转口对我父亲说，你还是老做派，我给娘买的，要骂骂我。父亲不作声了。我娘从那以后，再也没穿斜襟。

　　也莫怪父亲思想封建，1983年，我读师范，见到城里从美少女到老大娘都穿对襟，大吃一惊，妇女们怎么能这么穿？更吃惊的是，妇女们裤子穿得好不贞操，也是中间系扣子，不从边系。当年老师命题作文，题目叫《街头》，我就写这个妇女穿衣系裤，很是道德义愤。作文写完了，我脸先红了：是我落后于中世纪，还是女性早走进新时代？这作文，我没交，只有我自己晓得。嘻嘻，多好多好。只有我知道自己傻。自己傻自己知道就可以，不必让人家也晓得。只是，很多时候，自己傻自己不晓得，人家早知道了。

可借米，可借牛生子，衣服更是可借，乡下人走亲戚，多是要借衣服的。我考师范，笔试成绩出来，学校通知我去面试，我娘懂得这道理，自己傻不啦唧，自家人晓得就可以，不必让人家也晓得。对面猴子哥，上个月讨婆娘，穿了崭新衣服，上着的确良白衬衫，下着藏青色涤纶混纺裤，还穿了一双布面呱呱叫的解放鞋，抖死人，我娘带我去借新郎服穿。福婶，这小子人没变成，要做新郎啊。羞得我脸红透了。

我娘顺着猴子哥指引的路子，正是正中午，热烧烧的，拉着我走了两个村，给我借了一个整齐，顺便走了盐道冲，向刚刚退伍的向军哥借了根皮带，军用的，帅死个人，我穿在身上，的确良衬衫差不多垂到膝关节，混纺裤挽了几挽，没了脚背，借的皮带起了好大作用，要不怎么穿漂亮的裤子都会掉下去，掉不得也，我里头是没穿短裤的。不晓得面试官没看我，还是看了我没在意我。阿弥陀佛，观世音大慈大悲，我这身服饰，相当于猴子穿唐装，居然也蒙了面试官，看我那菜色脸，水猴子身，如何配得上这服装？读师范后，我打回原形，裤子补丁，衣服补丁，丑是丑点，到底合身。不合身也没办法，借衣服穿要还的，按我娘的说法是，只是跟人打个龃。

云带钟声穿树去

人常问我君家何处住,我常答道郎住在学堂。当了住校生,好像永远都不能毕业似的,人见怜我,家住学校未免太嘈杂。他哪知道住校之妙,儿事女事读书事,不用操心,这人生悠悠大事,无须费力气,人多爽;童声师声读书声,声声入耳,琅琅读书声不是嘈嘈市声,那可是相当悦耳的天籁之音,我不烦。

我所喜欢的,还有钟声。小学时节写作文,起笔往往是:丁零零,丁零零,上课的钟声响了,我像箭一样奔向教室;或者是:丁零零,丁零零,下课的钟声响了,我像脱缰之马冲向操场。去年到老家,翻箱倒柜,居然找出了小学作文本,发现老师给我们布置作文,最爱起的题目是《上学路上》与《课间十分钟》,从小学三年级到小学六年级,期期都有这两道题目,甚至是初二了,老师还这么布置作文。我发现我十之八九,作文都是先声夺人,未见其人影,先自闻钟声。求学十余年,闻钟声起舞;工作二十余年,听钟声起居;钟声如我心跳,恍如心脏起搏之生命进行曲了，虽然其天天起搏，未必感受得到，而其一恍不起搏，那可嗒然若丧了。

学生踏着钟声上课，我是常常踏着钟声去上班的，离退休还远着呢，从前至今，日月都属官家，得上班。今天早晨，却是怅然若失，不闻铜钟声，唯闻女彩铃：同学们，上课啦，请迅速进教室，读书啦。声音是童声童调，奶声奶气，还蛮好听的。我以为是有人搞怪，给手机设计这种彩铃。听了一晌，原来不是手机呼叫声，而是上课钟声了。

上课钟声？钟都没了，哪是钟声？那种召集天下学子奔向学校的声声呼唤，如今已不可称钟声，那当称什么声呢？

钟声悠悠。自五六岁，钟声就是我之生命节奏。我读书时节，村村办了学校，我们村里学校离家近，从我家阶檐下，扔一粒石子，可以打中学校玻璃，这头还没起跑，那头已到了学校。我爹叫我到这学校读书，我死也不肯。这学校连钟都没有，只是一把烂锄头挂在梁上，上课下课，都是敲锄头，那声音嘶哑无力，一点也不好听，以锄头为钟声，真有点山寨版；邻村学校是祠堂改建，祠堂高处，挂了一口大钟，喇叭形状，那钟敲起来，悠扬，动听，中气十足，这才是正版、原装版铃声。自然，那时我对钟声之心仪只是潜意识，说不出道道来。我跟我爹说的道理是：村里学校是柱子哥在上课，柱子哥小学都没毕业的，他会教什么书？我爹见我说得在理，也就舍近求远，把我送到邻村上学去了。

我之所谓"丁零零，丁零零，上课的钟声响了，我像箭一样奔向教室"，那是我的作文腔，多半信不得，实际情形是上课的钟声响了，我是慢吞吞，慢吞吞，往教室赶。我在上学路上，夏抓青蛙冬打雪仗，春采野花秋摘野果，常常迟到，被老师抓住，罚站，罚扫教室，罚读30遍书，罚抄50遍作业。而"丁零零，丁零零，下课的钟声响了，我像脱缰之马冲向操场"是真话，我那时节特别好动，课间十分钟，分分秒秒，抓紧时间猛玩，雷锋海绵里挤时间学习，我是海绵里挤时间玩耍。不管上课还是下课，我之生命节奏随钟声而作息，这绝对是真的，小学，初中，师范，从懵懂小孩，到壮丽青春，大半时光听从钟声调遣，钟声叫我立正，我就立正；钟声叫我稍息，我就稍息；钟声叫我读书，我就读书；钟声叫我玩耍，我就玩耍。书声一年年换，甚至是一天天换，课文年年都是不同的，篇篇都是不同的，而钟声呢，却是岁岁年年，年年岁岁，都一样敲，都一样响，有什么声音有钟声那么悠远悠长呢？

　　钟声在我生命里一直敲响。我进学堂，出学堂，又进学堂，再出学堂，依然还是住在学堂。读书之后是教书，师范毕业，当过十来年老师，最初在一所很小很小的学校，学校的钟挂在走廊尽头，面对着四村八邻，中间是阔大的平野，春种油菜夏插禾。学校没有专门的敲钟人，老师值日一周，轮流敲，做一天老师敲一天钟，那感觉真好。我第一次敲钟，乱敲一气，上课敲得嘈嘈切切，急急忙忙，连敲而几无停顿，急得校长跑来，把我扒开，他握着响棰，敲一下，停一下；敲两下，停两下；敲三下，停三下，极富节奏感。最后猛敲一声，那声音格外鲜亮，穿过油菜花丛，四面回应，我看到几条通往学校的小路上，几个小把戏加快了脚步，书包打在屁股上一掀一掀的。我有点恍然，那不是小时候的我，闻钟声而一路小跑上学堂吗？

此后，我学会了敲钟，上课有上课的敲法，下课有下课的敲法。上课敲钟不要急，校长跟我讲，上课敲钟主要是号令学生的，不能敲得太急，你钟声一急，学生就急，学生急急如听律令飞跑，若是摔倒了怎么办？下课主要是号令老师的，要急一点，叫老师不要拖堂，叫学生早点玩耍。听了十多年钟声，我从来没有听到这里头还有这样的人文深意。钟声其实是一种音乐，是一曲欢歌，不但是召唤学子之律令，而且是内涵文化之韵谱。

后来到了一所大一点的学校，学校四周古树葱茏，荫翳蔽日，校外晴空万里，看天空一片空，而校园却内容丰富，色彩纷呈，红的花，绿的树，白的云雾，掩映百色，那树间叶片上，依然藏有一堆云、一团雾，差不多是"纵使晴明无雨色，入云深处亦沾衣"，实在是读书的好地方。这所百年老校，有专门的司铃人，他是一座寺院里的老和尚，新中国成立后被驱遣，分配到了学校，专门司铃，那真有专业水准了。学校那钟，一双小手抱不过来，青铜的，喇叭状，倒悬着，是我所见过的最大的黄钟大吕，敲钟，钟响，近在咫尺间，声不震耳；远在十里外，声犹在耳。释师傅为人处世，十分平和，干什么事，都是不急不躁的，有着佛的定力，他以梵呗韵律来敲校园钟声，那钟声里更是含蕴我佛慈悲。

我特别喜欢听那钟声，听那钟声，纵或那天我心绪烦乱，也是闻钟声而安详。有一点我不太理解，他老人家每次早晨开课，那钟声敲得格外久，好像还没有定规，有时一两分钟，有时三四分钟,最长的敲过五六分钟。我觉得很奇怪,有次,忍不住问他,他说:敲钟声,特别是早晨开课,要一边悠悠敲钟,一边眼望四方,看哪条路上还走着学生,看到最后一个学生走进教室,才可将钟声停下来。他说,很多教师是爱给学生挂迟到的,最后一响,学生还没进教室,那就算迟到了,那就要罚站了,那就得罚扫厕所了,那就一周得不到"流动红旗"了,那就还可能一学期得不到"三好学生"奖状了。

老人家姓释,我们喊他释师傅,后来才知道,他不一定姓释,很多进过寺院的,不管是不是和尚,往往都给起名释××。释师傅估计也是如此。释师傅敲了三四十年钟,后来退休了,本来学校早就想换电铃,因为释师傅闲着也是闲着,所以由他"做一天和尚撞一天钟",而有天,他退休,不做"和尚"了。前年,我故地重游,我听不到钟声了,那所百年老校已换了电铃,电铃省心省力,准时准确,确实有着人敲所没有的优势,只是那铃声,上课急促促,下课急促促,上课下课都是一个样。电铃铁面无私,它不会因为路上还有一个学生在跑着而延长召唤声,也不会因为路上没有一个学生而缩短电铃声。那声音里,有电在流动,还有心在流动吗?

钟是难觅了,钟声自然也是难闻了。我所居住的这城市,有所寺院,和尚还在,只是也不敲钟了。寺院里有一座高塔,高塔两边有一副对联:云带钟声穿树去,风移塔影过江来。那次,我带小孩去玩,小孩忽然问我:钟声是什么?我解释:钟声是敲钟发出来的声音。她还是不解:钟是什么?我不知道怎么解释了,越简单的东西越是没法解释。她没有见过钟,看到的是电铃;她没有听过钟声,她听到的是电铃声,跟她怎么解释呢?"姑苏城外寒山寺,夜半钟声到客船",那种意境怕是越来越让人难以理解了吧?

钟,或成物质遗产了吧?而钟声,不是物质,只能算是非物质。寺院与学堂,钟声两大发源地,钟难觅,声难闻。风移塔影,风光犹在;而云带钟声,已然穿树而去?真想钟声永恒回响。

春江水暖鸭不知

有些年了，吾友小满患上小恙，小恙不是病，疼起来蛮要命，她给中医看了，曰万药齐备，唯缺一味螃蟹，无此螃蟹，药将不药。这个好办，我正欲回家，去恩高冲那条小溪，捉一斤螃蟹，不在话下。

牛皮吹得大了。恰是晚春初夏，提着一个小脸盆，兴冲冲去捉螃蟹，竹罐子早没了，竹罐子系腰，回见少年模样，也有些小小的英姿。腰缠竹罐，近午出征，至正午，半罐螃蟹到手，中餐打一餐牙祭，是当年生活小乐。此次翻遍箱底，寻遍杂屋，不见竹罐子，也便拿了脸盆，权当童乐，打着赤脚就走。

小溪不长，从石道冲流到石头谢家，再流入麻溪河，注入资江，全程两三里吧；小溪也不大，在水中央平举双手，仿佛可摸两岸；水亦不深，浅水才能没脚背。小溪小，也曾承载着小半个童年。捉螃蟹是其中一乐，还有捞小鱼呢，溪中小鱼仔仔，比塘里要鲜，要甜。捞不到鱼，转捞小虾，小溪潭处，小虾尤多,不用竹器,双手插水,捧上来,有三五只活蹦乱跳。还有是,钓黄鳝。制铁丝钩,挖小蚯蚓,至岸边,寻溜滑小孔,溜滑者,知其爬进爬出也,若有耐心,半晌可得一头。这个我技术不高,有高强者,在山塘,在小溪,下钩一钓,小蛇般大黄鳝,钓出来了,一头可一餐,羡煞死人。

牛皮真吹大了。赤脚入水,溪声淙淙,二千五百年间事,还有溪声似旧时,水凉飕飕的,仍是旧时风味,只是两岸茅草丛生,灌木牵连,横过溪来,蹚小溪,若穿荆棘林。躬身觅蟹,把小石头轻轻搬开,不见,不见,真不见螃蟹横行。若往,翻三五块石头,定有一二只螃蟹,张钳子脚,且凶且恐,做我下饭物。这回,溯洄从之,灌木阻小溪长,一只螃蟹也不见;到水冷冷处,眼睛一亮,只是一只螃蟹脚,倒是新鲜。螃蟹哪儿去了?至坝下,惊起一溪麻鸭,呀呀呀叫,噗噗噗飞。空手而返,返至半途,转身回去,寻了几粒小石子,往麻鸭打去,打得鸭子鬼叫鬼叫。螃蟹之无存,定然是,夏溪螃蟹鸭先吃,比我先吃。

唯有门前小溪水,春风不改旧时波。波是未改,乐改了哒,捉蟹之乐,捞虾之乐,都没有了。有一二年,回老家小憩,恩高冲常去,此处两山对出,翠竹万根,树涛如海,山风轻吹,清欢无限,清晨与薄暮,都来此地消遣。此日余晖照山,暖风吹夏,行至溪边,惹起蟹思,脱了皮鞋下溪,溪水清凌凌,溪中小虾数许,浮游溪中,再搬石子,搬十来块,突然见一只螃蟹,双眼鼓突,与我对视,见来者不善,横行不霸道,几只脚做几轮车,飞起来爬。小样,你脚快,不晓得哥哥出手更快。

捉在手中，双钳夹我，看它模样，一两岁了吧。回家，找了个小盆，喂了起来。

蟹在，鸭子在不？也许是清夏多日不雨，抑或山青树浓了许多年，溪声淙淙，溪水清清，比上次清澈十分。灌木萋萋，夏花正迷，所谓鸭子，不在水之湄。一路逆流而上，顺流而下，都不见鸭子凫水。嘎，嘎，嘎，长嘴捕鱼虾，阶前绅士步，划水拨残花。听不见嘎嘎嘎，看不见绅士步。鸭子，鸭子去了哪里？

鸭子在屋里。老娘喂了许多鸭子，站在楼上，我数，我又数，好像有十只，八只麻鸭，两只白肚鸭，还有蛮多鸡。老娘用铁丝结了高网，要说面积呢，有我城里两间房大。鸡鸭也住起了套间，套间宽得羡煞兄弟你。老娘知鸭水性，里头挖了一个小池子，池子里灌满了水，供鸭澡浴，宽若两三个五星级套间澡盆。鸡鸭是密友，同居，从没见热战与冷战。鸡鸭过上了套间生活，还过上了猪一般幸福的生活。入秋，秋深，蔬菜无多，老娘常去秧田垄里，背着背篮割草，投之入鸡鸭室。以前老娘扯草，都是喂猪，如今老娘扯草，皆喂鸡鸭，鸡鸭不用外头觅食，其乐乎？入春入夏，蔬菜旺盛，吃不完的豆角，摘不完的黄瓜，切碎，端盆，抛入高网，鸡鸭喜得跳，欢欣鼓舞，无所事事，饱食终日。

无事此静坐，静坐小阳台，见背对垄里，龙一家喂了好多鹅，怕有二十多只吧，白如天上云，整日里"呃呃呃"。龙一建了一栋好楼房，红瓦白瓷，城里人见，以为是别墅。莫说，乡村房子都成楼房，内外粉刷，还真是别墅样子了。龙一把鹅放养在屋背后田里，那田曾是水田，若到盛夏，水稻黄，稻花香，稻浪一浪接一浪。不知何故兮，都不种水稻了，种苞谷，种蔬菜，龙一后面那块田，我记得叫三亩大丘，么子都没种，青青草，草青青，里面就是鹅。这田，不种麦，不种菜，不种禾，养鹅。这田后面是山，常见鹅们一步一挪，挪山上去。鹅，鹅，鹅，曲项向天歌，白毛浮绿草，红掌拨草坡。

晨起，散步，到山边，山边有丘田，没种水稻，种荷花，正初夏也，荷叶宽展，叶中露珠成汪，一杆杆荷柄，如旗杆立绿，田中数十荷，凌夏众欲开，此时多是含着火炬一般苞，似放待放。如此盛景，不可独享，便发微信，与远方友：一畦碧绿，清风拂水，荷花待开，君何不来？未几，来了一个微笑表情，辞曰：不去，乡村有鸡屎。郁闷死人，雅之至者，被鸡屎鸭粪，把意境全破坏。

佛头着粪，饭桌鸡屎，是旧时皇历，鸡鸭都野放，鸡去草丛觅食，鸭去溪里戏水，其午归其晚归，鸡屙硬屎，鸭子飙的一枪，湿粪铺一地，家里行走，都得小心，一脚踩上鸡屎鸭粪，不是吓你的；鸡尤其恃宠而骄，端碗饭去清风小巷与众乡亲吃，这家伙趁机跳上桌来，菜碗里拣肉吃。若是都市淑女，曾来乡村，有此惨痛吧。

小桥流水人家，不曾重复鸡鸭旧故事了，鸡与鸭，都关起来喂了，不再乱跑。听说这事是前些年，乡干部喂叫喂叫，不让河里有鸭，屋前有鸡。千百年都是草鸡河鸭。鸡鸣桑树颠，乡村诗境；鸭浮清溪水，诗意乡村，这景没了。乡亲难得听话，干部不在，养鸡养鸭，一个样，关起来喂。许是，屋里有鸡屎，门前有鸭粪,媳妇不上门吧。瓷砖青瓦,花围小楼,也不让鸡鸭来坏雅景了。

每晨,鸡先叫,喔喔喔喔,鸡叫三轮人将起,鸡没在桑树颠了,乐不乐呢?嘎嘎嘎嘎,闲居村里多日,有个发现,鸭叫起来了,天才真亮了;睡得正酣,没被鸡叫醒,多被鸭唤起。鸭叫后,披衣起周览,朝露洒我裳,万国清明,万山红遍,走去阳台,闭目做十分钟动作操,是我乡村生活的晨读课。

操毕,还听得鸭声欢,鸭是在唤水不,春江水暖,夏水清凉,正是鸭子游水时分,鸭子却被关在高网内,鸭子乐乎?听其声,依然嘹亮。公鸡母鸡不乐吧,吾非鸡,安知鸡之不乐?鸭关笼鹅上山,鹅鸭乐吧?吾非鹅鸭,不知鹅鸭之乐与不乐。

我可能知道的是,人与山与河,与鸡与鹅,与草与虾,与天地万物,与世间众生,正在寻找新的和谐状态。

乡间晨响

🌿 那一串串"收垃圾"的乡音

若评乡下最美的乡音，我想推评那位小嫂"收垃圾"的通俗嗓音。乡下有蛮多悦耳乐声，鸡鸣，狗吠，牛哞，羊铃，鸟唱，溪流，都是人间天籁，现在增了一种声音，太阳升到对面山上那丛竹林上，升到我家那桂花树顶，一位小嫂每日准时大声吟唱：收垃圾，收垃圾呢。小嫂声音，方言打底，带些普通话腔；嗓音尖厉，足可穿透红砖黑瓦，尤其是那一声"呢"，是喜悦之调，是自得之调，拉得如后背辫子长，真绕梁。

堂客乡居有日，习惯性地爱听这声辫子长的乡音了，若有一天晚了响，她就焦急：我听忘了不？怎么还不来呢？为等着这一声，堂客昨晚做准备了，用塑料袋子把垃圾打好包，放在门口，候着小嫂的乡音响起，待次日晨，小嫂打我家门前马路喊：收垃圾，收垃圾呢。堂客提着垃圾袋咚咚咚下楼，正好碰到我老娘也提着一袋垃圾，堂客顺手接了，送给小嫂。我不惊讶堂客，我惊讶的是老娘，她也是昨晚把垃圾装袋的吧。堂客与老娘塑料袋里的垃圾，是些玉米棒、牛奶瓶与小纸盒之类，鸡屎鸭粪没有了的，鸡与鸭都关在小坪，它们给让渡了一些空间，赢得了许多空间的卫生。老家多数农民都砌了新房，屋里窗明几净，屋外是路平阶净，不曾见"地雷"满阶沿了。

垃圾垃圾，曾是乡村的痛惜。我家老屋，原建在矮矮的坎上，老娘打扫屋后，垃圾无处倒，都倒在坎上，下面是一条小马路。好在那坎有个一两尺宽的小斜坡，父亲种了一棵苦楝树，垃圾多半搁这里，也算给苦楝树施肥吧，可哪要那么多肥呢？冬日还好，到了春，到了夏，还有大部分秋，垃圾倒在这儿，苍蝇聚集，嗡嗡叫，恼人得紧。我曾跟老娘说，莫倒这里咯。老娘堵我嘴：那倒哪里？倒你伯娘家门口，还是倒你堂哥家门口？伯娘与堂哥，也倒在自家家门口。

想起一个老表，寒窗十二年，考上了一所好大学，城里找了一个好单位，遇到了一个美目盼兮、巧笑倩兮的都市好女郎，爱之不尽，情之不已，曾对女孩吹：老家山清水秀，瓜果飘香。没吹一点牛，江南山乡与水乡，鸟语花香，天蓝地绿，是怡人好世界。都市女郎喜滋滋与之归，下得车来，但见满目青翠，赏心悦目；进得村来，但见满目垃圾，呕心臭目，门前那堆似土非土、似尘非尘的小山包，叫她掩鼻；进了屋门，哧溜一下，踩到一坨鸡屎。都市女郎不讲礼节不礼节、爱情不爱情，转身即返，任凭表哥三寸不烂之舌表达，任凭表哥四房涌动热血流淌，再也唤不归那位都市女郎。

以前不理解她为什么对农村那么厌，也不只她，城三代者对农村都是蛮烦，落后不说，乡下脏污，让美女们一票否决乡村,青山再绿,溪水再清,稻花再香,都被一个脏字给毁了。也不怪都市女,便是我这般出身农村的,也常忘了本,很少回家,回家是打个转身,朝回午去,即回即走,不过夜。老娘在呢,老爹在呢,也不呱啦个晚上。故乡故乡,沉吟至今,但为脏故,逃之夭夭。

曾当过政协委员,我弄的第一个提案,就是要给乡村"收垃圾"。惭愧,我没有做太多调查,提案也没有太多数据。这个还要调查不,哪个乡村卫生蛮好呢?垃圾多是倒自家门口的,农村天宽地阔,有些能够消化为尘土,很多却是暴露着,招惹苍蝇与蚊子。提案转到某厅,几个月后,打电话唤我去,接待我的是一男一女,女的怀了孕,肚子挺得蛮高,科员吧,科长好像没来,说了一大串原因,说了一大堆理由,一言以蔽之,其要义是,现在条件不成熟。我说不看回复,只看这问题的会议记录。拿不出。磨了半天,晓得多说无益,人家怀着肚,还跟我费口舌,算了吧。年底,有民调打电话给我,抱歉抱歉,对这个厅,我毫不犹豫打了一个"不满意"。

收垃圾,收垃圾呢。听到这个声音,如听天籁,如听仙乐,小嫂那尖厉还有些土气的乡音,竟觉得比任何明星的歌喉更曼妙,更悦耳。其实这声音,三四年前早响了,我没听到而已,这次回老家养病,住了不少时日,每日早晨,如公鸡报晓,如时钟报点,如期而至:收垃圾,收垃圾呢。我看到许多乡亲,闻声而出,把垃圾倒入小嫂小车里。听到过农村很多叫卖声,也有一声"收"字声,收破烂咯,收鸡毛鸭毛咯,那声音苍老而疲惫,远没有这位小嫂来得清亮清脆,我要把小嫂的晨声推选为人间最美声音，诸位也请投一票啊。

　　乡居日子，每日晨，每日昏，我与堂客都去山里面散步，喝东南风。最不好喝的风是西北风？最好喝的风是东南风，以前不觉得，现在晓得，山风水风东南风，比喝什么酒，比喝什么茶，比喝什么饮料，要爽心百倍。山间有一条水泥马路，马路两边是山，山上长草，长树，长竹，草绿，树绿，竹绿，悦目的是绿色，悦耳的是绿声，越喉而沁我心脾的是绿水一样的绿气，赤橙黄绿青蓝紫，原来我都想有，现在单有一个绿，我已满心欢喜了。堂客居乡两个来月，她舍不得乡村了。宜居之地，非高楼之谓也，乃高树之谓也；宜居之人生，非灯红酒绿之谓也，乃花红草绿之谓也。

　　这条小道应该不干净，实际蛮干净，乡亲喂了蛮多山羊，也喂了好几头黄牛，牛羊走过，屎粪有些臭人，但这条小路只偶尔可见粒粒的羊屎，整条马路是整洁的。问了老弟，说这条路归冬望嫂管，每月五六百元，几条小路由她打扫。我确实看到过冬望嫂，操着大竹扫把，有时还摆着一条长水枪，对着马路大扫，大冲洗。若说小嫂那声"收垃圾，收垃圾呢"是最美声音，那么大嫂打扫马路，可算是最美姿势吧。我没有看到过小嫂的正面，背影是蛮靓丽的，削肩，小蛮腰，满头秀发织成了一条辫子，随着她一声长歌，甩啊甩的，甩在青山绿水间，甩在草长莺飞间。

　　垃圾是最脏的，收垃圾是最美的。收垃圾的声音，是乡村新添的妙音，已融合到乡村合奏中，如鸡鸣，如鸟叫，如山风，是乡村永恒的乡音。

🌿 死在山上的树

　　山是活的，别以为不动的是死的。树立千年不动，树不是死的，树是活的；山立万年不动，山不是死的，山是活的。不只火山是活的，青山都是活的。我走在田谷坳上，我看到山生机勃勃，山扯开喉咙说话。我不懂。你不懂、我不懂的仍是语言。鸟说话，你我都不懂，鸟自有鸟语；过了山界，听到山那边人在说话，我也不懂，我知道那是人类语言。

　　山嘴长在树梢，树叶都是音簧，山风是音带。山说话比人说话，语言更丰富，高亢、沉雄、浑厚、欢快、清脆、婉转、轻柔，高音、中音、低音，这些天籁之音，都是山言山语。我到田谷坳山中走，风习习吹，山语圆润，磁性，轻声细语，村姑软语，似水如歌。也可以说，鸟是山的另一张嘴，它们的嗓子经过了专业训练，随便一甩，甩出哆来咪发唆，甩出宫商角徵羽。

　　山风是一服中药。我大病初愈，伤了元气，病恹恹的，打不起精神。走在田谷坳山上，山风配五百花香，合成气，一服一服地，漱口，灌喉，入肺，囤胃，再丝丝缕缕，行肝，抚脾，沁肾，醒脑，通经络，扪筋骨，与血巡毛体，身心舒泰，神气清爽。人，活在山中，活在树林里，活在鸟语花香间，是最好的活着。人从海里出来，再活海里，海是苦海；人到山上，活在山麓、山腰与山顶，山是乐山。山不是屋，屋须有山，人建楼堂馆所于山外，归宿是在山里，居一间单元。

入田谷坳深处，不沾衣，原始森林不在了，山没那么深；山渐渐深，入山浅处，可遮阴。我走田谷坳，正是日头暴躁，追着人来烧，进得此山，吹面不寒，吹面更不烫，自然不是杨柳风，而是枞树风、株树风、翠竹风。枞树高耸，发枝散叶，还拦不住追杀的日头，阳光泻山，斑斑点点，条条线线；株树高举大篷，一星半星阳光，也不让杀过来；还有毛竹，毛竹撑起来的手指形叶啊，如楚辞汉赋，隆重铺陈。热吧？来，来田谷坳山上，人生若如山初见，管他何事悲秋扇。

若有一样不好，那就是灌木蓬蓬，金樱花木，三月泡树，成块成丘，它们都是带刺的，入得田谷坳，父亲与爷爷所居之地，山路弯弯，到底有路，行于挂青路上，时不时会有柽木扯你衣，时不时会有葛藤绊你脚。山深处，已是无路了，牧牛的牛路，下面长满了蔓草，上面织满了灌木，走是不能走了，得蹲在地头，依稀辨认我那头青牛牯踩的脚印。脚印，那是牛的字迹，被山风这块橡皮擦，擦干净了，留得淡而淡的擦痕。那条牛路，牛过不得了，或许，野兔可以过，山鸡可以唱着山歌，从从容容，悠悠然然，可以来，可以去，可以回。

寻访故迹，故迹已无寻，牛路，牛过不得，当年牧牛的人，更过不得，枞树底下，那块扑克地呢？跺脚跺出猪槽深的坑，被抹平，全平了。牧牛是耍活，把牛赶到山上，牛吃叶也罢，吃草也罢，吃土也罢，随牛去，我们或蹲或跪，在枞树林里打牌。赢了，蹦起来跺脚；输了，跳起来跺脚，紧实的山地，跺出小坑来。枞树林，可比公园园林，地面寸草不生，寸物无有。青苔藓、车前草、芨芨草，早被姐、被妹、被老娘割得根都不留，这些，都是要拿去垫猪栏牛栏的，枞树落叶，松针形的落叶，也全都被扫到簸箕里，自簸底塞到箕顶，一担一担，担回去，给猪牛做被窝。枞树底，干净，坦平。

枞树林里，我看到一棵枞树，死了。那里。哪里？那里啊，又一棵枞树，横挂在枞树之间；一棵枞树上，还挂着黑黄黑黄的针叶子；另一棵枞树，全是光身，光杆杆，一点绿色也没有，死了。转身看，死了的，还有竹子，一根，一根，那里还有一根，一根。竹子好大，根底碗口粗，竹子活着，砍回去，可以织一个打猪草的背篮，加一个筛米的筛盘。竹子用处大矣哉。枞树更是乡亲的抢手货，造屋做橡皮，做楼板，都靠枞树。

枞树与竹子，死了。死在山上，春来秋去，风吹雨淋，有好些年头了吧，死在山上，死后还在山上。我扒荆棘，我穿灌木，我走到枞树尸首旁，手拍树干，有人会，抚树意，树干了，死了不少时日了，青苔如烂布条，乱缠其上。我手拍树干，连连叹：好柴好柴。转去三代，都是农民；我这一代，只要回转一次身，都是樵夫。春夏季，寒暑假，腰缠砍刀，簸箕盛斧，直往山上奔。枞树最是目标，枞树不砍，砍的是枞树枝，嗦嗦嗦嗦，身子可比猴子，三五两下，爬到枞树中央，先坐在枝丫处，打几声哦嗬，唱一首山歌，然后砍伐枝兮。棵棵枞树，都被爬过，枝干所剩无几，也得砍。老娘派了任务，跟吃饭挂钩，放学了，下午不打一担柴，回来莫吃饭。

这棵，还有这棵枞树，不是悬梁，怎么说也是干柴哪。当樵夫那会，若是见了这么大一苋柴，心情估计比你讨婆娘没得差，只有强。樵夫十年，从来不曾见这大这长的枞树柴，顶多见的是枞树苋根。寒假，北风那个吹，雪花那个飘，我担着斧头，到处寻枞树苋，月半撞满月，好久才见一个。竹苋常见些，整根竹子，可做一担柴，樵夫十年，都不曾见。暑假，我姐我妹，蛮多发小，成一个纵队，去几里外的石道冲打柴，那里竹苋多，大清早去，大正午归，担得一担干柴回。

这一棵又一棵死在山上的树，死在山上的竹，就这么死着，没谁来捡。山上的树，活的，是有主物，见之，眼里急出血来，也不是你的；死的，是无主物，谁先见，归属谁。枞树，我是捐不起了，形容老矣，不复当年捐雪压树了，其时也，雪落高山岭，冰结枞树枝，枞树撑不起严寒，倒了。树们冻得死，乡亲喜得死，冰天雪地里，胶鞋里一脚的冰水，跑到山上，砍雪压树。好好活着的树，是不准砍的；雪压树，半死，还没死，只看哪个跑得快，捐得动，那树就是你哥的屋梁，那树就是你姐的嫁妆。要买文具盒，要交学杂费，堂兄曾带我到铁炉冲各个山头砍树，小腿粗的，碗口粗的，半夜砍回来，卖煤矿做矿木。

站在田谷坳山峰之顶，望铁炉冲，望石头谢家，望邵阳高铁北站，但见得一栋栋房屋，或聚或散，矗立山边田岸。三层五层，外墙都贴了白的、灰的、淡黄的、浅绿的瓷砖，屋顶不见青瓦，或是玻璃阳光房，或是平顶种瓜秧。红砖房有，不多；木板房，没绝迹，却是墙壁阶前长满青苔，无人住。无瓦，不用枞树做椽皮了；有柱，都是钢筋水泥做台柱；门是铁门，漆得朝霞红；窗是铝合金窗，财主家也不安雕花的花格子窗；方凳、板凳，还是木的，不是做的，都是买的。都懒了，老爹不给崽，伢子不给准婆娘，去山头砍株树，砍杉树，砍樟树，做家具。家具，都是买来，一车装回，简单，轻松，精致，美气。

建房，不用树；家具，不用树，山青青，树苍苍，没谁到山上偷砍树了，树放肆长，乔木，灌木，都放肆长，长得山青青，树苍苍，草绿绿，水灵灵。树，生在山上，没人砍；树，死在山上，没人要。树木与翠竹，活得自在，居然是水泥钢筋赋予的。农村建筑材料的改换，不只是改换了村庄形象，也拯救了各样树种的命运。

树的命运，或有四种，一者自生自灭，生于山上，死于山上，肉身化于山上；二者是他生自灭，山头无树，寸草不生，干部群众，掮着锄头，挖坑种树，树勃勃生长，死了，死在山上，肉身化于山上；三者是，他生他灭，树种是人栽的，树命是人栽的，树种自然长，不曾自然死，就吃人刀斧；四者是，自生他灭，由你植，由你伐，好吧，本来命是你给的，要杀要剐，树做不得主。而树是天生的，是天养的，如何让你砍头，锯尾，断筋，削身？树之四种生死，以好恶排次序是，自生自灭，他生自灭，他生他灭，自生他灭。

朋友晒美食，这回晒鲜蘑菇，睹物不思人，睹物思旧岁月。采蘑菇，太爽了，春夏，或夏秋，空山新雨后，蘑菇生丛树。挎一只竹篮子，蹦蹦跳跳上山，就在枞树底下，株树底下，或是柽木蓬下，蘑菇簇拥着，一堆堆生长，一蓬蓬生长，爱得死，喜饱了，采撷归，母亲洗之至净，把毒蘑菇清出来，柴火煮，鲜得不得了，全家围在炕桌，每人一碗，吸溜，吸溜，喝得好带劲。

人间美味莫过蘑菇。梅雨时节，想来正是蘑菇生长进行时，雨停，散步，迎面见发小一龙，问，山上还有蘑菇不？发小答，不晓得，好多年没进过山了。那蘑菇，也是自生自灭了，那八月瓜，那牛奶子，那糯米条，那野葡萄，那算珠子子，都没人去摘了吧。没人去山上了，乔木蓬蓬长，灌木丛丛生，把人路都遮了，都盖了，都拦了，都灭了。人不打扰树，树便很自在；人不打扰树，是最深的爱树。树没有人，树过得自在；人没有树，人过得憋闷。山可以无人，人不可无山。

山没有人，山能活得绿意盎然。对门山，多年前，有人烧山灰，山灰没烧多少，一座山都成了灰；背对山，清明节有人放炮烧纸，把山给烧了，原来满山苍翠，好几年是一片光秃。我见两山，心疼。没几年，再回家，背对山，翠竹万根；对门山，万木葱茏。树，他灭了，树能自生；自生了，不曾他灭，树能再生。

树生了，山醒了，水灵了，山水都活了。

山间传来"哞哞"声

第三辑 味在味中

桂花树下，三岁娃儿跟八十三岁老奶奶剥豆子

铁炉冲的芝麻熟了

芝麻比米小，不学牡丹开，也能开成一场盛事。我家背后的一丘田里，初老响（老兄）种了芝麻，密密生长，高高生长，一秆芝麻上生百十绿腋，一处对生的绿腋间开一对白花，一树绿腋，一树白花，百树绿腋，百树白花，千树绿腋，千树白花，一丘田芝麻开，好像一丘萤火虫飞，一丘小美丽也成了一丘小壮丽。

绿腋是绿叶，在绿色叶片的腋处，开着芝麻花，花簇拢身子，向上开，就像点开火苗，火花上举，芝麻开花节节高，还真是的，不只是一朵一朵，接连着在上一节开，就是一节里，芝麻其花也是向上的。上，向上，这是芝麻志气。芝麻开花节节高，芝麻开花节节好，不是越高处，芝麻开花越大越艳，便是居下节的花，也一样纯白，一样像小火炬。芝麻学牡丹开？牡丹学芝麻开吧，芝麻每一朵花，可以长出一粒粒芝麻来，牡丹开花那么大，长出了一粒什么丹来不？

秋来,芝麻花不开了,结果了,花的盛事转换为果的盛世。初老响光着古铜色的背,持一把弯月似的镰刀,把芝麻割下来,没用扁担,没用簸箕,初老响用一根稻草绳,稍稍捆了,掮到肩上,暴烈的阳光照耀,他走在挠背竹片宽的田埂上,健步如飞,一丘芝麻,打成一捆捆,一捆捆芝麻被掮回家。我这才发现,芝麻长得一根细竹子般高,初老响掮一捆芝麻,好像我当年掮一捆干柴。

站在自家阳台上,看到初老响老鼠搬家般,把芝麻都搬回家去,心起歹意。铁炉冲的芝麻熟了,我可以去买一盒几盒带回城去,许是老之将至,也许是小病磨人,青丝未白发,青丝直掉发,据说芝麻蛮养发的。买盒芝麻,能买活头发,买活头发,便是买回一个活活的青春,人间值得。我便与堂客讲:初老响家买去。

好几个日照了,想必芝麻晒了个焦燥,竹竿竿捶几捶,哔啵哔啵,芝麻都跳将出来了。堂客不太愿意同我去,我把她磨去的。去城里超市购物,我大步大趋,人家不把我当上帝,我自己当了;去农家买东西,我喏喏嚅嚅,小媳妇般低眉顺眼。到初老响家,咸咸淡淡,扯白话,人家客气,端来了糯米糟酒,摆放着一碟花生,呀,今年的,红皮花生呢。许久,鼓起勇气问:芝麻怎么卖?初老响生脆脆甩话过来:不卖。把我堵墙壁半天,再顾左右而言他,自我解窘,本来还想买花生的,把话咽到盲肠去了。

堂客比我有先知之明,她早晓得不会卖的。也不是堂客有甚灵异,她是吃过好几次闭门羹了。小病小养,形容向好,只是气虚血亏，须努力加餐饭，下饭的要有鸡鱼肉啊，鸡上火，不适合我这烂体质，老鸭子炖汤，补补身亏。堂客东瞄西瞅，左顾右盼，相中了匠太公家的那群鸭，少说有二十多只，像是做鸭子生意的。堂客憋了半天劲开口，匠太公也是两个字拒人于千里之外：不卖。匠太公解释了，他是要自己吃的，过年，儿子要回来，女儿要回来，孙子、外孙要来看他，你晓得的，农民没啥子，除非一只鸡一只鸭。堂客讪讪而去，下了坡，匠太公捉来了一只鸭，非要塞给堂客，堂客非要给钱，最后是鸭子收了，匠太公不收钱。惭愧。恰好同学来看我，带来一罐奶粉，我原来还有一瓶酒，给匠太公送去。

我跟初老响讨论芝麻事，多种几丘芝麻，出千八百斤，也可以卖八千一万块吧。初老响说，种几亩芝麻，自不在话下，哪里卖去？你老娘喂鸡，吃南瓜吃米，一年下来，不算成本，一只鸡三百块不止，能卖二百块算你狠。这个我确实晓得，老娘每天不是切南瓜，就是斩白菜，喂与我家鸡吃。自己，自己崽女，自己孙辈吃，不算什么经济账。种芝麻不卖芝麻，喂鸡鸭不卖鸡鸭，那，钱从何来？这不卖，那不卖，有一样农民都在卖：卖力气。卖一天力气，可赚三两百块，一天比种一年一亩田，没得亏的，只有赚的。卖力气，致不了富，保得住饱，生活想要好，养些鸡与鸭，自己呷。

在铁炉冲，家家都有一亩三分地，这地都不是成块的，东一坨，西一角。田少土少，却都是百蔬园，户户百科蔬菜都种得有，茄子辣椒，南瓜冬瓜，玉米红薯……南方能生的蔬菜，应有尽有，多乎哉？不多也，每一样蔬菜，种的都是席子宽。

家畜也是，养牛的养羊的，不蛮多；养鸡养鸭却是家家必备；养兔养鱼，也是多数家都有，只是养得都不太多。果树亦是，桃树梨树，杨梅葡萄，枇杷红枣，都是见缝插针，种一两棵。这是什么型经济？自己种自己摘，自己喂自己吃。嗯，这是自给自足。

"自给自足"这四个字蹦出嘴来，好像一根金樱子刺，刺了我一下，飞快的高铁，也没载上铁炉冲上路，铁炉冲还停靠在两千年的站台上，高铁不在此站停车。这个确实让我有些伤感，呆坐在阳台上，我瞭望铁炉冲的山水，瞭望铁炉冲的田土，瞭望老半天，未得其解，青山绿水可养人，青山绿水不富人吗？

堂客给我一碗蒸蛋，里头撒了一层黑芝麻。初老响没让我买，送了我洋铁皮皮的芝麻，原来装奶粉的罐子。堂客一个劲训诫：土鸡蛋，黑芝麻，你要认真老实吃完。我笑了起来，初老响家的芝麻自给，他也送我啊，千年未变的经济形态，不好评价；千年未变的人间伦理，却让人欣喜。自给自足不好吗？那你叫农民怎么才好？不卖土鸡，只卖力气，不算上佳生活，也算幸福生活。自产自销，自种自用，纯自然纯生态，这是这个时代买不到的珍贵。

炸豆腐

豆腐百色，豆腐百形，豆腐百香，豆腐百味，甚豆腐是豆腐中的王炸？各省各有各的豆腐王吧，若湘省来评，当是臭豆腐为高，毛泽东曾亲笔题词曰："火宫殿的臭豆腐闻起来臭，吃起来香。"

臭豆腐咯哑味是湘人王炸味，炸豆腐却是鄙人之"我哑味"。臭豆腐蛮贵的，一般人怕是吃不起，炸豆腐才飞进寻常百姓家。臭豆腐与炸豆腐有似有不似，一者形似色不似，都是镂空四方团；二者形似香不似，臭豆腐闻起来臭，吃起来香，炸豆腐闻起来香，吃起来也香；三者形似味不似，臭豆腐入口，香得浓郁，炸豆腐香得清淡。说来，臭豆腐与炸豆腐，形似源也似，所谓源似，不单是材料皆豆腐，做工也是一样的，都要放到油锅里，油煎油炸，煎炸半天，皆属于油炸美物。

臭豆腐制作复杂多了，要发酵，要加卤，要油炸，还要加辣椒、白酒等各色作料；炸豆腐简单多了，切成四方团，置于油锅里,蟹眼已过鱼眼生,炸得皮黄肉白,外焦内软,便是炸豆腐了。炸豆腐与豆腐干,都是条形或四方形,豆腐干是紧绷绷的,炸豆腐是软绵绵的,豆腐干吃出牛肉干味,炸豆腐吃出肉松肉味。炸豆腐里面肉好松好软的,里面是松软,外面那皮,却也脆,好的炸豆腐,外头那皮,可以吃出猪肉皮味。

豆腐百味,我家所擅是三味,我老娘做豆腐是一味,我外婆做豆腐是一味,我堂客做豆腐是一味。我老娘最拿手的,是煎豆腐,一板豆腐端手掌中,切小块,扁扁的,随手置油锅里炸,一手持筷子,随时翻边,炸得两面焦黄,里嫩外脆,加青辣椒,加黑豆豉,或加红得如霞的剁辣椒,那味道奇绝,尤其是那黄焦皮,有猪皮嚼劲,吃我老娘的煎豆腐,算打半个牙祭。天天萝卜,餐餐白菜,若是我老爹端了豆腐来,让我老娘烹调,我们就喊:吃肉啦。饭要多吃一碗。饭要多吃一碗,油要多挖两勺。我等小把戏,嘴里淡出鸟来,便喊老爹去买豆腐,老爹便叫:哪这么奢侈啊,有种投胎富贵人家去。

我外婆最拿手的是霉豆腐。寒暑假,老爹或捞了几尾鱼,打了一只野兔,老娘打发我、我姐、我弟、我妹,去给外婆家送一尾,送一腿,或者什么也无,叫我们这些放假没事干的神兽去看望看望外婆。到得外婆家,翻箱倒柜,偶能翻出些发霉的花生与葵花子来。要命是吃饭,外婆从菜柜子端出菜来,多半是发馊了的。吃馊菜最多的,便是豆腐,外婆一餐豆腐,吃了几天,都没吃完,端出来,豆腐生毛——白毛,莫说有我姐头发长,头发密,至少也有我的板寸密与长,好好的豆腐,变成了霉豆腐呢。

我堂客吹牛,她说她做炸豆腐是一绝。她煮炸豆腐,买来新鲜肉,选些肥肉,选些精肉,切切切,切成肉丁,剁剁剁,剁成肉末,然后把肉末塞进炸豆腐里,猛火煮,长时煮,久久为功,煮得松散的肉末结成紧密密的肉丸,肉丸紧哪,紧如炒豌豆,吃起来软硬适中。我侄子曾在我堂客班上读小学,我是没听说,我堂客说,侄子特别喜欢吃这般炸豆腐,他回家去,总要他娘也如法炮制,却总是怪他娘:你为什么手艺那差,做不出伯娘炸豆腐味。

我却不喜欢我堂客制作的炸豆腐,那般水煮炸豆腐,没甚作料,寡味得紧。我喜欢的是,将炸豆腐切成丝,海带丝一样的丝,不是煮,是炒,加青辣椒炒,无辣不成欢,有辣便是喜。丝,多见皮,皮,有猪皮硬,猪皮脆,吃起来,沙沙沙沙,牙齿奏乐,吃出音乐节奏来。如果饭后剩下了,冷了,趁堂客背眼,掀开菜罩,两指头当筷子,时不时捏一把,往嘴里塞,貌似吃冷盘,冷冷的味道,甚是冷绝。

敝地早餐有美味,美味者,邵阳米粉也。什么牛肉米粉,什么猪肠米粉,什么鱼汤米粉,我爱吃的,是豆腐木耳米粉,那豆腐便是炸豆腐,木耳是褐色菌子,也切丝。炸豆腐不是囫煮,也是切成丝做臊子,米粉滑,米粉细,吸溜吸溜入口,又加了辣椒汁的,吃得满头出汗,炸豆腐又可嚼,一顿早餐下来,微微汗渗脑门,心里心外热乎乎,打着饱嗝,扪着腆肚,鼓腹而歌,是一阕美妙的宋词晨曲。

不只早餐,曾有一段岁月,中餐与晚餐,餐餐皆是炸豆腐。曾读师范,负笈一个叫梅城的小县城,食堂无所有,多的是炸豆腐。说来，也不是无所有，食堂也会有辣椒炒肉，也会有大片牛肉，或还有辣椒煮鱼，却是穷小子吃不起的。我读师范，算是吃准国家粮，最先，每月伙食费是十元零五角，后来物价蹭蹭上涨，伙食费加了三块。辣椒炒炸豆腐，先是一毛钱一份，一月六十顿中晚餐，十块五吃下来，除却早餐吃包子馒头，一月三十天，须花一两元，每月还可剩三五角钱，师范前两期，到得期末，我能剩三五块餐票。梅城有一家书店，很当街，书店老板徐娘半老，熟女风韵，我豪情顿生，十分阔绰，伏在玻璃书柜上，吆喝声蛮高：老板娘，拿这本；拿那本，老板娘。其时市场初开，老板娘好欢喜，屁颠屁颠，听我声声唤，脸色蛮好看，或还顶灿烂。

后来物价涨，伙食加了三块，而炸豆腐呢，从一毛钱涨到两毛钱了。天哪，什么牙祭都打不成，午餐炸豆腐，晚餐炸豆腐，整日整日都是炸豆腐，整月整月都是炸豆腐，把嘴巴都炸出泡来。六十餐少说也要十二元，馒头也是物涨价高。学校食堂搞承包了，说是要竞争，一个大食堂，分为两组，可以去这边，可以去那边，学校意思蛮好的，让其竞争，可以让学子有选择。再选择，人家也是承包，想多赚钱，哪边都一样，师傅打菜，端着打菜勺，手都要颤几颤，抖几抖，抖到我等学子碗里，炸豆腐已然是放作料也似，供我下饭，大快朵颐不再可能，半根小指细的炸豆腐丝，咬一咬，舔一舔，吃口饭。

也曾有半个月，想吃炸豆腐而不得。上午第四节课，下午第七节课，嘀嘀嘀嘀嘀，下课铃响，几百人持着铝钵子，齐齐向食堂冲锋，乱走兵也似，跑得快了，去得早了，食堂大门紧闭，莘莘学子手持筷子，咚咚嘀嘀敲，声音回响在校园，波澜壮阔，激越雄壮。学校便下禁令，不许敲钵子。禁不住呢。那日，几百人敲，敲得错落不一，猛地，学生会抓纪律的，忽地夺我那洪钟大吕似的铝钵子：你违反纪律。饭都没让吃，把我抓到教导室，先是挨大训，然后宣布：罚五元。

几百人没抓，单抓我。这里也是有缘故。之前，师范第二年，语文教学一单元报告文学，吾师苏美华叫我们学写作文，我写了一篇《照抄事实》，大大地把美食炸豆腐给讽刺了一番，不承想，苏师刻钢板，油印五十余份，当了范文，在班上解剖字词句章。有人告了一状，告到学校，校长大为光火，大会小会猛批。还听说，如我这般刺头，应该开除。开除没开除，处分也没处分，此事不了了之。说不了，还是有了。学校抓了我敲钵子这一严重犯规情节，当典型，罚我五元，以儆效尤。

五元，半个月伙食费哪。两毛钱一份的炸豆腐，吃不成了。我不知道那个月是怎么过的。喝汤？食堂里，好像是摆了一锅汤的，不要钱，我喝了半个月汤？另外法子是，我估计我单打饭，没打菜，一碗干饭，去了锅炉房，拧开龙头，放开水入碗，饭和水，水拌饭，一个重口味小子，吃起了最合健康之道的清淡饮食。

离开梅城，有三十多年了，最惹相思的，是炸豆腐。我常叫堂客去市场买炸豆腐，炸豆腐吃不厌，却再也吃不出那个味了。梅城炸豆腐，蛮出名的，估计是那时没有地沟油，油挺正宗的，炸出来的豆腐，味道醇厚吧。

钵子饭

常吃的是铁锅饭,铁锅下一盆炭火,或是一捆柴火,先是大着火,待到锅子噗噗噗噗上气,是柴火饭,便少塞柴;是炭火饭,便锅子上吊根索子,把锅子上提;铁锅饭能出锅巴,锅巴脆,咬起来嘣嘣响。吃锅巴趁年华,如过若干年,牙齿脱落,牙床好像干巴巴的土埂砌于唇,那是碰不得硬饭了。趁牙齿有着硬朗的年华,可以嘎嘣嘎嘣,嚼些锅巴,响一曲将进食。

钵子非铁制,是土造,钵子不是精制砂锅,而是土制砂钵,碗大,浅底,釉色都没全覆盖,钵沿或是酱油色上釉,钵里却还一片泛白,土气很重。钵子也能蒸出锅巴来的,我却不曾见过——学校不会慢着火,学校是大着火,师傅一心想着早催熟;我也不会少着水,违心想着多放水,一两米能蒸出两钵子饭来,才是我腹中理想。钵子饭,快着火,多着水,火候足不足,感觉它还是美味的。

吃钵子饭的理想,最先起自我去我姨父家,姨父在一家煤矿当"窑弓子"，母亲带我去姨父家，时值正午，"窑弓子"们一排排坐在电轨线上，情形仿佛是春天里的燕子排电线杆，那真是很神似的，小燕子，穿黑衣；窑弓子，衣全黑。他们人人端着钵子，黑色背景点点白，白米饭白，白牙齿白。母亲对我说：崽啊，你要能吃上钵子饭，我就可以闭眼。钵子饭，等于国家粮。我于是生发一个最伟大的理想：吃上钵子饭。

没吃上国家粮，也吃上了钵子饭。第一次见到钵子饭，是一个垂髫小儿；吃上钵子饭，已是小小少年。小学在村里读的，离家一二里地，春夏秋，中午都是跑回来吃，冬日里，雪花那个飘，不回家，书包里带一两个煮熟的红薯，硬啖红薯三四口，无论怎样都得做读书人。天气冷，红薯冷，牙齿也冷，薛宝钗吃冷香丸，吃出味道来；小学生吃冷红薯，吃出反胃来。现在流行吃粗粮，红薯已是保健食品，越富贵人家越是爱吃，好像不吃红薯便不是雅致人。我是烤红薯，吃不足，煮红薯，倒胃部，见之而旋走。

读初中，去了离家四五里的学校，午餐便是惨事。打死我也不愿兜红薯了，红薯吃多了，上头打嗝，下头也"打嗝"。上头打嗝，已是出丑，下头"打嗝"，在女同学那里，太露乖了。使劲憋着，斜侧提臀，慢慢放气，都会有女同学皱眉，掩鼻，摇手，然后厌恶，口吐香唾：谁？即使不曾暴露身份，也是自卑自心底萌，恰如春草，更行更远还生。

之前，还是跑回家吃中饭。第四节下课铃响，不管老师说不说下课，下课铃声没落腔，便箭一样冲出教室，跑过两条马路，越过数不清的田埂，飞脚往家里跑。到城里，偶出外面吃饭，要穿越十里长街；在乡下，赶回家吃饭，要穿越五里田埂。读书路上，有多少草被我猛踩，有多少蚂蚁被我踩死？想起来，也是犯恶。

毛毛细雨，阻挡不了午餐路，若是大雨呢？夏日里，淋成落汤鸡，也不在话下；到了初三，作业多了，耽误一个小时吃饭，便是罪过。雷公不打吃饭人，作业常打吃饭人。跟父亲斗了很多回气，赖了很多次皮，父亲答应我去学校吃钵子饭了。钵子饭贵，得向学校交钱呢，记不清是三角，还是五角了。父亲心疼钱，叫我自己带饭吃，一只大碗，上面盖一层饭，下面大红薯窝窝藏藏，看上去满满当当，却是骗肚子的。骗肚子不是大事，失面子是少年心事：人家都是吃热气腾腾的钵子饭，我在那里吃"冷香丸"。午餐时候，便是耻感时分。每次都是一个人跑到学校旁边那条小溪，那小溪叫三溪河，离学校两三百米，岸高三尺，足以把我头藏着，我身掖着，没人见，一个人在那儿囫囵吞薯，吃饭这般美事，也是一个少年的心中丑。

后来，父亲给了几毛钱，我便吃上了钵子饭，这在当年有个专有名词，叫搭伙。早晨去学校，用一个小罐头盒子兜一抓米，上到第二节课，到河边洗米。这河不是河，是一条水渠，乡亲洗菜在这里，洗衣在这里，洗尿桶也是这里呢。我们却在这里洗米，水看上去清澈，谁晓得有多少龌龊？没谁去想，心中想着的，却是欢喜。有钵子饭吃了，可以跟同学一样在学校搭伙了，油然而生的，是满满当当的豪气。

钵子饭好吃。家里蒸的饭，便是不掺假，没夹杂红薯，也是湿湿的，黏黏的，糊糊的，不见米形，钵子饭却是能见粒，清晰可数，白，干，热，米成粒，筷子可以一粒一粒夹。吃上钵子饭，真真好像是吃上了国家粮。

足可回忆的，是带菜。特别羡慕的，是一些同学不带菜，学校有炒菜，多交几块钱，便可以在学校吃上钵子饭，还可吃上钵子菜，那可是奢望，我不能得寸进尺，也要父亲给我交菜费。母亲早晨给炒一碟盐菜，或是一勺豆豉，玻璃罐头瓶装着，特别美食时候，炒的是酸豆角加青辣椒，相当下饭；把冷冷的盐菜或豆角压到钵子饭底，饭热，便热了菜。更多时候，带的是萝卜皮，坛子里的，红辣椒浸润的，酸，辣，脆，忒爽口，一块萝卜皮，足可送一碗钵子饭入腹。

吃钵子饭，我便不再躲去三溪河边，大大方方坐在教室里，鼓腹而歌，嚼齿而食，萝卜皮嘣脆嘣脆，能够吃出山珍海味来。有更远地方来的同学，他们住校，一日三餐，都在学校吃钵子饭，一次带足一个星期的菜，有个蛮富贵的同学，他常带米粉子肉，或带猪血粑，冬日或初春还好，到了夏日，绝味美食也馊了。他蹭到我碗边来，不打招呼，一筷子伸到我的碗里，夹一块萝卜皮，便往嘴巴里送。兄弟我也不讲客气，回头便是一筷子，往其碗里夹了一块，也往嘴里塞，没感觉发馊，臭肉吃出香味来。有饭同端，有菜同尝，抢起来吃，味道总要浓郁些。

偶与同学聚会，回想起当年钵子饭，竟然一个个面放红光，好像当年日子能放光华。时光如坛子，生涩时光，微苦生活，青葱少年，书香日子，都被腌渍于坛子中，经了岁月，都酿出五味来了，酸酸的，甜甜的，热辣辣的，还有些香气温馨散发，淡然惆怅里，可微醺人。

看得豆角如璎珞

翠竹轻吹淡淡风,满垄草香带露浓。常逢假日奔乡下,蓝夜躺平铁炉冲。铁炉冲的夜,不是黑的,是蓝的,蓝莹莹的,闪着魅惑。月亮是白白的,不是灰灰的;星星是亮晶晶的,不是蒙蒙的,莫非是绿绿的草、青青的林,返影入了李贺玻璃声的夜空,使得铁炉冲的夜晚不是黑黝黝,而是蓝莹莹的了。

味不全在躺平铁炉冲,而是晨巡小院中。清早起来,站在阳台上,看得屋后青山,是洗过的,不曾雨洗,是露洗;踱到阳光房,看得秧田垄里,田田水稻,是洗过的,不是雨洗,是露洗;噔噔下楼,走到菜园子里,菜园隔了十余小径,小径隔了十余菜圃,每块菜圃,母亲都各自安排菜们生长,这块是苞谷,枝叶扶疏,苞谷从飘带似的叶中伸出了绺绺须绥来;那块是辣椒,翠叶之下,时值初夏,居然挨挨挤挤,结满青椒一簇簇;辣椒与茄子,总是联袂而生,貌似有点羞涩,藏在绿蓬之下,鸡蛋大小,有点褐,有些泛红;芋头叶巴掌大,嫩嫩的,如一只婴儿手,手掌心里窝着白莹莹露珠。哦,满园子的菜们,也都青翠如洗,不是微雨细风,习习擦洗,而是晨曦微露,漾漾轻涤。

铁炉冲清早的风,有些果露香,有些叶绿素气,有些朝曦炒青辣椒的味。许是放晴了好些天吧,菜圃里的土,有些泛白,有些开裂,菜土干了。昨日傍晚,打算挑水浇菜园,母亲说,淋不得淋不得。傍晚凉是凉了,土地晒了一整天,地儿火烧烧的,一瓢清水浇去,会把菜蔬辣死的。老家把烫也叫辣,湖南辣椒吃多了吧。是入城久了,忘了桑麻,还是农家子弟本不知农?真真把我羞死,活活把我愧死。

我起了大早,清风入我肺腑,清水当入菜根。寻了一根扁担,寻了两只水桶,还寻了一只竹勺。这活计本来应该是我堂客干的,牛郎与织女各有分工,我当去哦起哔,犁田插秧,奈何早成城里倦客,桃花源里无田可耕,小院子里唯有菜可浇;堂客也无棉可纺,只好是我挑水来,堂客旁边看。好吧,堂客,你不用去纺棉,你看着你老汉浇园,便是一处好人间。

扁担是好扁担,毛竹制作,毛竹软,扁担便省力,扁担便笃笃悠悠两头闪。毛竹扁担,挑水浇园,如唱京剧,还是如唱黄梅调?湖南人嘛,怕是老牛郎演花鼓戏,却是肩膀不经事,一担水桶压双肩,生疼生疼,没挑一二回,汗出如浆。流自己的汗,吃自己的饭,浇自己的菜园,在城里已不干劳动活的孬种,感觉自己也成了种菜好汉。

若说辣椒是菜中伢子,那么豆角便是菜中妹子。豆角是藤蔓植物,苗苗条条如草绳,葱葱茏茏似竹叶,弱不禁风,娇若垂柳，身子软软的，不能自持。母亲从山林里，砍来很多小灌木，灌木笔直，一排排插入园里，乡亲夸我老娘，搭得一架好瓜棚。瓜棚好，豆角们不用扶持，自寻木枝，倚木而生长，生得繁繁茂茂，长得蓬蓬勃勃。看到豆角，我见犹怜，禁不住多挑了几担水，我要挑来山泉汩汩水，更让豆角活得水灵灵。

忽地对豆角情有独钟，乃是觉得豆角寻常物，生在乡村便不同，乡亲手巧，可以制作出蛮多种菜。农家植物转食物，能造出蛮多味道来的，土底的，如红薯，土上的，便是豆角。红薯可蒸，可煮，可烤，可煨，蒸煮的，我已厌了，当年红薯饭南瓜汤，早餐、中餐还有晚餐，顿顿都是红薯做饭，抬头若见红薯饭，舌头旋卷胃部旋缩。然则烤红薯香，红薯片尤可嚼，入秋入冬，母亲总给我炭火烤红薯，一麻布袋一麻布袋的，给我送到城里来。出冬，入春，宽衣，解带，人见人惊：怎么胖成猪了？久在樊笼里，心难宽体难胖，常吃烤红薯，每逢出冬而入春，脑满肠肥胖十斤。

豆角可制多品味。一样寻常茄子，入《红楼梦》可制出百十羹肴，蔬菜造出肉食味，农家茄子当然可以弄出多花样，却还是没《红楼梦》里那么多花样。豆角却可以。新鲜豆角摘来，清水煮，不添加任何作料，清爽怡舌；豆角一扎扎捆起来，夏日秋阳，晒干，挂在厨房，或置放陶瓷罐，搁一冬，硬邦邦的，与红薯粉条同煮，味道清绝，特有嚼劲；自然，豆角不晒，不切，青青绿绿摘来，整条放坛子里，坛子盛酸水，加红辣椒，加老生姜，腌它三月半载，筷子夹出来，隐隐约约，还见葱茏青色，味道却是大变，微微酸，微微辣，是孕妇们的爱物，新娘孕妇，手捻长条豆角，偏着秀发之头，提起豆角一尺高，伸出长舌卷豆角，沙沙沙沙，细嚼酸条豆角，舌尖与胃，显出十分受用的姿态；豆角也可切碎，碎成丁，酸水浸润，却也生发酸味，抓出坛来，水水的，青青的，用来炒腊肉，炒新鲜肉，极可下饭，极宜下胃；还有一种，却是晒干，切成寸条，不浸酸水，置放坛中，色泽变异为老枣色，也是酸味，不炒肉末，单炒青辣椒，送喉，解胃。入湘菜馆，吃得舌肥唇腻，牙齿都是油鼓鼓，胃部打起肥肉嗝来，便喊一声：老板，来一盘酸豆角，只清炒，莫添料，便可下饭三大碗，不辞长作湖南人。

每年，母亲与姐妹都要给我带各种豆角，干的，湿的，酸的，辣的，坛子里的，墙上挂的，豆角百味，来解我馋。一分力都没出，白拿白吃，口舌是甘之如饴，心头却是受之有愧。这个夏日，回到铁炉冲，见到满园子茄子辣椒、芋头豆角，起了心意，肩扛手提，晨起挑水，对菜抒情。但见豆角花开如蝶，吊果如珠，绿意舒展，惹心头欢喜，挑水挑得甚是起劲。豆角已结满藤蔓，一边厢开白花如蝴蝶，一边厢已结果，一线线，一条条，一绺绺，一串串，垂下绿璎珞，挂满绿丝绦，忍不住老手抚摸，手摸豆角，其质感有如摸着少女秀发所织之辫，秀发不可餐，秀豆可大啖。往根浇水，听得呲呲呲呲，那是土地喝水之调，抑或豆角拔节之曲。

案牍劳形恼，谁怜小城倦客？人生缺得意，无所欢，常持空樽，不见月。偷得浮生假日闲，想着蒙头盖面，在铁炉冲睡他个天昏地暗，见了这些纯天然的生态蔬菜，星月里自酣畅，梦入芙蓉浦，绿晨里却劲起，我挑水来我浇园。浇园日头初，汗滴掉下土，我知盘中菜，菜菜都不苦。汗滴其实没下土，全是随额流，流到眼角，揩之，流到脸蛋，揩之，流到胸膛、肚皮与脊背，随之流，一个早晨下来，汗水全湿透衣背，多少年来不曾这么汗流浃背？自跳出农门后，怕有二十来年，不曾这么淋漓尽致，排出满身毒素了。

近年来，肉身沉重，皮相浊气，流了一身臭汗，再上楼去温热水滑洗老皮，浑身舒泰，臭皮囊好像被刷新，焕然一新，身心一种新感觉；劳作后，新沐浴，再去园里，摘一盘新豆角，唤堂客合煮一碗红薯粉，胃口大开，心情大好，然后是打着饱嗝，倚靠沙发，清唱一曲小歌，来一个葛优躺，躺平在铁炉冲。

菜豆子冬豆子

淫雨霏霏，连月不开，星期天，开了。早晨开晴的，等了一个上午，想来，山上水汽也散逸了吧。走。人间早已芳菲尽，走，山头去。那里草会青些，树会绿些，地会软些，空气会鲜些。

楼外青山，离我所居，有座佘湖山，远我三五千步，不曾乌云遮望眼，叠叠青山也难见。眼睛望得穿山川，望不穿楼盘，楼盘几乎全遮了泰山，须得穿过好几条街道，脚亲芳泽，才可以青山养眼。山上有座庙，庙里有个老和尚，我是不大去的。有些时日了，不再以为彼处是仙居，那里也是人间的，穿城过市，本来想的是，脱人间一晌，自然不用再去人间重过半日，便到山间草处抱膝坐，便在山间树处信步走。

山不高，山脚之下，非山，是园。市区扩了很多年了，洗脚上街，农民早做了市民。市民依然还是农民，田是不做了，菜还是种的，山脚，一脚脚往上走，他们开了一块块土，种了萝卜，种了花生，入冬，冬渐渐深，依然可见矮矮的辣椒秧，枝头挂满辣椒，很多红了，有的依然还是青。辣椒在前不久，还在开花吧。辣椒，真不服老。

冬天里，辣椒怎么着也是老了，其绿，是生命在挣扎最后一把。看那棵高大的梧桐树，早已不敢张扬生命，服了秋风之肃杀。秋风过耳，你不在意，秋风过地，树们草们包括人们，都怕了，冬风呢，还敢让它过耳吗？冬风过地，都被吓死了，你也吓得不太敢出门了。

有没被吓死的，菜豆子便是。菜园有点黄，是新辟的菜园吧，我看到了菜豆子，在菜园里兀自绿发，一蔸蔸地绿，一行行地绿，一园园地绿。菜豆子，叶片铜钱大小，我去的时候，一蔸已然一簇了，也许刚刚破土而出的那会，仅是一根两叶，如体操运动的伸展动作，向着天空，取抱太阳之姿。此时，却是一蔸一窝，好像是一群叶娃娃，簇拥着，凑堆子，冬天里太阳风轻吹来，是谁读了一句《诗经》？嘻嘻嘻嘻，我刚转身望别处，便听到菜豆子们笑起来了。

我知道的菜豆子是很柔弱的。也是在秋冬，我娘便叫我上山砍灌木，不大不小，不长不短，灌木有标准的，非国标，非省标，是我娘定的标，这标，是菜标。一人多高，拇指多粗，剁枝，削根，一根根，一排排，插到菜园去。有好几种菜，能长得很高，能结很多果实，却是自个儿撑不起自身，需要灌木搀扶着生长。

南瓜需要更高更大的灌木，冬瓜也是，一个南瓜一个冬瓜，动辄二三十斤，四五十斤，贡献太大，它们撑不起自己了。豆角也是的，豆角一线线掉璎珞也似，其对人类的贡献大于其对自身的设定。菜豆子也是藤蔓生，却比南瓜藤，比豆角藤更弱不禁风。南瓜藤摸上去很粗硬，菜豆子却是软毛毛的，感觉是，树阴照水爱晴柔，若有蜻蜓立上头，菜豆子便会身子一软，软落地底似的。

是大奇，你说银杏树是武二哥，菜豆子是林妹妹，春天来了，生命都一样蓬勃，甚或梧桐与银杏，它们活得更英勇、更豪纵，而到了冬天，很多树都怯场了，都投诚了，菜豆子却赴一场生命之约，唱一曲绿意之歌。

长大的了菜豆子，身扶灌木，柔若无骨，绿如无忌，放肆地绿。它们喜欢群居，喜欢挨挨挤挤，也许是它们无甚不可告人的秘密，也就用不着防着什么，它们群居终日，言不及义。及甚义呢？我非豆，我不知。

菜豆子虽要扶木而生，却并不如何缠木。山头常见藤缠树，到后来，你都弄不清楚是藤缠树，还是树缠藤，藤勒进树里，入木三分，藤长得比树木更粗壮，好多英雄好汉都被绿罗裙勒死了脖子。菜豆子或是另一样淑女，小枝依人，大心自立。

菜豆子绿意盈盈，它开的花，影影绰绰，或绯红，或鹅黄，或纯白，叶两瓣三片的，张开，微微朝上，蝴蝶一般大小，蝴蝶一般艳丽，其绯红或鹅黄的底色间，正是花蕊处，常常圆点红，且叫点绛唇吧；常常一点青，且叫青玉案吧；常常落了一颗黑珠子也似，且叫卜算子吧。菜豆子开花，真的，是真的，如一曲宋词中调，一阕宋词小令。若蝴蝶来，在花上伏着，让人弄不清哪是蝴蝶，哪是花，而若蝴蝶飞呢，你也弄不清是蝴蝶在飞，还是花在飞。

乡野的冬也罢，春也罢，都是那么丰盈而生动。时间分配给每个人都一样的，你不多，他也不多，一天二十四个小时，一年十二个月四个季节，春夏秋冬，从城市也过，从乡村也过，你感觉在与时光同行。真的都能一样吗？不一样的，城里的四季已是瘦损腰，热了，要脱衣了，春天来了，夏天是了；冷了，要加衣了，秋天来了，冬天在了。城里是四季，只剩下两个字：热，冷；只剩下两样动作：穿衣或脱秋裤。城市说繁华，市列珠玑，确乎奢华，可是呢，四季走城市，只有一个感觉：触觉。风触到你身子了，你觉得是冬了，是春了，是夏与秋了。

在乡村，四季可丰富了，春夏秋冬，到城里，是千篇一律；春夏秋冬，在乡下，是千红万紫。菜花花花绿绿，那是视觉摆着盛宴；风吹吹停停，那是触觉给你按摩；香飘飘逸逸，那是听觉赶赴春晚。人，你有多少种感觉，乡村就会给你多少样满足。

别怪我扯得有点远，因为自然离我们有点远了。这里，菜豆子开花，那些花中花，色中色的，是菜豆子；而纯白纯白、纯粹纯粹的,是冬豆子。菜豆子与冬豆子,都是一起下种,都是一起生长,都一样盈盈绿,都一样柔弱弱,两豆藤蔓生,难以辨别是雌雄。

菜豆子是春天里的第一味蔬吧,青黄不接,春节过后不久,日子蛮难熬的,腊肉好吃,吃多了也烦;坛子菜有味,吃多了也腻;菜豆子,解人意来了,解民愁来了。菜豆子跳下藤来,扁长扁长的,青翠青翠的,不是叶子菜,也不是根茎类,有叶子菜之绿,有根茎类之韧,色青翠,味清脆,单炒,好吃。乡亲们都是厨师,当然是乡厨,不是国厨,他们都是没评职称的,他们下厨没职称,他们上厨却很称职。每个乡亲,每个母亲,都是好厨师。他们也很会配料,菜豆子单炒,出味;菜豆子加红薯粉,可入菜谱,也可入饭店呢。

菜豆子里的豆子,小,扁,青,嫩,随叶炒,生脆入口。冬豆子呢,当然也小,小如鸟睛;却是圆的,圆如鱼珠;不青,黄的;不嫩,老劲。冬豆子剥出来,要晒,晒得干干的,大小一样珠,落砂罐里,落玉盘里,蹦蹦跳,脆脆响。

菜豆子现摘现炒,当一盘蔬菜;冬豆子是随摘后炒,当一盘零食。黄豆子也可以炒着吃,味道差远了;冬豆子颗颗圆,粒粒燥,砂罐炒熟,嘣脆且松,疏松且粉,比葵花子、花生,嚼起来更来劲。

夏至,我老家有炒豆子风俗。老家不远,叫石泉,那里做砂罐很厉害,砂罐炒出来的冬豆子,更是香些,脆些,疏松些。

夏至这天，家家都要炒一锅的，寄托的意思是，身子要如豆子一样，粒粒蹦。

现在，我倒不觉得这里头含有对身体的祝福，意蕴尤感其深者，冬至，豆子下种，夏至，豆子下罐，时节呼应得这么好与准。莫只说春种秋收，冬种春可收，冬种夏也有收。

霜华是一味

蒹葭苍苍,白露为霜;玉立亭亭,小不点为大姑娘。若说露是未成年的霜,那么,雪便是长成飘落的霜,霜,养在乡晨人未识。唐朝温庭筠有一首诗,极得味:鸡声茅店月,人迹板桥霜。长亭外的游子读了,是要落泪的。

霜随形转,形塑霜状,板桥上的霜,茸茸的,有如蒲公英吧;蒹葭上的霜,圆圆的,有如鱼眼珠吧;而狗尾巴草一排排长在田埂或山脚,霜挂其上,便像极了撒上白粉的棒棒糖。张九龄写霜景是:潦收沙衍出,霜降天宇晶。伏槛一长眺,津途多远情。霜景正是天宇晶,霜降的那些早晨,高高低低的乡野,弯弯曲曲的乡野,是浅浅的白,是疏疏的白,是薄薄的白,是田田的白,绿白相间,黄白相间,不是山头厚雪,当算草间雾凇。

茄子是没得摘了噢。霜来了,乡亲们悠悠兴叹,这时节,绿色蔬菜退场了,南瓜早没了,冬瓜不见影了;辣椒坚持着,辣椒也不开花了，结的辣椒也是前些日子的，前些日子结的，不葱茏，不舒展，辣椒们拢起袖，缩了脖，蜷了形。有俗话说的是，霜打的茄子。霜打后的茄子，个子小如老鼠崽不说，摸起来硬邦邦，吃起来也苦滴滴的。

萝卜却是甜起来了，菜市场卖菜的大妈，嗓子亮得不行：来来来，打了霜的萝卜呢。霜前萝卜与霜后萝卜，外形并无不同，都一样长长圆圆，都一样白白胖胖。萝卜表里霜降露，霜前萝卜，生嚼有一股辣味，兼一股涩味，霜后萝卜，便很甜了，便很脆了，此时萝卜不仅是蔬菜，也是水果了，吃起来有梨子味了。打霜的萝卜，里头是脆脆甜的，自来水煮萝卜，自来水也是微甜微甜的了。霜，是萝卜的玉液琼浆，是莱菔的春风雨露。

红薯也是霜后佳，霜前红薯也是梆硬，蒸也好，煮也好，或是烤也好，粉是粉的，粉中有点涩。要让红薯过到来年，得霜降前挖红薯。老家屋里，多在客厅里挖一个大窖，一人多高，一庹之宽，深深邃邃，四四方方。平时是空的，到了秋冬，满了，窖里全堆满了红薯。乡亲像是蚂蚁，秋天从土里挖来红薯，全藏起来，过冬。

风雪日子，那一窖红薯，便是一屋子的幸福。风雪夜，人都归了，一家子都坐在火炉边，火炉上架了四方桌，桌上铺展了印花被。不知谁嚷了一声，饿。娘便翻开一块木板盖，从窖里拿出两三个红薯，铁筛子上盖木板，焖烤红薯，鼓鼓的香，汩汩的香，也是满耳咕咕的香。若说粮食香，没什么香过烤红薯。

乡亲们猫冬的日子，红薯是深冬里的舌尖上的美味。冰寒雪冻，窖设正屋，正正好。围炉话桑麻，想吃夜宵了，不用去山脚窖里，伸一脚，便拿了红薯来烤；到了初春，红薯日渐见底，须得跳下去，才能拿到。我姐曾害过我一回，她怂恿我去拿红薯来烤，待我跳下去，她不伸手拉我了，还把木板盖了：把红领巾给我，我就拉你上来。读了好几年书，我没戴过红领巾，欠死了。便偷了姐的，学校里，家里，村子里，是不敢戴的，去山上放牛，才戴着向山麻雀们显摆。我姐早知我干贼牯子事，骂我我也不给她，她哭我也不给她。她便想出这个绝招，我招了。

霜后红薯，不收起来，容易坏的。现在，我姐总要留一块红薯土，不到霜降不去惊动红薯们。好大一苑霜啊。夜来天气冷，要盖七八斤被子了，赶早起来，冷得打战，便见田野里，白了。便有人喊，好大一苑霜。霜华论苑，大概早已秋收，稻田里剩一行行禾苑了吧。霜落芨芨草，一根霜；霜落稻草苑，一苑霜。秋黄世界，冬灰天宇，着了芦花白，着了雪花白，白绒绒了，白晶晶了。

好大一苑霜啊，便要开挖红丘陵里那块最后的红薯土了。太阳出来，霜华隐去，土里，到底凉了，挖出红薯，手剥红薯身上土，手都冷僵。红薯好吃呢，浑身来劲。霜前红薯，如嚼铁砣，有些夸张，如嚼木头，却是写实；霜后红薯，松了，脆了，软了，甜了，生吃出味，熟吃味出。

霜后红薯，蒸着，蒸锅边上都老红色结团，如牛皮糖，刮了，手拿，手都黏黏糯糯，粘住嘴唇，甜甜如蜜。若说，霜前红薯，一个个烤，烤得四面黄，却是硬邦邦，不如木棍，也是牛骨，狗啃骨头，吃它，费好大牙齿劲。霜后红薯，一个个烤熟，筷子搛上，都两头闪，软如面团，甜如柿子；卖相也佳，老红老红的，糯糯条条的。

很多年了，我姐和我妹，秋收那会，田野与山头，庄稼都收得干干净净，她们都会留一块霜红薯，洗净，晒干，烘烤，密封，制作干红薯，一袋袋装着，天天问拟上城者，托其带给我。晨起上班，堂客煮面，吃了，肚子是饱了，舌尖没饱，便随手拿几根烤红薯，路上嚼，嚼，嚼味。嚼之味，那是绝味。

霜华不只是冷味，霜华也是甜味，白菜也是借了霜，滋味从此悠长。白菜先前，多是青菜吧，叶叶舒展，茜茜青绿，白菜们只顾着舒枝展叶，待到霜来了，雪来了，白菜内向起来了，注重内里品质酿制了，注重味道提炼了。霜里拔蔸白菜来，雪里挖蔸白菜来，搁砧板上切，响声都脆很多，炒起来水分足得很，入口更是甜滋滋的。

不只霜华，比如阳光，比如雨水，都是一味。今年阳光足，橘子甜呢；今年雨水足，梨子脆呢。别说大铁锅翻炒出味，大自然更是蒸馏有道。把佳肴弄出味的，不是厨师，不是柴米油盐，而是老天，厨师出小味，老天酿大味，其以风雨霜雪，调和鼎鼐，烹制万千人间美味。

好竹连山觉笋香

北方有佳人，曾来妒气我，漫天雪花飘，一锄挖去，挖出一块鲜肉来，老兄彼邦可有？着实叫人妒羡。佳人说的是北方杀了年猪，大卸八十块，屋前屋后，楼左楼右，把肉埋在寒冰深雪，想吃了，持一把锄头，往冰雪一挖，一块猪肉，新鲜出土，鲜若新宰，土里挖出猪肉，好生神奇与浪漫。羡则羡矣，输则不输气，哥哥我也可以去妒气她：薄雪落青山，一锄挖去，挖出金衣白玉，老妹贵地可有？

一锄挖出金衣白玉，北方是没有的。"解箨新篁不自持，婵娟已有岁寒姿。要看凛凛霜前意，须待秋风粉落时。"翠竹青青，山连山青，凛凛霜前意，不只是秋风落粉时，更是猎猎冬风肃杀时。竹子是草本植物，却有着乔木英姿，到得秋来，到得冬来，百草枯黄，众木凋零，却有翠竹，不减春夏颜色，依然是青青苍苍，浑然浓浓绿绿，撑起一杆劲骨头，养活一团春意思。

翠竹冬天里的春意思，不仅是绿满枝头，更是胎生根头。北风吹，雪花飘，万木不曾凋敝，到底不敢生长，寒风中求自保，唯有翠竹，逆冬而孕育，是曰竹胎，俗称冬笋。许慎解笋："笋，竹胎也。"一个胎字，呈现的是生气勃发，呈现的是生鲜嫩发。冬笋外黄里白，人称金衣白玉，不仅指其色，也指其贵。李商隐第一次吃笋，点这道菜，点得心发颤：老板娘，这是什么真金白玉做的，这么贵？嫌贵，那就不点。点点点，五花马，千金裘，呼儿将出换冬笋：嫩箨香苞初出林，於陵论价重如金。皇都陆海应无数，忍剪凌云一寸心。一个忍字，可见李大诗人点这道菜时，呈现欲罢而休、欲罢不休的馋样与窘态。

香苞初出林，论价并非金。土里生的，山里长的，不要钱。江南何处无山？江南无山不竹，一地一地山，一山一山竹。屋前就是山，屋后就是山，掮一把锄头，背一只竹篓，提脚百千步，就可以入竹林，竹林翠绿，竹姿妩媚，落叶满山，地枯地黄，若是一双俗眼望，着实看不到地下盎然春意思。冬笋不比春笋，春笋是长出地面来的，毛茸茸，苞尖尖，有眼即可见；冬笋埋地下，深藏不露，茫茫大地，冬笋何处？不知冬笋生处者，入宝山一日，不得冬笋一根，冬笋随处都有，冬笋渺渺难寻，故，冬笋生得多，产不多。李商隐曰"论价重如金"，也是写实。

只在此山中，土深不知处。懂笋者，是知处的。竹之向阳坡，冬日煦暖，孕育冬笋之温箱，沿着竹苑，寻找向阳竹鞭，但见土地疏松处，有土微微隆起，那便是竹女怀竹胎。竹子也是分公母的，公竹无笋，母竹怀之。经验丰富的农家汉子，还晓得据竹苑之节,来断冬笋之深浅,根菀竹节短者,冬笋生得浅;竹节长者,冬笋生得深。三五几锄,挖出的冬笋,其色金黄,其状如荷莲初含苞,亦若三寸金莲,剥了笋壳,但见纯白似玉,鲜嫩若胎,形容事物,还看古人,古人称冬笋是"金衣白玉",这比喻,美得死人哪。

冬笋都躲猫猫,也不确。有年,我姑还在,伯父老父已故,他们三兄妹,唯姑独存,许多年不曾见,其年回家过年,见姑或可见父亲影,临时起兴,带老婆孩子去看望姑姑,姑姑嫁得不远,就在山那边。山路荆棘丛生,灌木满途,有一条大路,可绕而行。我偏向山路行,翻到山高处,恰是中午阳光漫照,竹林扶疏,山坡上阳光斑斑点点,猛然间,冬笋有如蘑菇,生于枯黄草坡上,大惊,狂喜,跟堂客说,在这里做个记号,回来挖。哪要做甚记号,原路返回就是。心情大好,脚步飞快,先奔山下去,拜见姑姑,见姑如见父。却心头还挂怀冬笋,胡乱喝了姑姑的糯米甜糟酒,急急如律令,往回赶,到得阳坡竹林处,寻几根木杆,我一根,堂客一根,小孩一根,当铁锨与锄头,在大山坡里面,挖呀挖呀挖,挖松松的黑土,得大大的竹笋。挖了好多,脱了外衣当塑料袋,满心欢喜兜回家。东北雪里挖出肉来,固然令人羡,也不过是人先埋的;江南雪地挖出笋来,是造物主之所藏也,不羡煞你啊?挖冬笋有如采蘑菇,采蘑菇有如采金玉。这类生活,岁月里可以唱歌。

"金衣白玉,蔬中一绝。"所谓山珍,不过是冬笋吧。清朝吃货李渔,把冬笋推为蔬菜第一菜,"论蔬食之美者,曰清、曰洁、曰芳馥、曰松脆而已矣。不知其至美所在,能居肉食之上者，只在一字之鲜"。清、洁、脆，归于一字便是"鲜"。冬笋居山，居冬之山，冬之冷冽，凝结一气，又不曾出土见日，却又含了冬阳日气，天地精华，自然合成一个"鲜"字。冬笋是寒凝的，冬笋又是采阳的，阳光照耀的那山坡，冬笋才多，冬笋寒热交替而酿制，出味是肯定的。最好的味，不是厨师烧制，而是天公酿制。吃货李渔，最懂此间味："然他种蔬食，不论城市山林，凡宅旁有圃者，旋摘旋烹，亦能时有其乐。至于笋之一物，则断断宜在山林，城市所产者，任尔芳鲜，终是笋之剩义。"笋，冬笋，必须是山林所产，才得神韵。神韵之源，土也。土气形容人，或不是好的，土气形容菜，定是最好的，土鸡土鸭与洋鸡洋鸭，有日都是鸡与鸭而已。知否知否，美人与丑人，也都是人而已不？佳人或是越洋越值钱，佳肴定是越土越珍贵。

冬笋吃法多样，吃货李渔说只有两种，"素宜白水，荤用肥猪"。白开水煮笋，怎么吃，我是无法想象，冬笋与春笋，都是有一股子涩味的，清水煮河鱼，是妙品；清水煮冬笋，是啥品？江浙人素来清淡，清水笋加点酱油，确乎不改一个"鲜"字，湖南人指定是不习惯的。湘人吃冬笋，多是"荤用肥猪"，更是荤用瘦肉，也是吃货的梁实秋，最懂其中滋味："我从小最爱吃的一道菜，就是冬笋炒肉丝，加一点韭黄木耳，临起锅浇一勺绍兴酒，认为那是无上妙品——但是一定要我母亲亲自掌勺。"

冬笋炒肉丝，是啥子肉呢？新鲜猪肉，还是腊味猪肉？估计梁公说的是新鲜猪肉吧，这是无上妙品啊，想必那是梁公不曾吃过冬笋炒腊肉。湖南以腊肉名世,柴火熏的,经久熏的,人嫌湘腊贵,要七八十一斤。贵不?四斤鲜肉熏成一斤腊肉,十斤鲜笋剥为两斤冬笋,商隐兄若嫌贵,你来,我给你免费。腊肉柴火熏后,肉质紧绷,浓缩即精华,腊肉把猪肉之腥气全熏掉了,干、老、劲、耐嚼,那么加鲜味的冬笋,鼎鬻阴阳,中和干鲜,还加点红辣椒,干的红辣椒,那是稀世绝品。冬笋可以跟很多菜混搭,冬笋焖排骨、冬笋炒鸡蛋、冬笋炒酸菜,都是美味,但美之美者,还是冬笋炒腊肉。春笋炒腊肉,也是好味,到底没有冬笋来味。春笋得春气而膨胀,春笋大而散;冬笋凝冬气而缩微,冬笋内敛小而精,味道是凝缩而精华的。冬笋炒腊肉,恰如陆放翁所谓,"色如玉版猫头笋,味抵驼峰牛尾狸"。

"无竹令人俗,无肉使人瘦。不俗又不瘦,竹笋焖猪肉。"吃货苏东坡也是最爱这一味。突然想起,吃货,只要是吃货,餐桌上都少不了一味笋,清朝另一位大吃货袁枚,爱笋爱得哭,"豆腐煮得好,远胜燕窝;海菜若烧得不好,不如竹笋"。袁老这话意思,海味山珍,山珍海味,山珍总是胜海味,"将天目笋、冬笋、问政笋,煨入鸡汤,号'三笋羹'"。那三笋羹,想想都诱人。

冬日少鲜,菜园子里的蔬菜,唯剩萝卜白菜,山间几无蔬果。冬笋知人意,在白雪纷飞之冬,藏在土中,有如天储。冬日又是肉最多时,冬笋是专来配人间美味的吧,来给人间添春节胜味的吧,"远传冬笋味,更觉彩衣春"。冬来年且近,远望老家山连山竹生竹,甚思冬笋炒腊肉了。

猪肉炒青椒

狗肉不上板，猪肉不上版。

先古，狗肉是上桌的。马王堆汉墓出土食谱，其肉食类有牛、马、羊、狗、豕、鹿、兔、鸡、雉……其汤类有羊酐羹、豕酐羹、狗酐羹、兔酐羹；狗肉也上《楚辞》菜单：肉鸠、青鸽、黄鹄、豺羹、苦狗……枚乘《七发》记楚地宫廷国宴，有牛肉笋蒲，有芍药熊掌，有紫苏鱼片，有清炒锦鸡，有红焖豹胎，其中亦有石花狗羹；《礼记·王制》尤有明载："一献之礼既毕，皆坐而饮酒，以至于醉，其牲用狗。"史上不只是有狗肉将军，也有狗肉文官嘛。

我本楚狂人，食歌宵狗肉，不晓得是何时事。我这里说法是，打狗散伙。若不想朋友间散伙了事，菜桌上便不上狗肉；更有神神道道云，某一日某一伙，午餐上了狗肉，未及半年，中有某人，不是离宴席，不是离酒场，而是离了人间。这是爱狗人士编辑的厌胜术吧，也是难说。

我更相信的是，狗有灵性，狗跟主人那么亲密，怎舍得吃？猪肉不上版，是我独自感觉，文人爱写美食，多半是过屠门而大嚼，白菜萝卜都吃不上，却在津津有味铺陈鱼翅燕窝。猪肉这类常见之物，不太入得文人法眼，他得写见识文章嘛。

据说猪肉不是好东西，有人拿《本草纲目》说事，说猪肉有毒，"能闭血脉，弱筋骨，虚人肌"。何故？猪吃得不好，住得不好，长得也不好看："吃不择食，卧不择埠，目不观天，行如病夫。其性淫，其肉寒，其形象至丑陋，一切动物莫劣于此，人若食之恐染其性。"

不过，《本草纲目》也说了，猪肉能治狂疾。《名医别录》曰猪肉治狂病。孔子三月不知肉味，发狂；我等三日不知肉味，发癫。狂病与癫病发作，赶紧去剁半斤猪肉，炒二两青辣椒，则癫者不癫，则狂者不狂，再也不跟老娘赌气，不跟老爹骂架了。"风狂歌笑，行走不休：用猪肉一斤，煮熟切脍，和酱、醋食。或羹粥炒，任服之。"三十多年前，有过好多次，我没风狂歌笑，而是风狂歌哭，行走不休，我娘用猪肉一钱——夸张了，是一两（说一斤，更是夸张），煮熟，食之，立竿见影，一秒见效，瞬间治好我癫狂。

闻见狗肉香，神仙都跳墙。狗肉香，能香多远？得打窗前走过，才进得脾肝。能香过窗前的，我印象中，是两道菜，都极平常，一者是茄子炒辣椒，一者是辣椒炒猪肉。当年，我在一个县城读书，胡做文章，倒是未罚款，后来乱唱弹铗歌，"长铗归来乎，食无鱼"，补罚。未审阁下读书有何情景，我们那时，逢第四节课，五心不宁，六神无主，一听铃声响，箭也似奔驰，食堂排队去，排队那么长，便作死地敲钵子，被抓了现行，罚了五元伙食费。一月伙食才十来元，去了五块，什么食无鱼啊，汤得没得食，草都食不了。

归去来兮。我归，我娘剁了三两猪肉，园子里摘了一斤辣椒，其时，我在资江这边望船渡，我娘在资江那边炒猪肉，但闻得阵阵河风，送来阵阵肉香，喜我娘之最吾知兮，且余济乎资江。这情形，后来在我家小女身上复现。她倒不是被罚款，小女就学北方，半年不曾吃过猪肉炒青椒，暑假归来，火车还在长沙，便给她娘打电话：妈妈，给我做猪肉炒青椒。

我估计是，文人不太做猪肉文章，不源自猪肉有毒，而是猪肉太家常。文士不知，最深的滋味是家常。最能做粮的，是主食。南方人最吃不厌的，是米；恰如北方人，吃其他，都是吃新鲜，吃了几餐后，反胃了，吃不下了，要去吃面了，要去吃饺子了。好吃不如饺子，舒服不如倒着。那是北方人唱的幸福歌。饺子好吃，连吃三餐，南方人脸都绿了。这就是：诸肉最是猪肉香，诸食最是主食良。

猪肉香，猪肉炒青椒，最是香。猪肉不曾现宰，辣椒却是现摘。大清早的，去对面菜园，和露摘青椒，午餐或晚餐，清露没了，却可用井水洗青椒，洗得清亮亮的，鲜滴滴的，绿油油的，和肉炒，辣香随风飘，能飘窗外好远好远。其他香，香度是不太够的，香过了阶檐，香就散了，闻不到了，辣椒之香，是能过江的，至少能过好几条田垄的。

猪肉炒青椒，最是简单。美食类者，多是要加这要加那，这作料那作料的，一样都不能少，而猪肉炒青椒呢，顶多是撒点盐，油都不用放的。猪肉切成片，我最喜欢的是，切成薄片，带皮，稍稍炸，炸出点点油，肉皮微微黄，这时最出肉香，肉最出香；再是切成条的青辣椒，和着炒，香飘云天外哪。

当然得是农家土猪肉。农家土猪肉，味道甜。有排斥猪肉者云"作脯，稍有腥气"，估计他是从城里菜市场剁的吧，土猪肉几乎是没腥气的，有的是甜味，即使有点腥气，青辣椒一炒，什么腥气都无，只有香气了。哥哥、姐姐、老弟、老妹，土猪肉，是带皮肉呢，皮带在肉上，味死个人。没带皮的肉，瘦肉非享受，肥肉犹腻歪，带了皮，便是味。

湘菜者香菜也，湘菜之香，是辣椒添的香。这是湘地人的美食梦想，却是外地人的恶食梦魇。吾有刘兄，湘西采访，访毕，转到邵阳，与我一会，刘兄辣椒一闻，人便晕。事先跟厨师反复交代，别放辣椒——不放辣椒，叫湖南人如何炒菜？菜上桌，刘兄旁边置了一杯开水，每搛一菜，都放杯中洗。吃湘菜，刘兄是那么痛苦，我是那么痛惜。

芋头芋头娘

晨起看芋,古谓豪言,《说文解字》曰:"大叶实根,骇人,故谓之芋也。"看到芋头伞大的叶,失声尖叫:哇,好大。徐锴便是这么释芋的,"芋,犹言吁,惊辞也,故曰骇人。"荷擎雨盖,芋张伞柄,炎暑起晨,我却见芋是清颜,清凌凌的芋叶,铺陈开去,绿莹莹微卷,中间一颗几颗露珠,珍珠也似,漾动,滚动,跳动,朝霞照过来,含清气,蕴光色,如我等吃红薯长大的乡巴佬小子,也感觉好意思居田田芋叶中。

这个好意思,后来才晓得有同义词,叫诗意,可惜我非诗人,诗意偶有,诗言一句也无。这情景,林黛玉若遇,怕是持了花露水瓶子,玉手纤纤,收集芋叶清露去了。我姐是刘姥姥角色,当年也有林妹妹心性,还真井边洗净黑墨水瓶,大清早,天地澄澈,我娘叫她家里烧火做饭,我姐争说她去打猪草,打猪草是真,也是假借,她要去收取芋叶清露。芋叶窝成筲斗状,我姐将芋叶末端一撬,清露咕咕噜噜,全进了墨水瓶。我姐非餐风饮露，墨水瓶里，她还掺了什么，我就不晓得，但见夜半西窗，她买了一支毛笔，蘸露脸上擦。

我家老屋居小高台，望远处，不见碧水悠悠，但见青山叠叠，一垄田，一脉山；一脉山，一垄田。山一脉，水一脉，田一脉，稻一色，芋一色，天一色，山脉与田垄交错，植物与天地交互，江南都是如此摆山摆水、显形显色的格局吧。江南这般格局叫冲。我老家叫铁炉冲，隔壁村叫石道冲，上头叫盐闹冲，冲里多是一垄垄田。田，有远古气象，一丘丘的，丘与丘间设置田埂，这便是井田制？

田埂是分田的，田埂也是联田的。芋头多种在田埂上。田里挖小渠，小渠两脚宽，渠里水潺潺，渠上芋排排。芋头便是这样植在田中。芋头不是田里主角，田里主角是稻子，风吹过，稻花飘香，阔大得骇人的芋叶也随风展，土里土气的乡村，也便有了诗情画意的浪漫。

芋头叶下，我曾是自然界的小毛贼，人无好命，起了心去偷好生活。持一个破脸盆，卷一扎烂稻草，下到田埂水渠中，将那卷稻草横在渠上，意在挡浊水——泥鳅会浑水跑掉的，然后是双手如铲，铲泥巴，一轮一轮地铲，泥鳅被铲出来，捉上来，投之脸盆中。这活儿，笨。会捉泥鳅的，不是这么干的，腰带上系罐子，一丘丘田，走过去，见着手指头小洞，手指旋进去，泥鳅夹上来。我死也没学会这本事，便是用这个笨办法。这个偷好生活的活计，盛夏正午，最是合适。赤日炎炎似火烧哪，不怕，脚下踩着的是渠水，头上遮着的是芋叶。

芋头真非田间主角，父老是没把芋头当大活干的。把芋头埋到田埂上后，我想不起来父老还干了什么。秧禾插下去，事儿蛮多，要踩田，要施肥，要打药，要灌水，要捉虫子。芋头种下去，父老好像什么活都不用干，春种一粒粟，秋收一担芋，春种秋收之间，一个盛夏，貌似没谁曾给芋头流过甚汗。芋头好思想，思想好，让父老捡现成生活。

芋头土，芋头也雅，本是农家味，却也能入文人生活。东坡先生蛮懂芋头妙趣，"当去皮，湿纸包，煨之火，过熟，乃热啖之，则松而腻，乃能益气充饥"。烤芋头的味道，松而腻，粉而糯，鸡蛋大的烤芋头也如荔枝吧？一样色白，不一样的韵味。东坡先生这个吃法有点雅，不曾试过，我老家吃法与之别样。煨之火，是一样的，哪"当去皮"？连皮煨，也不曾湿纸包，连皮带芋，投诸柴火灶，过熟，棍棍扒出来，拍拍灰，手指扒拉扒拉，芋头皮便自褪其衣。明朝有屠公，作芋头诗，写的正是煨芋，写的也正是芋头有如美女柔性又心柔，他诗是这么写的：大者如盎小如毬，地炉文火煨悠悠。须臾清香户外幽，剖之忽然眉破愁。玉脂如肪粉且柔，芋魁芋魁满载瓯。

芋头能如红薯煨之火，煨红薯与煨芋头，味道难分伯仲，都香，都软，还都粉且柔。若煮起来呢，那便衣分三色，食分五等了。煮红薯吃不得，见煮红薯而旋走者，不知凡几，见煮芋头而蚁聚者，云集响应。东坡是大吃货，有其父必有其子，其子苏过，研究出一味煮芋头："过子忽出新意，以山芋作玉糁羹，色香味皆奇绝。天上酥陀则不可知，人间决无此味也。"煮红薯，再煮也煮不出好味来，煮芋头可以。

这或是芋头另外一样心性，与物随和，和气生味。清朝李渔，论吃货不输东坡。许是他没遇到好芋头，他说芋头如白开水，和物出滋味，"煮芋不可无物伴之，盖芋之本身无味，借他物以成其味者也"。芋头没味？芋头味道，人多感觉其香，其粉，其滑，其腻。所谓芋头本无味，或是芋头不霸道，不充头，心性淡然，与他物处，谦让，柔和，融洽，低调，不抢功，善解他意焉。我乡有两道芋头菜，一者扣肉芋头。扣肉是爱出头的，其味浓郁得很，油气兴冲冲，芋头与之伴，芋头不压扣肉味头，芋头只帮扣肉解腻，扣肉因此转正道，不再腻歪。另道菜是盐菜，盐菜腌制入坛，坛味深浓，芋头置上，盐菜搁下，文火慢蒸，芋头去了盐菜酸气与野气，盐菜变得醇正多矣。

"玉脂如肪粉且柔，芋魁芋魁满载瓯。"这里说的，我老家叫芋头崽，小，鸡蛋大，当零食，适合煨，当饭食，适合煮。当菜蔬，可不是芋头崽，而是芋头娘。芋头娘大，电视上，我见过广西荔浦芋头娘，大如足球、篮球，我老家芋头娘没那大，饭碗大的样子。

煨芋头，或东坡所谓煮芋头，说的多半是芋头崽，挖出一蔸芋头来，芋头崽女吊落花生也似，吊璎珞也似，一串串的，一个个的，一蔸好多好多。芋头崽小，鸡蛋大，顶多鸭蛋大，毛茸茸，剥开来，白白嫩嫩，滑腻如凝，玉脂如肪。芋头娘呢，非如此。芋头娘是我老家叫法，学名叫母芋，科学说法是：植株基部形成短缩茎，逐渐累积养分肥大成肉质球茎，称之母芋。母芋色泽深，剥开其皮，麻子多，色泽褐，不粉，柴火煨，清水煮，不出味，或还有点涩。芋头娘，适合切片，与扣肉和盐菜同蒸；适合切丝，加点辣椒，加点姜，加点葱蒜，不煮，不蒸,要炒,大火炒,其味不粉,倒是有三分筋道,有嚼劲了;其味是蔬,转而有三分荤味来,吃肉一样。

别处的芋头,有无遍地种植?我老家好像是种得好玩,极少一丘丘田规模化种,田埂边上种一排,八九月间,收获一半箩一簸箕,够了,不求卖,也不指望芋头度日,陆游谓芋头:陆生昼卧腹便便,叹息何时食万钱。莫诮蹲鸱少风味,赖渠撑拄过凶年。说的是要靠芋头来度灾荒年头。芋头有此过凶年功用?我老家种稻多,种薯多,种芋不多。

种芋,不求饱腹,但求尝味。这状态好。求饱食的生活,都是坏生活;求零食的生活,多是好生活。父老喜欢芋头娘,到得其时,与稻谷同下种,便是心存念想,让芋头娘生出许多芋头崽,生出好生活来。

三月泡

天气多怪，料峭二月，来一场倒春寒，也是应时，不想漫天雪花，飞舞江南。脑壳缩在衣领里，缩得难受，奈何心不虚，身却虚，难受也得禁受。日出，雪融，仍，天寒，地冻，趁薄如冰片的日头，挂在寒天上，美女们结伴，去市列珠玑的步行街闲逛，我独自一人，穿过几条街，去山列翠竹的小山头走离骚。

山坡山坳，像是思想没解放，春都来了，还在守旧，依然冬景，茅草、糯米草、狗尾巴草，一样样气息奄奄，枯黄着，了无生息，株树、樟树、枞树与竹子们，青绿倒是青绿，也都不太活泼，板滞得很，瑟瑟着。来到一处山窝，驻足，山窝比别处要翠绿许多，风吹来，一丛小竹生动了一座山。喜欢山窝，好像喜欢美人嘴窝。见到美人嘴窝，知道美人笑了；见到青山山窝，知道青山笑了。

行到山窝处，驻看泡起时。每年三月，我都来此，山窝处，百草丰茂，小竹献翠，竹环草拥，山窝中央，长着一蓬三月泡。三月泡多是一苑一苑长，这里三五苑丛生，好像要当山窝百卉主角，枝干有拇指般粗。三月泡是灌木，还是草本？没去翻书，三月泡长得都不高、不壮，伸枝展叶，独立一苑，难得几苑聚集，蒙络成蓬。

驻足于这个山窝，是想来探问春消息。三月泡是春之物，不会在残冬开放吧。很多很多年了，没谁给过我意外之喜，常去山间水涧，常有动植物给我许多惊喜。初看疑是雪，小朵的雪。在江南，太阳一出，再厚的雪也一日化水，了无痕。在山窝背阴处，雪未融，也蛮常见。只一朵童眼眼眶大的雪不？走近一瞧，不是雪，而是三月泡开花，满树含苞，独有一朵绽放。不只是梅，山角一枝泡，也自凌寒独自开。马上打电话向堂客报春，三月泡开了，有三月泡摘了。

北方有佳人，曾经作一首诗，题目就是《三月泡》：它有好多的名字／三月泡／也可以叫山抛子／牛奶泡／撒秧泡／泡儿刺／户口簿上的大名叫山莓／在山上／一大些鹅掌般的绿叶子／哥哥那样陪护着它们……这里的哥哥，好像写的是我吧。我确乎是"那样陪护着它们"的。隔了一星期，春阳暖暖，我再去这里看泡花，三月泡啊，一枝一枝，一朵一朵，全绽放了。三月泡小，小小的白花，婴幼儿眼珠般大，纯白的，粉白的，疏疏朗朗，从枝头开杈处，排排开到枝尖，繁华点点，恰是星星点点，鹅掌形的嫩叶，做了底色，非大红大紫，非大块大垒，清新，素洁，谦和，细碎。我曾经喜欢远观美女穿细格子薄薄春衫，怕也是爱屋及乌吧。爱三月泡的细花美，故爱美女们的细衫美；爱美女们的细衫美，故爱三月泡的细花美。

　　打电话给堂客，是叫她早早准备玻璃罐，过日来摘。入城许多年，原来不晓得居城不远，也有三月泡。三月泡名号多多，我独爱它这个名字，三月，三月，念着这个词，心里心外，都是春意盎然，都是山花烂漫。三月泡，或许不是春天最早开花的，却应该是春来第一果。阳历三月开花，阴历三月熟果。三月泡果实也不大，正是少男少女眸子般大，先是青泡蒂蒂，淡青淡青的味道甚涩，形容人不成熟，叫青涩，青涩青涩，也许三月泡是本体，豆蔻年华是喻体。

　　青泡长大，色渐变黄，青黄青黄，其味转酸，那是怀肚婆的爱物。腊月娶美女做新娘，耕耘播种有两三个月了吧，平平鱼儿白肚，开始微微隆起，思想起酸来，三月泡知人之心，适时而果。我想吃泡。若听得媳妇这话，汉子与公婆，喜之不尽，不仅汉子，便是公婆，也爬山钻蓬，采得黄泡，养喂新妇。新妇手持一只银白小碗，斜倚门楣，瞭望天蓝地绿，百紫千红，细听燕舞莺啼，鸡鸣鸭叫，是乡村常见风景。

　　三月泡，最好吃的，当然是全熟了。那时，泡已全红，泡不大，恰如喂奶的新娘；泡上许多复眼，也恰如喂奶的新娘；汁液饱满，也更恰如喂奶的新娘；红啊，血红，透亮，吹弹得破，似乎窝嘴一吹，可以吹得一层水，在中国红瓷器上漾动。摘三月泡，适合细雨初停，雨水漫漾泡上，红得发亮，晶莹剔透，可以看见味道在里面转动。泡越大越好，再大也是拇指头。一粒一粒摘碗里，白碗一堆红泡，堆金砌红，诱死个人。

　　樱桃好吃树难栽，红泡好吃泡难摘。三月泡有些文人气，喜散不喜聚，很少有一堆一堆的，一丘一丘的，它们居山间地头，一蔸与另一蔸，隔起老远，小半天才寻得一株。越是人烟稀少处，长得越是粗壮茂盛，那泡结得越是色鲜个大。恼火的，不是山高路远，也不是坡陡壁峭，而是它身上长刺，好美人都是有个性的，好野莓亦如好美人，好美人藏在深闺，好野莓藏在荆棘。三月泡长刺，长的是倒刺，满树满枝，藏在绿叶下面，红泡欲落，想去摘它，先得过它满身之刺，常常是，摘得一碗三月泡，刺破十指头，有《鹧鸪天》为证：绿叶红藏青山腰，恰如红豆三月泡。佳人远在关山外，春风吹得老心摇。枝多刺，扎血泡，等伊轻启红樱桃，若来江南恰赶上，边偎怀抱边喂三月泡。

《开宝本草》说三月泡功效："补虚续绝，强阴健阳，悦泽肌肤，安和脏腑，温中益力，疗劳损风虚，补肝明目。"知道有这功效，更爱吃了，不知道这功效，也是特别爱吃的，无他，三月泡真个好吃，汁液多不说，味道好哪，绿了芭蕉，红了三月泡，捻之入口，甜，清甜，醇甜，细香细香地甜，甜之外，又稍稍有一丝丝淡淡微酸。恰如一位美女诗人描述：你也有好多名字／三月泡有几个／你就有几个／原谅我／这些名字是我的／我像文房四宝外加佛家七宝那样藏着它们／又像特务故意毁掉的密码一样惦记着它们／还像守财奴关在密缸里的银子一样／一个人的时候拿出来点数它们／像小时候吃大白兔奶糖／用舌头舔着它们不舍得咽下。

三月泡好吃，不好藏，摘来小半天，便开始萎了，萎了就失味了。君若想吃，我可去山间溪头，摘与你吃，但阳春三月，你得先来江南丘陵地带。

萝卜、萝卜干

　　冬瓜是菜蔬中的长调，冬瓜伏在瓜棚，如胖胖孩儿蜷了睡，炕桌桌板都顶成斜面；南瓜便是中调了，小的是手鼓，大的也有脚盆的；萝卜是小令，生萝卜在手，盈盈一握，入口，沙沙沙沙，几个音节，没了，二师兄吃人参果似的。与一帮狐朋狗友，曾去南山牧场，高寒山区，萝卜蛮著名的，大腿粗，白兔白，体量介乎中调下，小令上，一口咬下去，清凌凌的水啊，冰棒冷，溅水花，若过上慢生活，含英咀华，生萝卜能吃出梨子味来。

　　鄙乡有个长寿村，居深山更深处，叫清水村，三两个老帅哥喊了两三个小美女，小天气里邀约乡村游，见着了一丘丘萝卜。先说一下小天气吧。阳光暴烈是大天气，阴阴柔柔是小天气；大雪纷飞是大天气，温温煦煦是小天气。大天气里，天为大，只有天的世界，不见人；小天气里，人为大，天也在外面晾着。老哥美女，三五成群，山头乱窜，窜到萝卜地里，这些家伙,豪强无量,毛贼无胆,望着一丘萝卜,眼里飞得火出,没人下丘。我是野惯了的,跳脚入丘,弯了腰子,拔起萝卜来。美女窝着一双玉手喊:来了,来了,来了个老大娘。我没听得,大娘听了耳:没事呢,没事呢,扯个萝卜吃,没事的呢。美女不晓得乡村有城里所无的另一种道德体系在。乡村道德是,到农家扯个萝卜,割蔸白菜,摘个桃子,跟主人说声可,不说也可。窃小菜不算偷,算分享。

一干人,寻了一条小溪,泉水叮咚,溪水潺潺,置萝卜于其中,先搓洗,后清洗,拔出来,便往口里塞,平平仄仄,嘈嘈切切,完了。山那边打猪草的小芳,银铃般的音符,突然飙起,侧耳去听,是小令。吃萝卜的小令是:"琼瑶一片,嚼如冷雪,齿鸣未已,从热俱平。"不说萝卜色白,"齿鸣"两字,最得萝卜之小令神韵,沙沙,吱吱,平平,仄仄,齿颊如不留香,齿间留声机轻声慢放,倒带放着小令之音。

且把填肚子的叫饭,论饭,无如红薯;且把哄舌子的叫菜,论菜,无如萝卜。非说味道绝,是说花样繁。白米能做出多少花样来?红薯变变变,气象万千,煮可,蒸可,烤可,切成片,变薯条,挤出粉,变粉丝。萝卜也是,拔出萝卜洗掉泥,生吃,便是水果;切成片,炒干鱼仔;切成丝,清炒可,合炒青辣椒红辣椒;或切都不切,囫的,和煮筒子骨……都甚是入口,入舌,甚是润喉,润肠。熟食甘似芋,生嚼脆如梨。

萝卜出味,味在出水,一口咬下去,那水呲呲呲呲,儿时射水筒也似,射起细水来,水是过了萝卜肉质涵养的,纯,清,因田间地头之土之故,还冷,"嚼如冷雪,齿鸣未已",形容真是贴切。出水的萝卜，脆脆出味，脱水的萝卜呢？韧韧出味。

萝卜晒干，一刀下去，一根萝卜一分为二，再是菜刀沙沙沙沙，保留萝卜蒂，顺蒂切条条，铺在晒谷坪上，晒谷竹簟，暴晒两天，水汽干了，收回。屋东头打个桩，屋西头打个桩，搓几条稻草绳子，横过去，直过来，再将萝卜一排排一线线挂绳子上，百十米萝卜摆长阵势，如春来南方燕子排阵电线杆，如秋收北方玉米垂挂屋檐数据线。这是懒人晒萝卜。晒簟晒，每天要去收；屋檐挂，个把星期收一回。

这般干萝卜条，最是萝卜小令，扎起来，置藏柜子里，柜子干燥，不用放石灰除湿剂啥的。来年萝卜条依然干扑扑的，自然也可置坛子里，效果一样。开春，开夏，又开秋，又至秋来九月八，色不变，质不变。切成萝卜丁，与腊肉同炒，脆脆生萝卜变韧韧萝卜丁，咬下去嘈嘈切切响，与牙齿较劲，生出干牛肉嚼味来。佐饭是极好的。

萝卜可生吃，可熟炒，更可腌制。也是晒干了的萝卜条，刚晒，是快板形制，晒干，呈手指头状，不切丁，切去蒂，条是条，不成把。自然也有不晒干的，直接切成快板，置玻璃瓶，掺酸秧水。酸秧水之秧，种意思，谷种麦种的种，也等于酒原浆，从酸坛子里，舀一壶，倒玻璃瓶中，那水变酸，酸坛子里本来水浸老姜嫩姜，还浸了红辣椒白辣椒的，与萝卜同浸，色泽白，色泽红，从透明玻璃瓶里瞧去，舌便生津，眼都生酸，心便软了，脚走不动了，坐下吧，且夹一根出来，酸酸甜甜，安抚淡出鸟来的嘴。那是怀肚婆的爱物，惹新娘眼珠子伸出，如筷子长。

这也是腌制，算浅腌吧。深度加工，还是要放坛子里。老家过去十余里，有石泉肖家，是明清还是元末？不知道，是村学得了烧窑制坛子，是烧坛烧罐的传统村落。家家制罐子制坛子，户户制鼎锅，制砂罐，上十里下十里，到处挑着卖，谁家都买。坛坛罐罐，价格不高，利润不低，老家有说法是，卖砂罐子，烂一半还赚一半。好像也赚不到多少钱。肖家院子，曾经挨家挨户，都是砂罐老板，现在仅剩一两家，要申遗保护了。

坛子腌萝卜条，极好，也是加红辣椒，加老姜，深秋入坛，深冬可出坛，萝卜染着了红辣椒红，鲜红鲜红；萝卜染着了老姜辣，老辣老辣；萝卜本质未改，脆韧脆韧；酸，脆，辣，辛，一根萝卜条，变了百味品，摆碟子的。摆碟子的，非大餐，乃小令。客来，江南不如北方，少花生米；江南不输北方，也有革命小酒。两三人，四方坐，一边呱啦乱扯淡，一边吸溜瘪嘴喝，偶尔，伸箸撺萝卜条，沙拉沙拉的。蛮多次深冬夜晚，父亲与父老，就这样消受雪夜里的小令时光。

我没读过高中，老家三里外，有所百年老校，一脚路工夫。高三那会，也是不许回家的，我院子隔学校近，有村庄隔学校远嘛；还有学子要路迢迢，夜漫漫，去县城读呢。偶尔与学长们闲聚，聊及一种你不曾有过的生活：带菜。一个星期回家一次，天天都是学校食堂，没有免费的午餐，早餐也不免费，晚餐更不免费，到学校搭伙，块把钱一星期——单是蒸饭钱，菜是自己带的，带什么菜？萝卜皮，萝卜条。萝卜浸了盐，足够咸，吃得咸，下得饭；还好，咸之外，有辣，有酸，微微还有点甜，又硬，又韧，可以吃出荤味来，当腊肉，当牛肉。回想起来，可中年回嚼，可岁月反刍，就是当年反胃——龙肉天天吃，餐餐吃，也厌食了。我还好，我没读高中，读初中只在三五里外，中餐带一餐，带的也是三根四根萝卜条，舔舔，吃一口饭；嚼嚼，送一碗饭。脸，面黄肌瘦；舌，五味生津。

　　使美味能长久，商人有商人经济学，穷人有穷人经济学，各有各的智慧。都是智，智却有德质的吧。商人久贮美味，法子是苹果打蜡橘子塑膜，不缺智，缺德；穷人美味长存，想出好办法是腌制，缺智，不缺德——若是其中有不是之处，也是无心所致，不比商家，明知有害，偏偏要加着色剂，要加防腐剂。现在营养学家说，腌茄子辣子，腌猪肉鱼肉，口味太重，不合养生学。食物要清淡，萝卜皮味浓，也没营养，不能吃。凡菜单讲营养，不讲味养，无味人生，活得胖子猪一般，无甚意兴。

　　我是真吃不得萝卜皮了，身有恙，恙小，烦死人，洋医生、土医生，素来弄不到一块去，这回却是合谋我也似，严禁我吃坛子菜，腌肉不行，腌鸡不行，腌鱼不行，腌萝卜皮也不行。姐自故乡来，妹自老家来，总要带坛子菜来啊，腌酸豆角，炒青辣椒，比肉送饭多了，也是进不得口，要禁死口。好吧，那是大餐，萝卜皮是小令啊，缠口小零食，堂客也是管得紧。管他呢，味死再说。待堂客上班去，从坛子里筷夹一块萝卜皮，打坐电脑旁，日子过得沙沙响。没经意地，哼唱着，自个儿侧耳听，竟是一首家乡小调。

清甜的星星鱼

干塘,是集体生活的最后劳动吧;干塘,把年前气氛推向最后高潮。干了塘了,万事已俱备不再欠东风,可以团团转转,红红火火,打坐在刘家府(您尊姓李,便是李家府——依此类推),坐等除夕与春节无缝对接,坐等鞭炮与锣鼓有声开唱。

平时生活很集体的(一队一队劳动),到了过年,便十分个体了(一家一家活动)。打糍粑,杀年猪,贴春联,娶媳妇,扎灯笼,扫堂屋,都是一家一家干——春天是公有制的,春节是私有制的。

干塘是集体制的。二三二四二五,二六二七二八,不但小把戏老早就开始数日子,过了二十三了,大人也耐不住,扳手指了,三三两两,不时有人去塘边转堤坝,去队长家踩门槛,队长一声呼:干塘。好像鞭炮着了引线,好像音乐起了过门,好像大戏拉了大幕,好像新娘掀了红布。

把塘里木栓掀开，一池静水，动如脱兔，动如野马，动如奔龙。用不着多少时辰，塘渐枯水渐干——到了年边，水塘不再蓄水，就留浅浅一表水面，如一口水缸，吊起水汽，养活鱼们，待水流至齐膝盖深，队长扯着他的嘶喉咙喊，上酒。众汉子端起酒杯，仰脖而尽，套鞋一脱，罐子一挎，四面下水，八面围鱼。赤红红的脚，蹚起白花花的水，猛然吃了一惊的鱼，飞渡，飞渡，惊起一摊白肚。

鱼们飞渡飞渡，那一汪白花花的水，顿然变色，变成了一汪糨糊。哦呵。哦呵。塘岸上，塘里边，齐起大呼，哦呵，哦呵，是什么重大事件发生？一声哦呵破空，便是一条大鱼入笼。鱼，跳起来真个让人喜欢，一鱼跳，二鱼跳，一群鱼跳，一塘鱼跳，如瀑布摔滩底，滩底全是石，石头把水抛起，抛撒，抛如天女散花，你知道抛起多少白花花水花？每一朵水花，都是一条鱼。真个让人喜欢死了。

站在塘岸边的，个个虎视眈眈，脸色潮红，这些家伙都喝了酒的，脚穿了套鞋没穿套袜的——随时准备一声哦呵，狼奔豕突，奔突水塘。十多二十个壮汉，舞着鱼罐子（竹制，前开大口，后扎拢），鱼们鱼贯而入其中，青鱼、鲤鱼、鳙鱼、鲢鱼，丰年有鱼。水塘里，壮汉捞鱼，水塘外我父亲站守，父亲当着生产队会计，身材瘦弱，队长安排父亲站在塘边。父亲那双眼睛骨碌碌转，父亲不望塘里，瞭望的是塘岸上。我从塘岸悄悄下，啪，一团淤泥，准确无误命中我脸。我抬头扯喉咙要骂，一瞧，扔我一脸淤泥的，不是别个，是我爹。

站在塘岸上的，真不是啦啦队，而是一队队贼牯子。待队里壮汉们捞完了大鱼，谁一声哦呵，塘岸上的贼牯子，眼睛贼溜溜地，一窝蜂，奋不顾身，跳身水塘。几十年后我再回想，都冷死我。干塘前的水面，结着一层薄冰，薄冰不薄，稻草管吹个小孔，可以将其穿起来，当一只铜锣敲。两山相对出，峡谷造山塘，狭道生风，冬风猎猎，想想都寒彻骨。冷风，冰水，寒气，淤泥，都阻挡不住我们操一只竹鱼罐，赤脚插进零度与百度（温度是零度，热度是百度）的年底年度叙事里，拼死捞，拼死抢，拼死捞抢小鱼仔仔。

　　大鱼是公家的，是队里的，是院子里的，不能乱捉，乱捞，乱抢。我父亲立塘边，操着淤泥，谁抢扔谁，我抢扔我，他在保护着大鱼的公家属性。我老家有两口山塘，一口是我们队里的，一口是院子里的。我们院子有三个生产队，只有我队里，有一口独立山塘，水面清圆，有两三亩吧。年前买些鱼，丢入其中，没怎么管，队里出工，阿嫂们，阿婶们，给水田拔草，给麦土除草，把草丢山塘里，便是喂食；男人们，如我等小把戏，给生产队看牛，牛要拉屎，跑上去堵其后门，把牛往山塘里赶。嚯，嚯嚯，将牛赶至山塘里，牛憋久了，放出来，响声蛮大。那是鲤鱼们的美味佳肴啊，蛮长膘的。

　　我队里那口新塘，年底能出两三百斤鱼，队里百多号人，人人都有，生了眼珠子的都有，每人能分一斤多到两斤。我家人口多，能分十来斤，好大好大的鱼，爱死人啦，都能提到我家来。我对面的毛亚砣，他爹是半边户，分鱼只他与他娘，每年分的鱼，都是半边手指宽，气死他了。好多好多年，我家都分大鱼，后来，我姐嫁了，我妹嫁了，分的也是小鱼了。再后来，人再多，也是半斤，斤把一条鱼了。队里鱼塘被人承包，塘产八百斤，给队里也不过百来斤。人多了，鱼少了，年味也减了。

大鱼是公家的，或是私家的，小鱼却是无主的，谁抢到归谁，我抢到归我。世异时移，莫说沧海桑田，单是这几十年，变幻了蛮多时空，而小鱼仔仔其归其属，在我老家还是无主的，你持只鱼罐，去人家塘边捞虾，捞蟹，捞泥鳅，谁捞上归谁。队里干塘，大鱼被捞后，塘岸边便团团站，人打转转，手持一只小鱼罐，奋力打捞童年小岁月。且来回想风月无边，江山无限，造物主之无尽藏，而吾与子之所共适也，共有也。好多年没抒情了，此处可否许我抒发一回？这制那制，我最喜欢的是造物主所有制。

我不太行，我姐厉害，每次捞鱼，她舍生忘死，赴塘蹈冰，回到家来，眼角眉梢几线冰，秀发上泥巴翘。那也是划得来的。我，我姐，合起来能捞半斤小鱼仔仔，有两指宽的白线子，那真尽是肉，肉紧得很；有苦胆，银毫子大，银毫子扁（若没将其胆挤去，苦死人）；有小泥鳅，有小虾米，还有到现在我都叫不出名来的——这些合起来，有一个非常好听的名字，叫星星鱼，好小好小，小星星呢——我老家什么东西都是往土里称，往俗里叫，这些小鱼仔仔啊，怕是唯一的，至少是稀有的，有这么一个文雅、雅致或雅丽的好名字。

母亲把大鱼，涂一层盐，稍稍腌着，这是要留与除夕与春节的。星星鱼呢，井水洗干净，当餐给煮了。商家再如何吹牛皮，现杀现煮，现炒现卖，都不曾有我们煮星星鱼，那么鲜，那么鲜。不放作料,单是滚开水,顶多加一抓白辣椒,清清水煮星星鱼,味道鲜绝,清绝,甜绝——没骗你,真的鲜,真的清甜。

🐖 猪油腌猪肉

腊肉是肉之精品。杀了年猪，父亲主刀，砍肉一条条；母亲穿线，挂肉一块块；我当烧火小和尚，往土砖灶里使劲塞柴火，熏得我泪水汩汩流，熏得肉油水点点滴。晨起炊烟，入暮烟吹，但见墙壁挂上块块条条肉，由白转黄，由黄转黑，由黑转墨墨黑。满肉尘灰烟火色，四面苍苍百般黑。腊肉黑，百般黑，黑如人间烟火色。

腊肉要黑。黄腊肉不好呢，黄腊肉要不是硫黄熏的，要不是炭火熏的，哪有柴火熏的出味？腊肉有多黑，你才晓得腊肉有多白。将黑如木炭的腊肉往清水秧田里一踩，踩到深深深没膝盖骨的稀泥深处，半支烟工夫，将之提出来，往清涧里，往水井里，轻轻摆动腊肉，黑黑腊肉，稍稍洗一洗，温泉水滑洗凝脂，露出一段白，白如雪，那是肥肉；露出一段红，红如霞，那是精肉。肥肉不肥，精肉更精，此之谓腊肉。

满肉尘灰，腊肉果然人间烟火色。这色也是吓人，先人是吓不了的。我们，父辈，由此上溯到我们先人，都是这么杀年猪，年猪吃不完，都是以腊肉形式存贮的。厨房里钻出条黑腊肉，有甚惊怕的？黑腊肉，怕是截至我们这代人不怕了。后之者，不怕见那黑，也怕见腊肉咸，更怕见黑腊肉含硝酸盐。

拼死吃河豚，拼命吃腊肉。

腊肉是肉之精品，腌肉呢，是肉之神品吧。

猪肉有几般腌法。有种是将肉切方，切块，切麻将大小，往竹盘里倒，竹盘里满是糯米粉，猪肉落盘沾粉，再是，摇，簸，颠，猪肉滚粉，越滚越粉，全是粉妆肉砌。然后，放到坛子里，盖起来，封起来，盖封的坛子边，水淹起来——果然是密不透风。到了四五月，青黄不接，嘴里淡出鸟来，便开封揭坛，食指大动，大快朵颐，祭祀红口白牙。

这里所要说的腌肉，不是这样的。糯米糯肉，入坛腌封，老家叫米腌肉。此处所说，非米腌肉，叫什么肉呢？貌似还没给起名呢，姑妄言之，叫油腌肉吧。若说熏腊肉是肉之精品，那油腌肉，可是肉之神品。

烟熏肉也罢，米腌肉也罢，都是父老的生活智慧，一年杀一头猪，一头猪吃一年，猪肉能存储多久？我听说，北方有奇法，新鲜猪肉，剁块块，切条条，寒冬腊月，埋在雪地，此后日子是：一镐挖下去，挖出人参来；一镐挖下去，挖出鲜肉来，想想，那情景也是让人醉了。南方非北方，雪花虽也纷纷，一缕春风，便吹得不见影，雪地埋肉，只堪遐想。

雪里不埋肉，油里埋肉。年猪肉是蛮肥的。七胀芋头八胀薯，八月之后，红薯出土，父老天天红薯喂猪，喂得溜壮溜壮，养得滚圆滚圆。再是穷吧，也是要喂养一头过年猪。一年肉，指望在这里；一年油，也指望在这里。榨油，是件好玩活计，我挺喜欢。手掌大一块肉，投掷油锅，文火，武火，武火，文火。先是油鼓鼓，年猪肉都喂得头头成"羊脂球"；再是油咕咕，煎油，听那出油声，音乐蛮悦耳；油汩汩，油流油缸与坛子，越见越欢喜——我娘是见油喜，我是见油渣喜，油渣出锅，稍稍冷却，或加点盐，或生嚼，味道奇绝。

油腌肉，别有风味。油腌肉者，便是将精肉与油同煎同炸，肉中水汽，都挤出了，肉更紧实了，鲜味却也不曾全失。乡亲蛮智慧的，猪肉与猪油煎，不煎焦，酒在半醺，肉在半干；半干，肉紧，半干，肉鲜；紧，更有嚼劲，鲜，便有回味。油腌肉，就那么撩人。

油腌肉，是猪肉与猪油，同入热锅，同炸同煎；油煎后，油倒入坛子，那一同煎炸的猪肉，也一同倒入其中。肉沉坛底，油浮坛上。北风吹彻，猪油冷凝，如白蜡，如白冰，如结冻了一坛子白云。水滑洗凝脂，所形容的，便是这坛子猪板油吧。

米腌肉，烟熏肉，还有这坛油腌肉，乡亲们思维说来都是一样的，皆为存储猪肉而开异想，所不同者，达到目标，路径不同罢了。油腌肉是通过猪油来密封猪肉；与米腌肉比，其不用擦盐；与烟熏肉比，其不用熏烟——油腌肉既保持了新鲜肉之清香，又排除了硝酸盐之贻害。

油腌肉之珍，也是物以稀为贵。一头猪，能炼多少油？对门婶娘，油腌肉做得院子第一好，她说，油煎肉，油封肉，要同一头猪油与煎与封同一猪肉，才香，才脆，才保存长久。腊肉可以一路制作去，或竟可以机器化生产；油腌肉却是不行的，油要比肉多，才能覆盖住肉，肉如山峙，耸出油平线，那肉不早坏了？客来，炒腊肉；贵客来，稀客来，园子里现摘辣椒，现炒油腌肉。无他故，油腌肉者，肉之神品嘛。

河水煮河鱼，比自来水煮河鱼味道鲜多了。还可以河水煮河鱼吗？也是可以的，请到我老家深山去。猪油炒猪肉，比植物油炒猪肉，味道醇多了，自然可以到处有这盘菜，您若猪油炒油腌肉呢，难得一见哪，纵使我回老家，也是难得有这口福。

好难得这口福的。我回老家，娘卧房里置了一坛子油腌肉，掀开盖，喷喷香。欣欣然去屋背后，田间地头，扯野胡葱。我娘早摘了一篮子青辣椒的，青辣椒炒油腌肉，加佐野胡葱，那是人间甚滋味？是青辣椒炒腊肉滋味。我娘不端油腌肉呢。说，留着，留着，要留着的。留与谁吃？少小离家老大回，乡音无改已是客，客随主便，开不得口。

一坛油腌肉，留与谁？留与我堂客。这夏日，我没回家，我堂客代我回，我娘起底坛子，挖一大海碗，那肉啊，栩栩如生——夸张了，是栩栩如刚煎，如刚出锅，香气四溢，清亮如许。有新肉之甜，无新肉之腥；有腊肉之韧，无腊肉之紧。堂客归来，口述口福，很是感慨：以后，你去我家，我去你家。惊问何故？堂客曰：我回我家，我娘有油腌肉，不拿出来，到你家，才可大啖腌肉一大碗。是这样啊，晓得了，晓得了。我回我家，难吃上油腌肉，我去你家，也吃上了呢。真的？真的。我堂客便与我设约：我们别犯傻，放聪明些，我家，你去；你家,我去。

  这个哈婆娘,还是犯傻。口没味了,想老家那油腌肉,可以常回家看看,夫妻双双把家还嘛。

一叶二叶三叶牛百叶

常有见我者与问：牛哥，你老家有甚特产。问这话甚意思？是叫牛哥我给阁下送土特产去？每有问"牛哥你那儿有甚土特产"者，一般我不回答，美女与帅哥（帅哥须是老总级，美女无级别限制）停车相借问，我便抢答：我送我与你吧。

我就是我老家的土特产。嘻嘻。

某日茶座，一班人诗茶风流，有外地人话找话以问：牛哥老家有甚特产？乡党周兄玉柳先生抢答：我们老家无甚特产，特产是人才。这话噎死来问人，兄弟他半天没接腔。这话不算太吹牛皮，敝县十镇五乡，咱坪上镇占县里十五分之一（以人口计，占十分之一），有好事者曾统计，每年高考，中举者达敝县三分之一。三溪流韵，敝乡有所百年老校，名大同高等小学堂，辛亥革命前十年，有乡贤创建，育人无数；育人或不足夸，堪喜者，读书氛围由此形成，故里人家再穷，也要送子女读书（遐迩如劝学：坪上人，卖砂罐子都送崽女读书），老家那块地，地之质已是读书土壤，这才是最自豪的。

不吹牛皮了，来吹牛百叶。牛哥家乡有甚特产？特产是坪上牛肚。我所居的这座城市，开饭馆的，多推招牌菜，谓坪上牛肚。曾到省城乱逛，见几条巷口，打起横幅，横起牌匾，店名起的是：正宗坪上牛肚；牛哥车船下燕州，京都王气不曾收，进得某胡同，店家虽小，霸气不怯场，店名叫：坪上牛肚王。

坪上牛肚，是系列菜。牛身上的，无一不可入菜系，牛心牛肝，牛肠牛筋，带皮牛肉，都是另一种炒制，另一样风味，其他地方做不出来的。我所居之城，离我老家百十里，店家掌门大厨，壮志自举，豪情奋勇，不信东风唤不回，不信牛肚做不来，其所仗者，是离坪上近，坪上牛肚飘过来的香气，舌辨鼻别，香气分子都分析出来了，哪有做不出来的？牛肚是那个牛肚，锅子是那个锅子，作料是那个作料，炒了出来呢，好家伙，牙齿如铲，铲不烂牛百叶，得舌间安装搅拌机，方可细嚼慢咽，咽入腹间刍。

牛有四胃，谓瘤胃，谓网胃，谓瓣胃，谓皱胃，都是可以入菜的；牛百叶者，牛之瓣胃也，其形如一板厚宣纸也似，页之状，故叫叶，其上突起，有如针头线脑，密密麻麻排布。将其切细条，长条的，架起小锅，生起猛火——火一定要猛啊（炒牛百叶可不是女人绣花，文人踱步吟诗），待锅里之油翻滚如沸，呲溜呲溜呲溜，将牛百叶倒入锅中，油比火猛，手比油快。出锅。一道美味，大功告成。

坪上牛百叶，只翻三"叶"。猛火催猪油，猪油恰沸腾，呲溜呲溜，牛百叶入锅，炒一个翻身，这叫翻一叶（页）；再翻一叶者，将锅里牛百叶翻一次转身，转身间，加辣椒，加姜丝，加大蒜，这是第二翻炒，叫第二叶；一叶作气，再而调料，三而出味，翻锅而炒，加盐，加山胡椒。坪上牛百叶，自投入油锅计数，只翻三叶，只让三次翻身的。这般炒出来的牛百叶，便嫩，便脆，便爽，便香，便辣，便润，便甜，一口下去，牙齿咬得嘣嘣响，碎碎响，沙沙响。不识此间三叶翻者，总感觉牛百叶没炒熟，一而再，再而三，再三再四，翻过来覆过来，炒过来炒过去，炒老了，一道佳肴牛百叶，再也咬不烂，得舌间安装搅拌机啦。

　　掌握了火候，便掌握了牛百叶？淮系、川系、鲁系、粤系，万般美味，都爱说刀法、火候。刀法不对，味道便不对；火候不准，味道便不准。坪上牛百叶者，当然要讲刀法，讲火候，其出味者，另有秘诀在，是洗法。牛百叶，牛之胃焉，里头含草，草或消化，变消化物，尤其那千百突触，黑乎乎的，让人总以为不干净。搓，搓，搓，单是搓者，还不是洁癖患者，更有不知味的，不知趣的，用刀刨，刨，刨，务必要把牛百叶上的突触铲除殆尽。嗯哪，您洗是洗干净了，味道也是全洗尽了。

　　老家佳肴，常让外来人讶怪，吃泥蛙不剥皮，吃泥鳅不破膛，他人视我等为生吞活剥，茹毛饮血，他们不晓得美味之美，多美在原生态，人工之工做多了，就会失去食物之本来鲜味。坪上洗牛肚，不死洗，活洗，什么意思？就是不往死水里洗，一块鲜活的牛百叶弄来，不往塘水洗，往小溪里洗，塘水是死水，溪水是活水，溪水里一漂，二漂，三漂，出水。不用洗得太狼。洗，一漂，对应，炒，一翻；洗，二漂，对应，炒，二翻；洗，三漂，对应，炒，三翻。要言之，牛百叶讲究的是鲜活，是简单，是食物之本来质地与韵味。

🔥 春天的"粑蕾"

春夜喜雨。杜甫,你甚意思?春晨不能喜雨吗,春午不能喜雨吗,春之三点半不能喜雨吗?春天的黄昏,我偏偏要喜雨,咋的呢,你奈得我何?春夜喜雨,我春日就不能喜雨啊。

春日真不能喜雨。我们湘辣三人帮美女帮主周湘华,就是不喜欢湖南春天的雨,雨打芭蕉,雨侵西窗,雨淹阡陌,淅淅沥沥,淅淅沥沥,雨,铺天盖地,逢村盖了村,逢街铺了街,你叫小芳如何去打猪草,你叫小芳如何去小巷深处的学校参加诗词大会,小芳打着的油纸伞,也只适宜毛毛雨,不合这淅淅沥沥,淅淅沥沥之细雨湿流光。周帮主说,女儿立志出乡关,便是春夜她喜雨,春日不喜雨。

我却爱死了这春日的雨啊。我是春日喜雨,春夜不喜雨。你春夜落什么雨啊,你就不能轮到春日来落?春夜雨绵绵,春日阳艳艳,我踢一脚砾石牛路,踢出一块石子,捡起,捏紧,咬牙,切齿,飙的,向天空掷去:春夜不落雨,春日落什么鬼雨?

　　女士喜欢春夜之雨,男汉喜欢春日之雨?喜雨与恨雨,也是有性别的吗?没,没,没。雨无男女性别,雨只有勤懒道德。您不晓得啊,春夜雨落尽,白日艳阳天,那是要去砍柴,要去锄麦,要出猪栏,挑牛粪呢;若是夜不落雨,日雨霏霏,便可三不缺一,坐起耍子。唉,这懒人的春天,我连男人的锄头都懒得摸了(坦白从宽,这断章是抄袭现代作家章衣萍的诗句,其原句是:懒人的春天哪!我连女人的屁股都懒得去摸了)。

　　勤女恼春夜雨,懒汉喜春日雨。春日雨蒙蒙,雨绵绵,我娘放下锄头,拿起针头,她脚踏在纳鞋架子上,麻线拉起交响乐一般响。忽地,不闻机杼声,我娘在喊我:去,去量升糯米,磨粉,蒸水印粑吃。这春日雨啊,你是那样惹人喜爱——若是春阳艳艳,春日茫茫,我娘哪会兴起美食美意?怕是恶声恶气,语言的鞭子比竹扫把要狠七八分,抽我在田间地头,团团转。

　　我家有副石磨,不知年代,是我爷爷之遗产,还是我太爷之太爷之祖物?平时静静地躺在碓屋一角,轮到雨日,便多要启用了。磨豆浆啊,磨麦子啊,磨糯米啊。磨都是驴拉的嘛。我就是那头驴。磨糯米做水印粑,兴奋啊。我推得欢快得很。呼呼,呼呼呼,给个漂亮的比喻是,我那劳动动作叫龙卷风。比喻不漂亮呢?我娘叫我这是扯猛风(乡村称羊痫风的)。

　　去去去,去扯水印草。石磨,是要细磨的,是要慢磨的,慢工出细活,细磨出碎粉,我那扯猛风也似的磨糯米,糯米便沙子也似的粗,如何蒸出细腻的水印粑来?换工种。我娘便叫我与我姐换岗位,我姐磨粉,我磨出沙子一样的粉,我姐能磨出纳米级的粉——我干不了细活，只能去干粗活，我提着竹篮子去采撷水印草。

水印生南国，春来发泽地，劝君多采撷，此物最相宜——最与糯米粑相宜的。水印草啊，多诗意的名字啊——换到古语去，便诗意，换到如今来，可煞风景，其学名叫鼠曲草呢（故地语言独具，老鼠之鼠，跟春水之水，音念一样一样的）。水印草，名称多多，每个名字都是那么好听，惹人思作诗：菠菠草、佛耳草、软雀草、清明菜、水萩、无心草……春来了，雨来了，巴山蜀水，冷冰冰的春地，水灵灵起来了，水印草也是园边、田边、塘边、河边、水泽边，一菟，两菟，三四五六菟，或独立，或抱团，或单长，或丛生，凭地起来，凭春出来，凭雨呼啦啦地，钻出来了。

《本草品汇精要》云："佛耳草（水印草），春生苗，高尺馀，茎叶颇类旋覆，而遍有白毛，拆之有绵如艾，且柔韧，茎端分歧者小黄花，十数作朵，瓣极茸细。"多漂亮的一种草啊，"原野间甚多，二月生苗，茎叶柔软，叶长寸许，白茸如鼠耳之毛，开小黄花成穗，结细子"，水印草妙处是，细细的茸毛，毛软软的，白嫩嫩的，拉拉它扯扯它，水印草有橡皮质地，弹得很哪，韧韧如绵；从中截断，见细细的汁，汩汩地渗。想想啊，这般汁液与糯米交融，合一，黏合，成粑，多得宜。李时珍发现其中真意与美意："曲，言其花黄如曲色，又可和米粉食也。"《荆楚岁时记》说得更诱人："三月三日，取鼠曲汁蜜和为粉，谓之龙舌，以厌时气。"各位，看到没？"取鼠曲汁蜜"，鼠曲汁者，蜜也——如蜜一样甜哪。扯，扯，扯，扯多了水印草了,那手也是蜜汁流淌,小手含嘴中,丝丝甜甜,甜丝丝的,甜甜蜜蜜,蜜甜甜的。

前两年,央视四套来我老家坪上镇清水村,采访长寿老人,但见好多百岁老人,老人手里卷持一块几块水印粑,时不时吧嗒吧嗒,拿出一块来嚼。这也是长寿之基因?糯米是上火的,我老家春节期间爱做糍粑,每日换水与浸,可以吃到五月五。糍粑我是不能多吃的,吃了上火啊。水印粑却是,日啖粑粑三百块,不辞常作湖南人。水印草与糯米粑二合一,糯米把草花之水黏合,草花把糯米之火分解。多吃水印粑,不上火的。《日华子本草》云:调中益气,止泄,除痰,压时气,去热嗽。《本草正》云:大温肺气,止寒嗽,散痰气,解风寒寒热,亦止泄泻。

"朝饮木兰之坠露兮,夕餐秋菊之落英。"屈原你是蝉啊,饮木兰之坠露,喝露水也能活的?夕餐秋菊之落英,花,倒是可以入馔的,多漂亮的花蕊,却被你碎嚼碎嚼,给吃了,也煞风景,吃花与焚琴,嚼蕊与煮鹤,煞不煞风景?自个儿不曾花馔,自然气恨他人吃花嚼蕊,一日水印草,连同那碎碎的黄花,不切,不揉,不折,不剖,连根带茎,连枝带叶,入了糯米粑,屈原是蝉,我是馋,馋此花馔不再惜花。

"蕙肴蒸兮兰藉",蕙草与兰花,都入了蒸笼啊,这些吃货啊,想象力出奇。嘿,吃货哪分古今?兰花草入古笼,水印粑也曾入《楚辞》的吧,《招魂》唱曰:"粔籹蜜饵,有餦餭些。"后人释粔籹,以为是如今湘地糍粑,糍粑固是粑,糍粑亦糯米,哥哥,糍粑里面哪有蜜饵?这所谓粔籹,怕是水印粑吧。汨罗江畔，资水岸边，星星开着的，是一摊摊、一丛丛的水印草，背着背篓，我一回眸，水印花便都笑了，我从《诗经》里采撷，我从《楚辞》里拾篮，然后呢？"蕙肴蒸兮兰藉"，便成了"粔籹蜜饵，有餦餭些"，便成了湘楚美食之水印粑。

　　春阳艳艳，春耕茫茫，男人挥锄头，女人挥镰刀，那是劳动时间，春日雨绵绵呢？我最喜欢春雨啦，家人歇一处，制美食，馈佳肴。美味佳肴之一，便是制作水印粑，淅淅沥沥之春雨，正是美食时间呢。水印粑，热乎乎吃，好吃；冷了，兜在袋里，去山头打柴，去田间插禾，去园里收麦，饿了，袋里掏出一块来，坐土坑，坐石头，大啖几块，味死个人哪。

　　糯米粑韧，水印草韧，牙齿与舌头，与水印粑吊扯，吊扯，扯得好长，吃牛皮糖样。有牛皮糖韧，有牛皮糖甜，而牛皮糖所没有的，是水印粑里，舌与粑吊扯，吊扯，时不时可以扯出水印粑里那碎碎的黄花来，也是花馈哪，其粑长出花蕾，多烂漫。大啖水印粑，呵呵，那是乡亲们舌头上，美食在跳春天的"粑蕾"。

春冬一锅烩

冯梦龙说过一个笑话（其实非原创，乃编纂），有北方人到翠竹江南游，闻说江南美食好，也拟走高速。到得江南，出了秦楼，便下楚馆，点了一盘春笋，惊得双珠落玉盘，长舌垂菜碗：么搞菜，这个好吃的啊，么子做的？店小二理该报菜名，只道此菜太平常，未曾先报，待客人与问，自然答：这是春笋炒腊肉；瞧瞧窗外，翠竹青青，此菜来自此山中竹。

齿颊留香，欣然北归，归家，净吹牛皮，道是南方一道竹子做的菜，味道美呆；乡人们头都凑过来了，问：你莫说怎么美味，炒一道给我们吃一吃。据说黄河以北是无竹的；北方不生竹，竹产品还是有的。这厮跑到家里，掀开自家床铺，抽出一块竹床板，剁成竹片，投诸鼎锅，猛火煮，文火熬，加盐加酱油，端上桌来。呸呸呸，这厮脸上招了一口口痰，如"太平通宝"，乱自排列于脸盘。

此事真？我乃在家人，不打诳语（出家人，才打诳语——

他一离家乡,净说谎话)。原文是这样的:"汉人有适吴,吴人设笋,问是何物,语曰:'竹也。'归煮其床箦而不熟,乃谓其妻曰:'吴人辘辘,欺我如此。'"辘辘云者,狡猾之意。此之所谓汉人,乃北方人也。北方人常说南方人诡诈(以笋竹为菜,果然诡诈是吧),南方人常说北方人是蠢汉(您举这个"煮其床箦"为例,我喜欢北方人,我是不举例的)。国朝有大景观,异地最喜互掐,中原骂四方,四方骂中原,尤以南北爱对骂,南北互骂,骂得都很准确——比如这个例子,挺"准确"是吧——其中有故,故在笋子炒肉。

"汉人有适吴,吴人设笋",笋味奇佳,确没诳人,黄庭坚诗云,"洛下斑竹笋,花时压鲑菜",一笋味压百蔬,按黄庭坚说法是,"南园苦笋味胜肉"。味道挺鲜的。鲜者,菜之一大审美,李渔《闲情偶寄·饮馔部》云:"论蔬食之美者,曰清,曰洁,曰芳馥,曰松脆而已矣。不知其至美所在,能居肉食之上者,只在一字之鲜。"在李渔看来,美食佳肴,美味多多,多多美味,鲜味排第一位。

笋是春来第一味吧。春天匆匆地来了,蔬菜未必青青来。大地回春,辣椒没来,茄子没来,豆角没来,南瓜、冬瓜、丝瓜、线瓜,都没来,最先来的,怕是春笋吧,自然便是鲜了。尝鲜,多爽的盛事。对,尝鲜是胜事亦是盛事,在我老家,尝鲜还是仪式感很足的。比如菜园子里,摘第一把菜,猛放猪油(此前,我母亲将猪油当味精放的),细细炒,炒来端上桌,餐桌四四方,方方坐满人,筷子呼呼响,碗碟嚯嚯响,牙齿嘎嘎响,旁边都是一群饿牢里放出来的小兔崽子,个个摩拳擦掌,要来打抢菜碗。我母亲是,谁先动筷子,她打谁的手——春蔬我爹不伸箸,我娘在看着,谁个崽子敢先尝?我娘敲他一棒棒。

笋是春来第一味——鲜。秦观被贬,本来哭啼啼的,后来感觉此乃幸事,郴州幸自绕郴山——此幸有何说法?能吃上春笋炒腊肉啊。这话不是乱吙(吙者,湘地方言说字也)的。秦少游《次韵范纯夫戏答李方叔馈笋兼简邓慎思》说:"楚山春笋屬寒空,北客长嗟食不重。秀色可怜刀切玉,清香不断鼎烹龙。论羹未愧莼千里,入贡当随传一封。薄禄养亲甘旨少,满包时赖故人供。"什么猫儿笋?毛竹笋嘛。北方人听湖南话,听得个鬼懂,将湘言译北普,乱翻译哒。

春笋者,其实是冬天就来了的,其他春蔬不知何处挂着,笋啊,便已埋伏在深冬,俟春天一场风吹,一场雨打,笋们噌噌噌噌破土而出(噌噌,没夸张,一根笋子,一晚上长三五寸,或竟一尺,不是骗你的),此乃春笋。有春笋,便是冬笋。有人说豆腐有十德,其中一是俭德,一是贵德,俭德是"一钱可买",贵德是"徽州一两一碗"。以此论笋,笋也俭德:春来之笋,山上捡柴似的,比豆腐还便宜。笋也贵德:冬藏之笋,尖小如粽子,剥来笋壳,还剩两个大拇指大,一盘炒来,得多少根?春笋是一根笋,可炒十盘菜(猫儿竹,长沙野中有之,下丰上锐,其笋甚甘,美大者重十余斤——此猫儿竹猎奇似的,一读便知北方人);冬笋是十根笋,难炒一盘菜,不贵是不行的。春笋俭德,冬笋贵德。

春笋鲜,太鲜了,便有一股春腥气,单炒春笋是蛮少的,多半是要加放食料的。笋可与同者,可蔬,可荤。可蔬者,芥菜、盐菜，还有黄菜（黄菜者，即芥菜、白菜也，先晒晒，再揉揉，水浸一晚两晚，浸出来一股子酸味），春笋炒蔬菜，出味，更出味的，春笋炒腌菜，腌者有酸味，鲜味配酸味，鲜味稍除酸味，酸味稍减鲜味，味在味中，便出至味。可荤者，多是腊肉，湖南腊肉馋死人啊，若是柴火熏的，尤气死你。我在大啖腊肉三十块，美女在旁干站着，估计美女会暴跳上桌，粉拳举筷：我嫁我嫁，我嫁你们湖南，可以了吧。大啖春笋三大碗，不辞长作湖南人。美女，你嫁湖南人，来吃湘菜，不说赚了，怎么说也不算亏。口腹累人良可笑，此身便合老湖湘。

春笋炒腊肉，腊肉炒春笋，谈不上谁佐宾谁上宾，都是炒锅主角。若说春笋炒春蔬，春笋切丝丝最好；那春笋炒腊肉，春笋切片片为佳。春笋解油，一勺子油下锅，三五片春笋，便将油给吸了，吸后，你还感受不到笋里有甚油。腊肉不肥，到底是肉出身，油味依然七八成，与春笋相遇，甚是相得。您晓得，腊肉冬天来的，春笋是春上来的，春与冬，相会于锅，冬与春，相烩于锅，阁下不起意兴？筷子未举，意头早起。

春笋腊肉，不是疑起个味，而是实个有味。春笋薄而脆，加上鲜味，味道算轻佻？腊肉滞而重，加上柴火气，其味过厚重。春笋与腊肉两者最相合，与其他诸味貌似皆不合，春上来的笋与冬季来的肉，莫非天仙配？春熘冬，冬炒春，轻配重，重佐轻，调和鼎鼐，中和阴阳，那真真是：轻者不轻——轻乞列的春笋由此真醇起来，重者不重——重口味的腊肉变得清爽起来。李渔曾经如此述评这盘春与冬于鼎锅之天作之合："以之伴荤，则牛羊鸡鸭等物，皆非所宜，独宜于豕，又独宜于肥。

肥非欲其腻也，肉之肥者能甘，甘味入笋，则不见其甘，但觉其鲜之至也。"

苏轼说事情，多半合情理，有一句却蛮偏激的，"可使食无肉，不可居无竹"。苏轼出生于四川盆地，莫非也身列极端主义者了？四川青青翠竹，家家皆养土猪，何出此言？猪与竹，非非此即彼，非非彼即此，而是亦此亦彼，合此合彼嘛。春来时，背后山上挖根出尖笋，柴火灶顶戳下腊肉来，再洗点干红辣椒，同炒，味道极好，如黄庭坚放开了嘴说："苦而有味，如忠谏之可活国；多而不害，如举士而皆得贤。"——烹小鲜果真如治大国。

"猫儿竹，长沙野中有之"，何止有之？多得不得了。湖南无长物，长物是春笋炒腊肉。唐朝狂草书家怀素便是以此向人喊话："苦笋及茗异常佳，乃可径来，怀素上。"湖南人以笋做主料的菜，蛮好吃，径直来吧。嗯。冬天来了，春笋炒腊肉还会远吗？亲爱的，待到春风吹翠竹，来吧，看怀素那狂草苦笋及茗，我们且狂弄春笋炒腊肉。

米之饭米之菜

水是全人类的胞核,米是大江南的基因。有谁不喝水呢?人从水中来,人仗水来活;米于江南人,也有水之质水之能吧,离了米,江南人怎么活?南方种稻,在史前便风吹稻花香,米粒已成江南人的基因序列——北方人是麦,江南人是米,各成各的细胞核,各有各的生命密码与暗号。

米是我舌头密码,米是我肠胃暗号。我弟曾喜欢吃面,我却是见面而舌翻红浪,胃倒白水,形而下至我舌我胃,形而上至我心我脑,饱腹之物,只接受红米饭白米饭。我弟吃面,也是喜欢而已,一日三餐,顶多能吃一回麦面,吃多了看看,哪个江南人受得住?恰如米,北方人也是不能年年吃,月月吃,天天吃,餐餐吃的吧。

面于江南人,一天一吃不厌,一日三吃,你看厌不厌?米于江南人,百吃不厌,万吃不厌,从出生第一餐喝米粥,到去世那日吃稀饭,都是吃不厌的。山珍味好,吃多便厌;海味味佳，多吃便厌；男女之事味绝佳，老妈见你恋床，不起，隔着窗帘喊：这般事，天天当顿的？不能天天当顿的，只能如面包如月饼如水果如巧克力，当零食的——零食也是要吃的，不爱吃的少吃点，爱吃的多吃点，不能如米饭一样餐餐当顿。

江南人吃米饭，不厌。水无味，水调和百味；米转饭，米接纳百味，这么说的是，水与米，自身不能出百味；这么说的是，水或可单喝，米得靠百味，米变饭，一碗端上手，直往喉咙塞，霸蛮往肠胃压，形而下之舌之胃、形而上之心之脑，也是不接受不参与不承认不执行的。也曾有过多次，有米下鼎锅，无物下油锅，干盛一碗饭，扯开喉咙，把饭往胃里灌，蛮灌，猛灌，调动洪荒之力灌，都灌不下肚去，最后碗接茶壶壶口，茶流一线天，往饭里灌一汪茶，才咕咕噜噜，连茶带饭，茶水带饭入胃。米能做饭，米不能下饭。

米不能下饭，乃是米能做饭，米不能做菜。你见过米做过甚菜？米粉？米粉貌似红薯粉，到底是饭不是菜，红薯粉可端上菜桌，当一碗菜；米粉不是菜，还是饭，顶多是饭之变体；擂米粑也是饭不是菜，擂米粑能单吃，源自里面搅和了芥菜、白菜等，米做了粑，还是饭。

米不能做菜？你太小看父老乡亲的创造力了。米粉肉，米就不是饭，是菜了；把肉切成小块，连肥带瘦，倒入盘中，旁边待着的白白米粉，倾盘而下，与肉搅和，放入蒸笼，热气腾腾，蒸它半晌。米粉本是解却油腻，那肉不油腻了；然则，米粉吸了油，取了肉气，又加吸盐分、辣椒与肉桂五香之精华，自成菜之体系，可与肉相剥离，以米粉佐味米饭了。

您若不曾吃过米粉肉，那这道菜还算差强人意。您还觉得这道菜欠味么？文化需要沉淀才出好文化，味道也要沉淀才出好味道。最出味的，是我老家特有的米粉肉。乡亲常年五行缺肉，然则四季运行入冬季，家家杀猪过年，杀一头猪，过一个年——这一个年啊，非仅这年尾，而是指年头到年尾。这一头猪，是要管一年三百六十五天的。肉是容易坏的，怎么办？把汝裁成三截，一截过年吃，一截制腊肉，一截做米粉肉。将米粉肉撒盐，放上红辣椒，再放入坛子里，弥缝，密封，水漫坛沟沿（意思是不让透气）。糯米甜酒如何出味的？这么出味的；米粉肉如何出味的，也是这么出味的。那肉不说了，肥肉出瘦肉味，瘦肉出米粉味，米粉出肉味——米粉蝶变，出味成肉质啦。米粉也罢，猪肉也罢，经了三月百天坛中修炼，绝不油腻绝有味，有坛子腌出的纯正腌味。

米，不单可做一碗饭，也可做一道菜了吧。米粉肉，米之质地转菜之质地，都无肠子粑富有想象力。米粉肉，要除肉之油腻，把它们放在坛子里，要保存到年头，至少贮存到年中，坛子腌着也是常情思维——跟坛子腌盐菜、腌芥菜、腌萝卜茄子一样着想，而肠子粑呢，许是纯出自好吃懒做吧——错了，不懒做，是好吃。

猪肠禁不起想，却经得起吃。想起那猪肠子之来处，有些人怕是反胃的，然则品尝猪肠子之去处，却也忍不住食指大动，大快朵颐——要的就是那个味。过年杀猪，吾不能执牛刀，所干活计，一是当烧火小和尚，一是做洗肠小伙计。据说若要肠子易洗，三天前便不再喂糠食，要喂一天米汤，也是清肠吧。

杀了猪，揩揩手，屠户师傅意洋洋，专神自我欣赏其将蠢猪变猪肉之作品了，剩下活计，多半老板自己干去。洗肠子貌似脏活，却也好玩，先手动把肠子翻卷半截指头，然后提起来，往肠子里灌六七十度的热水，但见肠子由慢到快，自动翻卷，三五分钟，五十米猪肠，一下子到了歇场。

做肠子粑，猪大肠猪小肠都可，以猪大肠为佳。米是糯米，粉是细粉，稍稍有点粗，好像也无妨，米粉做肠子粑，讲究的，还先炒炒糯米，一是磨粉容易些，二是味道也正宗些。正宗何意？不好说，此中有真意，欲辨已忘言，兄弟好奇心浓，自己来品嘛。好吧，米粉准备好了。先将肠子洗净，切条，最好是剖开，别成圆筒自然状，此非做香肠，得让猪大肠全展开，两面都着米粉。嗯，把肠子切小条，放锅里先炒炒，炒至半熟，炒出点油——肠子多油，肥猪之肥肠尤其油鼓鼓、油汩汩，纵使米粉来解油腻，也解不尽嘛——小火炒出些油，油倒入坛子，既储存猪油多擦几回红锅（红锅者，缺油也，缺油炒菜锅便红锅），也让望油腻而走的减肥姑娘多伸几回箸。

不过有另种说法，肠子粑不是先炒猪大肠，而是先用米粉和粑，放一锅子清水，一边厢搅得清水热彻，一边厢将米粉均匀倒入，米粉与热水相激，米粉渐成擂米粑，斯时，再将肠子次第投入油锅，使劲搅，使劲使粑与肠搅和，搅而二合一，再放点盐，油是不用放的。自然还有放红辣椒粉的——放全辣椒或切片辣椒的，倒没见过。待米粉白变褐，加了辣椒粉的，白米粉变红，便起锅，一碗肠子粑美食作品，便宣告完成了，可以端上桌，让美食家们评头品足了。

少安毋躁，稍慢勿急，性急吃不得热豆腐，性急尤吃不得肠子粑。诸菜热气腾腾上桌，可趁热吃；肠子粑，热气不腾腾，这就烫嘴巴，辣舌头了。米粉粑将热气藏了，彩云易散，肠子粑里热气难散，若是见菜思抢，那烫麻了舌头，别怪肠子粑不好吃，害了你——肠子粑不害人，是你自害自——见了美食便抢，人品有问题哪。肠子粑得稍稍冷却，若真个忍不住，那揶着来，夹着凉，先吹吹，再吹吹，再送入唇，送入舌，送入齿颊间，慢慢享用。肠子粑是蛮出味的，粑是五味都蕴含，肠子呢，去了油，去了腻，去了异味，剩一股嚼味，可咀可嚼，嚼出其中筋道来，劲道来。

肠子粑不是不易得，食材太平常嘛；却是不易见，道是平常最奇崛。我也算走过大半个中国了，行走他方还真没点过这道菜；纵我所居之城，离我老家仅百十里，也没见过肠子粑，除非寻味而去，寻老家餐馆。肠子粑单在我老家，在梅山文化那一坨。湖南，人皆以湖湘文化名称，却别有一支梅山文化。梅山在宋以前，不入中原版图，自成王国，美食文化也自成体系。梅山人关起门来自爽，便独具想象力，比如巫性通行，便有他处难有之想象，美食也是其巫性思维之一种吧。譬如将米做成一碗米饭，又做成一道佳肴，便亏了吾乡先民遐想与联想，遗泽于今。

坐等鱼儿入罐来

我老家所谓罐子,与我们所说的竹罐、茶罐与药罐不太相同。是什么家伙呢?从普通话里,我硬是找不出对应器皿来。竹罾?不是。竹篮?不是。竹茶盘?不是。这个罐子,跟簸箕有点像,两边窝起来,罐子窝得更深;前面也是空的,这点无异,有异的是,簸箕之底之围,织得密密麻麻的,不能掉东西;罐子之底之围,织得稀稀疏疏的,就是要让其漏水的,让水漏过去,让鱼留下来;罐子与簸箕最大的不同在尾,罐子尾还扎了翘起来的"帽子",帽子蛮高,蛮扎实——鱼冲进里面来,走不脱,逃不掉。

江南的雨啊,下起来像地下冒泉水一般,汩汩汩汩,没得尽头。"谩道迎薰何曾是,篝纺成浪衣成雨。茶瓯注。"梅雨时节,那雨不是"茶瓯注",只是柳丝飘,雨细,不成线,只像是蒸汽,田与天,山与涧,还有竹林掩盖的村庄与村庄隔开的竹林,雨如湿丝细分洒,弥漫,漫漶,浸润,黏糊,迷迷糊糊,模模糊糊。梅雨季节，那雨可以制造一个人的闷气，那雨是造不出水漫金山的大气候的。

梅雨时节的鱼，不欢跳，只沉潜，很听话，不乱跑。它们游在山塘，伏于小溪，还有的，被父老乡亲放养在新插成行的稻田里，与禾们一起生长。呵呵，鹰击长空，那是造物主之所养，你捕鹰，捕得到手，那是你本事；鱼翔浅底，伸手可得，你能抓吗？那是隔壁伯伯家养的，你能抓，你抓到手，那小心打折你的腿。

到了春之末，到了夏之初，江南的雨啊，唰唰唰唰，刷竹叶；哒哒哒哒，打芭蕉。银河之河床，被谁打成了筛子？筛子孔眼如枪眼大，过得绿豆子，过得黄豆子，银河从无数豆子孔里，倾泻下来，江南那雨啊，昏天黑地，垂天挂地，把江南淋成了落汤鸡。山，雨掩了；田，雨盖了，雨聚江南，汇聚了一条条龙，在大地上雨滚雨，在小河里水滚水，蛮不讲理，横冲直撞，兵来将挡不住，水来土掩不住，逢坑越坑，逢山推山；塘之堤，河之岸，江湖之坝，都快坚守不住了。

鱼们开始不安分了，蹦啊跳啊，跑啊逃啊。堤坝开了决口，鱼们户口本在山塘里的，籍贯本在水田里的，此时好像领了放行证，一个劲地往外跑，随波逐流，随波逐浪。鱼儿乘龙去，山塘莫再待，随流去大海，那里天地开。

莲叶何田田，鱼戏莲叶东，禾稻何田田，鱼戏莲叶西。江南的田，一夜几夜涨了夏池，稻田中水都是满满的。每丘田旁边，开了沟；每丘田两角，都开了口。田角开口处平时都是塞着的，水流不出，鱼跑不出。现在，那雨下得猛恶，开口早打开了。鱼们顺随流水的方向，奔跑。跑，跑，跑。

　　鱼儿快跑，快跑。哪里跑？跑到开口，直往下奔，奔哪里？奔到了竹罐里。夏日江南的雨，下得欢；夏日江南的鱼，跑得欢；夏日江南的我们这些细伢子，喜得欢。先把一只竹罐安在开口，戴着斗笠，披着蓑衣，旁边呢，摆着一只洗脸盆，或是一只铁桶，千山雨罩了，万径水淹着，田垄蓑笠童，静候鱼入罾。未几，鱼们自投罗网了，哇，好大；哇，红鲤鱼；哇，两条，三条，四条了……扑通跳到齐腰深的水田里，捉鱼不赢。罐里捉鱼，跟瓮中捉鳖是一般感觉，手到擒来，轻松收获。

　　轰隆隆的夏天，苍茫茫的雨日，在田田的田垄上，一条条水沟边，安着罐子，坐等鱼们入吾彀中，那是童年之一大快。这是第一快意了？呵呵，不是呢，最大乐趣，不是坐等，而是行捞。此非捞鱼，而是捞泥鳅。泥鳅，平时狡猾狡猾的，比鱼们隐藏得深，它们水田里深打钻，钻进深泥尺把深，不乱出来。咚咚咚砰砰砰，闹嚷着的夏雨，闹闹地来到江南，这时候啊，泥鳅也欢悦起来，从淤泥深处蹦出来，游田玩水，不，游沟玩水。与草鱼鲫鱼顺流而下奔大海去不同，泥鳅是爱逆水而上的，尺把高米把高的田埂，在开口处，泥鳅们搏浪中流，往上块田里冲。我们叫泥鳅吊水。越是小瀑布似的开口，越聚集着泥鳅，它们成群结队吊水，显冲浪本领。这时节，操着一只罐子，一把罩下去，罩了一罐子的水，提起来，罐子打水，水落泥鳅出，十几条泥鳅呢。或还有两指宽、手掌宽的鲤鱼，也夹在里面活蹦乱跳。您知道鲤鱼跳龙门吧，鲤鱼也喜欢吊水的，鲤鱼与泥鳅，都入吾彀中矣。

巴山蜀水，有时真是凄凉地，夏日江南不免让人恐慌，谁晓得会不会涨大水呢？若涨，涨得不太大，刚漫脚背，恰可让鱼儿欢腾，那是妙不可言的江南胜景——路上捡鱼，稻田淘鱼，恰辣椒上市时节，青辣椒煮鲜鱼，味道奇绝；图景更具梦幻之美的是：爬到母亲双脚上，听母亲摇啊摇，唱童谣……

客来酒当茶

　　山重水复全是路，柳暗花明必有村。丘陵地带地貌特征就是这样，叫山吧，山不高；叫水吧，水不大；山不高，山多；水不大，水漫；山水纵横，山一程，水一重，都是路，路或不宽，或是羊肠小道，也不会让你疑心无路，君所见者路网如织，随意山水间，都是鸡鸣狗吠，屋舍俨然。一去二三里，烟村四五家，描画的就是丘陵地带。

　　丘陵地带，适合漫无目的，若无闲事挂心头，四邻便可乱转悠。从来没搞什么工程，近来更无什么案牍，我领着堂客，丘陵信步，没计划去哪里，也没计划不去哪里，心不随事转，脚只随眼转，看到何处顺眼，就往何处走，累了，随处草地皆沙发，渴了，随处山溪是清茶；不用带录音机，山头鸟鸣悦耳；不担心眼睛疲劳，绿草润眼，百花亮眼，山页和书页一样多看头，所不同者，翻书伤眼，翻山润睛。山水是一服中药，清肝泻火，解毒明目。

这回翻过了两座小山，到得一个叫大塘冲的地方，此处是山窝窝，开窗面场圃，开窗对青山，良田美池，鲜草桑竹，男女往来种作，儿童游戏自乐。徜徉其中，因为穿着有些城里模样，悉把我当外人，路上遇人，多会投来一二眼。有小嫂，正从地头归来，背着一只竹篮，竹篮里装着黄瓜、丝瓜与豆角，劈面而过，她怔半晌，忽然对我堂客发问：你是？堂客也怔了一会儿，对着小嫂问：你是？原来是当年初中同学，同级同班更同桌。

同学乍见，分外殷勤，小嫂非得请我们进屋：莫嫌意，去喝个茶嘛。嫌意，是敝地方言，从普通话里找到对应词，就是嫌弃。这是重词哒，对同学很嫌弃，很歧视，会被骂人品太次。恭敬不如从命，跟着她去了。小嫂家别墅模样，农家住房多是别墅了，内粉刷，外粉刷，内外皆粉饰，是城里套间格局。小嫂揩了揩手，就去里间，转回来，嘿嘿笑，去了水龙头下洗手。这个动作让我哑然失笑，小嫂还是村姑，揩身当洗手，她感觉不妥，回头水洗手。

说好喝茶的，怎的来酒？小嫂自坛子里舀来一碗甜酒，色泽清白，长条形的米粒，粒粒悬浮，层层悬浮，酒水如浆，浆是清凉的糯糊，把米粒固定浮于各自层次。一看就知道，这酒绝对是好酒，糯米好糟酒。差的米酒，那米，不是沉在碗底，就是浮在碗面，浮在碗面的比沉在碗底的要好；而最好的，是碗底、碗中、碗面，米粒均匀悬浮。我跟小嫂陈情：说好喝茶，如何又是酒？二十年了，一直都是滴酒不沾，沾酒即眼泪欲滴。小嫂笑：你出去几年，忘了本啊，这是什么酒噢，是打口干的茶嘛。老家民俗,此酒当茶。看到酒水那般清亮清亮,看到酒米那般清白清白,到底忍不住,下定决心,不怕牺牲,端起酒碗,细细抿了几口,甜,真甜。我问小嫂:放了白砂糖吧?小嫂说,没,没有。细细品,还真感觉没有,糯米酒之甜,甜而醇,加糖之甜,甜而杂。有多醇,有多杂?欲辨已忘言。

父亲不是酒中仙,不是酒中鬼,父亲却是酒中人。我家无所有,酒具倒齐全。父亲与母亲,都曾是制酒师,每年都要造甜酒,造水酒。甜酒与水酒,都是米造,却是不一样的。当年生产队,晚稻分粮,糯米与粳米都会分,只是分一百斤糯米,则可分一百二十斤粳米。队长问:你要多分糯米?父亲点头如捣蒜:糯米糯米。家里穷得叮当响,多二十斤糯米,养家口要多喂几天。我娘什么都反对,父亲要多分糯米,我娘不说么子。我娘晓得,父亲无所好,好一口酒。晚上喝二两酒,就不吃饭,算来算去,还是省的。后来,田都分到自家了,父亲总要拿出一块地,专种糯稻,意思正是五分地种秫,五分地种粳,无他,可制甜酒与水酒。

父亲隔三两个月,就要蒸一次酒。大概是,甜酒母亲制,米酒父亲造。母亲制甜酒,我必去帮忙做伙夫。先夜,母亲把白白的糯米浸泡井水中;次日,母亲在大锅上架一个筒形的木甑,把水泡的糯米倾入其中,我自抱薪,守护灶口,轻塞柴,慢着火,由着水蒸气,气冲木甑,甑盖渐渐冒气,冒气渐渐逸香,至米香漫彻肺腑,母亲就知道,糯米已熟,掀开,米香冲鼻而出,你不亲历,你就不知道那米有多香。熟了的糯米,米形保持得几如原样,粒粒不发散,粒粒可指数。我家煮饭,从来都是放蛮多水，米粒糜烂不如粥，肯定也没有形，只有蒸酒的糯米才有形有范，极其诱人。我当伙夫，就是想挖一勺糯米饭，蹲家门而大嚼。

我娘把糯米饭倒在大竹盘里，竹盘一张饭桌大，均匀散开，自然冷却，待冷，拿来一粒乒乓球大的饼药，捻碎，均匀撒在糯米饭上。饼药过了一年的，更名酒娘。酒娘名字蛮迷人，酒之娘啊，好听。制新饼药，就要放陈年饼药，陈年饼药就叫酒娘，酒娘也是糯米造，糯米捻碎，和辣辣一起捻。辣辣学名是辣蓼，细线形直往上长，长成了还是一根线，也不知开花即是结果，结果就是开花，花果是一粒粒的，簇生着长，在屋前屋后，在水泽田埂，自顾自生着，细如小米，红如灯火，辣蓼爱群生，一生一堆，一线，一坪，风摇曳，近乎壮丽。辣蓼味道辣不辣？没吃过，老家都不做菜的。辣蓼却是好药，记得那年，我伯娘全身起风胆，自脚到头，都是肉疱，毒蚊咬起的那般大疱，奇痒难受，伯娘发遍全身，人事不省。我娘赶紧去屋底下水稻田埂，扯了很多辣蓼，一群人手忙脚乱，使劲搓，搓得辣蓼出来辣汁，未几，风胆全消，伯娘悠悠醒转来。

农家随处是草，农家随处是药，辣蓼竟有这般功效。乡下随处都是辣蓼，多半用来做酒娘。一粒两粒饼药，分布糯米上，过一夜吧，便把糯米倒在坛子里，密封。密封法子也蛮简单，在坛子槽里，舀勺水，盖子盖坛，水盖盖子，坛子就密不透风。十天，不出半月，糯米甜酒，大功告成。掀开酒坛，酒香扑鼻，灌喉，散腑，舀一勺，或者水煎，或者就是倒入井水，端起就喝，米粒依然白如雪，依然形如米，制作精良的，米粒恰如君山银针，悬浮酒水中，均衡密布，喝起来亲蜜蜜甜，如放了砂糖，佐了蜜糖，甜得醇舌、爽口、滑喉、香肺。

确如堂客同桌言，糯米甜酒，老家是当茶的，客来，倒的不是茶，主人揸揸手，从木柜里拿出砂罐，转身至床底或墙角，舀一碗甜酒，客疏些的，舀少些，客贵点的，舀多些，掺一碗井水，置土灶烧开，端上桌来，招呼客人慢慢饮。当年生产队，糯米甜酒也不当酒，当茶，上午工中间都有一个歇工时分，队长派个人担一担井水来，舀一碗甜酒，倾入水桶，队员们依次前来，喝酒解渴。父亲过世很多年了，影像越发模糊，有一个形象却铭刻在脑——盛夏酷暑，天气火烧，父亲自外仆仆归来，便去里屋，舀半碗甜酒，也不烧开，从石缸里配一勺水，咕咕噜噜，一气喝成，喝成圆肚子。

甜酒开坛，须快点喝完，开盖次数多了，甜味渐减，酒气渐高，色泽慢慢然，清亮变浑浊，清白变砖红，老家就叫老糟酒了。老糟酒有些苦，酒力增大，爱酒的，就爱老糟酒。我家老糟酒，父亲用来酿水酒，把老糟酒再置大木甑，细火蒸，甑上放大锅盖，盖上倒满凉水，酒气遇冷，气变成水，流入酒坛，这就是水酒。水酒浓度就高了，不做茶饮了，做佐菜的了，可以举杯，呼叫，啸叫，吼叫，斗酒叫：喝，喝喝，喝喝喝。

到得这位小嫂家，甜酒当茶，可胜酒力噢，感觉奇好。不好意思求带一壶回家。猛然想起，小妹多次要给我送甜酒来，多次都拒了，看来酒还是可以喝的，便打电话给小妹。小妹给我送来一壶，玻璃瓶装着，清白清亮。心喜，无事，也可酒当茶了。

合菜

我老家坪上那一坨的合菜概念，非您望文生义解得。合菜即菜之集合嘛，辣椒茄子一顿炒，豆角南瓜一锅煮，羊肉、香菜、萝卜再加猪血、牛血一锅烩，自然，这般炒菜都是集合概念，却非我老家合菜，若不说所有火锅都可叫合菜，几乎所有菜都可以合菜称，我老家清炒白菜，都爱加放些辣椒呢。

我老家湘中那一带，合菜专是白菜、红薯粉共集成，顶多还加黄花菜，食材是简简单单的。白菜不多得很？一块块土，一圃圃园，都种了的，一簇簇，一园园，茂盛得很。红薯算是农家贱物，十月后，丰收红薯，堆满地窖，堆满墙角，堆满碓屋，床铺底下，都齐齐码放。红薯救命，红薯坏胃，如今怕多忘了红薯救命之功的，只记得红薯不对胃口了，如今众人皆重口腹之欲，忘了生命何来，奈何奈何，可奈何？当年吃红薯，谁都吃得反胃了的，早餐蒸红薯，中餐红薯米饭，晚餐还是煮红薯，红薯吃得天昏地暗，吃得天旋地转，如今你再把红薯说得天花乱坠，我胃里还是翻天覆地。

　　合菜这碗菜，不易有，东家嫁女西家娶媳妇，刘婶七十古来稀（六十花甲，还没取得寿酒资格噢），刘伯红砖高堂成，或要做回酒，众亲邻都凑份子，三五角钱，或一升米，齐齐贺喜。如今回想起来，当年贺喜或叫真贺喜，没谁将做酒当经营生意吧，是集体聚会，集体开餐，一个庄整个院，庄稼人都来打牙祭，丰盛隆重，如过节过年。

　　时维腊月，序属三春，宴会若在冬春季，合菜是必上的。记忆中，好像是酒过三巡，菜过五味，便安排合菜了，合菜非筵席之压轴。合菜色调清新，配合简单，不油不腻，亦菜亦饭。吃了碗合菜，宽肠如猪八戒，自还可以去腹装甑蒸饭；肚子略窄的，吸溜溜吃了一碗合菜，有足够力气上园挖一丘土上山打一担柴。我们早餐吃一碗饭，也足够对付一个上午的班了，不饿。

　　合菜虽谓合，却非大杂烩，白菜白，白如雪，红薯不红，略褐，白白褐褐，合成一菜，并不放太多油，吃起来蛮清爽的。我老家有扎白菜的习惯，待白菜初长成，便用稻草结绳，将叶尖扎拢来，不让其对外开放，白菜便格外白。若是不扎，白菜叶四散开去生长，叶不白，是青的，味道之差，难以入口。若白菜经了霜降，经了雪藏，尤脆，尤甜，白雪白，白菜白，犹忆起我白发老娘，白雪地里扯白菜，那情景真是动人。用白如雪的白菜做合菜，其滋味清绝。

　　合菜之味，关乎白菜食料，更关乎红薯粉。好像十多年了吧，可能还不止，怕快有三十多年了。反正呢，我出来工作后，就没见父老们做过红薯粉了。那是一种有兴味的农家活。秋末冬初,红薯都从地里收了回来,用只齐腰深的王桶,搓洗红薯,一遍遍搓,一遍遍洗,搓干净,洗清爽。之前是如何榨汁,非我所知。我看到时已有机器了。将洗净的红薯,一股脑投进机器,红薯便全成了渣渣,再用细纱布,将红薯渣渣包了,吊起,滤浆,红薯汁液便汩汩流,如屋檐水流;红薯汁液是很多的,流流流,流不出了,再扎紧纱布;扎紧不再出,再挤,挤,挤,务必将汁液挤干净。

　　流不出的是渣渣(红薯无废渣,喂猪是好料),流出来是精华,精华都放进缸子装了,缸子满了,便揉,揉,揉,越揉越韧,越韧越揉;揉得如面团了,便抓一把放勺子里,这勺子多孔,孔可过手指,一把粉团抓进了勺,便用手拍拍拍,拍得啪啪啪响,粉团便顺孔下流;下面是一口锅,锅里是翻滚的水,粉团变粉条,粉条下了热水锅,变白为褐,麻线一般,不断纤,好长好长的。粗粉与细粉,存乎拍勺手,勺子提高点,粉条隔锅距离远些,便是细粉;勺子压低点,粉条隔开水锅近些,便是粗粉。粗粉细粉,都如毛线一样,牵连不断,绵绵不绝,溯洄从之,道不阻且长。

　　自然,这是红薯粉初长成,余下还有一道工序,便是晒了。红薯粉经开水焯后,初成形,再捞出,一溜溜地挂竹竿上晒。您若见过晒面条,阁下也就知道晒粉条的壮观景象,大大的晒谷坪上,或是秋收后的田野里,齐刷刷地晒满粉条,其情景多呈现童年美梦。晒干了,我常钻进粉条阵里,偷一把来,放到泡猪潲的灶火边,如烤羊肉串。靠近余火(正火太猛,一下便焦煳），细细烤，烤得红薯粉噼啪啪响，红薯粉便爆开了，如爆米花也似，褐色全白，只要不烤焦，味道妙极。

多年没吃过红薯粉了，米粉倒是常常去吃。我家对面有家店，米粉好吃，甚有嚼味，吃一碗米粉好像是嚼牛筋也似，牙齿与筷子使劲扯，如拔河一般扯，米粉好筋道。米粉筋道何来？后来有兄弟告诉我，那般有牛筋一样味道的米粉，是放了很多明矾的。贼没良心，米粉店老板良心怕是被狗吃了吧。我老家红薯粉老筋道的，嗦入口里，要咬着牙齿劲，才能咬断的。这般筋道，哪掺了半点化学制剂？您看红薯粉的制作过程，哪掺了什么东西？全是纯自然，全是纯天然，全是纯手工制品。

红薯粉说来贱，做来也不麻烦，不过一担红薯怕是做不了几斤红薯粉的。当年红薯多，做红薯粉不是卖，是自家吃，家家户户都做，逢年过节，做碗合菜，以白菜之清绝配粉条之筋道，实在是好味。如今回乡去，也没见谁做红薯粉了，是红薯粉这菜贱，还是人之心不再贵？红薯粉之价格比是不合算的。米粉搀明矾，多便宜，又好卖，红薯粉比不过米粉了，便由此绝迹？

当年我娘每去婶婶伯伯家吃席，要用作业本给我包一块肉来。合菜好吃，是不包的，家里有啊。现在肉是不用包了，想让我娘给我从乡里弄一包红薯粉来，我娘说，没得了。想吃一碗合菜，不易得了。

魔芋豆腐

魔芋豆腐，是要磨的。先是盛一桶水，抓一坨石灰，投诸水中，那水呲呲呲地冒气，水桶里一片浑浊，然后沉浸不几时，水格外清澈了——石灰有清水功能的；不过这里石灰投水，并不用其清水之能，而是用其有碱水之效。然后摆置一个洗碗盆，我家的洗碗木盆有一抱大，深若齐腕关节，将石灰沉浸后的清水倒入盆里。盆里置搓板，我记得搓板最初是木的（后来可以从供销社买铁的了），搓纹以细为好。然后将魔芋洗干净，七八个，十来个，够了，放到身边，将魔芋放在搓板上面，磨，磨，磨。

我以为魔芋，就是磨的芋头。我老家制作魔芋豆腐，确乎是要磨的。而别的地方呢，据说是魔芋粉做的。先把魔芋磨成碎粉，然后像和米粉粑一样，搅和，便成了魔芋豆腐。我现在偶尔去馆子里，点一碗魔芋豆腐，据说就是这么制作的；还说，因要加大产量，中间掺了蚯蚓啥的。这般制作的魔芋豆腐，一点味道也没有，好像是米豆腐一样，滑溜，泡松，全无脆劲，了无嚼道，这哪像是魔芋豆腐咯，叫米粉豆腐好了。

魔芋豆腐确乎要磨，细细磨，碎碎磨，一个洗碗盆，磨了十来个，一盆清水便已稠了，发了一大盆。魔芋的魔，怕就是这意思吧。小小的几个魔芋，磨了之后，发成了一大盆。后来才晓得，魔芋可以发二十余倍。按这计算，一个魔芋可以做好几海碗菜出来吧。而魔芋之魔，不只是其魔鬼般的膨胀，更源自它有一种魔性：在磨魔芋的时候，若不戴双手套，那会让你一双手全痒起来，好像是俏皮鬼，冷不防拿根针给你扎一下，马上缩手，藏了，你只感觉有根针在扎，你感觉不到在哪里扎。问题是，千根针，万根针，此起彼伏，此伏彼起，在扎你，在要你；让你抓，抓不着；让你挠，挠得出血，却还不解痒。我母亲手粗，老枞树板似的，再也感觉不到痒了。我，我姐，还有我妹的手，就不行了，很不经事。若母亲分派我们去磨魔芋，那最少遍身痒三天。

好吃的东西，不是那么容易的；转过来说，不那么容易的，才是好吃的。也可以说，不只吃，好的东西都不是那么容易的；也可以转过来说，不是那么容易的，才是好的东西。

魔芋豆腐说是豆腐，却与豆腐不相干，只是样子有点像。磨得比较稠了，稍稍抚平，然后端到屋外，冻那么一夜，味道就出来了。现在好像一年四季都可以吃上；当年，我老家貌似只有在过年，才做魔芋豆腐。魔芋磨，磨，磨，磨得其稠密了，如一盘热豆腐，活荡荡的，摇晃晃的，便端至雪地里去（我家是常端到屋顶小坪上），冻成硬冻冻。豆腐是白冻冻，魔芋豆腐是灰冻冻；豆腐变硬块，是要石头压的；魔芋豆腐不用，只要放到那里就行，自然冷凝为一大盆。若想吃了，从盆里切一大坨，放热水里焯片刻，再冷却，再细细切成一指宽、二指宽的条条块块，便单炒，便合煮，都成。

魔芋豆腐最吸油，舀一勺油倒锅里，炒一碗菜，未必见得到油星。我家平时不做这菜，怕是这原因吧。我家一调羹猪油，要炒两天菜的；这菜，一碗油下去，才略有些油影，哪敢这么奢侈？过年时节，却正好；过年杀了猪，砧板上，碗沿边，乃至炕桌木架架上，都是一手油，炒魔芋豆腐，正好解油。如今大家油多，肚子里无书无华，其中装着的都是一肚子油，若多吃几碗魔芋豆腐，也能给人多去些油里油气的吧？

魔芋豆腐煮鸭子，是一道名菜。只是如今的魔芋豆腐，实在不是那个味。现在的魔芋是先用机器磨成粉，后搅和出来的，远非当年我老家手工制作，那味道出不来，不脆，没嚼劲，竟然沦落到跟米豆腐一样味了，那还何以体现魔芋那魔字？魔芋豆腐是有魔幻一般滋味的呢。含在嘴里嚼，可以嚼得咔叽咔叽响。水豆腐米豆腐能嚼吗？那是喝的，只能喝得吸溜吸溜响。魔芋豆腐，吃进嘴里，真能沙沙沙响，清脆，除腥，带点筋道；同煮老鸭子，同煮老山羊，再加放辣椒与姜丝，成地地道道湘菜，吃来那叫一个食指大动，齿颊留香。

现在我偶尔去我所居的城里的菜馆，点这道菜；我也走过了好些地方，也点这道菜，总没那个味。我所居的这城市，离我老家百把里路，并不太远啊，硬是做不出带劲的魔芋豆腐来；

做得出一碗好魔芋豆腐的,大概是我老家坪上那一坨,加上冷水江、新化、安化等地,也就是梅山文化区域。梅山文化是湖湘文化一大支系,却以巫性著称。巫与魔,恰是匹配的吧?带点巫性来制作魔芋豆腐,才出味。

线瓜汤

双瓜傍架爬，安能辨我是何瓜？丝瓜与线瓜是孪生瓜，线瓜与丝瓜，爬在瓜棚上，真难分彼此，一样翠绿，一样开小黄花，一样阔叶如掌，一样沿瓜棚而蒙络摇缀。不辨鲁鱼啊，有个好法子掩羞，曰都叫汉字；不辨丝线啊，有个好法子掩知识贫乏，曰都叫丝瓜。

丝瓜、线瓜，吃肉食者不识，是可以理解的，五谷不分的，自然分不清丝与线，咱们吃瓜群众当了然啊。网上好为人师者教人辨瓜，越辨越糊涂，说丝瓜线瓜蛮好分，有棱角的叫丝瓜，没棱角的叫线瓜。误了我们吃瓜群众。恰是反之，有棱角的是线瓜，没棱角的叫丝瓜。丝瓜线瓜，从蒂划到尾都有一条丝线，丝瓜之丝，凹在瓜里，好像埋了一根小灰丝；线瓜之线，凸在瓜上，好像架了一根小铁丝，线瓜才有棱角嘛。丝瓜线瓜形状皆香肠，线瓜小些，直些，筷子长短，常是一根肠子通到底；丝瓜大些，形状多元些，直的直，弯的长成了香蕉两头翘。

丝瓜线瓜难辨，网上说丝瓜处处有，天南地北都有，线瓜只长在湘中一坨，也有人说线瓜主要产于湖南中部大梅山地区，如新化、安化、涟源一部分。梅山文化是湖湘文化一大支系，以神秘的巫性文化著称，老家正是梅山文化覆盖，可以日啖线瓜两三条，不辞长作梅山人。梅山文化带巫性，线瓜不巫性，跟南瓜、冬瓜一样，菜蔬而已。线瓜只产湘中？他地无有？网上说的，信者信，不信者自不信。不过，来个反证，可信度蛮高的，万能朋友圈，说线瓜便都无能了，搞不懂何方神圣了。

线瓜比丝瓜，味道甜多了。丝瓜细腻滑口，质地绵软；线瓜清淡醇和，甜润脆爽。在我堂客看来，清水煮丝瓜，丝瓜会变色，白色变成了黑白色，褐白色，有些黏黏糊糊；清水煮线瓜，线瓜不变色，清水还是清水，青绿还是青绿，看起来神清气爽，吃起来润滑清甜，这里的妙处是，线瓜皮色青翠，刮掉其棱，全是白肉，放开水煮，怪死了，它会转青翠了，莫非线瓜当了开水是雨水，锅里生长起来？堂客不太喜丝瓜，多爱线瓜。她之所好，逼成我所好，有甚办法呢，夫以食为天，堂客一把勺子掌着天，天天都是她给喂，喂成了一个堂客胃。

丝瓜、线瓜都来味，有味，线瓜拌鸡蛋，佐瘦肉，出鲜；线瓜拌海鲜，鱼肉，来神。堂客最爱的吃法是做水菜。水菜者，么子都不加，什么都不添，纯瓜，纯味。堂客煮线瓜，确实蛮好呷，她不放任何作料，也不放一点油盐，也不炒，先把锅子洗净，不让串味，再放水，烧开，线瓜切片片，投入清水，不时出锅，清者清清，青者青青，猪油茶油，一点油星子都没有，单盐合盐，一点咸味蕾都没有。这是堂客学我老娘好榜样，学得像模像样。都说湖南重口味,湖南菜也来一个彻彻底底小清新,比谁都清新无比,你不能比。

清水煮线瓜,让人搞不清,线瓜是蔬菜呢,还是水果呢?无油无盐,啖之喝之,是水果的吃法,西瓜放不得盐吧,葡萄也没谁放油。线瓜也不能说是水果,线瓜不能生吃,须煮熟。须煮熟的东西,不放油盐与作料,无以下咽;线瓜不放,什么都不放,味道清绝,无辣不欢的我,常是抱一碗线瓜汤,吸溜吸溜,一吃一大碗,如牛饮一碗茶。无油无盐的,凉后,还真是一碗清茶。我对线瓜另眼相看了,什么红花要绿叶扶,什么好味靠作料出,线瓜不用,线瓜自个儿自在芬芳,你独木不成林,它独菜自成味。

湖南小清新,还是须得重口味。先吃大鱼大肉,先吃葱蒜姜椒,剁辣椒煮鱼头,半斤鱼头两斤辣椒,红辣椒呢,辣得嘴巴如猴子的红屁股,吸乎吸乎,出气不赢;桌上摆的柴火腊肉,也浇了一层辣酱,湘菜无菜不辣,无菜不咸,那么,一番重口味后,来一碗线瓜汤,冲和冲淡,洗了重口味。猛,先来个极猛的;淡,后来个极淡的,也是湘人性格乎?这是饮食哲学,饮食也要来点辩证法的。

酒足饭饱,来一碗汤,这个吃法也是蛮反动的。粤式正确饮食法,先来一碗汤,再来众美食,曰,可以减肥,保持曼妙身材;湘人常常不正确,先饭后汤,先菜后汤,吃得鼓囊囊,胀得腌菜坛子模样,再来喝汤,味道没失,道理失了。跳出三界外不在道理内,吃得舒服,吃得爽快,是最大的饮食道理。说道理,饮食是最没道理的,照我堂客清水煮线瓜,竟有一股青气。原来堂客如师傅传武林功夫,保留了绝技:到底要放点盐的。

堂客近来喂养我有些猛,恨不得将世界补物都填我胃部。患过一回病,病前壮如猪,是不是饮食秩序造成的身体紊乱,不知;病后瘦如猴,堂客杀鸡宰鸭,蒸排骨炖猪脚,吃啥补啥,吃啥变啥,堂客给我吃猪肉,居心还是让我胖如猪。原先她也学得正确饮食法,叫我先喝汤,现在不管了,由着我不讲道理,先饭后汤。不太思鲫鱼汤、心灵鸡汤,想喝的就是一碗线瓜汤。饭毕,或将线瓜汤倒入碗里,或直接将线瓜汤锅抱到胸前,咕噜咕噜,一饮而尽,尽兴而放锅。

喂我莫如婆娘,知我莫如老娘,老娘种了蛮多线瓜,屋后那块小园,老娘搭了一个大瓜棚,瓜棚上爬满了线瓜藤,线瓜藤上长满了巴掌大的叶,叶片翠绿,一条长墙也似的绿龙,葱茏起舞,绿叶丛里,隐吊着一根根线瓜,一瓜摘去,一花又开,花开半年,瓜结一个春夏,又一个初秋到中秋。每日晨,老娘去园子里摘几根,立坪里喊:来,快来拿线瓜。好像是街头卖瓜老太太,鼓劲喊广告。我在楼上应,厨房还有。老娘又喊:多吃两根咯。

我没下去,老娘指定挂着拐杖,碎步碎步送上楼来,老娘跟堂客一唱一和,要把我这个瘦猴喂成肥猪。清晨线瓜,带着露珠,水灵灵的,鲜绿绿的,不说白肉可餐,便是秀色也可餐。每餐一碗线瓜汤,是我这个夏日这个秋天的一道美食。夏炎热,秋干燥,喝一碗线瓜汤,夏解暑,秋解燥,最难过的夏秋时节,因了一碗线瓜汤,因了一园线瓜,心情都不坏,还蛮好。

芳名是藠头

我们老家叫作苏葱把头。我老家话语都是土里土气的,听起来表达力很强,写起来却是写不出。那次与一位老乡打乡谈,他说我们老家语音有古调,可以去申遗,当时有老乡兴奋起来,"哎呀"惊叫一声,立马展纸磨墨,要写申遗报告。几年过去了,早无下文——到底是秀才心性。

苏葱把头,不知道汉语里什么字可解着,湘方言十里不同音,出门要带翻译走。苏葱把头形诸汉字,也只是我的音译了。拼了音,找不出很合适的汉字,看到苏葱都是草字头,恰好苏葱把头是草本菜蔬,也算基本达意了。

苏葱而称把头,源自其根部凸起,直通通条形物,忽在一头打了结节,老家就称之为把头,刀把,锄头把,都是这意思。而称把头的菜蔬很少,荤菜里头,就是鸡把头,鸭把头;蔬菜里头,只是葱把头,苏葱把头,葱不是苏葱,苏葱也不是葱,与韭菜都是一个科系吧？这三样都是绿丝草一样，撑起淑女般的秀发，菜圃里风乍起，满园子翻过来是一番白，翻过去是一番绿，但韭菜是扁平线条，而葱与芴葱，都是管状，长的是小唢呐，小时牧牛放羊，无聊，听鸟鸣，也想与鸟一试青歌赛，便摘根葱管或芴葱，嘴对管，轻轻吹，确是中国好声音，近乎天籁。后来多读了点书，原来我之少年情趣，是可以入诗的。苏东坡被贬海南，海南牧童也是这么一派天真："总角黎家三四童，口吹葱叶送迎翁。"不过，葱管与芴葱，只堪断句，没吹几句，便破了。芴葱是那么水灵灵的，吹弹得破。

芴葱确乎很水灵，长如淑女细辫，绿如韭菜泛蓝。我娘不是菜农，种菜都是自给自足，一块一室一厅的地头，我娘划为多块，蛮多花样，这块苋菜，这块菠菜，这块萝卜，这块蒜，这块葱，留给芴葱的，常是方寸大小，芴葱便在这小天地里兀自生长，葱茏茏一片，绿油油一片——绿油油不是形容词，而是写实，芴葱之绿，绿得透亮，一场雨下来，可以芴葱管中过得眼，这边看得那边过；摘一把，你可以看到腻腻的，黏黏的，那是绿色的油啊，一摸一把，沿管流，生动无比。

芴葱油多，油亮，又油香，描述香气有个词语，叫沁人心脾，芴葱香气沁入肝脾里，那是夸张了，那沁鼻子却是真的。蒜也沁鼻子，但蒜过于浓烈，蒜香入嘴，却转口臭；芴葱不会，芴葱入鼻，入嘴，入心脾，都是一如既往，香。因其多汁，因其多油，因其多香，合炒豆腐渣，那是一味好菜。豆腐渣是那么粗粝，又是豆腐之渣滓，豆腐的精华已被豆腐带走，留下豆腐渣还出什么味？豆腐渣若不加些好料，那真是乏味的；芴葱对豆腐渣有起死回生之力，当年我看到豆腐渣而反胃，设若是芍蒽炒的，则胃口大开，大快朵颐。芍蒽出味，还有一道家常好菜是炒鸡蛋，将鸡蛋磕破，蛋白蛋黄流菜碗里，再加入切碎的芍蒽，加些红辣椒粉，以筷子搅拌，搅三五圈次，倒入锅里一煎，煎一会，端上桌，呀，整个庄子，都香了。

芍蒽是绿的，芍蒽把头是白的，白如玉，白如雪，又是格外光亮，皮质细腻，像条袖珍玉腿。芍蒽要看把头，才分得出质地来：蒜呢，是一瓣一瓣的，葱与芍蒽一样，是一根一根的，但葱呢，白中多带青色，芍蒽就是白，纯白，不带杂色的白；而葱瘦，芍蒽肥，葱把头其葱杆壮大些，但相差不大，芍蒽呢不同，芍蒽杆瘦把头肥，虽也修长，却端头大。若说葱是毛丫头，而芍蒽有富家气象，不说大家闺秀，也是小家碧玉吧。

葱把头是不大脆的，我们老家常喜欢将芍蒽把头腌起来，洗一洗，褪层皮，浸到坛子里去，往坛子浇一勺酸水（其实呢是老坛子里的旧水，相当于母水了），封在坛里，封它几个月，捞出来，白是不那么白了，带了些黄，却是更透亮了，透亮得从这一边可以看到那一边，吃起来舌头有点酸，嚼起来牙齿有点脆，那是新嫂子的爱物了。新嫂子过门不久，怀上贵子，喜欢以酸食物馋嘴，酸浸的芍蒽把头当零食，绝佳。

而芍蒽把头煮泥鳅，是我们老家一味经典菜。泥鳅在我们老家，可做两道佳肴，一是泥鳅钻豆腐，大块豆腐（莫切片）先入冷水锅，然后放进泥鳅，然后文火煮，那泥鳅在冷水里活蹦乱跳，忽然感觉不对，周边水温渐高，高得难受，便往豆腐里寻凉快（不切片，意在此），钻了，这般煮出的泥鳅，风味独具。第二盘泥鳅菜，就是苭蔰把头煮泥鳅。苭蔰其形，是植物的泥鳅，泥鳅其形，是动物的苭蔰；苭蔰香泥鳅腻，猛火煮，苭蔰香气毫不保留，倾身释放，香气透过厚皮的泥鳅，入其肉入其腹了，煮啊煮，煮啊煮，煮到苭蔰打滑，筷子夹不牢，煮到泥鳅绵软，夹起来两头闪，然后起锅，泥鳅与苭蔰味道，其境界全出了——尤适宜三五汉子，做下酒菜。

泥鳅是地中仙，无贵客来，这菜做得少，较家常的，倒是苭蔰把头炒腊肉。苭蔰把头比较经火，要多翻炒几回，才炒得熟。煮泥鳅是整苭蔰一锅烩，炒腊肉，那就得切碎了，我堂客不太喜欢切苭蔰把头，觉得味道重，冲鼻子，其实那真的是香气；腊肉腊得久了，未免有股涩味，加上苭蔰合炒，那腊涩尽去，香气弥漫，好佐酒，更好下饭。老实说，我不太喜欢新鲜猪肉，有股子腥；也不太喜欢纯腊肉，有股子涩；而腊肉炒笋，炒苭蔰把头，那就是美味，饭都多吃一碗。

腊肉哪有？当年，苭蔰把头煮泥鳅，非千年等一回，但多是一年不超过一次；苭蔰把头炒腊肉，多是多些，多不到哪去，父亲母亲过平常生，基本没得吃；我姐我妹若过生，或许会炒一盘；只有我和我弟过生，或是我舅我姨父们来，我母亲才从屋顶炕架上取腊肉来。那腊肉少说半年，多则对年，涩味腊味浓郁得很了，还好，有苭蔰把头解其涩味，增其香味，直到如今始终是我无限回味的好味道。

苭蔰把头煮泥鳅，苭蔰把头炒腊肉，记忆中屈指可数。数不清的，是单炒苭蔰把头，又没放多少油，几乎是白水煮，中餐吃苭蔰把头，晚餐吃把头苭蔰（早餐倒没，因为早餐没饭吃），天天吃，星期连星期连着吃，吃不出芄蔥的香气，只能吃出芄蔥的水气了。当年，我对芄蔥要多烦有多烦，要多嫌有多嫌。老家骂人，不骂别的，就骂：你这个芄蔥把头。

芄蔥把头，喊起来俗，说出来土，却是有撩人诨号。我读师范，父亲真当我吃国家粮了，胀死饿死，都托付给国家，不给我补贴饭钱。当年伙食费，先是十元零五毛，后来加了三元，每餐一角钱样子，能吃什么好菜？恰是同学少年，十六七八，正长身体，脑子里净想吃香的喝辣的，想吃鱼想吃肉。一日，食堂黑板上打出菜单，其中一道是：白鸡腿。再看旁边注明的价格，呀，呀呀，呀呀呀：一角。顿时食指大动，食欲洞开。饭盒敲得当当响，"师傅，打份白鸡腿"，声音超常响亮。端来看，甚玩意？原来是芄蔥把头！

芄蔥把头却有个好学名，我后来知道的，其芳名是藠头，看看，三个白字起叠，又加个草字头，多美！对着其字，当年嫌弃如仇敌，如今让我对之能出半天神，老来神往。

锅巴滋味

明朝遗民黄周星有怪好,世间万物,有滋味者甚多,他独爱锅巴,黄氏为崇祯进士,官至户部主事,官当得大,山上跑的山珍,海里游的海味,皆当齿颊留香过,他老夫子终日里嘎巴嘎巴,嘴里嚼着一块锅巴,文章是那么阳春白雪,吃的却是俗物,多让人笑话。大家都笑话他老夫子为锅巴老爹,没承想,黄老夫子欣然应了,作诗曰:"莫道锅巴非韵事,锅巴或借老爹传。"口之于味,有同嗜焉。我也爱吃锅巴,原以为此为丑事,羞于示众,读了黄老夫子这诗,遥引为知心,齿颊间有津液簌簌然涌动起来。

清人李光庭专咏锅巴,云:"釜作规模水作缘,锅焦炊出象天然。香粳玉碗谁雕琢,善米珠盘自贯穿。酒滴槽床须酝酿,馈从兰若费熬煎。何如丹灶柴桑火,顷刻工夫得大还。"我是深得其中趣味。我穿开裆裤那晌,干的是伙夫工作,每日大清早,我娘把我姐我妹喊起,去扯猪草,割茅草,把我老弟喊起,去放牛牧羊，叫我呢，在家里煮饭。灶是柴火灶，熏得墨黑，是黑灶，不是丹灶，米是糙米，还有一股陈气，非玉质新米，这情景与李光庭的诗歌意境有点距离，但并不妨碍锅巴成为锅巴。我娘交代我，要会闻气啊，火莫烧得太久啊。我娘谆谆告诫，就是叫我别把饭烧焦了，但不烧焦米饭，哪来的锅巴？我家里粮不多，菜不多，什么都不多，就是柴多，闻到了饭香，我依然是一根根柴棍往灶里猛塞，我娘隔了一条田垄，在菜园子里锄土，放肆地喊"饭烧了饭烧了"，我还在塞柴，加一把几把火。

锅巴就这样加工出来了。这锅巴是啥锅巴呢？黑的，一摸外层，是一层灰，焦烧成灰。要白白多费两把米哪，我娘抄起竹扫把抽我屁股，我家竹扫把有好多把，都放在门板背后，取放极方便，竹扫把不伤筋不动骨，但格外吃肉，抽起屁股来，抽得人做鬼叫。虽然竹扫把抽人，屁股疼痛，但有锅巴吃啊，嘴巴有福享，即使屁股吃苦，也是划算。我那时的宏愿是，只要我嘴巴有福享，天天抽我屁股都可以，是给屁股享福，还是给嘴巴享福？屁股在心目中的排位，咋能跟嘴巴比，先嘴巴之乐而乐，后屁股之忧而忧。被我娘打了一顿饱的，虽还有一颗两颗泪珠挂在眼角，但我早已躲在屋檐下，咔嚓咔嚓，嘎巴嘎巴，嚼起了锅巴，粒粒脆啊，块块香。

我娘换了我工种，叫我老弟在家煮饭，叫我去外面放牛，我老弟老实，他听我娘的话，省着往灶里添柴，烧那么一晌，就去掀饭盖盖，看水干了没，看饭熟了没，铁锅子煮饭哪能常常掀盖的？掀多了，气跑了，饭就煮不熟，夹生饭，或是锅底熟了，顶层是生米，或是左边熟了，右边夹生。我们乡下最忌讳饭煮不熟，早上若是夹生饭，那是禁忌出行的，我娘还是把我换了回来。我呢，熟能生巧，技术大有长进，懂了：烧锅巴饭，火不能猛，得文火，饭香满村漫溢了，依然细棍碎柴，续烧十分一刻，这样锅巴一定会出味了，粒粒金黄粒粒脆，成片成块好兜藏，又经得起牙齿咬，咬起来有牛筋筋道，相当耐嚼，这耐嚼的意味在于：不使我囫囵吞枣，使我嘴巴一直保持有吃状态，按我娘的说法是：吃咧吃咧，塞得你的嘴洞子。

我家一般是早餐中餐煮饭，晚上是不煮饭的，蒸红薯，或者是抓把米粉，放几大竹勺子水，和擂米粑，端起碗饱了，放下碗饿了；我狡猾，利用做早餐的工作便利，烧一锅锅巴。我后来烧锅巴的水平更高了，能烧到一铁锅团团圈圈都是锅巴，都是焦黄焦黄，而不烧黑，自然，这样的好锅巴，个个都爱，我爹也爱。我姐我妹我弟，都跟我抢，他们再抢，我也能抢到最好一块，最大一块。抢到后，割下小块，先嚼为快，然后呢，留块大的，藏起来，一张作业本纸包着，藏在枕头底下。藏于枕头下，那是我无师自通，后来看电视，发现很多人都爱把东西藏在枕头下，比如崔莺莺把张生的情诗手帕包了，藏掖枕席间；专业躲猫猫的间谍，也常常把东西藏在枕下。谁知道我枕头下面藏着锅巴呢？几次夜晚，我肚子里胃肌摩擦，心里老是翻啊翻啊，胃都快翻出来了，我便从枕头下掏出锅巴，碎嚼细嚼，嘎巴嘎巴咬着响，我老弟睡在另一头，他问：哥，你在干什么？嘴里怎么嘎巴嘎巴响？我不应腔，赶紧闭紧嘴唇不作声。过后，忍不住，又是细嚼碎嚼，我老弟又问，我就答道：我在磨牙。话一落腔,我老弟嘴里也咯咯响了,他肯定是胃翻涌起来了,他是真磨牙了。听到老弟磨牙磨得厉害,我起身往堂屋、往灶屋、往杂屋转了一圈,然后再捏了一块锅巴给他,让他磨牙有物,不空磨。我之转圈,呵呵,得转移老弟的视线啊,可以给他吃锅巴,不可让他知道我之锅巴如何躲猫猫。

我娘我爹的躲猫猫水平比我低多了。那回,我爹大约是要去湖北买水牛,我娘给他藏了一块锅巴,到湖北打个来回要三五天,这回是我娘亲自煮饭,"釜作规模水作缘",制作锅巴。我娘做锅巴的水平比我高,但我娘藏东西的水平比我孬,她藏糖粒子啊、饼干啊,随便藏在哪里我都找得到,这回锅巴,就藏在碗柜里,最靠边的角落,我手伸进柜里,一勾手,摸到了,将之转藏到枕头下面去了。我娘寻啊寻啊,怎么也寻不到,我娘从王婶家的石巴砣疑心到李叔家的草巴砣,以为是他俩给弄去了,我爹骂我娘:别人哪来偷咯,除了家贼还有啥贼?家贼难防咧。

果然是家贼难防。因为我娘这回闹出声势比较大,放出狠话来,说不把偷锅巴的贼挖出来不放手,搞得我一两个晚上都不敢嚼锅巴,藏掖在枕头下不敢动它。等事情平息了,再看,叫我大吃一惊,我枕头下的展开来有两手掌宽的锅巴,连一根手指头碎块都没了。我几乎把床铺都翻了个遍,没看到。情急之下,拿了电筒,钻到床底下去寻,四处照,终于在最靠里面的床脚下发现了两指宽的锅巴,周边咬了个鸡零狗碎。是住家的老鼠给偷去了,这家贼啊一直居住在我家里,平时我没怎么恨,这回真叫我狠心了,我拿了一把小挖锄,把洞挖了半米深,大老鼠没挖着，挖出了一窝老鼠崽崽，一气之下，将它们抓住，抓到石头地板边，举过头顶使劲摔，摔死了，踩它一脚，踩了，还把脚板擂一圈；处理老鼠崽后，转过来处理锅巴，那剩下的小块锅巴，我拍了拍灰，嚼着吃了。

现在是难得吃上锅巴了。一呢，我老婆骂我这一饮食之嗜，太不都市人了，太不文化人了，手里拿着一团米饭，穿过一条通讯街，穿过一条食品街，穿过广场，放在嘴里嚼；搞得我特别自卑起来，自觉地把当年的最高享受当成低级趣味，给改造掉了。二呢，科学技术越发发达了，过去，我家里买的饭锅，高压锅也好，电饭煲也好，久蒸几分钟，能够蒸出锅巴来，可以背着老婆的面，在家里嚼一嚼，回味回味，现在呢，我老婆买了一个不粘锅，不粘锅，这样的饭锅煮饭，它是自动跳闸的，再怎么丹灶柴桑，也是锅焦炊不出锅巴了。

蛙鸣被车鸣给罩了，月光被灯光给盖了，诗词被歌词给废了，幸福被富态给埋了，现代科技灭了往岁滋味，时尚人文毁了旧时韵味，何止锅巴。

葱拌豆腐渣

　　豆腐是最为常见的一道家常菜。我小时候，却也不易得，十天半月难得吃一餐。我们村里有三四百口人，只有香莲婶一家打豆腐，一天打那么一两桌，按说是不愁卖的，然而"豆腐西施"的生意很难做，这一两桌豆腐一大早挑出去，上十里下十里要转悠十来个村子才卖得完，我娘常要等我们兄弟吵得不耐烦了，才去端半板，用菜油煎炸得两面泛白略黄，色形像肥肉点精，对于我们，这委实是一次"仿真"牙祭。

　　香莲婶的豆腐很难卖，但豆腐渣却十分俏，提前十天半月就要预订，到时说不定又被人家顶了去。豆腐渣便宜，三两毛钱可买一盘，腌在坛子里，吃得一个阳春，味道不比豆腐差，甚至比豆腐更易送饭。父亲常常训我们："吃饭就吃饭，要什么菜？塞填肚子就行了。"父亲常是不吃菜的，一个红薯，一碗糙米饭，嘴巴一张一按，就下了肚。我们做不到，没有菜，那红薯那米饭就回旋在口里，不落喉，落了喉也卡在喉结那地方不进胃,得像鹅一样抻脖子。有了咸辣的菜就很不一样,再糙的饭也直往肚里窜,因此,煎豆腐难吃上,豆腐渣也是一种渴望与向往。我们家豆腐渣还是有吃的,这得感谢满姨,母亲的姐妹有七八个,关系最好的,走得最勤的就是满姨。我满姨嫁在离我们家只有十来里路的金竹山煤矿,她在矿里的豆腐作坊里做临时工,不时给带几板豆腐来,当然这不能满足我们的胃口,能完全满足的是豆腐渣,几乎要多少就可带多少。

新豆腐渣不好吃,粗粝涩舌,寡淡如木屑,还有股豆腥气,即或加油加葱加姜丝辣椒,也不大好咽,它毕竟是菜之渣滓。而其腌了之后,情形大为改观。母亲专备了两三个坛子,每次满姨送来豆腐渣,母亲就将其揉成一个个橘子似的团团,置于阴潮地方,过那么三五天,待它长出了白茸茸的须发,就将它们层层叠叠地腌在坛子里,母亲伺候很是殷勤,隔那么一阵子,就将坛子沟沿里的水换掉,使之始终漾着一股清水,任由豆腐渣在其中发酵。夜里睡在满是菜坛子的房里,常常听到"咕"的一声,又"咕"的一声,接着是咕咕咕,母亲说:"豆腐渣在呼气哩。"豆腐渣刚呼气时,闻不到什么味,呼多了,便有一次比一次浓郁的坛香随"咕"声而逸,还夹着淡淡的酸味与闲散的腌气。这就意味着,可以掀盖了,抓出一坨来,若已灰褐,说明腌过了头,炒后将是酸胜于香;若是微微带黄,说明腌得恰到好处,有点醇,有点辛,有点甜,有点香,香甜胜于辛酸。我家对门的菜园子里,专辟了一块种葱,这种中空圆筒的草本植物,不需什么照料,像草一般地长,因得母亲爱护,长得更加茂盛、稠密、翠绿而且葱茏。这一茬割下来,一场雨水,那一茬又蓬蓬勃勃了,刚割下来,你可以看到在断口处,有一滴清亮而油腻的汁液,那就是香汁,香油似的,摸上去很粘手,闻起来馥香直沁胃肠,这是蒜比不上的,蒜也很香,但蒜香有点刺鼻,炒起来还很干涩,用蒜炒的豆腐渣,总觉得味道不如葱炒的纯正与醇厚,而且吃后嗝出的气带有一丝蒜臭,葱就没有,吃后齿颊留香,呵气也飘逸淡香。

香气更浓的是野葱。野葱比家葱个儿小,却青绿如翠,尤其香。在屋背后的石山里,它们夹杂于野草中随处生长。那时我每天都牧牛,把牛牵到山里头,由牛信马由缰,我们这些牧童,挎着一只竹篮子,扯猪草一般地扯野葱,用不了多少时间,就是满满的一筐,大多数卖掉,余下的,就将它做作料。不用说,最多的是炒豆腐渣,切一小把,和在豆腐渣里,在锅子里热炒,那香气升腾上来,满屋子缭绕,更兼母亲喜欢放红辣椒,色泽十分诱人,微黄中彰显青翠,青翠中亮耀着点点红星;吃起来也很爽舌,逗发味蕾。只是听说野葱有点毒性,不能多放,在这点上,它比不上家葱。

后来生活有所好转,豆腐渣吃得越来越少,满姨还是常给我们送,多半被母亲拿去喂猪,母亲说:"豆腐渣发膘。"这可能也是,我小时候长得算是很快的,初中考师范时,个子在班上还算"出头",不知为啥,师范三年长得没几厘米,不知是不是没吃豆腐渣的缘故。此后,豆腐渣确实很少吃,好像有好几年没有尝过,现在偶尔炒一顿葱拌豆腐渣,觉得也是难得的美味。过去,没什么东西可吃,它是美味,现在什么东西万千吃,它也是美味。生活的味道大抵如此。

河蚌贵妃舌

清朝周亮工列福建西施舌为佳肴神品:"画家有神品、能品、逸品。闽中海错,西施舌当列神品,蛎房能品,江瑶柱逸品。"引得郁达夫舌向往之,舌错品之,错认河蚌是西施:"《闽小记》里所说西施舌,不知道是否指蚌肉而言,色白而腴,味脆且鲜,以鸡汤煮得适宜,长圆的蚌肉,实在是色香味形俱佳的神品。"

达夫先生错认河蚌是西施,大概不是舌头出错,怕是神思出轨,见形思伊,见色起意,看见青青河边草便疑是飘飘绿罗裙,实是达夫先生难断绮思,弥漫心头的都是蟓首蛾眉巧笑倩兮。与达夫先生大同小异,清朝李渔亦是,"所谓西施舌者,状其形也。白而洁,光而滑,入口咂之,俨然美妇之舌,但少朱唇皓齿,牵制其根,使之不留而即下耳"。李渔舌触西施舌,顿感光而滑,香而糯,软而温,这些词语之运用,真不知道在形容什么。

西施舌者，车蛤也，属蛤蜊科，不是达夫先生所谓河蚌。河蚌与车蛤，都"味脆且鲜"，河蚌却不是"色白而腴"，当是"色黄而腴"。梁实秋先生给郁达夫先生做更正，"西施舌属于贝类，似蛏而小，似蛤而长，并不是蚌"。想来，梁实秋先生也不用太认真，称蚌为西施舌，也不是罪。西施舌者，比喻也。本体或是专利，喻体却没注册；车蛤可以比喻为西施舌，河蚌也可以。若你非说，车蛤先工商登记了，那我谓河蚌是贵妃舌，你不能来打专利官司吧。

寻常佳肴，美曰其名，口舌生香，诱人得紧。猪脚叫佛手，藠头叫白鸡腿，滚肉叫东坡肉，面粉团子叫老婆饼，卤制牛心叫夫妻肺片，甲鱼炖乌鸡叫霸王别姬。味之于舌，齿颊生香；意之于心，韵味悠长。车蛤叫西施舌，河蚌叫贵妃舌，算是雅不封顶；河蚌之形，若俗不保底呢？孟浪之人，亦曾给河蚌之本体，晓以喻体，难上口哪，更不便上书，怕你骂我三俗，此处且不表。要表的是，与河蚌同科的田螺，紫苏炒之，味道绝美，好像没谁给起一个可供遐思的美名，辜负了田螺那粒圆与圆粒之好形状，那形状足可诱发想象力的哪。

形象不如想象，实味不如疑味，相见不如怀念，见之不如思之。对美食而言，就是吃不如看，看不如闻，闻不如做，做不如捉。钓鱼者，多不在吃，而在钓矣，姜太公之钓，味在钓也钓不着。一时半刻，钓三五千克，假钓鱼者，喜气洋洋，真钓鱼者，甚觉寡味。

吃菜之味，输于做菜之味；做菜之味，输于捉菜之味。河蚌吃起来当然蛮好吃，河蚌炒起来也是香甜无比，而味之味者，却是河里塘里捉河蚌，田里溪里抓田螺。捡河蚌，摸河蚌，踩河蚌，曾是少年兴家邦，三月不知肉味，摸河蚌便是给全家打牙祭。盛夏时节，背不着衣，背着竹篓，赴小河，跳山塘，且游泳且捉蚌，集游玩与劳动于一身，正是少年心性。印象中，田螺多在田里，漠漠水田，青青禾稻，田螺如小石子，或呆或爬，浮在泥上，捡就是了，抓就是了。河蚌藏身，要藏得深些，多在深水里，多在沼泽里，多在小河与山塘里。水若浅，自可手若笆子，淤泥里到处摸；水若深，那只能足扫荡，足踩到滑溜溜的，再手导入水中，一摸，河蚌到手了，入篓了。

当年入河入塘，踩河蚌，摸河蚌，是少年美事，是美食盛事。经验不灵了。张季鹰见秋风起，起莼鲈之思；居老家许多天，忽起捡田螺与踩河蚌之想，唤妻子，端脸盆，下溪河，寻美味，沿小溪，溯洄从之，道阻且荆棘；溯游从之，一只河蚌，也没在水中坻。转至两山夹道的山塘，山塘水不深，深没膝盖，脚横扫，手直荡，从塘之头盲目摸到塘之尾，一只河蚌都不曾触及手与脚。不知何故，故乡人事，日渐模糊；故乡旧物，日渐依稀。比如青蛙，以前打田埂河畔走过，扑通扑通，扑扑通通，青蛙排着队，次第跳田，惊起小水花，溅禾稻。难见了呢，便是晚上，蛙声也是稀稀落落，无复当年漫山遍野，满河铺田，歌声如遮天布幔，铺天盖地了。

恼恨河蚌无觅处，不知转入田中来。田，曾是水田；田，后是荷田；田，现是甚田？好像是废田了。没种禾，没种荷，没种何，依稀有些禾，依稀有些荷，依稀可奈何。田水不深，踩进淤泥深处，也不过没膝。荷田午后，见有一尾青鲤，游翔其中，蹑足入水，起贼心，欲捉之。鱼翔水，鸟游空，自由自在，哪是笨笨手脚的我，捕捉得了？意外地，手触到滑溜溜贝壳，一摸，呀，好一只河蚌，其大如掌，盈盈一握，一只手包不圆。捉鱼不捉，转频道，捉起了河蚌。不承想啊，这块小田，顶多是一分田见方，河蚌更比莲藕多。水浊，眼不见河蚌；浊水，河蚌不见眼。眼感不感，手感是眼；眼感不感，手感即感。手在淤泥田里摸，手尖是眼睑，手感是眼神。手在水田里，横扫一下，一只河蚌便入手了；扫得好，不是一只，两三只呢。水田摸河蚌，好比是砂石场摸石子，一摸一个准，摸得兴起，在田里打滚。先前还挽袖扎脚，后来是脱了上衣，脱了长裤，唯剩一头小裤衩，与水全触，与泥打滚。堂客也鼓励与怂恿，云皮肤有毒，田中水与水中泥，可解。可解我入世久矣之身心毒。

一连两三个午后，都来这一块水田，踩，摸，捡，每次都不曾落空，三五时刻，摸得河蚌满篓笼。堂客喜欢得忧从中来。河蚌易摸肉难洗。置河蚌于桶中，过三昼两夜，河蚌吐尽泥沙，清爽蛮多了。然后，锅蒸之，水凉之，然后是，把其肉从壳里挑出来。挑容易，洗不容易。若说田螺肉废物，是田螺肉之尾，河蚌之渣，含于河蚌肉里，要一剪一剪，剪开其肉，将沙将泥，搓尽洗净。堂客搬了一条小板凳，坐一下午，才把一锅河蚌，清洗毕。

河蚌之形，展开两瓣，展现碗中，文人见，想象力丰富起来了。雅起名为西施舌，还是俗起名为啥啥啥？"惟蛤蜊名西施舌者，白肉如舌，纤细可爱，吞之入口，令人骨软。予曰：'虽美不可言美，恐范蠡见嫉。'"吃个蛤肉，舌头未见什么反应，身体其他部位反应蛮大，骨软魂酥，酥了半边。

人称之蛤蜊西施舌与我谓之河蚌贵妃舌，色香味形有等差的，河蚌非白肉，色带黄；肉质非纤细，其味胶韧；难吞入口，得牙齿嚼，嚼牛筋一样嚼，嚼得口齿生劲，嚼得口舌生津。自然，河蚌非西施舌，难清水做汤羹；河蚌得炒，炒黄牯牛肉一样炒，摘紫苏，解腥气，添香气，冒热气，气腾腾，趁热，大啖河蚌肉，大亲贵妃舌，"清热滋阴，养肝凉血，熄风解酒，明目定狂"。回家乡吃河蚌，可让你看清滚滚红尘，不再在尘世里天天抓狂，可以安心静气，岁月静好。居故里山水中，炒河蚌肉，佐绿蚁酒，陪亲人坐，过慢生活。

甜蔗甜

甜蔗不是甘蔗，恰如苏轼不是苏辙。比喻有点不伦，却也可证甜蔗与甘蔗，怕也属于兄弟一科。父亲种过甘蔗，把甘蔗裁成小节，两节节疤处，长出雀舌一般的芽，将芽朝天，扒土浅浅埋，静候日一轮，雨一轮，甘蔗破土，刺向云天来。

红丘陵怕不适合种甘蔗，父亲费心劳力，又浇水来又施肥，甘蔗长到老，比吹火筒长不了多少，人立其中，身不现，黑脑壳抢眼。曾去过广西，但见甘蔗小树一般，密密麻麻，高耸林立，天苍苍野茫茫，风吹蔗林不见汉子与姑娘。父亲种的甘蔗，甜分还是有的，却如几粒糖精撒入山塘水，若说有，好像无，若说无，好像有，比不得口嚼桂粤蔗尖尖。父亲种了两三年甘蔗，不种了，老家土壤，适合种甜蔗不适合种甘蔗吧。甘蔗致富梦，梦碎红丘陵。

我都怀疑，甜蔗与甘蔗，可否比喻为苏轼与苏辙，是苏轼与苏秦吧？都姓苏，亲脉远着呢。甜蔗也叫蔗，崽生崽不一样。

一个是卵生,一个是胎生,难算是一科生物吧。甘蔗是节生,一节生出一根甘蔗来;甜蔗是粒生,一粒甜蔗生出一根甜蔗来。甜蔗种子是一粒一粒的,初春时节,如辣椒种一样埋土,然后长出指头小苗,母亲把其移植到菜园边,移植到田埂边,移植到山林边,都是土壤之边边界界与角角落落。种辣椒,一块块种;种茄子,一丘丘种。甜蔗靠田边,种一溜;靠土边,植一排;靠山边,栽一列。甜蔗,没列入庄稼名录,入不了田地正版。

甜蔗与甘蔗,高粱与玉米,小树一样往上长,两蔗皮色异质,甜蔗是青皮,溜青溜青的;甘蔗是红皮,红紫红紫的。甜蔗皮坚硬,逢手刮手,逢嘴刮嘴,咬皮不小心,把人嘴巴都撕烂。甘蔗是没穗的吧?甜蔗老熟了,头如高粱,长出穗来,穗上鱼卵也似,挨挨挤挤,穗儿青,甜蔗味青涩;穗儿红,甜蔗便香甜;熟而不至太老,甜蔗甜如蜜,蜜糖一般,甜得清,清泉一般,比甜蔗还甜,比甘蔗还甘。

春种一蔸蔗,不用待到秋,到得盛夏,即成收割季。酷暑烈日,正午阳光正是暴脾气,母亲便递一把柴刀与我:去,砍几根甜蔗来。得令。这事我爱干。步子跑得比兔子快,一刀一根,两刀两根,一根胜比毛竹高,掮到肩上,蔗尖拽地,飞也似的往家跑。路上要经安叔家门口,要经香婶窗子下,跑慢了,他们拦路:来,给我剁一节。搞拦路抢劫呢。常是,我猫着腰,打安叔与香婶家过,冷不防,魂都被断喝吓落:来,给我剁一节。

午后老屋,一床草席,直铺土砖屋地,将甜蔗剁成尺来长,一节遗姐，一节赠妹，很多节还我，藏在枕头底下，清甜世界，全家同此口舌。甜蔗不入菜，甜蔗不入饭，甜蔗是缠口的零食。我活出一个生活来了，正食不是生活归正，零食不是生活归零。岁月只有正食嚼，那日子苦；日子有零食缠，生活才甜。正食是一，零食是零，零越多，生活越过得生动活泼。

有了甜蔗，夏日每个日子都是甜的；甜蔗的夏日是最甜的，不是最味的；最味是秋朝；秋朝不全味，最味的是中秋。乡亲新栽甜蔗三百苑，引得生活甜美过中秋。中秋不只有月饼，中秋还有甜蔗。中秋甜蔗已是零零落落，瞭望菜园，辣椒还正盛，茄子还在余旺；甜蔗稀稀疏疏，难见了——难见，不是不见，在园之角，田之埂，也会有一根几根甜蔗，站立中秋皓月魅影里。

中秋之甜，你的甜在月饼；中秋之美，你的美在月亮；中秋之福，你的福在团圆；而曾经的我，中秋之味，味在星星在天，月亮在野，我在乡亲菜园子里偷甜蔗。茄子辣椒不偷；萝卜白菜不偷；七胀芋头八胀薯，芋头红薯不偷。当小毛贼，做贼牯子，寻得田间地头，觅得土边圃里，坎坎伐蔗兮，偷得中秋半夜闲，偷根甜蔗甜一甜。

中秋是小毛贼日？偶读史书，晓得贼牯子也是有节日的。《帝京景物略》叙金元朝，元宵节是小贼节，"三日放偷，偷至，笑遣之，虽窃至妻女不加罪"。这节日，契丹人叫放偷日。这三天，可偷什么？偷金不是偷，嘻嘻，还可偷人。教师节教师放假，妇女节妇女放假，放偷节谁放假？贼牯子放假吗？贼牯子不放假，贼牯子在工作。这个节日，是道德在放假？谈不上是道德放假吧，不是传统道德在放假，是历史文化在工作。

　　偷金偷人，偷闲偷懒，偷什么最来味？小时偷金，大了偷人，从老婆那里偷闲，从老板那里偷懒。小时，偷偷摸摸偷过同桌文具，心脏怦怦跳，那感觉已经绝迹了；小时，堂堂皇皇偷过乡亲甜蔗，歌声喂喂喂叫。老家放偷日，不是元宵节，是中秋节。大人坐乌衣巷口，就着月饼赏月，小孩窜乌黑菜圃，就着月光偷蔗。

　　月明星稀，乌鹊无飞，约几个发小，屁股后面，插一把刀，蛙鸣句句，蟋蟀声声，南瓜搭了大瓜棚，豆角插了高菜林，寻一根甜蔗，也是蛮费劲的。吃了一夏，余蔗难寻；而在菜园最里边，或是田垄最深处，偶尔，也会有一根两根甜蔗，独立苍茫月色，秋夜晚风，甜蔗兀自摇曳，小把戏，喜得跳，连摔几跤不顾，砍来，削皮，剁节，分食，大快朵颐。

　　中秋放偷日，偷可偷，不乱偷。金，不偷；银，不偷；人，不偷；情，不偷；便是柿子，便是石榴，便是白菜萝卜，都不偷，专偷甜甜爽爽的甜蔗。

　　甜蔗到中秋，还真难有。隐约忆得，某个中秋，约了文亚砣，邀了三老筋，还有几个发小，各自持刀，往山深处园子进发，转了三五条田垄，寻了百二十菜园，一根甜蔗都无。心头起火，也没办法哒，回家回家。三老筋性格本暴，骂骂咧咧：我走半夜，我可不走空。文亚砣喊，回去回去，甜蔗没偷着，其他东西，谁也不准偷。三老筋不管，跑到莲奶奶菜园里，摘了一个脸盆大老南瓜。掮在肩头，哼哧哼哧，弄回家。月已西斜，树林周围影憧憧的，文亚砣拉住我：坐会儿坐会儿，等他们先走。我不明就里，与文亚砣坐在秋露中秋夜。未几，文亚砣一把拉起我，往三老筋家的菜园子里跑去：偷，偷，偷，有茄子偷茄子，有辣椒偷辣椒，死里偷，多偷。我俩把衣服脱了，就剩裤衩，以衣当袋，鼓鼓囊囊，偷了大袋蔬菜。

嘭嘭嘭，中秋夜，乡亲睡得晚，这时也收起竹凳、竹椅、竹床、竹靠背，安睡了。嘭嘭嘭，文亚砣带着我，敲莲奶奶门。莲奶奶，是村里仅存的三寸金莲呢，她迷迷糊糊，她颤颤巍巍，开门：你是哪个？莫管哪个。给您送蔬菜的呢。

去年中秋回家，薄暮时分，坐阳台，瞭望四周，田野，山林，秋色转深，银杏渐黄，枫叶渐红，而菜园子里，仍是苍翠绿意深。到乡下，我眼尖了，还是放光了？忽见一块菜圃，靠高坎之下，直耸排立有三两根甜蔗。我指使侄子：去咯去咯，去剁回来。侄子望我，满脸狐疑色。我告诉他，中秋偷蔗，非关道德，只关文化。侄子禁不住我胡口怂恿，天刚罩下来，摸月去了。

砍了一根，留了两根。笑嘻嘻打回转。突然，妇声暴起：哪个贼牯子，吃了屙血。她在骂我侄子偷甜蔗呢。貌似没看清我侄子，她是朝天骂。骂得侄子脸红，而我更脸红。作声不得，应承不敢。侄子跑到那妇嫂后窗，把甜蔗塞了进去，跑回家把门关起，甜蔗不吃了，一家子没滋没味吃月饼。

忽听叩门，把我心脏提起喉咙高，开门迎迓，好，还好，不是那嫂妇，是菱婶。菱婶进屋，便教：背对园里，鸡公丘，还有好几根甜蔗，去剁来。哪里还敢去啊？去咯，去咯，保险没事咯。禁不住菱婶反复教唆，也想解些晦气，我跟我侄子，摸着中秋月，尽拣目光不到处，绕了好几条田埂，把甜蔗偷回家。

甜蔗粗，赶得上甘蔗粗了，比甘蔗更高，削了青皮，露出白芯，细嚼慢咽，甜，清甜，清蜜蜜甜。是童年那个味，是乡村那个味。乡村是坛，岁月是水，这根甜蔗是岁月酿于乡村的那个味。

母亲嚼不动甜蔗了，母亲还嚼得了月饼。母亲嚼着月饼问：甜蔗哪来的？侄子老实答：偷来的。哪园里偷的？母亲说：噢，是菱阿嫂园子。菱阿嫂谁？你莲奶奶媳妇。去，给菱阿嫂送块月饼。

侄子跑得飞快，送了两块月饼给菱婶。

彼采葛兮

彼采葛兮,一日不见,如三秋兮;彼盗葛兮,卅年不见,如一日兮。回家慢荡,逛山,几个山头转悠过了,这回是逛村。你在逛街,我在逛村,挈妇逛到大塘冲,在山之坳,见到葛哈砣,一根草绳紧捆其腰,若不是棉絮有些破烂,形象还很飒气,他持一把柴刀,起劲削竹子。乡路蛮窄,我打江南走过,葛哈砣起身让路,他侧身,我侧身,拨身过。瞬间,他盯着我,我也盯着他,互盯一瞬间,各自起笑颜,也没说话,从此萧郎是路人。

想许久,才回想起来,他叫葛哈砣,是我小学同学。形容个个向老,好像他比我老得快蛮多,提前很多年进入21世纪中叶。我忽然记起他,盖因这家伙有一帧形象如黑白照片,定格在东岭小学某教室讲台上。这家伙是我隔壁班的,长得瘦高如一根老毛竹,我还是孩子,他已是汉子。这家伙站讲台,站得一个尿样:一条葛根,用稻草绳系脖子,头勾于脖,几与脖子成九十度角,脸通红如猴子屁股,前头站着唐老师,唐老师把他根底从头数，春偷了对门家的桑，秋盗了生产队的葛根，唐老师将他偷盗来的葛根挂在他脖子上，一个班一个班地，将其游班示众，以儆效尤。

葛哈砣，有个尊姓大名，尊姓自然是刘，大名叫啥，我忘了，只晓得自此，大家都叫他葛哈砣。或是次日，或是下个学期，没看到他来读书了。我看到他，是三十多年后，他在山坳处，系着草绳，断竹，续竹，削竹，捐竹，只见飞土，未见逐肉。现见犹怜，曾见犹嫌。这家伙，偷么子不好，偷甚葛根？

葛根不用偷，漫山遍野，满坡遍界，随处葛藤，捎一把锄头，一锄挖去，葛根如红薯般，跳出地面，用手拍拍土，用袖擦擦皮，其皮可剥，剥后，一根粉白白葛根，往嘴里塞，遭牙齿嚼，葛根有汁，汁上有粉，吧唧吧唧，口颊生香，舌间生津，手指一节葛根，嚼后剩指甲一片，可证葛根内容丰富。躺草地上，看万山绿遍，一天布蓝，足慰浮生半日闲。

曾做十年牧牛童，小子骑青牛出牛栏，驱牛上高山坳，高山坳离院子有些远，先人垦荒不太多，非化外之地，却是野外之域，野草青青，野蔓丛丛，尽可放野牛，而山边边、坡坎坎，恰如《诗经》形容："葛之覃兮，施于中谷，维叶萋萋。黄鸟于飞，集于灌木，其鸣喈喈。葛之覃兮，施于中谷，维叶莫莫。"一蓬蓬葛藤野蛮生长，发子发孙，瓜瓞绵延。山头有山头风景，山边有山边形胜，很多藤蔓野草，山里头是活不了的，山上是树的世界，会把藤蔓挤出来。山边是藤的领地，如野葛，如山泡，如青草，多半生在山边边。山边边是花花世界，草草天地。

葛生于山边，其藤如薯，比薯更长，一根葛藤一丈两丈，横着长，纵着长，犬牙交错，葛藤交织，施于中谷，真真是"葛之覃兮"，覃者，蔓延也，绵延也，有葛之地，铺展开去，一丘丘，一田田，一园园，一坪坪，更行更远还生，常常，葛之生处，杂以灌木，灌木多刺，刺破嫩手。野葛随处有，挖来也是难的，难之难，寻了一根藤蔓，沿藤要寻蛮久，方寻到根处；难之难，葛根生处，多有荆棘。葛藤无刺，无以自保，葛根聪慧，寻木保它。葛根不用偷，天生之物，是天下人之物，他挖是他家之物，你挖是你家之物。

山野人便野，人野自山野，山野之地生长野孩子。野孩子有刀山上刀山，有火海下火海，几棵带刺的小藤小树，算不得么子。一边当放牛娃，一边当采葛童，曾是我当年两份兼职。放牛没带锄头，山上有尖尖石头，有细细棍子，都可以当锄头用。这活，不是太重，《诗经》中女娥，也干得欢。《诗经》中女子，穿旗袍，还是穿胡装？挥锄姿势美如林妹妹锄花吧，让男人见了，惑心得不行，"彼采葛兮，一日不见，如三月兮"。

大概是采葛美女，亭亭玉立葛藤边，葛藤铺展有如绿罗裙，拖好长好长地，采葛美女采葛根，让人从《诗经》想念到如今。我当放牛娃，披荆采葛，没见过美少女"手把花锄出绣帘，忍踏落花来复去"。她们都是山脚下，扯猪草去了。只剩我们几个野小子，采采葛根，薄言采之。许是运气不佳，或是技术不到堂，记忆中采葛，葛根都是大红萝卜大。那个葛哈砣，偷的那葛根啊，小白萝卜大，我见我也会起贼心，啖起来指定多浆多汁，粉粉糯糯。古人云，葛根性凉、气平、味甘，具清热、降火、排毒诸功效，吃葛方式千百种，泡茶、烹汤、炖鸡，诸般吃法，我只晓得嚼：躺草坡，望星空，听得黄鸟于飞，其鸣喈喈，我口于嚼，其味醇醇。

曾回家过年，阳光跟春来，闲居无事，发小红家光喊我，对门园里挖葛去。那是菜园吧，葛生于野，不敢生于圃，生人家菜园子，早被铲草除根了。家园已成野土了呢。掮一把锄头去，寻了一个老蔸，把我给惊住了，葛根往下长，往下长，直长到米多高的坎底，把之连根拔起，一根硕大葛根摆在地头，两尺多长，纺锤形，中间小桶般大，掮到肩头，有二三十斤重。原以为，葛根顶多长得白萝卜大，不晓得可以长得枞树蔸蔸那长那粗。

我挖了一蔸走，切成蛮多段，当水果，时不时嚼一段。可惜葛根不耐收藏，没几日开始腐了，只好哪来哪去，扔之入园，归土。山坡荒野还有更多更大的葛根吧，人没吃，山吃了。葛根与其他草草藤藤，都是入药的，山吃了这般上佳中草药，山自然长得壮实，长得葱茏，长得长寿。

绿重铁炉冲

橘香彻

路过前楼拐角,猛回头。停。春天发生了一件重大事情:橘子树开花了。芳烈之香,扑鼻,入肺,忍不住吸气,气流如潺潺细水,蜿蜒入丹田,忍不住抚腹,左三圈,右三圈,香气绕蓬壶(中医曰下丹田)。

樱花开尽,桃花开;桃花开尽,李花开;人间四月芳菲尽,山头院落橘花开。橘子树开花,不用千树万树开,只需一棵橘树,千朵万朵次第开,芳香便是盖天来。抬头望,橘花开得烂漫。含苞的,白如玉指头;盛开的,白如薄玉片,一簇簇,一枝枝,一蓬蓬,全隐在浓密的翠叶里,喷射花香。

看桃花,看杏花,看芍药花,看樱花、杜鹃花,一眼望去,都能看到花顶枝头,好像是好表现的女生,把手举得高过头顶,风来,还要把手挥舞一下,玉兰花张得好大嘴,近乎在朝人喊:这里这里,我在这里,春天在这里。茶花算是蛮矜持的了,红手绢卷成手半握,时不时从绿叶密锦中,探出红脸来;而橘花,一眼望去，看不到花，朵朵花隐在瓣瓣叶里，如王维独坐幽篁。

周敦颐有一说，曰牡丹，花之富贵者；曰莲花，花之君子者；曰菊花，花之隐逸者。若说隐逸，何如橘花？橘花，也算是春天的花，不做春之第一花，不做春之第一妍，花都争先恐后开了，橘花不赶趟，它是春天最后一朵花吧？想起旗亭诗事来，那个美人唱高适，又来个美人唱王昌龄；再来个美人唱高适，接着来个美人唱王昌龄。然后，然后，然后，一个绝色美人出来了，王之涣说，这绝色美人绝对唱王之涣。没吹牛，前面的都是来烘托气氛，都是叫衬托修辞，至"双鬟发声"，绝唱的真是"黄河远上白云间"。百花开完，橘花开，橘花是来给春天压阵的。

说菊花是隐逸者，有些勉强。菊花盛放，也是怕人不知，花举头顶，招徕万众瞩目；橘花呢，花藏树丛，花妍不耀眼，花纯不显目，万紫千红开遍，它不来争春，待春将尽，它姗姗来迟，来了，不显山不露水，它是绿叶扶红花，它是白花衬绿叶。橘花开遍，看不到橘花开，唯有阵阵花香袭来，才晓得四月芳菲，仍在人间。隐士是，人不见，诗传远；橘花是，花不见，香传远。

中国诗之高原，叫屈原。辟芷秋兰，蕙纕揽茝，百卉千花，屈原点花草无数，却专门作了一篇《橘颂》；李白作诗点名，"岑夫子，丹丘生，将进酒，杯莫停"，岑夫子也是荣耀得很，却总不如给汪伦专作一首。入得屈原诗的花花草草，也是点名而已，比不上给橘子专作一篇。要说明一下的，南俗曰橘，古雅曰橘，其实一也。

《橘颂》曰："后皇嘉树，橘徕服兮。受命不迁，生南国兮。深固难徙，更壹志兮。绿叶素荣，纷其可喜兮。"橘有一德，是壹志。只生南国，以尔车来，也不贿迁。屈原被楚国逐，也不去燕赵齐韩，恰如橘树，"深固难徙，更壹志兮"。君不要我，我不要君，国还要我，我还要国。这是屈原之壹志，恰是橘树之一德。"橘生淮南则为橘，生于淮北则为枳"的意思是，环境造人；而屈原《橘颂》的意思是，人留环境。环境造人，环境是主，人是宾；人留环境，人是主，环境是宾。橘子不徙，是橘子爱这片土地："独立不迁，岂不可喜兮？深固难徙，廓其无求兮。苏世独立，横而不流兮。"

春来百花香，无有橘花香。那香啊，铺天盖地，惊天动地，上天入地，欢天喜地。一棵橘树，可以香彻半个院落。人近橘树，匆忙赶高铁，匆忙赶飞机，多数也要停半晌步，站在橘树下头，呼吸，深呼吸，慢呼吸，透腑的清香，自鼻入肺，自肺入脾，自脾入肝，自肝入丹田，气沉丹田。含着苞的橘花，胜比林妹妹的香囊；开着花的橘花，有如制香的风车，无风慢吹。橘花好像大多是五个花瓣吧，张开半张开，斜侧侧有如风片，旋转型的，那是把香吹逸。闭上眼睛，你可以看到香分子有如雾雨，纷纷飞，纷纷落。对了，站在橘树底，比站在橘树外，那香更浓酽十倍。你就知道，橘香是有分量的，有重量的，纷纷然，落得满地缤纷。鼻子是我们的另外一双眼睛，可以看到橘香飞天落地，穿肺绕脾。

春来百花香，香不过橘花香；秋来百果香，香不过橘子香。橘花香好像是山泉水，汩汩潺潺，没有尽头，橘花香，可以从四月香到五月；结了青果，那香好像收敛了，不香了，其实还是香的，剥开青皮，呲的一下，飞溅的是水，飞逸的是香，那香刺眼睛呢，蛮泡浸鼻子呢。"曾枝剡棘，圆果抟兮。青黄杂糅，文章烂兮。"待到秋来，橘花结成圆果，橘叶青，橘子黄，青黄相接，青黄辉映，"文章烂兮"，其色其景璀璨灿烂。而摘下橘子，香气仍存，皮层多厚，香气就有多厚。橘子之香，花香，含苞香，盛开香，其香无花可比；橘子之香，果香，青果香，熟果香，其香无果可比。

路过前楼拐角，橘香如潮水般，汹涌磅礴，把我激荡。我忘了我要去干吗了，记得是个急事，也不禁停下来。今日之东，明日之西，青山叠叠，绿水悠悠，青山与绿水之中，橘树生焉，橘花开焉，橘香绕焉，忙什么？急什么？且静站片刻，做几次深呼吸，过一晌慢生活，再去走秦岭粤关，发力如项羽，矢志做曹操。江南处处，山头地头，院落角落，都种有橘子树，江南人当然合江南老，可以"独立不迁"，来江南的游客，闻到橘香，千万千万，要和江南住。

净闻尾气，此刻闻得橘香，真让我跟人言志：此间香，不思南面向矣。橘香彻骨，我这个粗恶汉子，也怜香惜玉起来，移过小区马路，缓步橘树下，仰脖扬鼻，以鼻当筒，以肺当壶，以五脏六腑当器皿，接收橘香，收藏橘香。到底是粗恶汉子，恶心大发，跳将起来，摘了一枝，枝上挨挨挤挤，挤满了花朵，开着的，含苞的。带回家来，找了一瓶矿泉水，拧开盖子，好花值得配矿泉水，插入瓶中，一室成春。

一室真成春，客厅、餐厅、卧室、书房，包括阳台，橘香彻遍。入睡，中国梦都被熏香。

苋菜汤

若有一种菜算节日菜,想必是苋菜了。中秋必吃月饼,月饼算点心吧,不算菜;南方夏至常常要炒豆子,冬豆子最好,黄豆子次之,夏至到日,都要砂锅炒几碟,寓意蛮好,粒粒燥,身体跳,只是豆子算零食,也算不得菜;北方冬至吃饺子,饺子是主食,饭菜合一,当饭不当菜。

南方年缸肉算节日菜,除夕那餐,家家必备,只是肉者,以前当珍馐,每个节日都要端一碗,或炒或蒸,或煮或炖,算不得除夕专供,不过要说专供也对,净精肉切成方块,铁锅清水文火慢煮,也只是在除夕那天,方制此肉菜。若说年缸肉在除夕,算节日专属,在似与不似间,那么苋菜之于端午节,则定然是标配,端午门前艾草香,端午桌上苋菜汤。艾草是草,苋菜是草,几乎所有蔬菜都是草,草民都是草中生吃草长的。

苋菜是菜,却是花一样的存在。很少有菜长出花色来,白菜者白,青菜者青,甘蓝者蓝,苋菜却是多色泽,"茎、叶、穗、子并与鸡冠同。其叶九月鲜红，望之如花，故名"。与鸡冠同者，是菜叶之心红得发紫；与鸡冠不同者，苋菜是叶周呈绿，中间流红，仿佛是谁在一片翠绿里，推倒了小瓶红黑墨汁，墨汁漫漶，濡了绿色宣纸。据说苋菜还真开花，也结果，"老则抽茎如人长，开细花成穗，穗中细子扁而光黑，与青葙子、鸡冠子无别"。

苋菜开花，苋菜结果，印象中没见过，不待苋菜开花结果，早已摘之入锅，早已出锅当菜，早已当菜塞肚。乡村好多花花草草，都只见其初长成，难见其终结局，比如茅草，我真不知道它们也可以长成竹子高，却不想，顶多在其绿叶及腰，便已牵牛吃了个底朝天。苋菜也是这样，园中有苋初长成，一朝选在吃货侧，端午赐浴铁锅里，热泉水滑洗红脂。苋菜也如韭菜，摘一茬长一茬，长一茬吃一茬，菜生代代无穷已，乡亲年年望相食。

五月苋菜，嫩皮嫩叶，煮羹做汤，怎一个嫩字了得？苋菜其体柔滑，菜味浓郁，入口甘甜，端午选苋菜，选的是一个嫩滑醇厚吧。细想来或不是，苋菜做菜做汤，一定是要放蒜的，端午必须吃蒜，端午是毒日。屈原是毒日给毒死的？我原以为，端午吃苋菜缘起屈原。诸菜做菜，多不曾给汤染色，萝卜煮汤，汤是白色，白色不是白萝卜所致；红萝卜炒菜，没看到汤汁也鲜红；只有苋菜，入锅炒或煮，那汤汤水水，淡红，鲜红，老红，汤都血红。杜甫诗云："登于白玉盘，藉以如霞绮。"白玉盘都染成灿烂朝霞，朝霞似血，血色为羹，以红苋菜为端午节日菜，以此来纪念屈原，蛮配景的。

现在想来，或与屈原无甚关联。敝地将苋菜还拟了一句俚语，算是乡村成语：打死的血都是苋菜汤，讲死的血都是苋菜汤。意思是，怎么打他，怎么骂他，他都死不悔改，苋菜如血不是血，男人血没血性，便是菜羹与成语之赋比兴。菜入词汇者多，比如歇菜，你这个菜鸟，具体菜名入乡村成语词典却不多，猪肉算，一个人蠢，缺上进心，也会骂他：你怕只会杀（作）猪吃；其他菜入俗话入俚语，我有些寡闻，而苋菜汤是乡村常用词，对不读书的娃，对没血性的崽，常以苋菜汤与骂，取意其色如血不是血也。

以苋菜汤训人，是贬义，显然跟屈原无关，屈原是人间最有血性者之一。端午必吃苋菜，北方不知，南方定是。这缘由，蒜可解。蒜是解毒的，五月五日午时书，赤口毒舌尽消除，吃了苋菜配蒜，五毒皆除，百毒不侵；门插艾草，抗外鬼，肚进菜蒜，除内邪，端午吃了苋菜蒜汤，则风邪、寒邪、湿邪、燥邪、火邪，都祛除了，赤口毒舌也尽消除，那么说，奸邪也消灭了——这个倒像与屈原有关，屈原正气，可敌奸邪。吃了苋菜汤，便可赴池塘。小时，入春不敢，入夏也不敢，入池塘洗澡，老辈人说，水里有水毒，端午毒才消。过了端午，才举身赴清池，就其深矣，泳之；就其浅矣，游之。

老家称苋菜叫汗菜。原以为土里土气，现在晓得，这称呼古已有之，历来如此，便是对的。一直以方言而自卑，方言都土，不上台面，现在想来，这也是文化不自信，至少苋菜叫汗菜，就不土，还蛮古，土者俗，古者雅，古称汗菜，乡呼汗菜，也挺文雅、挺古雅的。以此推演，很多方言，都是古语，不用妄自菲薄。

　　苋菜称汗菜，其来有自，夏日炎炎，若是汗出如浆出多了，身体最易战战兢兢，斯时斯际，要补充些啥子，苋菜正好，苋菜有赞：六月苋，当鸡蛋；七月苋，金不换。西医说，苋菜营养蛮丰富的，特别是钙与胡萝卜素，苋菜鲜嫩，容易入口，更容易入肠。中医说，苋菜药性甘，微寒，归大肠、小肠经。容易入肠，就是容易变现为营养。

　　苋菜还有另一称呼，曰汉菜，托名刘邦，说刘邦带兵，酷暑入中原逐鹿，士兵痢疾生，遇老汉给煮苋菜，食毕，精神焕发，斗志昂扬，刘邦曰："赤苋乃我汉家天下之菜也。"这般神神道道的传说，自然不足采信，苋菜给夏日消暑，定是真的。苋菜除了以蒜配伍，乡亲更喜欢佐以皮蛋，皮蛋也清热凉血、滋阴润燥。两般相合，倍增其效。苋菜为蔬，皮蛋为荤，荤蔬结合，阴阳调配，也蛮合医道与食道。

　　"几畦蔬菜不成行，白韭青葱着意尝。萝菔儿怜秋色老，蔓菁瓮贮隔年香。"去得乡下，种一畦几畦萝卜、苋菜，不食赏色，若食品味，可消溽暑，直消到秋燥。

一畦春菜绿，在望菜根香